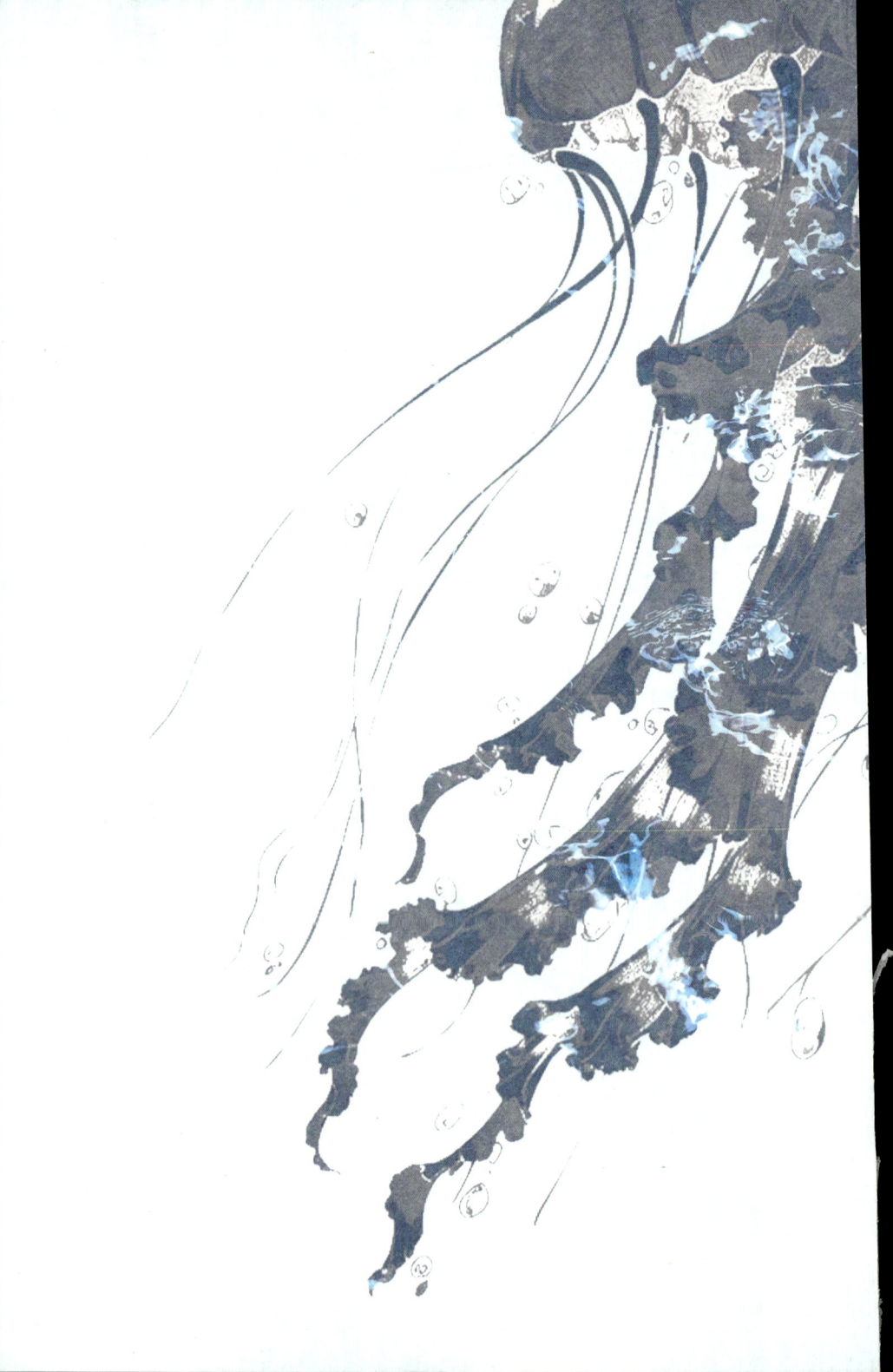

夏天，水族馆和坠落的她

SUMMER, AQUARIUM AND FALLING HER

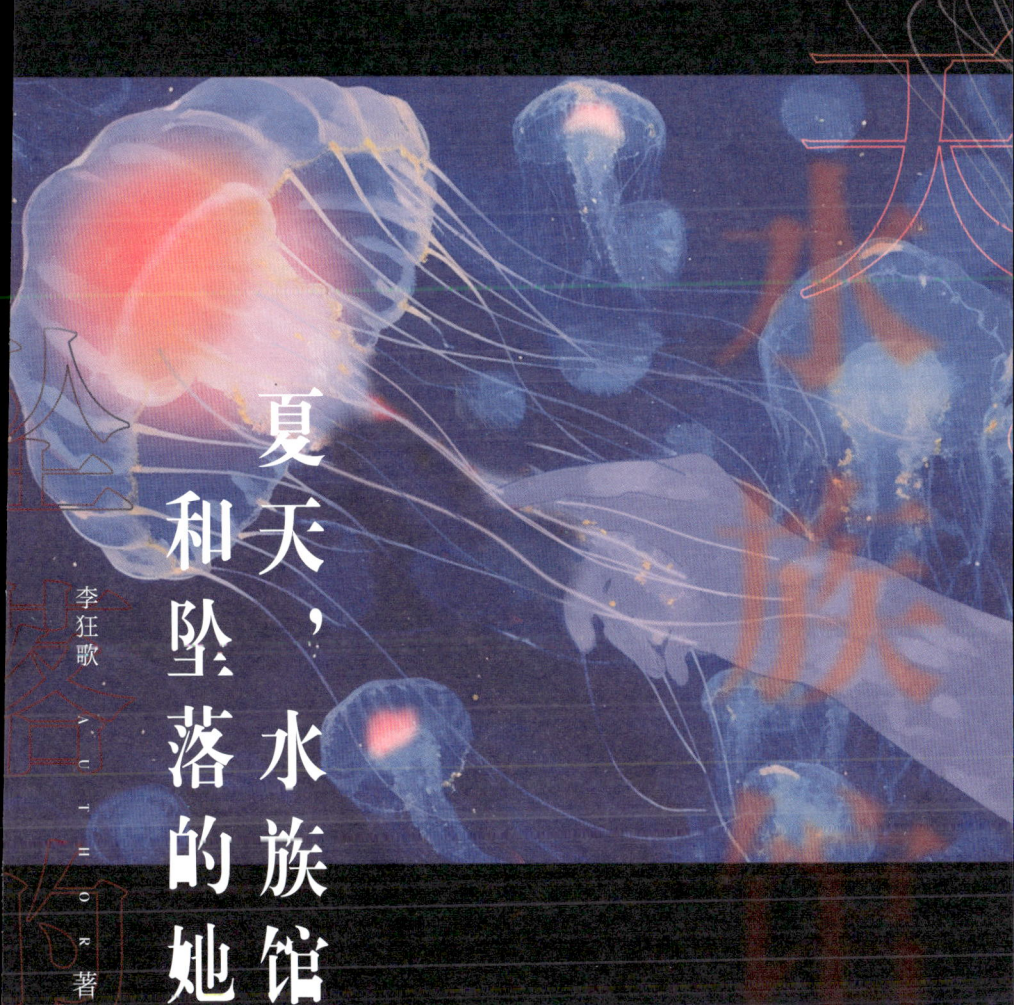

李狂歌 AUTHOR 著

> 我们接下来要走的路，
> 是一条结满了冰、堆满了雪、上面还没有人留下过足迹的路……
> 如果我退缩了，
> 请你一定要紧紧拉住我的手。

PROLOGUE
001
楔子

CHAPTER 01
003
天才k

CHAPTER 02
040
遇见水母

CHAPTER 03
079
鲸落

CHAPTER 04
114
海葵和小丑鱼

CHAPTER 05 **149**
鲨鱼

CHAPTER 06 **185**
冰川将崩

CHAPTER 07 **221**
天鹅哀歌

CHAPTER 08 **257**
灯塔不灭，水母不死

EXTRA STORY **291**
番外

楔 子

少女的裙摆在晚风中轻轻摇曳,孔叹迈着慢到不能再慢的步伐在花坛边踱步。她在脑海里重复着要表白的句子,品味着那些说出声就会脸红的情愫。

"陆、卓、凯……"

念起他名字的时候,舌尖抵在上颚,最后嘴巴会弯成微笑的弧度。

孔叹叹了口气,驻足转身,回望弘业楼那扇熟悉的窗户。

已经是年级第一了,还这么用功……孔叹心里想着,周身随之流动着一股暖意,那盏灯就像那个人一样,是她无处可逃的生活中,无意间瞥见的丁达尔效应,是她在溺水般无所依的命运中,偶然间抓住的一根救命稻草。

孔叹正沉浸在自己隐秘的情怀里,倏忽之间,一阵急促的跑步声从她身边掠过,那个男孩如风一样的身影在黑暗中一闪而过。孔叹认得他,是陆卓凯他们班的谁来着?总有一些人,在集体生活中存在感极低,孔叹之所以记得他,也是因为这个人最近和陆卓凯走得很近。

估计是跑回去找他的,那今天应该找不到机会表白了吧?孔叹有一丝失落,转身离开,刚迈开步子就差点被鞋带绊倒。她蹲下身拉起鞋带用力一拽,"啪"的一声,鞋带断了。孔叹拎着半截鞋带又气又恼,泄愤般将它甩在地上,又狠狠地踩了几下脚。

"真倒霉!"孔叹嘟囔着,她拖着松松垮垮的鞋子慢慢磨蹭着前行。便宜果然没好货,孔叹心想。她觉得自己这一天都倒霉透顶,准备了一周的表白被那个不知名的讨厌男孩打断,以为捡到便宜低价买的球鞋,鞋带居然还断了!

应该不会发生更倒霉的事情了吧?

001

孔叹那时还不知道，她预感厄运来临的第六感是如此精准，真正的糟糕透顶也许就发生在下一瞬间。

　　"咚——"

　　在孔叹身后一声巨响，是什么东西坠落的声音，不像是普通重物，应该是……人？孔叹浑身战栗起来，她不敢转身，她怕看见那张脸。

　　是谁？到底是谁掉下来了？一定不要是他！

　　孔叹闭紧眼睛，深呼吸让自己镇定。恐惧令她失控地跪在地上，她努力控制着自己的身体，挣扎着转过身去，紧接着她张开嘴无声尖叫，被泪水阻隔的模糊视线里，她的信仰崩塌在操场上……

　　这个场景的照片后来被打上马赛克，登上各大媒体争相报道的头版头条。这一事件轰动了整个临川市，因为死去的男孩陆卓凯是临川市今年的高考状元，两个月前才在临川大学入学。一个天才少年为何会坠楼身亡，成为所有人关注的焦点。

　　"据目击者称，坠楼案发生当晚有一嫌疑人曾在死者坠楼前与他见面，而死者手机上最后一通电话也拨打给了这个人，是死者的同学柯某……"

　　事件因嫌疑人的出现被推向了另一个高潮，嫌疑人竟然比死者吸引了公众更多的关注。他是与陆卓凯存在竞争关系的同班同学，曾因高考数学取得满分而受到短暂的关注，是又一个当之无愧的天才，更令大众感兴趣的是，他还是一位阿斯伯格综合征患者。媒体和大众很快给他打上了"孤独症""凶手"等标签，"嫌疑人"的字眼则渐渐被隐去，舆论似乎已经给这个"天才"下了定论。这一事件更是被简单粗暴地命名为"天才K杀人案"。

　　只可惜，警方的最后通报令所有人都大吃一惊，因证据不足，天才K被无罪释放，而陆卓凯坠楼案件被判定为意外事件。

　　孔叹看见这条新闻的时候，配图依旧是那张打着马赛克的案发现场照片，她顿时头晕目眩，呕吐不止。她觉得躺在地上死去的不是那个喜欢的男孩，而是一部分的自己，至于剩下那部分如行尸走肉般的自己，活下去只有一个目的，那就是找到真相——到底是谁害死了他。

Chapter 01
天才K

七年后。

"各位游客,欢迎大家来到临川市海洋馆,本馆采用全新的展示理念,为游客安排了'雨林风情''深海传奇''极地探险''水母秘境''美人鱼剧院'等七个主题的展示区域……"

伴随着毫无感情的广播介绍,孔叹往海洋馆走去。到了门口,孔叹皱了皱眉,后悔自己不该挑在暑假期间来这儿,挤在一堆熊孩子里举步维艰。孔叹把手插进兜里,碰到了警官证,她犹豫了一下,这是一次私自调查,甚至都不足以称之为一次调查。她兀自摇摇头,嘲笑自己的冲动,却还是耐心排起队来。

"请大家耐心排队,有序入场。"戴着北极熊头套的工作人员提醒道。

向工作人员询问了水母秘境的方向后,孔叹按照指引往海洋馆深处走去,周围越走越暗——为了配合水母的观赏性,海洋馆一般都会把水母的展示区设置得偏暗,再将水母放置在有灯箱的展示缸中展现其透明的形态。孔叹驻足在灯箱展示缸前,看着水中的海月水母一鼓一缩,轻柔摇曳,在灯光的照射下变换着颜色。

身边的小朋友指着惊叹道:"妈妈,水母会变色耶!"

孔叹笑笑,突然想起陆卓凯和她说过,海月水母本身是白色透明的状态,一般情况下,人们所看见的水母的颜色变化,都是灯光造成的效果,而非其自身变换颜色。这句话如今想来很有深意,人眼看见的都是真实的吗?会不会也是由一些"灯光"所折射出的假象呢?

孔叹正思索着，目光穿过透明的水母，突然看见一个熟悉的身影，她不露痕迹地跟上。那个人穿着制服，走向员工通道，孔叹紧随其后。多年的警校培训已经让她掌握了巧妙的跟踪技巧，她的脚步声几乎隐藏在冷气箱发出的嗡嗡轰鸣声中。她走着走着，感觉到冷气越来越明显，让仅穿短袖的她渐渐有点招架不住，她环顾四周，原来这里是储藏动物食物的冷藏室附近。那个人已经刷卡打开冷藏室的大门，孔叹没办法再跟下去了。

这时，从冷藏室出来的工作人员发现了她："这位游客，这里不让进的！"

"对不起，我走错路了。"孔叹瞬间伪装成无助的少女，她瑟瑟发抖的可怜模样，打消了工作人员的怀疑。

这位工作人员是位年纪较大的阿姨，她摇摇头，无奈地把孔叹领出员工通道。孔叹思考着，那个人去冷藏室拿食物一定是为了喂动物，拿食物除了常规饲养时，就是动物表演时！她便问道："阿姨，这个时间点有什么表演可以看吗？"

阿姨看了看表，笑着说："哟，姑娘你来的这个时间点不凑巧啊，上午的表演都结束了。不过快十二点了，企鹅馆那边应该挺有意思，这个点该喂那些小家伙了，一个个摇摇摆摆的可逗了！"

孔叹赶紧谢过阿姨，朝企鹅馆走去。

玻璃罩内，是模拟的南极环境，成群结队的企鹅在岸边摇摇摆摆地溜达，有些好动的企鹅在水中快速游动，还有的翻着肚皮在水中嬉戏。

孔叹看着手表，还有十秒就要十二点了。如果真的是他，那他一定会分毫不差地准时出现！

十、九、八、七、六……

阿斯伯格综合征的特征之一，近乎执着地恪守时间。

五、四、三、二、一！

秒针咔嗒一声指向十二，与此同时，玻璃罩内的大门被打开。一个穿着工作服、戴着口罩的年轻人走进去，他拎着水桶，熟练地拿出多春鱼开始喂企鹅。企鹅们笨拙地围过去，这场景引得游客大笑拍照。那个人感受到相机的存在，侧过身去，转身背对着玻璃罩继续投喂。孔叹贴着玻璃，努力辨认着臃肿棉服下的轮廓。

阿斯伯格综合征的特征之二，喜欢独处，亲近动物，讨厌人群。

一定是他，天才 K！

天才 K 在那次案件后也受到了很大的影响，虽然被判无罪，但本身就有阿斯伯格综合征的他在受到刺激后病情加重，外加舆论和校方的压力，天才 K 最终退学，音信全无。而当年作为目击证人的孔叹则退学复读一年，并考上了公安大学。时隔多年，孔叹不久前终于调查到天才 K 在海洋馆工作，她简直迫不及待地想知道这个"凶手"过得怎么样。

孔叹隔着玻璃看着天才 K，他非常平和地投喂着，一边喂一边计数，每次只拿出五条鱼，每只企鹅只能喂五条。这份工作很适合患有阿斯伯格综合征的人，与动物接触，按时开始，计数投喂，重复规律。唯一的不适也许就是会有人拍照，天才 K 侧过身所表现的抵触，足以证明他一点都没变，以前在学校里他也总是形单影只，除了陆卓凯没人愿意接近他。

孔叹正思绪游移时，突然在他的脸上看出一丝愉悦的享受，孔叹瞬间燃起怒火，为什么他还活着？他有什么资格开心？凭什么他还可以工作生活，而自己喜欢的男孩却永眠地下！孔叹的手在玻璃罩上抓得指尖发白，她深呼吸，努力克制自己的情绪。

这时，身边游客相机的闪光灯忽地亮起，一只受惊的企鹅突然出现应激反应，天才 K 赶紧弯下身安抚企鹅，可那只企鹅反应异常激烈，尖嘴往他的胳膊上猛啄！天才 K 忍着疼痛，抱住受惊的企鹅以防引起其他企鹅更大的恐慌，企鹅扑腾着，尖嘴四处啄咬，天才 K 没有防护的耳后被它猛地啄出一道血痕。围观的游客也惊呼起来，看见这一幕的孔叹方才的怒火熄灭了，这个"凶手"被企鹅狠咬一口也算是罪有应得！

渐渐地，企鹅在天才 K 的怀里不再那么激动，他腾出手奖励了企鹅一只多春鱼，在食物的安抚下企鹅冷静下来。隔着口罩，孔叹好像看见天才 K 笑了一下，他的眼角弯弯下垂，一颗小小的泪痣恰到好处地点缀在旁边，倒真是个人畜无害的模样。

坏人也会这样笑吗？孔叹想了想，不打算再看，转身走出了海洋馆。

玻璃罩内，天才 K 抬起头，目光落在孔叹的背影上，他又笑了一下，但这个笑却和刚才的笑截然不同，如果孔叹看见，她一定会觉得毛骨悚然。

Chapter 01 · 天才K

005

临川市立山区派出所，自成立以来处理过最大的案件就是"天才K杀人案"。也并不是说立山区民风纯良，而是因为整个区拥有最大人流量的场所，就是临川大学和立山区疗养医院，而它们并不是刑事案件高发的区域。简而言之，这个派出所对警务人员来说，十分闲适，却并不是大展拳脚的好地方。

孔叹刚下车就看见自己的前辈兼师父老李，他正送走一对吵完架的夫妻。或许是因为刚见过天才K，孔叹想起自己第一次来这里的情景，那还是七年前——她作为目击证人而来。

"我……我看见有人在陆卓凯死前，去了弘业楼……"十八岁的孔叹噙着泪，磕磕巴巴地说道。

那时的老李头发茂盛，耐心询问："小姑娘，你为什么觉得是那个同学害死了陆同学呢？"

"因为，他是跑着去的，很着急的样子……他一定是去找陆卓凯的！他之前就把陆卓凯推下楼梯过！而且，最近他和陆卓凯在数学竞赛中存在竞争！"孔叹越说越激动，浑身颤抖起来。

那时老李听了孔叹的证词，并不觉得存在竞争就足以让一个男孩杀死同班同学。真正让老李起疑的是，当他们去询问天才K的时候，他不敢与人对视，在警察的逼问下，他竟然惊慌地逃跑了。但天才K的可疑行为，事后被认定为阿斯伯格综合征的表现，无法成为他就是凶手的佐证。

孔叹想到这里，发现老李正看着自己，她笑了笑，点头示意，步入派出所。刚进门就被一人从身后揽住脖子，孔叹条件反射般，胳膊肘往后一拐，身后传来一声哀号。

"孔探长，手下留情啊！"辅警小董痛得龇牙咧嘴，摸着胸口道，"您这是又去哪儿微服私访、暗中调查了？"

孔叹勾了勾手指，一副神秘兮兮的模样。小董凑近，一脸好奇等着孔叹开口。孔叹刚要张嘴，瞥见问询室里，坐着一个穿着白色短裙的女孩。孔叹察觉出什么，斜眼一瞧，转言问道："那是怎么了？"

被耍的小董扫兴地望去："哦，那小姑娘是来报案，说手机丢了。陈姐正给她做笔录呢……"小董话音未落，孔叹就转身朝女孩走去。

她站在女孩面前问道："是临川大学的吧？你的手机丢了？"

女孩看着孔叹凌厉的双眼，手在桌下攥着衣角，小声回答："嗯。"

小董顺势凑过来，女孩身形一躲，有些抗拒。孔叹看在眼里，她和陈警官点头示意，拿过报案记录，转而问询："手机在哪儿丢的，还记得吗？"

女孩眼神躲闪，下意识地理了理颈间的碎发，一道浅浅的痕迹出现在耳下的颈侧，她摇头道："不记得了。"

孔叹眼神微动，笑了笑，柔声安慰："你放心，你手机丢了，我们一定尽力帮你找到，不过你得好好想想是丢在哪里了。"

女孩紧张得有些不太自然。孔叹继续温柔地引导："清远楼是排课最多的教学楼，最容易丢东西，会不会是忘在那儿……"

女孩腾地起身："对，我可能忘在清远楼了，记不清了，我再回去找找吧，谢谢警官！"女孩飞快跑走了，留下的三人有些惊愕。

陈警官"啧"了一声，看着报案记录嘀咕："有些奇怪啊！"

小董挠挠头："陈姐，有啥奇怪的？"

陈警官斟酌着："按理来说，人丢了手机第一反应都是先自己找、发动身边的人帮着找，大学生的话，还会向校方、辅导员求助，以及在校内的一些类似表白墙之类的地方发布信息。"

"嗯，陈姐说得没错。"孔叹思忖着，"更奇怪的是，她并不是临川大学的学生。"

"啊？你怎么知道？"小董彻底蒙了。

"我刚进门的时候，就注意到了她的短裙，那是临川大学开学典礼时女生所穿的制服，裙摆上印有临川大学英文名称的缩写——LCU，我当年也有一件。但是她穿的那件短裙的材质与裙长，都和原版有差别。"

小董皱眉，觉得有些牵强："那万一是临川大学新一批次的裙子换了生产厂家呢？这都这么多年了，有变化也不足为奇啊！"

"是啊，光靠这一点确实不能笃定。"孔叹眼神一凛，"所以我诈她说，手机很可能是在清远楼丢的，她并没有反驳我，但是临川大学的教学楼里没有叫清远楼的。所以，我认为她并不是临川大学的学生。"

"不愧是孔探长啊，果然观察细致入微！"小董感叹，"那这小姑娘也太奇怪了，谎报警情耍我们玩呢？"

"也不全是。"孔叹说着，脑海里闪过刚才的细节：女孩见到小董时下意识的躲闪、颈侧的吻痕、印有"LCU"的白色短裙……

"也许她确实丢了手机，但这，并不是最重要的事情。"孔叹说完叹了口气。

小董不解："那什么是最重要的事情？"

孔叹捏着报案记录："如果她不说出她的困境，我们也没法帮她。"孔叹说完，转身走入刑侦支队办公室。

电脑屏幕上是派出所门前的监控录像，孔叹翻查着，反复看着女孩进来报案之前的行为动向。她看上去有些犹豫，但最终还是踏入了派出所的大门。短短 40 秒的录像孔叹看了一遍又一遍。

就在这时，办公室的门被老李推开。老李看见电脑屏幕，了然一笑："你跟人家小董说得好听，说那女孩就是丢了手机，自己倒是关起门调查起来了？"

孔叹转身站起来，不甘示弱："不是您老人家教我的吗？只要有一点可疑之处，都要追查到底。"

老李捋了捋仅存的几根头发，装傻充愣："我有教过你这些吗？你别当真啊，我可不想误人子弟！"

孔叹垂眉笑笑。

老李突然正色起来："对了，我还想问你呢，今天上午跑哪儿磨洋工去了？"

孔叹装模作样："我不是给您递请假条了吗？身体不舒服去看病了。"

老李一语道破："少来这套，我看你是去看心病了吧？"

孔叹抿着嘴，没说话。

老李叹口气，表情恨铁不成钢："一个好好的公安大学毕业的高才生，为什么会沦落到咱们这个养老的警区当片警呢？你自己好好想想，为什么第一年的公安部警察工作心理测评你差点没通过？小孔啊，我知道你有心病，这心病让你成为警察，但我不希望这心病也毁了你，让你当不了警察！"

孔叹被戳到痛处，垂眸不语。

老李知道自己言重了，安慰起来："小孔，从我第一次见到你，就感觉你有做警察的天赋，一点点微小的线索也逃不过你的眼睛，但我不希望你在这里虚度此生。"

孔叹终于开口,一字一句,眼神坚定:"师父,我并不在乎在哪儿当警察,我真正在意的事情,您是知道的。"

"你这姑娘太轴了,我这毕生劝人的功力在你这儿啊,白搭!"老李叹了口气,有些无奈地摆摆手,"我知道,你在意的事情就是帮你那个校友查案。七年了,小孔,你还觉得陆卓凯是被那个同班同学杀的?那个男孩叫什么来着?叫……叫……哎,瞧我这脑子……"

孔叹的眼神倏地变得冰冷,咬牙沉声道:"柯寻,他叫柯寻。"

老李一拍脑门:"对!是叫这个名字,柯寻。所以当时铺天盖地的报道都叫他天才K!小孔啊,当年对于柯寻同学的调查已经非常全面了,我们在陆卓凯同学的身上没有找到柯寻的DNA,甚至没有挣扎和被推搡的痕迹,顶楼上更是没有柯寻的脚印。柯寻的确在你的眼前跑进了弘业楼,但是他并没有去过顶楼。"

孔叹激动起来:"师父,你根本不知道柯寻是个什么样的人,他跟陆卓凯在学校,一个被称为疯子,一个被称为天才!他可以和陆卓凯在数学竞赛中竞争,我并不觉得一个智商如此出众的人,设计不出一个天衣无缝的杀人计划!"

老李揉了揉眉心:"小孔,你是让我相信你的推测呢,还是七年前确凿的证据呢?时间过去太久了,你敢肯定你的记忆没有一丝误差?你敢肯定你的记忆不带一点你个人的偏见和情绪?"

孔叹张张嘴,却无力反驳。老李拍了拍孔叹的肩膀:"我希望,你别再去打扰柯寻的生活了,放过他,也放过自己吧!"

孔叹咬着嘴唇,继续沉默。

"你把太多的精力都放在了一个已经被我们排除嫌疑的凶手身上,师父把你要到所里来,并不是希望你揪着陈年旧案永不止步,而是希望你多破案多立功,晋升到公安局。那里才是你施展拳脚的地方,你的能力不应该被埋没!"老李宽慰道,"你是个聪明的姑娘,就不用我多说了,你好好想想吧!"

老李摇摇头,走出办公室。孔叹的心中仿佛砸下一块巨石,压得她喘不过气来。老李一直都觉得孔叹毕业后第一年的考试,是故意不好好考,好留在这个派出所的,因为这里保管着陆卓凯案件最原始的资料。但老李不知道的是,孔叹是真的在通过心理测评方面有困难。她自己也不知道为什么,难

Chapter 01 · 天才K

009

道自己真的不适合当一名警察？到底是哪里出了问题呢？

孔叹起身出去，给自己泡了一杯咖啡，咖啡的香气安抚了她的情绪。她一直认为自己的修复能力很强，一杯咖啡的时间，足以治愈老李的质问所带来的打击。孔叹打起精神，决定好好想想那个女孩为什么来报案，也许一切都应该回归到女孩本人身上，报案记录上提供的姓名应该是真实的，孔叹决定从这个人开始查起。

一间破旧的旅店房间里，生锈的水龙头滴答滴答漏着水，发霉的洗手台无人清理，屋内双人床床单上斑驳的痕迹令人作呕。床边，坐着一个化着浓妆的女人，穿着廉价内衣。门边，男人的目光落在她臀部上方的文身处，那是鲸鱼尾巴的图案。他的目光有些悲伤。

女人注意到他的目光，拨开身后的长发，让文身整片显露出来，转头笑道："好看吧？文身师给我设计的，为了纪念品品，所以文了鲸鱼。"

男人走过来，蹲下身，仔细观察尾巴的图案："是灰鲸的尾巴。"

"哦？你怎么知道？"女人好奇。

男人的语调有些古板和呆滞，声音却有着孩童般的清脆："因为蓝鲸的尾巴宽阔而平坦，座头鲸的尾巴有锯齿状边缘，抹香鲸的尾巴肥厚，只有灰鲸的尾巴弧度最漂亮。"

"是吗？你懂得真多，不愧是在海洋馆工作呢，柯寻。"女人垂眸看着他，语气中带着欣赏。

柯寻看了一下手表，从双肩包里翻出一部摄影机，看着女人缓缓道："时间不早了，我们开始吧。"

女人点点头，柯寻的眼神却一直看着她臀部的文身，鲸鱼的尾巴仿佛给了他一种安全感。他拿着摄像机，慢慢走向床边，将镜头对准了女人的后背……

次日，孔叹站在街角观察着对面的奶茶店，里面那个忙碌的身影，正是昨天来报案的那个女孩——沈雯。孔叹走上前去，在柜台前点餐："一杯奥利奥波波冰。"

"正常甜度吗？"沈雯一抬头，陡然一惊，看着孔叹声音颤抖，"警官，我已经撤案了。"

孔叹瞄了瞄沈雯围裙兜里的手机挂绳："看来你的手机已经找到了。"

"我……"沈雯一时无法回答。

这时，后面点餐的人开始催促起来，孔叹见状低声道："我等你下班。"

沈雯刚要张嘴，孔叹紧接着说："少冰，三分糖。"她说完迅速扫码，找了一个角落坐下。

营业结束，沈雯打扫完案台，紧张地走到孔叹面前坐下。她不自在地揪着衣角："警官……我……"

孔叹喝完最后一口奶茶道："你们店奶茶做得不错啊，难怪那么多人排队。"

沈雯稍微松了一口气，答非所问："还好吧，主要是地理位置不错，挨着步行街。"

孔叹嚼着奥利奥碎末说："地理位置确实不错，往东走是步行街，往西走是锦祥小区，往南是临川大学和派出所，往北走是格林酒店。"沈雯猛地紧张起来，因为孔叹这几句话点出了她这两天的行动路线。

"别怕，我没跟踪你，昨晚我来了一趟奶茶店，你同事说你请假了，我试探地问了几句，就大致摸清了你这几天的路线。"

沈雯吞吞吐吐地再次重复："我已经撤案了……"

"你是撤案了，但是你谎报警情，这可是要受到行政处罚的。"

沈雯更慌了："我没，没有谎报……"

"那你为什么要来报案？还说你手机丢了？"

沈雯咬着嘴唇没有回答，孔叹单刀直入："和你男朋友有关吗？"

沈雯瞪大眼睛，仿佛被窥探到了埋藏已久的秘密。孔叹耸耸肩："别紧张，这也是听你同事说的，听说你和你男朋友最近吵架了？"

沈雯听到这里，无力地垂下手臂，无助又不安地问道："警官，你真的可以帮我吗？"

孔叹直起身，认真道："只要你愿意告诉我，我一定会竭尽全力帮你。"

沈雯咬着嘴唇，点点头，斟酌着该如何开口，最终叹了口气，回忆着讲述起来："前几天，我男朋友突然跟我说，下次开房的时候，想来点不一样的。我就问他，什么叫不一样的……他说，希望我穿一些特别的衣服，然后和他……"

沈雯说到这儿,顿了顿,有些怯怯地看着孔叹。孔叹皱起眉头:"所以你就答应你男朋友了?"

"嗯……"沈雯点头,回忆起来,"那天我们到了格林酒店,他给了我一件白色短裙。我正奇怪呢,我以为他会给我那种很暴露的衣服,但那件短裙虽然裙长刚到膝盖,设计却很简单大方,裙摆上好像还有几个英文字母,怎么看都是很普通的一件短裙。我还问他用来着,他说……"

酒店房间里,黄毛男生玩着手机回答:"这样多真啊,你穿上别人都以为你是大学生呢!"

沈雯总觉得男友话里话外有些奇怪:"别人?就我们俩,你还想让谁看啊?"

黄毛放下手机,揽过沈雯:"咱俩这回拍下来怎么样?我就自己看!"

沈雯推开黄毛,一个劲摇头:"不行,万一你手机丢了,被人看见发网上去怎么办?"

孔叹听到这儿,义愤填膺地咬碎了嘴里的冰块:"然后呢?!"

"我拒绝了!"沈雯连忙道,"他也就没再强迫我,但是我吃完他点的外卖以后不知不觉就睡着了,我醒来的时候感觉有点不对劲……"

"你觉得你男朋友给你下药,趁你睡着的时候拍了视频?"

沈雯咬着嘴唇,声音越来越小:"我本来只是怀疑,可是后来,又过了一天,他给我发微信说想再试一次,因为上一次我睡着了,什么都没做成,还浪费了开房的钱。"孔叹气得把纸杯捏走形了,同为女性的她已经开始怒火中烧。

"浪费开房的钱?这种人不分手,留着过年吗?"孔叹意识到自己有些过激,恢复理性,"你别管我,你继续说。"

沈雯点点头,语调带着哭腔,有些颤抖:"那天他没来接我,让我自己穿着短裙去宾馆,我在路上突然收到了一个不怎么联系的朋友……发来的一条微信!那是一个链接,我点进去……都是小广告,那里有、有我穿着那条裙子……的视频……"

孔叹揽住了她的肩膀。沈雯哭诉起来:"我当时就蒙了,下意识地跑去了派出所,但是我又不知道该怎么说……好不容易鼓起勇气进去,看见男警

夏天,水族馆和坠落的她

012

察就又害怕了，怕我一说，就有更多人看见那个视频，到时候更没脸见人了……警察一直问我怎么了，最后我只能编了个借口，说我手机丢了来报案……"

"傻姑娘，你没有错，也不要觉得羞愧，那个拍视频的人才应该受到法律的惩罚！只有你报案了，那个视频才会被删除，你保持沉默，只是在掩耳盗铃。"孔叹轻拍着沈雯的肩膀，安慰道，"别怕，我会帮助你的。暴露身体没什么羞耻的，那些拍摄和观看的人，才应该觉得羞耻。你愿意和我回去，重新报案吗？"

沈雯泪流满面，最终点了点头。

一间贴满黑色壁纸的房间里，摆放着一排带着灯箱的水母缸，按照水母的种类排列得整整齐齐。满墙的书架上，排列着收集的贝类和鱼类的标本，并按颜色大小分门别类贴着标签。单人床对面的墙上，贴着密密麻麻的新闻剪报和画着红圈的人物关系图。而桌面的手机屏幕上，则是视频上传的进度条，显示还有 10% 上传完成。

柯寻看着水母缸盐度计的数值，往里面撒了一些海盐。他弯下腰，透过蓝紫色的灯光，看着海月水母一鼓一缩，上升摇曳，吸收着浮游生物的营养。他的手指沿着鱼缸描绘着水母的运动轨迹。

这时，"叮"的一声，手机响起提示音。他拿起手机，界面显示"视频上传完成，您已完成注册，成为 Iceberg 的会员"。柯寻脸上闪过一丝不明的情绪，稍纵即逝，他锁屏放下手机，继续蹲下身看着水母怔怔地出神。

一天后。

派出所的审讯室里，黄毛捋着头一脸无辜："警官，要我说几次啊，我的手机丢了，不关我的事！"

孔叹睥睨而立，眼神带着怒火，把黄毛的手机扔在桌面上："丢了？那这是什么？"

"又、又找着了呗！"黄毛嬉皮笑脸。

孔叹轻蔑一笑，沉声道："李贯丰，23 岁，强参海鲜店送货员，监控录像显示，你这两天的行动路线是海鲜店、酒店、出租屋。你的手机是什么

013

时候丢的，我们可以调取监控看看，你当时是在找手机还是在干别的？"

黄毛挠挠头，有些心虚。

"我们调查了你的手机，发现一个月以前你在朋友的邀请下，下载了一款私密软件 Iceberg，短短一个月内你在软件里浏览了大量违规视频，看了167 小时违规直播。"

"不是，警官，我是成年人，看点这些怎么了？"黄毛辩驳道。

"你不满足于这些，想要看些更刺激的东西。通过给主播打赏，你加入主播的聊天室，知道了只有成为会员才能解锁更多权限，但是成为会员需要一份投名状！"孔叹冷哼，眼神一凛，"游客只有上传自己的偷拍视频，才能成为正式会员。所以你开始偷拍你的女友！"

"她是我女朋友，我拍拍她怎么了？"黄毛大声反驳。

孔叹真的不想跟这种法盲浪费时间，强忍着恶心道："根据治安管理处罚法第四十二条，有下列偷窥、偷拍、窃听、散布他人隐私的行为，处五日以下拘留或者五百元以下罚款，情节较重的，处五日以上十日以下拘留，可以并处五百元以下罚款。你的行为已经违法了！"

黄毛额角流出冷汗，挣扎狡辩："警官，我真不知道，我以为我跟她是男女朋友，拍点视频也没什么呢！"

"我看你不是不知道，而是知法犯法。你的搜索记录显示，你查过偷拍别人算不算违法！"孔叹说着，将打印的截图甩在黄毛脸上。黄毛看着这一切，无力再辩驳。

孔叹见状说道："不过，如果你把你知道的，关于这款私密软件的信息说出来，协助我们调查，倒是可以戴罪立功。"

黄毛破罐子破摔："你问吧。不过警官，我也刚下载一个月，还没整明白呢。"

孔叹双手撑在桌前，探身问道："我最好奇的是，你为什么要让你女朋友穿那件白色短裙？"

黄毛嘴角一抽，沁出冷汗。

柯寻查看着 Iceberg 的软件页面，他发现自己成为会员后，被拉入了一个私密聊天群。群里的人分享着各种不堪入目的视频，柯寻划着屏幕寻找有用的信息。

"咱们群来新人了啊？灯塔水母，你也喜欢这种类型？"

柯寻顿住手指，思考着如何回复，最终只打了一个问号。

"你不知道啊，成为会员时拍的那个视频将决定你去哪个专区，在专区里只能看同样类型的视频！"

"只能选择一个区？"柯寻打字问道。

"对啊，你要是想去别的区，可以拍别的视频，再注册一个新账号。我兄弟上星期拍了个大学生，直接去 VIP 群里了。"

柯寻皱了皱眉，想了想，打字问道："VVIP 群怎么去？"

"新人你挺着急啊。VVIP 是一对一的，交会费就能去，但是一个月要一万，太贵了，不划算。而且 Iceberg 聊天群都是阅后即焚的，视频也存不下来，交那么多会费不是智商税吗？"

"其实还有个办法能成为 VVIP。我听别的群的朋友说的，早年间，鲨鱼刚成立 Iceberg 这款软件的时候，留下了一条不成文的规定，凡是能拍到穿这件短裙的女学生的视频，可以直接晋升为 VVIP。"

一张短裙图片被发到群聊。柯寻点开图片，觉得有点眼熟，他应该见过这条裙子，直到他发现裙摆上的英文字母——LCU。他抬起头，望向那面贴满关系图、写满字迹的墙壁，试图从那些杂乱无章的线索里找到佐证这一点的证据。

沈雯一脸焦灼地等在派出所门口，直到孔叹出来，她猛地起身。孔叹拍了拍她的肩膀，安慰道："视频暂时都被删除了。"

沈雯煞白的小脸终于有了一丝血色。孔叹忍不住提醒："不过，如果被不怀好意的人下载了，继续传播的话……"

沈雯苦笑问道："警官，是不是被偷拍了，就永远没有办法彻底删干净了？"

孔叹想了想："这世界上很多事情，一旦发生，都是没有办法清除的。遭受的痛苦，遇见的死亡，被偷拍的恐惧，这些事情都很难忘记……但是你遭受到这些，并不是你的错，只是刚好发生了而已。不要试图从自身找原因，是不是我哪里不对、哪里不好，所以才会受到这些伤害？不是的，并不是所

Chapter 01 · 天才K

015

有事情都有因果，很多事情是不打招呼的，苦难是随机的事件，并不是一种惩罚。"

沈雯听着，好像明白了，又好像更不懂了，但是心里稍微宽慰了一些。

孔叹深吸一口气："好啦，你是个好姑娘，奶茶做得这么好喝，已经前途无量啦！"

"孔警官，你很会劝人呢，之前一直以为你很严肃，但相处下来，你其实很细心、很温柔……"沈雯说着，眼神闪着光芒。

孔叹自嘲道："是吗？我其实一点都不会劝人，之前我在所里调解两口子的矛盾，结果我越劝，夫妻俩吵得越凶！"

沈雯终于被逗笑了，少女的脸上重新洋溢起光彩。孔叹也笑起来，但她也很意外，自己为什么可以说出这番体恤人的话语劝慰沈雯，就好像这些话有人对自己说过一样……

派出所办公室里，孔叹用黄毛的手机浏览 Iceberg 软件上的群聊内容，她戴着耳机，翻阅最新上传的视频，耳机里充斥着各种令人不适的声音。她手指一停，一个头像引起了她的注意。那是一张水母的图片，这种水母并不常见，不是寻常海洋馆的品种，一般人不会使用它作为头像。她回忆着，陆卓凯告诉过她的……

夏日的树荫下，陆卓凯晃了晃手机，壁纸是一只钟形的透明水母，中间亮着一个像红灯一样的东西。

他眯起眼睛，笑着说："这是灯塔水母，是一种可以不朽的永生水母。"

孔叹突然心跳加速，控制颤抖的手指点进头像的主页。

ID：灯塔水母。自己果然没记错，和陆卓凯有关的一切，都不会记错的。孔叹点开灯塔水母上传的视频——一个女人穿着性感，像喝醉一般手舞足蹈。孔叹突然按下暂停，发现女人臀部上方有一个好像鲸鱼尾巴的文身。孔叹皱眉，思忖着什么。

这时，老李突然在背后拍了她一下："小孔，案情报告写完了吗？"

孔叹摘掉耳机，起身问道："啊，师父！怎么了？"

老李笑着摇摇头："我问你，案情报告写完了吗？"

"写完了，初步调查这款软件的服务器在海外，查不到运营者的 IP 地址，而且这是一款私密性软件，聊天群发布的内容阅后即焚。里面的违规视频和违规直播只是庞大产业链上的冰山一角，在这条黑色产业链上，还有偷拍、非法招揽违规直播人员等不法行为。我认为最应该调查的，就是聊天群，因为阅后即焚的属性，很多关键信息我们无法查到……"

孔叹还没说完，就被老李打断："这件案子牵扯较广，明天就要移交给市公安局调查了，我们所只是协助查办。"

"我知道……"孔叹有些失落。

老李看在眼里，又开始恨铁不成钢："你现在知道力不从心了吧。当初让你好好考，去公安局工作，非不听！"

老李走后，孔叹看着黄毛的手机上那个叫灯塔水母的ID，不知为何，总会想到陆卓凯。好奇怪，他明明已经不在了，却好像一直都在。孔叹握紧了手机，总觉得这件事情没有结束，也许只是刚刚开始……

次日上午八点，临川市立山区河岸边，一个钓鱼的老头靠在一棵杨树边，他环顾四周，习惯性忽略隔壁立着的"禁止垂钓"的牌子，放下钓鱼工具包，装好鱼饵，扔出鱼线。一根烟的工夫，鱼钩就动了动，老头拉杆有些吃力，感觉这次肯定是条大鱼，随即吐掉烟头，双手发力。老头越拉越觉得不对劲，直到一个黑色的袋子浮出水面……

派出所里，孔叹和公安局同志交接完黄毛的案子，刚坐下来休息，就接到了群众报案电话："喂，你好，这里是立山区派出所。"

"警察同志，我钓鱼的时候从……从水里捞出一个东西……"老头喘着粗气，惊慌不已。

孔叹警觉："是什么东西？"

老头咽了咽口水："好像，是个人！还是个女人！"

孔叹、老李和公安局同志抵达现场的时候，女尸已经被打捞上岸，开始进行取样调查。女尸的脸部被钝器袭击，长时间在河水中浸泡，已经完全辨认不出模样。小董刚看见女尸，就直接捂着嘴吐了。老李把他赶到一边，拉着孔叹走近观察。

"死因和死亡时间确认了吗？"老李问道。

尸检科的同事抬起头："死者颈部有勒痕，初步判断是窒息性死亡。死亡时间超过36小时。现在是夏天，外加河水浸泡，所以尸身腐烂比较严重。"

"死者信息确认了吗？"老李蹲下身，继续询问。

"死者被发现时浑身赤裸，能证明个人信息的东西都没有。"

老李皱眉："最近有关于失踪人口的报案记录吗？"

"没有。"孔叹干脆地回答，她望着周围的建筑，"这里没有居民楼和工厂，只有立山区疗养医院，人迹罕至……"

"孔探长，你的意思是从疗养院开始查？"小董吐完了，终于打起精神。

"恰巧相反，这个疗养院规模比较小，医护人员之间应该都比较熟悉，如果死者是疗养院的工作人员……"孔叹看了眼手表，"现在已经九点半了，如果两天没有去疗养院上班，应该会有人发现，那我们已经接到报案了。"

"也不一定。"老李反驳，"这个疗养院里都是老人，医护人员也整体年纪偏大，没那么强的警觉意识。既然死者的个人信息还没有确认，倒是可以先从疗养院开始查起。"孔叹点点头。

另一边，负责尸检的工作人员准备将女尸运回局里，给女尸翻身的时候，孔叹注意到她臀部上方好像有个文身。

"等一下！"孔叹叫住正要抬女尸的工作人员。

"怎么了？"工作人员疑惑。

"这里，她有一个文身。"孔叹近距离观察。

"哦。臀部上方确实有个文身，不过尸体已经被泡得浮肿，辨认不出是什么图案，好像是花瓣？但怎么只有两片？"工作人员奇怪道。

孔叹看着女尸文身线条的脉络，脑子里闪过昨天在黄毛手机里看见的那个视频，两个图案的线条渐渐重合，她喃喃道："这个图案，好像是……鲸鱼的尾巴？"

海洋馆。

柯寻每天七点钟开始打扫企鹅场馆，八点钟开始凿冰、铺冰，十一点去冷冻室准备饵料。回来后他就穿上棉服，全身消毒后，进馆喂食、观察、记录企鹅生活动态，等喂完最后一批企鹅的时候，刚好是十二点四十分。柯寻从企鹅馆出来，脱掉棉服，发现棉衣都已经被汗水浸湿了。他每天如此，在固定的时间重复相同的工作，在 5 摄氏度的企鹅馆和 30 多摄氏度的室外来回穿梭，他喜欢重复和可预测的事，这样会给他带来放松和安全感。

柯寻结束上午的工作，拎着饭盒去休息室。刚推开门，他就感觉到之前热闹的环境因为他的出现骤然降温。他去到经常坐的角落，打开饭盒。周围的目光让他感到不适，无论何时，人们都喜欢乐此不疲地观察异类。

一个年纪稍大的同事——王姨靠了过来，看着柯寻的饭盒开始唠叨："小寻，你怎么又吃这些啊？年轻人得吃点肉啊！光吃菜怎么行？"王姨说着，往柯寻饭盒里夹了一块红烧肉。

柯寻点点头，沉默地低头吃饭。至于那块肉，他是不会碰的。倒不是嫌弃，王姨的厨艺很好，但是他不习惯吃别人的东西。

这时，休息室的电视开始播报新闻："今日上午八点，有市民在钓鱼时在立山区通榆河中发现一具女尸……"柯寻拿筷子的手骤然一顿。

"事发现场附近已聚集了许多围观群众，市局公安派出所民警已经到达现场，正在进行勘查。死者被发现时，被包裹在黑色塑料袋中，浑身赤裸。目前死者的身份还未确定，唯一的信息是死者的臀部上方有一处图案不明的文身……"

电视画面上出现文身的图案，柯寻看到这里，突然一阵作呕，把刚吃下的饭吐了出来。

王姨紧张道："怎么了，小寻，红烧肉不合你胃口？"

柯寻抹了抹嘴角，摇摇头，拿着饭盒踉跄地走出休息室。

派出所里，孔叹忙得脚打后脑勺。无名女尸案虽说由公安局负责，孔叹辖区的派出所只是协助，但是孔叹一想到非法软件上的那个视频，就觉得自己只差一步就能找到凶手了。那个 ID 叫"灯塔水母"的人，应该就是杀害死者的凶手。但是由于 Iceberg 软件的服务器在海外，警方无法追踪到用户的信息和 IP 地址。而且，还有另一条让孔叹注意到的线索——死者生前并没有遭到性侵的痕迹。

孔叹看着手头的资料正犯起嘀咕，小董已经从疗养院调查回来了。

"怎么样，疗养院那边有什么进展吗？"孔叹赶紧问道。

小董摇摇头："没有医护人员和患者失踪。我把监控录像都带回来了，看看疗养院周围有没有什么可疑人员。"

孔叹突然想到什么："对了,小董,你上次是不是说,你有个朋友是文身师?你有他的联系方式吗?他那里可能会有线索!"

"哦,那我把他联系方式给你!"小董说完,小心地试探,"孔探长,那我可以协助你吗?我一看监控录像就犯困!"

孔叹笑眯眯的,随即目光一凛:"不行!监控很重要,你要仔仔细细地看!"孔叹存好电话,快步走出派出所,身后响起小董的哀号。

一家不太大的文身店里,墙上贴着各式张扬夸张的文身图案。在文身机的"滋滋"声中,孔叹把死者文身的照片交给文身师。

"您见过这个图案吗?"孔叹询问。

文身师接过图片,眉头扭成一团:"这是个啥图案?变形太严重了吧。"

"应该……是鲸鱼的尾巴。"孔叹解释道。

"这你都能看出来?真不愧是警察同志……"文身师眯起眼睛,"哎,别说,还真有这么点意思。对了!我最近确实给别人文过一个鲸鱼尾巴的图案。"

"是什么样的人?"孔叹赶紧问道。

"是个当妈的!"

"一个母亲?"孔叹脑海里闪过女人在视频里的模样,觉得不可思议,"你确定吗?"

"对,她跟我说,她想文个图案纪念自己的女儿。她女儿叫……晶晶!对,所以我才给她文了一个鲸鱼图案。她看完图还挺满意的。"

"她女儿去世了?"

"警察同志,那我哪好意思问啊,属于顾客隐私了。"文身大哥挠挠头回答。

"那你有她的联系方式吗?"孔叹切入正题。

大哥回忆起来:"没有,她是直接到店里来的,没有预约。"

孔叹皱起眉头。大哥又想到什么:"对了,我们店应该有她的地址,因为她那时文完有点红肿,往店里打电话让我们给她寄过外敷冰袋。"

"那请您把她的地址告诉我!"

夏天,水族馆和坠落的她

孔叹抵达死者住址的时候，感到有点奇怪。因为她对死者的预设和这套一居室的氛围完全不搭。这套房子面积虽小但干净整洁，居住者应该是个朴素且热爱生活的人。房间各处摆着死者与女儿的合影，孔叹拿起相框，里面是小女孩某一年过生日时母女二人的合影。照片里的女人和小姑娘都是那种让人眼前一亮的美人，但如今母女两人却都已经不在了。

孔叹忍不住叹息的时候，小董突然喊她："孔探长，衣柜里发现了一部手机！"

孔叹走过去，从小董手里接过手机，问道："发现身份证了吗？"

小董摇摇头："没有，只有一部手机，设有密码，没打开。"

孔叹看着锁屏壁纸上母女二人的合影，犹豫了一下，按下数字"0829"。手机被打开了！

小董惊讶："神了！孔探长，你怎么知道密码的？"

孔叹一边翻看手机里的内容，一边说："客厅摆着的照片里，有一张是她女儿生日那天照的，她那么在意自己的女儿，用女儿的生日当密码也不足为奇。不过，她常用的手机应该不是这部，这应该是备用手机。"

"哦！我知道了，因为没有身份证，所以她常用的手机应该和她的身份证一起被销毁了！"小董得意地分析。

孔叹赞赏道："可以啊！"

小董突然被夸有些不好意思，转言道："不过这个死者可能有双重身份，你看她的衣柜，大部分衣服都挺朴素的，但是里面的箱子里又有几件衣服很性感。她家里不像是有男人居住的痕迹，你说她会不会是晚上出去……"

"等一下！"孔叹突然发现了什么，"她手机里有一条入住宾馆的确认信息，就在四天前！"

孔叹想起黄毛手机的私密软件里上传的那段视频，极有可能就是几天前在这家宾馆录制的，那么和她一起开房的人，不就是 ID 为灯塔水母的那个人？！

"走，我们去这家宾馆查一查！"孔叹拎起外套就冲出门外。

"她留下的身份证上显示，名字叫唐文霞。"宾馆前台看着电脑屏幕念道。

"跟她一起来的人呢？"孔叹问。

前台看着电脑回答:"开房时只留了一个身份证。"

"不对,应该还有一个人。"孔叹非常笃定。

"孔探长,你咋知道是两个人?"小董小声问。

孔叹想起视频里的画面,又问道:"她定的是哪间房?我先去看看。"

"309。"前台回复。

孔叹拿过万能卡:"小董,你帮我看看监控录像,她应该是跟一个男人一起来的!"孔叹说完,转身朝房间走去。

刚刷开门的时候,孔叹就闻到一股潮湿腐朽的味道,她观察四周,打量着房内的布局和装饰,努力回忆着那段视频里拍摄的画面。从窗帘的颜色、房间的布局、床的摆放来看,应该就是这间没错。

这时,孔叹的电话响起来,她接起电话。小董在电话里着急道:"孔探长,查到跟她一起来的那个男人了!"

在像素不高的画面里,那是一个背着双肩包、戴着棒球帽的男人,身高一米八以上,身材偏瘦,看不清面部。孔叹左手支颐,右手握着鼠标,一遍遍回放。

"这男人看着挺年轻的啊!"小董疑惑,"唐文霞都快四十了呢,这男的看起来也就二十出头,和我差不多大的样子啊!按理来说,男人不都是找年轻的吗?难道喜欢这种成熟的?"

孔叹再次回放,注意到唐文霞和男子之间的距离很近,关系很亲密。

"他们俩应该不是第一次见面,唐文霞对这个男人很信任,甚至不自觉地靠得很近。"孔叹看着视频分析道。

孔叹看着画面里的男人,总觉得身形有些眼熟:是在哪里见过呢,警局?不对,还有哪里呢?我最近还去过哪里呢?

孔叹回忆着,突然发现男人的双肩包上挂着一个小小的挂坠。她滑动鼠标,放大画面,隐约可见是一个半圆形、下面带着穗的物品。

"这是什么东西?"小董眯起眼睛。

孔叹突然想到那个人的ID,确认道:"应该是水母。"

"水母?!"小董惊呼。

孔叹差点耳鸣:"你吓死我了,叫那么大声干吗?"

"我……我上午看疗养院监控录像的时候,也发现一个人的双肩包上挂着水母挂坠!"小董激动道,"我找找……因为水母的挂坠实在不怎么常见,我就记住了……"

小董翻找的时候,孔叹的脑子迅速思考,非法网站的ID、宾馆的监控录像、疗养院的监控录像,这个人如果是凶手会不会有点蠢?如果要杀人行凶,起码要避开摄像头才对啊。

在孔叹还没想清楚的时候,小董已经将手机递过来:"就是这个,疗养院的监控拍得比这个清楚很多!"

孔叹顺势看去,瞬间瞳孔放大,血液上涌。她夺过手机,仔细辨认,没错,虽然戴着口罩,但是那颗眼角的泪痣不会错的!就是他——柯寻!孔叹捏紧手机,有些颤抖,肾上腺素狂飙让她差点失去理性。终于,等了这么久,这个凶手再次出手了。

这一次,她要亲自抓住他,审判他!

在驱车去往海洋馆的路上,孔叹的手心止不住地冒出冷汗。车窗外街景闪过,孔叹对于陆卓凯的记忆也一帧帧地在脑海里放映,她在这个并不恰当的时机,突然开始思索起一个哲学命题——我存在的意义。

七年前,陆卓凯坠楼身亡的那一天,孔叹就把抓住真凶当成自己余生的全部意义。18岁的她作为目击证人指认的"凶手"柯寻,当年被无罪释放。

七年后,她终于要亲自来逮捕他了。

孔叹没有想象中的喜悦和激动,她突然充满不安,如果他不是凶手怎么办?如果他再次逃脱了怎么办?如果我没有办法与他对抗怎么办?如果我再次输了怎么办?我可以输,但是陆卓凯不可以不明不白地死去……孔叹调整呼吸,将所有的恐惧和不安都埋在心里,在柯寻面前出现时,一定要保持镇定,让他知道他终将为自己的行为付出代价。

孔叹已经不记得自己是怎么走下警车,并推开海洋馆的大门,最后来到水母馆的。当她恢复理性,镇定下来的时候,她已经站在水母秘境,在幽暗的长廊里与柯寻相对而立。

柯寻的手里拎着工具箱,目光冷漠地凝视着孔叹。

孔叹一步一步走过去,从兜里掏出警官证:"柯寻,我们怀疑你与唐文霞死亡案件有关,请你跟我们回警局配合调查。"

柯寻好像没听见一般,蹲下身,打开工具箱,语调呆板道:"水母缸的水冷机总阀坏了。"

"什么?"孔叹万万没想到得到的是这样的回复,她上前一步,厉声质问,"你没听到我的话吗?请你跟我们回警局……"

"水冷机坏了,海洋馆只有我会修,十五分钟就够了。"柯寻没有情绪地重复道。他说完缓缓抬起头,盯着有些发怒的孔叹,展颜露出一个非常纯真的笑容,却说着与表情完全不符的话:"七年都等了,十五分钟,孔警官都等不了吗?"

孔叹顿时一怔,原来他什么都知道!她皱眉道:"我没时间跟你讨价还价,如果你拒捕不从,我将依法对你采取强制措施。"孔叹说话间,手摸向腰间的手铐。

柯寻看在眼里,却完全没有被震慑到,收起笑容,眼神有些悲伤,依旧用没什么情绪的语调说:"不修好的话,整个海洋馆的水母都会死掉。"

他戴着工具手套的手顿了顿,用只有两个人能听清楚的声调喃喃低语:"陆卓凯最喜欢水母了,你也要害死它们吗?"孔叹脑子里响起嗡的一声。

陆、卓、凯,他这个凶手居然敢提起他的名字!愤怒让孔叹暂时失去理智,但她却没有注意到,柯寻后半句话的那个"也"字。

柯寻继续手里的活儿:"快了,你要是从现在起不打扰我,还有五分钟就能修好。"陆卓凯的名字让孔叹失去了反驳的能力。孔叹不懂,为什么明明是她来逮捕柯寻,到头来却好像是柯寻在审判她?

身后的警官见状赶来:"怎么回事?拘捕吗?"

"没有。"孔叹无力地答道,"给他五分钟时间处理完手头的工作吧,反正他不会逃跑的……"

听到这句话,背对着孔叹的柯寻不自然地笑了一下。是啊,他怎么会逃跑呢?这次重逢也是柯寻期待已久的会面。拧完最后一个阀门,柯寻关上水冷机的机箱,摘下手套,转身从容地凝视着孔叹:"走吧,孔叹同学。"

孔叹带着柯寻,一行人正走到门口的时候,王姨冲过人群,拉住孔叹的手激动问道:"警察同志,小寻怎么了?你们是不是搞错了?"

孔叹和王姨对上视线，发现她就是那时把自己带离员工通道的热情阿姨。孔叹没有回答她的质问，她无奈地拂开了王姨的手，头也不回地走远。王姨着急地在原地跺脚，赶紧拿出手机，翻找着通讯录里的名字，最后定位到——林医生。

审讯室里，柯寻平静地坐在那里闭目养神。他非常喜欢独处，只要是一个人，无论在哪里他都会觉得自在安全。

审讯室外，老李看着直勾勾盯着柯寻的孔叹提醒道："行了，你都要把那小子的脸盯穿了！"

"师父，公安局那边的人，什么时候到？再不来，我要亲自去审问他。"孔叹有些着急。

老李倒是气定神闲，喝着茶说："不行，你不要单独去审，还是要等公安局那边派来熟悉那个……阿斯伯格综合征的法医，在他的协助下审问才行。"

孔叹双眉紧皱，明明柯寻近在咫尺，明明他就是凶手，自己却没有办法去审问他，这种无力感让孔叹讨厌。

"阿斯伯格……这病怎么了？很特别？"小董挠头问道。

"对于患有阿斯伯格综合征的个体而言，与他们沟通就已经很难了，审问更是难上加难。因为他们很难被暗示，看不懂我们的表情，听不懂我们的语气，他们甚至无法理解审问这种行为。"孔叹解释道，目光依旧在柯寻身上。

老李看着孔叹执拗的模样，无奈摇头。

"不等了，我来问。"孔叹思忖后下定了决心，说罢，她头也不回地推开审问室的门。

小董没拦住，无助地望向老李："李叔……她……"

"让她去吧！"老李仿佛一点也不意外，低下头，吹开茶沫。

孔叹走进去，柯寻仿佛没有看见，继续闭着眼睛发呆。她走近，坐在柯寻的对面问道："你在想什么？"

柯寻听到声音，依然没有睁开眼睛，自顾自地开口："明天喂企鹅的时候，或许可以给它们加餐，喂一些南极磷虾。"

孔叹轻哼了一声："你觉得，你明天还能回海洋馆喂企鹅吗？"

柯寻睁开眼睛，继续自己刚才的话："但是不能经常喂，企鹅会嘴馋的，它和人一样，要学会延迟满足。"

孔叹不想和他围绕企鹅的话题绕来绕去，单刀直入："你跟死者唐文霞是什么关系？"

柯寻终于抬眸看了一眼孔叹，确切地说是看了一眼孔叹身上的警服，并没有与她直接对视："你居然当了警察。"

柯寻垂下头，思索着喃喃自语："也对，你确实应该去当警察。"

孔叹再次重复刚才的问话："你跟死者唐文霞是什么关系？"

柯寻倏地抬起头，直直地凝视孔叹："你当警察是因为陆卓凯吗？"

听到陆卓凯的名字，孔叹怒火中烧，一时没控制住情绪，脱口而出："你有什么资格叫他的名字！"

柯寻居然笑了一下："他是我的朋友，我喜欢叫他的名字。"

孔叹见他毫无悔过之心的模样，不由得提高了音量，质问道："可是你却害死了他！"

柯寻见孔叹靠近了一些，抬起撑在桌面的手肘，往椅背一靠，以一个舒展的姿势面无表情地反问："如果我杀了人，那为什么我没有进监狱呢？"

"你早晚会进的。"孔叹咬牙道。

"我记得你以前不是一个非常自信的人。当警察，会让一个人变得自信吗？那我是不是也应该试一下？"柯寻说完，又露出一个标准的微笑。

孔叹看着他的笑，有些发怵："你笑什么？"

"柯寻一怔：'我不应该笑吗？我的心理医生告诉我，多次微笑是表达礼貌的一种方式。如果让你感到不舒服，那我向你道歉。"

孔叹终于明白了，为什么审问患有阿斯伯格综合征的犯人，要在专业医生的协助下进行了。因为柯寻就像一个软体动物，你往哪里落刀，他就往哪里闪，但你却切不动他。但孔叹也不是一个容易放弃的人，她决定不再掉入柯寻言语中的陷阱，她要跳出柯寻的思维模式，让他跟着自己的节奏。孔叹翻着文件夹，一板一眼地开始审问："八月二号晚上九点钟以后，你在哪里？"

"我不喜欢你的语气。"柯寻直言，"如果李警官还在的话，我更喜欢和他对话。"他说着望向门外。

审讯室外，听到这句话的老李突然被茶水呛到，咳嗽起来。小董好奇："李叔，他认识你？"

老李放下茶杯，用袖子擦擦嘴。小董抽口气，皱起眉头："感觉孔探长搞不定他啊，李叔，要不你去吧？"

"这是小孔必须要经历的。你去问问公安局派的人到哪儿了。"

"是！"小董刚转身，迎面撞见公安局的人已经走来，随行的是一位打扮精致、面容秀气、充满亲和力的女性。

"这位是……"老李起身问道。

警局的工作人员解释："局里暂时没有这方面的问询专家，我们临时申请向中心医院借了一位专家过来。"

"哦。您好。"老李礼貌地伸出手。

女人温柔一笑，让人如沐春风，她握住老李的手："您好，我是来协助调查的阿斯伯格综合征临床专家，也是柯寻的心理医生，林静竹。"

老李怔住，愣了半天才收回了手，赶忙解释："不好意思，您说您是柯寻的心理医生？为了避嫌，您恐怕不能……"

"我知道，我来是想把这个交给您。"林静竹说着，从包里拿出一个U盘。

审讯室内，孔叹做了一个深呼吸，再次把话题拉回来："现在审问你的人是我，我没时间跟你聊天叙旧，请你回答我的问题。八月二号晚上九点钟以后，你在哪里？做了什么？"

"我说了，你会相信吗？"

"如果有证人或证据能说明你说的是事实，那么我会选择相信。"孔叹回答的时候，手还在翻阅文件夹。

"你可以看着我的眼睛再说一遍吗？孔警官？"柯寻注视着孔叹，用他惯用的呆板音调说道。

"啪"的一声，孔叹把文件夹扔在桌上，站起身厉声警告："现在是我在审问你，不是你在审问我！"

"可是……"柯寻眨巴眼睛，好像不太明白孔叹为什么又生气了，他犹

Chapter 01 · 天才K

027

豫着，"我觉得你不是在审问我，而是在报复我。"

孔叹像是被戳中要害，连她自己都没发现自己内心深处的最底层的情绪。没错，她确实是在借着审问，报七年前的仇恨。孔叹正要开口的时候，老李带着一行人推门进来。

"对柯寻的调查可以终止了。"老李说道。

"为什么？"孔叹不解质问。

"唐文霞的死亡时间，柯寻有不在场证明。"老李说着转过头，看着柯寻，"你可以走了。"

柯寻站起身，朝老李微微颔首："好久不见，李警官。"

"我们有什么好见的，咱俩永远不见才好呢！"老李开完玩笑，转言道，"行了，林医生来接你了！"

林静竹走到柯寻身边，拍了拍他的后背，说道："小寻，我们走吧。"

柯寻没有闪躲，反而像看见家长似的，表情变得乖巧，顺从地和林静竹离开了。走到孔叹身边的时候，柯寻停住脚步，目光斜向孔叹，突然开口："孔警官，你知道吗？海洋里有一种最会伪装的生物，叫作拟态章鱼。它仅用一秒钟就能让自身和任何背景融为一体，借此来躲避掠食者。所以，你以为看到的真相，不一定是真的。"

"你到底想说什么？"孔叹压抑着情绪。

柯寻挤出一个标准微笑："海洋馆也有拟态章鱼，欢迎你来参观。"

"你……"

柯寻说完，转身离开。孔叹看向老李："师父，这到底是怎么回事？"

"林医生带来了监控视频，显示唐文霞遇害的时间段里，柯寻正在心理咨询室接受治疗。"

"可是，怎么会那么凑巧，柯寻八月一号的时候和唐文霞在宾馆见面，次日凌晨唐文霞就遇害了，而且……"孔叹正想说，柯寻拍摄了唐文霞的视频，可是因为放走了他，目前没有办法调查他的手机，也就没有办法证明他就是ID为"灯塔水母"的用户。

"那疗养院的监控录像怎么解释？"孔叹不依不饶。

"疗养院那边出了访客证明。"小董帮着解释道，"柯寻的母亲三年前遭遇车祸以后，就开始在那间疗养院接受治疗，而且每个周二的下午六点钟，柯寻都会准时去探望她，从未间断……"

挫败感像海浪一样涌来，孔叹像即将窒息的溺水者，她深吸一口气，无力问道："证明的视频在哪儿？我要去看看！"

派出所外，柯寻像泄气的皮球，蔫蔫地跟在林医生身后。

"怎么无精打采的，刚才还挺有精神的呢？"林医生笑问。

"装大人，好累啊。"柯寻低着头，无力地说着。

林医生看出来柯寻在难过，他情绪低落的时候喜欢垂着头，便问他："你想让我送你回家，独自待一会儿，还是去我那儿，跟我聊聊天？"

柯寻思考了一会儿："上次在您那儿喝的咖啡，还有吗？"

林医生笑道："当然了，走吧！"

电脑屏幕上，播放着心理咨询室的治疗视频。画面下方的时间显示着八月二日，二十点十八分。一些专业的心理医生，会在通知患者的前提下，把治疗过程拍摄下来。一是防止治疗中发生突发状况，二是为了日后研究治疗进度时，用视频影像资料作辅助。孔叹戴着耳机，仔细地观察着视频中的柯寻。

柯寻坐在一个白色的沙发上，而林医生坐在他对面的椅子上，给两个人泡咖啡："你想用我这里的一次性杯子，还是自己的？"

柯寻直接从书包里拿出了自己的杯子。林医生早料到一般，笑了笑，倒好咖啡，递给柯寻："是发生什么事情了吗？你很少这么晚过来。"

柯寻喝了一口咖啡，像是下了很大决心似的，终于开口："海葵……海葵又出现了。"

电脑前，孔叹按下暂停。海葵？她心里算了下自己去海洋馆跟踪柯寻的时间，难道，自己就是柯寻口中的海葵？孔叹带着疑惑，继续看下去。

画面里，林医生稍微顿了顿："是跟水母有关的人吗？"柯寻点了点头。

"那你对海葵的出现，有什么感觉呢？"

柯寻握紧水杯，目光变得有些冰冷："我想杀了她。"

孔叹听到这里骤然一惊，后背冒出冷汗。

林医生听到这句话，仿佛并不意外，起身从抽屉里拿出了一把自制的刻度尺，递到柯寻面前，耐心问道："小寻，那你告诉我，你对海葵的情绪，到什么程度了？"

柯寻伸出手一口气调到"10"，犹豫了一下，又调到了"9"。林医生又拿出几张画着表情的卡片，上面有悲伤的哭泣、惊恐的捂嘴、惊讶的瞪眼、愤怒的大叫等表情，她说："那你选一张，最能代表你对海葵情绪的卡片。"

柯寻看了看，最终选择愤怒的表情。林医生看着卡片和刻度尺，试图帮柯寻整理自己的感情，缓缓道："所以你讨厌海葵，甚至到了非常愤怒的程度，是这样吗？"柯寻再次点了点头。

林医生耐心解释："小寻，表达讨厌其实有很多种方式，不一定非要用'我要杀了她'这句话。理解你的人知道你是在表达讨厌，但是不理解你的人，就会对你产生误解。"

柯寻垂眸思忖道："我最近看了一部电影，里面的主人公生气的时候，说的就是这句话，我以为可以这样使用。"

林医生笑了笑："很好哦，看影片也是一种学习情绪的方法。但是这句话尽量不要说比较好。"

柯寻乖巧地点了点头。

"你已经很久没有跟我说起和水母有关的事情，所以，是因为这个人……是因为海葵的出现，导致你情绪低落？"

"我不知道，也许吧。"

"小寻，你为什么讨厌海葵呢？可以告诉我原因吗？"

柯寻想了一下，顿了顿，开口道："因为她也喜欢水母。"

孔叹愣了一下，喜欢水母？所以，水母指代的是陆卓凯？

"那不是很好吗？你和海葵都喜欢水母，或许可以成为朋友……"

"不可能。"柯寻的态度很坚决。

"为什么？"

柯寻沉默了一会儿，一字一句道："因为水母不小心碰到海葵，就会被她吃掉。"

林医生有些不太明白，不知道柯寻指的是人还是海洋生物，继续问："你为什么觉得，海葵吃掉了水母？"

"墙上写的。"柯寻回答。

"哪里的墙上？"

"我房间的墙上，那里有关于水母的一切……"

柯寻没有情绪的话语，却激起了孔叹心底的波澜，难道说，柯寻的家里有关于陆卓凯的线索？孔叹暂停视频，打开手机，查看柯寻的位置。不久之前，她趁着柯寻在审问室的时候，把追踪定位仪放进了柯寻的双肩包里。定位的红点显示，柯寻正在市中心的某处高档写字楼里，而林医生的心理咨询室正位于这栋写字楼里。

孔叹切换电脑页面，在搜索栏里查询柯寻的家庭地址，立山区新华路59号。从派出所到那里，开车的话只要10分钟，就算柯寻从现在开始返程回家，开车也需要40分钟，自己至少有30分钟可以入室调查。孔叹计算完时间和可操作性，心中忖度，虽然此举不合规范，但如果能找到关键证据勘破陆卓凯的案子，哪怕要自己付出一切也在所不惜！迅速权衡利弊后，孔叹决定冒险一搏。

想到这里，她的身体先一步作出反应，冲了出去。

从警局出来后，柯寻随林医生回到心理咨询室。他独自垂着头，双手环抱屈膝，呆坐在落地窗前。林医生走过来，递上泡好的咖啡："我换了咖啡豆，你尝尝。"

"比上次的酸，也更苦了。"柯寻用自己的杯子喝了一口，情绪低落地喃喃开口，"林医生，为什么靠近我的人，都会变得不幸呢？"

"你为什么这么觉得？"

"鲸鱼也死掉了……"柯寻说话的时候没什么表情。

"鲸鱼是谁？"林医生第一次听见这个名称。

"鲸鱼是地球上最大，也是最古老、最聪明的动物。鲸鱼是母性的象征……"柯寻自顾自地说着。

林医生想到柯寻被带走调查，就是因为一个叫唐文霞的死者，或许鲸鱼指的就是她。而那个负责审问的孔警官，对柯寻有一种莫名的敌意，柯寻对她也表现出少见的强硬态度。柯寻是一个对任何人都难得有情绪波动的人，这个孔警官，难道就是之前令柯寻表现出9度愤怒的海葵？

"那你知道鲸鱼是怎么死亡的吗?"林医生问道。

柯寻继续喋喋不休:"鲸鱼被鲨鱼吃掉了。不过鲸鱼不会白白死掉,它的尸体最终会沉入海底,一头鲸的尸体,可以供养一套以分解者为主的循环系统长达百年,这个过程叫作鲸落……"

林医生难得地打断他:"小寻,你的好朋友叫水母,你讨厌的人叫海葵,现在又多了鲸鱼,那你呢?你又是什么?"

柯寻转头看向林医生,忽然语调上扬:"尼莫!"

"嗯?"林医生没太听懂。

"尼莫!"柯寻再次强调。

"那是……谁呀?"林医生迟疑地问道。

"就是《海底总动员》里的小丑鱼啊!"柯寻非常认真地解释。

林医生扑哧一笑。柯寻无奈地摇摇头,觉得这世界上竟然有人没看过《海底总动员》,真是太不可思议了。

孔叹来到立山区新华路 59 号的时候,比预计的时间要慢了 5 分钟。因为这里是一片老式居民楼,门牌号都已经模糊不清,她问了好几个人,才找到 59 号楼。她站在楼下往上望去,这是一栋只有 6 层高的居民楼,离柯寻当年就读的实验中学和临川大学都很近,孔叹推测这应该是柯寻从学生时代起一直居住的房子。

她警觉地环顾四周,随后压下帽檐,走上楼去。孔叹来到 3 楼 302 的门前,从钱包里拿出一张卡,把卡插进门缝,用力一划。"咔嗒"一声,门开了。

在警校的时候,孔叹学习过各种门的开锁方式,她设想过很多种闯进犯罪者家里的方式,唯独没想过是今天这样,就像一个小偷……

孔叹走进屋子,关好门,打开手机的手电筒。微弱的灯光下,可以看出这套两居室的客厅非常干净,几乎没有什么多余的物件和摆设,极简到不能再简。她往里走去,左手边的主卧开着门,里面虽然非常干净,但是却有一种很久没有人居住过的痕迹。孔叹想到小董说过,柯寻的母亲三年前遭遇车祸后,一直在疗养院治疗,那么这间应该是他母亲的卧室。孔叹右拐,那是一间次卧。她正准备打开次卧的门,却发现卧室门竟然锁着。

看来,柯寻是一个非常没有安全感,而且戒备心很强的人。孔叹又开始

夏天,水族馆和坠落的她·

032

撬锁，还好卧室的门锁简单，没有耽误太多时间。孔叹开门进去，发现柯寻的房间四周都贴着黑色的壁纸，连窗帘都是深色的，密不透光。房间里唯一的光源就是水母缸的灯箱。

柯寻的房间好像一个小型的海洋馆。一整面墙的书架上全是生物类书籍，还有各种鱼类的标本和贝类收藏。书籍按照内容、高度、颜色有序排列，每一件标本的摆放角度都好像用尺子量过一样笔直。不仅如此，柯寻房间里每个角落的陈列，都摆放得非常有规矩。孔叹不敢轻举妄动，因为她知道患有阿斯伯格综合征的人，对于房间的摆设非常在意，一旦有改变，他们就会察觉。

孔叹环顾四周，却没有发现像柯寻所说的那样，一面墙都是关于陆卓凯的线索。他的房间有三面墙的墙体是暴露在外的，只有一面墙被书架挡住。孔叹走过去，试图用力挪开书架，刚一发力，却发现这书架的底部好像有滑轮。她轻轻一推，并不费力地就把书架移开了。推开书架的瞬间，孔叹惊讶地发现墙上竟然贴着自己学生时代的照片！

心理咨询室的落地窗前，柯寻喝完最后一口咖啡，再次向林医生强调："请你务必要观看《海底总动员》！"

"好的，我今晚就看！"林医生笑着回答。

柯寻突然放下双肩包，"不然我和你在这儿一起看，看完再回去！"

这时，林医生的手机响了，来电人是谭斯展。

柯寻知道，那是林医生的男朋友。

因诊疗还未结束，林医生挂断了来电，笑着对柯寻说："小寻，那我们一起看吧。"

柯寻回忆着林医生教他的社交礼仪："算了，我还是回去吧，那等你不忙的时候，我们再一起看《海底总动员》！"

柯寻说罢站起身，碰到双肩包的时候，突然顿了一下，然后拉开拉链，把里面的东西一件件全部拿出来。

林医生见状问道："因为大学那件事，你还是会每隔三小时整理一次双肩包吗？"

柯寻点点头，仿佛在进行某种仪式，包里的物件被他拿出后整齐罗列在沙发上。林医生轻叹，蹲下身拍了拍柯寻："小寻，现在已经不会有人把你当成小偷了，你也不用……"

话音未落，林医生突然愣住，因为柯寻从书包里拿出一个黑色的小东西："这是？"

柯寻端详着，说道："这是小型 GPS 定位器。"

林医生紧张起来："你包里怎么会有这个东西？"

柯寻摆弄着 GPS 定位器，突然想到什么："林医生，你知道吗？很多人以为海葵是一种植物，但其实，海葵是一种危险的捕猎性肉食动物。"

林医生不禁有些担心："小寻，用不用我和斯展一起送你回家？"

柯寻把 GPS 定位器重新放回去，背起双肩包，唇角轻勾："不用了，海葵不吃小丑鱼的。"

柯寻房间的书架被拉开，一整面墙上都是密密麻麻的字迹，还贴着各种新闻报道的图片，那些画着人物关系的箭头也终于被显示出来。整面墙以陆卓凯的照片为中心，左边是孔叹的照片，右边是 Iceberg 软件的信息。

孔叹走近，借着微弱的光，仔仔细细端详着陆卓凯的照片。照片上，陆卓凯以一种做鬼脸的模样歪头笑着。孔叹的手指轻轻碰触上去，小心翼翼地临摹着他的轮廓。紧接着，孔叹发现从自己的照片到陆卓凯的照片，被柯寻画了一个箭头，上面写着"跟踪狂"。她皱了一下眉，对这个称呼非常不满意。而从陆卓凯的照片到孔叹的照片也画了一个箭头，箭头上写的是"救助者"。

但是，从柯寻的照片到陆卓凯的照片，画着双向箭头，上面写着"好朋友"。孔叹冷哼了一声，沿着陆卓凯的照片，发现箭头指向了字迹最多的地方，那就是 Iceberg 软件。柯寻也在调查 Iceberg？

更令孔叹意外的是，他调查到的信息比警方调查到的还要多。而且墙上所写的很多信息，确实跟警方目前调查的结果一致。

Iceberg 是一款非法软件，服务器在美国。表面上看起来跟普通非法软件差不多，但是其中的聊天室却有阅后即焚的加密设置。

孔叹沿着墙上密密麻麻的信息，渐渐捋出了一条思路。柯寻确实是一个非常有逻辑性的人，他还在这款软件边上写着：

一、Iceberg 的注册条件：1. 用户认证为男性。2. 邀请制，必须有好友分享下载链接才可以使用。3. 想加入私密聊天室，需要上交一份投名状，即偷拍视频。（PS：每一个账号，只能加入一个聊天室。）4. 进入的聊天室，将根据投名状所拍摄的视频类型所定。（PS：累计拍摄视频到达一定数量可以成为 VIP；拍摄穿着特定服装的女生视频可以直接晋升为 VVIP。）

除了文字，旁边还贴着一张临川大学的女生新生制服裙的图片。孔叹看到这里，有些吃惊，柯寻竟然查到了这么多。当时她审问黄毛的时候，黄毛只是说他从朋友那里听说过这些消息，不确定真伪。可她在柯寻这里，却得到了证实。孔叹沿着脉络图，继续往下看。柯寻整理了下载软件后的使用流程。

二、Iceberg 的使用流程：1. 受邀下载后，首先是看违规视频和直播。2. 一旦在直播中打赏，就会被主播拉入聊天群。3. 要是想成为会员就要提供偷拍视频，一旦成为会员就要缴纳会费。4. 会员分为三个等级，普通会员、VIP 会员、VVIP 会员。普通会员在聊天群中可以观看所有普通会员上传的视频。VIP 会员有权观看所有 VIP 会员及普通会员上传的视频。VVIP 将有一对一服务，内容未知。

柯寻在下面又写了一行小字：普通会员应该占到 80% 左右，大部分人并不想缴纳过多费用，Iceberg 的风险和赢利不成正比。那么 Iceberg 到底是一款盈利软件，还是另有所图？

看到这里孔叹已经基本确定，柯寻确实是在调查 Iceberg 软件。可是他为什么要调查这个呢？难道说，当时他和唐文霞拍摄的视频，就是柯寻要成为会员的投名状？那唐文霞为什么会答应拍摄呢？她为什么如此信任柯寻？他们两个到底是什么关系？这一切，又跟陆卓凯有什么关系？孔叹满脑子都是问号，她潜入柯寻家里的本意是调查陆卓凯的死亡真相。可是放眼望去，这面墙上关于陆卓凯的信息其实并不多，更多的是关于 Iceberg 软件的背景调查。孔叹暂时放下心底的疑惑，继续往下看。

Iceberg 的雏形是论坛，成长期变为非法软件，再发展到如今的私密性软件，为规避审查风险迭代三次。如今以上交投名状的方式，使用户成为犯罪共同体，延续了论坛时期的社区化属性。

创始人为最初论坛用户，ID 代号鲨鱼，身份不明。（大概率为临川市人，30 岁左右。）其他已知成员，管理层运营两名，一人负责违规直播产业链运营，

ID代号北极熊；一人负责偷拍产业链运营，ID代号花园鳗。

孔叹注意到，在北极熊的旁边，贴着几张2019年的新闻截图。

"引发广泛关注的'猥亵发帖案'告破。当地警方1月5日通报，该名男主播已被逮捕。此次案件只是庞大的违规直播产业链上的冰山一角……"

"女生遭猥亵后不堪受辱，跳楼自杀！"

"受害女孩跳楼自杀，遗书让人心碎：妈妈对不起……"

新闻旁边还写了一行很小的字：鲸鱼要去接近北极熊？

鲸鱼又是谁呢？孔叹突然想到唐文霞身上鲸鱼的文身，又想到她家里摆放的许多和女儿的合影，难道说唐文霞就是鲸鱼？新闻中提到的女孩正是唐文霞的女儿？！想到这里，孔叹的心里涌起一丝悲凉又愤慨的情绪。突然，她的手机发出警报声。她打开手机，发现GPS定位器的红点越来越近了："糟糕，还有十分钟柯寻就要回来了！"

孔叹连忙用手机拍下柯寻墙上的内容，她正要挪回书架的时候，却不小心用力过猛，书架撞到墙上，上面的贝类标本呼啦啦地掉了下来。孔叹赶紧捡起标本，但是她却已经不记得柯寻摆放的顺序了。

"冷静、冷静……"孔叹努力镇定下来，"我记得，这个大贝壳放在最左边……这个像海螺的是在中间……"孔叹凭借着记忆力，把贝壳一个一个地放好。她松口气，刚要转身离开，却听见了楼道里的脚步声。

"柯寻？怎么会这么快，我明明设置了提前十分钟提醒！"孔叹还没搞清楚为什么柯寻会比预计的时间更快回来，突然，"咔嗒"一声，大门被打开了。

顷刻间，孔叹闪身躲在窗帘后，柯寻的房间毫无遮挡，不出一会儿肯定会被他发现的。孔叹心中盘算着，思考对策。就在这时，柯寻一步一步朝卧室走来。孔叹猛然想到——糟了！自己并没有关卧室的房门！果然，柯寻快走到卧室的时候，停住了脚步，随后脚步声又响起，却是渐渐远离。

孔叹正疑惑着，"嗞啦"，伴随着一声金属锐物摩擦地面的声音，柯寻的脚步声再次响起。霎时，孔叹紧张起来，柯寻去拿了什么东西？难道是……凶器？！

脚步声伴随着锐物摩擦地板的声音渐渐逼近。孔叹的心骤然提到了嗓子眼，后脊冒出冷汗。柯寻的脚步声响在耳畔，刺耳的锐物摩擦声近在咫尺。他走过了水母缸，走过了单人床，走过了书架，一步步来到窗帘旁，却停住了脚步。

孔叹非常讨厌这种感觉，那种明明知道有不好的事情即将发生，却只能被动等待的恐惧感。就在这时，柯寻的声音突然响起："原来你也喜欢玩捉迷藏啊，孔警官。"

孔叹心中一沉，知道自己避无可避了，放弃抵抗般地拉开窗帘，走了出来。她这才发现，柯寻拿的并不是什么武器，而是他们家椅子，金属腿与地板摩擦发出了刺耳的声音。柯寻把椅子放在书架前，站了上去，开始整理贝壳标本。

"你放的顺序是对的，但是却放错了层。"柯寻边整理边道。

孔叹不知道该说些什么，只能尴尬地保持沉默。

"你一定很好奇，我为什么会比你预计的时间提前回来吧。"

"为什么？"孔叹抬起头，无奈问道。

"这你就要问楼下的流浪狗了。"柯寻停下摆弄的手，侧过头垂眸一笑，说完，他回过头继续整理，"你在别人家里弄乱别人的东西，难道不应该道歉吗？"

孔叹垂着头，低声道："对不起。"被柯寻戏弄的孔叹心情非常糟糕，她预设过各种与柯寻对峙的场景，却从未想过是现在这种。他站在椅子上居高临下，而自己做了亏心事一般，只能任由他宰割。

突然，柯寻"啊"的一声惊呼起来。孔叹抬眸，看见柯寻拿起一个珠光白色的长条形海螺，脸色发沉。

"螺轴被你摔破了！"柯寻抚摸着裂口埋怨起来，"这是我好不容易收藏的长旋螺。"

孔叹这时才有点内疚："对不起，我可以赔给你一个。"

"你知道你的行为有多么讨厌吗？你真的……我要杀了你！"柯寻激动地喊道。

孔叹想到心埋咨询室的视频，明白这句话的意思是，柯寻讨厌自己到了极致。柯寻将那个摔破的海螺握在手中，从椅子上下来，对孔叹怒目而视。

"我要杀了你！杀了你！"柯寻低声吼道，握住长旋螺一端，将锐利的尖部对准孔叹。

"我说我要杀了你，你不害怕吗？"柯寻表情僵硬地凝视孔叹。

孔叹顿了顿，反问："你会吗？"

柯寻的眼神变得冰冷起来："既然你觉得我是杀人犯，那你就不害怕我在这里杀了你？"

"用这个摔破的海螺吗？"孔叹乜了一眼颈部的海螺尖，冷笑揶揄。

柯寻有些不悦，将对准孔叹的长旋螺移开，恢复平静道："并没有人知道你来过这里，只要我毁尸灭迹，处理得当，就没有人知道了。"

"你没有理由杀我，更没必要，杀人是要讲究动机的。"孔叹语气笃定。

"杀人动机，我有的。"

"说来听听。"

柯寻犹豫了一下："我不告诉你，陆卓凯不让我告诉你。"

孔叹眼神一凛："你这话是什么意思？"

柯寻没有看向孔叹，眼神开始游离。

"你为什么在调查 Iceberg 软件？这和陆卓凯的死有什么关系？"

柯寻看向孔叹，一脸疑惑："你是真的不知道，还是装糊涂？"

孔叹要被柯寻的含糊其词逼疯了，她突然觉得自己在调查陆卓凯死因上好像漏掉了一个很重要的信息，这极有可能就是找到凶手的关键！偏偏柯寻知道这个信息，但是他却在和自己打太极，闭口不言。她一把揪住柯寻的衣领："如果不是你，那你告诉我，到底是谁害死了陆卓凯？！"

柯寻的目光像一把利刃，劈在孔叹的脸上："害死陆卓凯的人，不是我，而是你！"

"你说……什么？"孔叹愣住，松开揪着柯寻的手。

"9月18号的晚上，发生了什么，"柯寻顿了顿，转而问道，"你忘了吗？"

"嘣"的一声，就像脑海里紧绷的弦骤然断裂，孔叹多年来抵抗痛苦的防守堤坝轰然崩塌。那些被孔叹深埋在记忆里严防死守的画面，刹那间充斥在她的脑海。

衣料被撕扯的声音，粗重的喘息声，无力的挣扎感，就好像有一条鲨鱼朝自己张开血盆大口，露出尖锐的牙齿，将一切吞噬进幽暗深渊之中……

直到眼泪滑过脸庞，孔叹才意识到那种被深埋已久的恐惧，她必须要再次面对了。

　　柯寻注视着孔叹，压抑着情绪，缓缓开口："如果你忘记了，我来告诉你。"

Chapter 01 · 天才K

Chapter 02
遇见水母

2015年8月的盛夏。

"2015年7月31日,在马来西亚吉隆坡举行的国际奥委会第128次全会上,国际奥委会主席巴赫宣布:中国北京获得2022年第24届冬季奥林匹克运动会主办权……"

柯寻耳机里播放的新闻声,阻隔了令人心烦意乱的蝉鸣。他一只手撑着下巴,百无聊赖地倚靠在走廊的窗台上,看着窗外老槐树上的毛毛虫一拱一拱地费力前行。他等得有些不耐烦,转身看着辅导员办公室里,母亲的嘴巴一张一合,还在苦口婆心地跟辅导员说些什么。

因为柯寻的阿斯伯格综合征,每一次新入学,母亲郝秀婷都会亲自来一趟学校,提前跟校方打好招呼。今年,柯寻正式入学成为一名大学生,母亲也因此格外重视,尤其是担心开学军训,柯寻会难以适应。但好在临川大学正在修建新操场,所以新生军训改为了下学期再进行。

走廊里,柯寻叹口气,转过头,继续观看"毛毛虫历险记"。当毛毛虫第三次从树上掉下,掉落到窗台上的时候,母亲终于从辅导员的办公室里走出来了。

"好啦,小寻,我都跟辅导员老师说完了。你好好在学校待着,我回去看店了。"母亲说着,拍了拍柯寻的肩膀,又嘱咐起来,"到了新环境,跟同学好好相处,最好能交个朋友!"

柯寻转过身,摘掉耳机,将耳机线捋顺放进口袋。他指了指窗台上的毛毛虫:"这是我刚认识的朋友。"

夏天,水族馆和坠落的她·

母亲看了一眼毛毛虫，叹了口气，好像突然想到什么，赶忙问道："小本子带了吗？"

柯寻从口袋里拿出一个巴掌大的，边缘已经磨坏、封面写着"情绪剪贴簿"的小本子，他答道："带了。"

"新同学要是和你打招呼，你要怎么做？"母亲测试道。

"微笑回应。"

"还有呢？"

"如果看不懂对方的意思，最保险的方法是摆出和对方一样的表情。"柯寻一板一眼地背诵。母亲笑着点点头，嘱咐了几句就离开了。

柯寻刚觉得松口气，就被辅导员叫到办公室里。

辅导员是一位英气十足的短发中年女性。她坐在椅子上，翻看着柯寻之前的档案："你高中时的成绩非常不错，高考数学更是满分，看来你曾经很努力地学习数学。"

柯寻其实觉得自己没怎么努力学习数学，他只是很喜欢搞明白每件事情背后的逻辑。而数学的秩序感、规则感令他感到舒适和安全。他犹豫着，还是顺着对方的意思点了点头。

辅导员叹了口气，看着柯寻的眼神中带着一丝怜悯："你的情况，你母亲已经跟我说了。在学校里，有什么需要老师帮忙的，你就开口。"

柯寻又点了点头。辅导员看出来柯寻是个不爱说话的人，便让他先回去。

柯寻读的是金融专业，他分配到的班级人数很少，学期第一节专业课马上就要开始了，但是教室里只有不到 30 人，其中女生多，男生少。大多数人沉浸在上大学的新鲜感中，正交头接耳，并没有注意到柯寻的出现。柯寻看了一圈，找到一个相对偏僻的角落坐下，身旁是一个戴着厚厚眼镜片的女生，正在安静地预习专业课内容。

柯寻松了口气，心想，没有人注意到自己，也没有人和自己打招呼，真的太好了。就在这时，辅导员走了进来，她跟大家简单打了招呼之后，看了一眼角落里的柯寻。柯寻突然有一种大事不妙的预感。

辅导员轻咳了一下："对了，我们班有一位同学比较特殊，他患有一种

Chapter 02 · 遇见水母

041

罕见的疾病，希望同学们能跟柯寻好好相处。"

辅导员话音未落，全班同学的窃窃私语不约而同地停止了，目光齐刷刷地射向了柯寻。就连一直埋头看书的同桌，也侧过头推了一下眼镜，好奇地盯着他看。

柯寻最讨厌这样的时刻，就像刚抹好果酱的面包掉在地上，接触地面的那一面刚好就是果酱；就像穿上一件本应该很舒服的衣服，但衣领的商标却没有剪掉，生硬地刮着脖子。此刻，柯寻特别想不顾一切地跑出教室，独处一段时间。

但是脑中倏地出现母亲方才殷切的眼神，于是他按照"情绪剪贴簿"的方法，调整呼吸，控制自己，再次努力尝试做一个正常的人类。他在心里默默地想，刚才辅导员问我，有什么需要她帮忙的时候，我就应该这样回答：请你当我不存在，就是在帮我了。

大学的生活并没有让柯寻感觉到与之前有什么不同，经过学校批准，他每天还是照例回家休息，不住宿。唯一不同的就是身边换了一群同学。

但唯一相同的就是，同学们在遇见柯寻的时候，会下意识地绕远走开，提到柯寻名字的时候会不由得降低音量，悄悄地投来好奇和恐惧的视线。好在柯寻早就已经习惯了这种被当成异类的生活，并不放在心上。

在开学一周的短暂适应时间后，辅导员召集全班开班干选举大会。

柯寻从来不参加这种事情，正当他百无聊赖地在脑海中默背公式时，讲台上响起麦克风的电流声："下面有请陆卓凯同学上台发表竞选宣言。"

掌声忽然变得很响亮，柯寻抬起头，看见一个很高的男生走上讲台。他的身形非常挺拔，抬手调整话筒高度的时候，手臂的肌肉线条若隐若现。他低头的时候，额前两绺头发会微微挡住眼睛，是那种有点复古的中分，乌黑的头发像两片瓦片般顺滑地盖在两侧。

"看起来就不是学习很好的样子。"这是柯寻对陆卓凯的第一印象。柯寻继续低头，沉浸在自己的世界中。

"尊敬的各位老师，同学们，大家好！我是金融一班的陆卓凯，今天我想竞选的岗位是……"

麦克风里流淌出好听的低音。柯寻忍不住再次抬起了头。其实大部分阿斯伯格综合征的人都有一点脸盲，所以柯寻格外关注别人的声音，因为很多时候，他是靠声音来记住一个人的。

该怎么形容陆卓凯的声音呢？如果用香水来比喻的话，他声音的前调，微微低沉却清亮明澈，中调带着软糯的鼻音，后调充满低音的磁性，仿佛带着一股微弱的电流，顺着耳朵汩汩地流过大脑皮层，让人忍不住想认真听下去。柯寻抬头，准备往下听的时候，被后面同学激烈的讨论声干扰。

"怎么会有陆卓凯这么完美的人啊，是状元就算了，颜值还这么高！对了，他上周是不是没来报到？"

"人家有钱，去国外旅游了，才回来。"

"那他家里那么有钱，干吗不去留学啊？"

"你不知道啊，陆卓凯是大孝子，他姥姥身体不好，他不舍得走。而且啊，他们家的教育特前卫，陆卓凯随母姓哦！"

"天哪……你这么说，我更喜欢他了！"

"这么完美的人，谁会不喜欢啊？"

柯寻不太懂喜欢的含义。之前在心理医生的测试卷里，他写的是"喜欢：目前没有感受和体验到，我不知道正确答案是什么"。

但是柯寻觉得那种感觉，应该和喜欢海洋生物的感觉差不多，在海洋馆里呆呆地看一天，直到海洋馆关门也不想离开。

想一直待在一起，想一直看着，想成为那种样子。

班干选举最终以陆卓凯高票当选班长结束。所以下午微积分课前分发上次课后作业的任务便交到了他身上，教室里闹哄哄的一片。柯寻独自一人坐在角落，正低头看书时，那个令他舒服的声音响在身侧："柯寻，你的微积分作业。"

柯寻闻声看去，陆卓凯站在他身边，手里拿着课后作业，在要递过来的时候，陆卓凯突然发现了什么，眼神一亮，倏地探身凑近问道："这个解法，你是怎么想到的？"

柯寻本能地一躲，陆卓凯与他之间过近的距离令他感到不适。陆卓凯没注意到柯寻的闪躲，他的注意力全部集中在柯寻的解题步骤上，正当他计算的时候，上课铃声响了起来，思路被打断，他朝柯寻无奈一笑："下课后，能把你的作业借我看看吗？"

"不能。"柯寻直接拒绝，"我不喜欢别人碰我的东西。"

陆卓凯愣住，随即展颜一笑："我不碰！你拿着，我看，这样总行了吧？"

还没等柯寻想到新的理由拒绝，陆卓凯就已经做了一个"OK"的手势，仿佛二人达成某种约定一般，还朝他默契地眨眨眼。柯寻叹了口气，有些无语，觉得这人怎么比自己还不懂得察言观色。

"真没救了，比阿斯伯格综合征的人还不会看脸色。"这是柯寻对陆卓凯的第二印象。

陆卓凯回到座位的时候，他的同桌在他耳边说了些什么，又朝柯寻的方向指了指。柯寻瞬间明白了，陆卓凯报到的时间比较晚，他还不知道自己有病的事情。他把自己当成了正常人，所以才会出现刚才那种举动。那么，下课后借课后作业的约定，应该已经失效了吧。想到这里，柯寻抬起头撞上陆卓凯回望的目光。

对视的瞬间，陆卓凯仿佛很欣喜，他拿起课后作业指了指，用夸张的嘴形说着："下课，借我看看！"柯寻垂下头，假装没看见的样子。

但柯寻贫瘠的社交经验还是让他在下课前苦恼了一会儿，他盯着陆卓凯立着呆毛的后脑勺，左思右想："所以……下课后，要等他吗？"

他想起母亲的嘱咐——跟同学好好相处，最好能交个朋友。但柯寻又回想起来，初中的时候，有个同学约他放学后见，结果柯寻去了以后，不但被抢走了钱包，还被他们嘲笑并殴打了一顿。就在他纠结的时候，下课铃声响了。可柯寻的内心还没做出选择，恍惚间，他记起心理医生告诉他的，当你不知道做出什么选择的时候，可以看看对方怎么做。

柯寻看向陆卓凯的方向，却发现他身边瞬间围了一群男生，热火朝天地讨论着陆卓凯脚上的限量版篮球鞋。柯寻对这个话题并不感兴趣，也不想围过去参与。

既然如此，这个约定就算是作废了吧！柯寻想到这里，收起东西朝外走去，走到教室门口的时候，突然被人拽住书包带子，柯寻差点没站稳，被身后的人扶了一下。陆卓凯的声音从身后响起："你怎么不等我就走了？"

柯寻回过头，不知道怎么回答。

"不是说好了，下课后借我看课后作业吗？"陆卓凯笑着，眼神里带着淡淡的埋怨。

柯寻心想，我并没有答应，那是你单方面的约定。就在这时，柯寻忽然感受到那群被晾在一边的男同学们的视线，他们正不可思议地盯着陆卓凯和自己。柯寻讨厌这种感觉。

陆卓凯朝那群男生们挥挥手，转头朝向柯寻："咱们走吧！"

操场边的长椅上，陆卓凯放下书包，人刺刺一坐。柯寻则坐在长椅另一侧的边上。下课后正值晚饭时间，操场上没几个人，空荡荡的。

"这儿行吗？"陆卓凯突然问道。

柯寻有些奇怪，疑惑地看着他。

"哦，我以为，教室人多你不想在那儿待着。"

柯寻有些意外，陆卓凯竟然注意到了自己刚才的不适感？他没回应，从书包里翻出课后作业，递给陆卓凯。

陆卓凯刚要伸手，随即一顿，试探地问："你拿着，还是我拿着？"

柯寻犹豫了一下："给。"

陆卓凯如获至宝，喜滋滋地接过课后作业，研究起最后一道题来。半晌，他突然蹲下来，捡起树枝，在地上边写边画："其实还可以这样解，你看！"

柯寻被他的解题方法吸引，不由得也蹲下来。

"你的方法虽然很好，但是步骤太多了，你的试卷都写不下了，还跳过了好几个重要步骤，这样老师要是看漏了就容易失分。"陆卓凯在地上唰唰写着，等写完推导过程，他把树枝一扔，得意地扭过头，朝柯寻挑眉一笑，"你看，这样解就会节省很多步骤！"

忽然，校园里的路灯亮了起来。暖黄色的灯光投射下来，两个人被圈在光圈里。陆卓凯看着路灯，突然想到什么，站起身，蹦出圈外。

柯寻不知道他要干什么，只见陆卓凯扮演起孙悟空的模样，单腿而立，抓耳挠腮，假装从耳朵里掏出什么，晃了晃，画着圈，捏着嗓子道："师父，我知你没甚坐性，我与你个安身法儿，给你画个结界！"

柯寻呆住，正想抬脚迈出来。陆卓凯龇牙咧嘴，往后一蹦，模仿得惟妙惟肖，警告道："师父，你要是走出这结界，当心让妖怪给吃喽！"

Chapter 02 · 遇见水母

045

柯寻咬着嘴唇，还是没忍住，"扑哧"一声笑出声来。陆卓凯见柯寻又想憋笑又控制不住的样子特别搞笑，也哈哈大笑起来。两个少年好像被彼此的笑声互相传染似的，笑了很久，直到快要喘不上气了，都没有停下来。

"跟这个人待在一起，好像没那么不舒服。"柯寻一边笑一边想到，短短一天之内，自己对陆卓凯的印象，竟然更新迭代了三次。

陆卓凯，跟海洋生物一样有意思。

柯寻和陆卓凯走出操场的时候，天已经完全黑了下来。柯寻自顾自地要走开的时候，陆卓凯问要不要一起去吃点东西。柯寻的内心当然是拒绝的，他不喜欢更换用餐的地点和用餐的食材。

陆卓凯见柯寻没反应，继续推荐起来："咱们学校南门有很多小吃摊，那里被称为小吃一条街，有家烤串店评价特别好，我早就想去吃了。"陆卓凯笑盈盈地看着柯寻，期待着他的回复。

柯寻仍是一张扑克脸，言简意赅道："我要回家了。"

"哦，那好吧。"陆卓凯有点失落，随即又问起来，"等等，你不住校吗？那你回家往哪个门走？说不定我们可以一起……"

"不顺路。"柯寻想一个人待一会儿。

陆卓凯有点被柯寻的直接逗笑，点了点头。"那好吧，明天见！"他摆摆手，朝北走远。

"果然是不顺路啊。"柯寻自言自语。柯寻虽然觉得陆卓凯很有意思，但是他觉得自己独处更有意思。哪怕是和有意思的人待久了，他也觉得会消耗能量，但独处不同，那是他充电的方式。在学校待了一天，他的能量已经不足 5% 了，之后又和陆卓凯待了一会儿，此刻的柯寻俨然已经快要"宕机"。

当他一个人走了一路，能量恢复差不多的时候，刚好回到母亲在学校附近开的小吃店。隔着门，他看见母亲一会儿忙着收银，一会儿忙着端菜，一个人撑起了一家店。

柯寻的父亲在柯寻 8 岁那一年离家出走了。那一年，柯寻开始显示出与其他小孩的不同。他语言发育很迟缓，无法用语言表达自己的感受，在运动的时候身体也很不协调，跑步会被自己绊倒，也接不住别人扔来的球，有时候还会突然无缘无故地发怒。父母带他到处看病，最终他被确诊为患有阿斯伯格综合征，这是一种没有办法痊愈的疾病，只能不断学习锻炼，努力适应社会生活。后来，柯寻的父亲以要去南方经商、为柯寻赚医药费为名，离开了家，从此音信全无。

柯寻的母亲郝秀婷本来是一名会计，她扛起重任开始独自抚养柯寻。但柯寻自从上学以后问题不断，郝秀婷三天两头就要往学校跑，久而久之，会计的工作已经无法兼顾。郝秀婷一咬牙辞掉工作，开始经营早餐店。只要早起忙过一阵，白天的时间就相对自由，柯寻要是在学校有突发状况，她也可以马上应对。

再后来，初中的柯寻在心理医生的帮助下，学习了识别情绪、与人相处，情况渐渐稳定，也顺利进入大学，不再经常被找家长了。郝秀婷也终于可以把早餐店变成午餐店，再到现在，变成了小吃店。

但是招牌一直没变——好吃早餐店。非常简单直接，就像郝秀婷的性格。这位雷厉风行的女性，只有在面对关于柯寻的事情时，才会流露出瞻前顾后的一面。

柯寻推开门，郝秀婷正在忙着结账："回来啦，你的饭做好了，在厨房呢！——找您钱，一共七块。"

柯寻端着碗筷坐在自己的专属位置上，郝秀婷结完账坐过来："今天累不累？"

"门口的路灯好像坏了。"柯寻边细嚼慢咽边说。

这种答非所问的对话模式，郝秀婷已经非常适应了："是啊，我都报修三天了，也没人管，这老小区都要拆迁了，估计也不会有人来修了。"郝秀婷抱怨着。

"我们班来了一个新同学。"

郝秀婷有点惊讶，柯寻难得会主动继续上一个话题。她赶紧问："新同学？大学也有转学生？男孩女孩啊？你们说话了吗？"一串问题问出口，郝秀婷才有点后悔了，柯寻处理不了这么多问题。

柯寻捏着勺子，思考了一会儿，没有回答问题，而是给出了自己的结论："他有点奇怪。"

柯寻说完继续埋头吃饭。郝秀婷眨巴着眼睛，自己的儿子居然说别人奇怪，看来这新同学是真的奇怪了。郝秀婷还想继续问的时候，门口的门铃响了起来。

电子女声说着:"欢迎光临!"

一个满身学生气的女孩走进来,坐在与柯寻的位置相对的另一个角落里。郝秀婷连忙起身去招呼新来的客人。她走过去问:"闺女,吃点啥?"

那女孩留着齐耳的短发,低头看菜单的时候,看不清她脸上的表情。女孩看了很久,郝秀婷以为她有选择困难症,因为自己的小店菜单上,品种齐全。她热情推荐起来:"可以吃点儿牛腩炖土豆,今天的牛肉很新鲜。"

女孩抿着唇,没有作声。郝秀婷又介绍道:"想荤素搭配的话,可以来个蒜蓉娃娃菜。"

女孩还是没有作声。郝秀婷还想继续推荐的时候,女孩才开口说:"来一笼素三鲜包子。"

其实晚餐时间是不供应包子这样的早点的,但郝秀婷感觉出这女孩的窘迫,于是点点头,去厨房热包子了。郝秀婷心想,这女孩应该是家庭有什么困难,因为素三鲜包子是这家店里最便宜的。

郝秀婷把一笼热气腾腾的包子递给女孩的时候,还给她盛了一碗小米粥。女孩抬起头,看着她的眼神中充满了感谢。

郝秀婷端完菜,就继续回到柯寻的身边,柯寻的饭快要吃完了。她小声问道:"那个女孩子跟你来的方向一样,好像也是你们学校的,你认识吗?"

柯寻这才往那边看了一眼,随即马上摇了摇头。郝秀婷心想,自己真是问了也白问,因为女孩的短发完全遮住了脸,看不清长什么样,自己的儿子又是一个脸盲。

就像是有什么奇怪的感应,当柯寻看向女孩的时候,女孩也抬起头看向了柯寻。但柯寻却没有马上回避视线,他盯着女孩看了几秒,直到女孩自己先别过了头。恍惚间,柯寻在女孩身上看到了一种能量,让人非常压抑和不安,柯寻有一种感同身受的错觉,因为他知道自己的身上也经常散发出这种能量气场,让人不愿靠近。柯寻仔细想了下,他好像在学校的同级生里见过这个女孩,又好像没有。

女孩很快就吃完饭,把捏得皱皱巴巴的纸币放在了桌上,安静地离开了。

郝秀婷拿起钱,感慨起来:"也不知道这孩子的父母是怎么当的……"

"我吃完了。"

"嗯。"郝秀婷收拾着，"你先上楼回家吧，我开到九点钟就关门。"

柯寻回到家，就直接走回自己的卧室，关上门。

大一的课程很满，但除了专业课以外，其他课程都很轻松，他的学业任务在学校都完成了，晚上的时间是他和海洋生物的。他从书架上按顺序拿下一本关于水母的科普书，最近他在研究水母。柯寻很喜欢水母，因为深海是一个弱肉强食的凶残世界，但水母这种看起来毫无杀伤力的软体动物却已经在地球上存在了六亿多年，甚至比恐龙出现得还早。

柯寻躺在床上幻想自己是一只水母，在深海里随着海流摇曳，最好还是那种可以永生的水母，自己克隆出新的自己，在分裂中死亡，在分裂中又再次永生……

柯寻沉醉于美好的梦境，沉沉地睡着了。

第二天早上，柯寻步行去学校。由于他患有阿斯伯格综合征，所以学校批准他不必非要住校，尽管学校仍然为他保留了对应的宿舍和床位，但他从来没有在宿舍留宿过。每逢午休的时候，柯寻喜欢一个人躲在校内的自行车停车场，翻着从家里带来的水母科普书，因为这个时间段，停车场几乎一个人都没有。

这一天中午，柯寻正看得入迷，突然有人叫他："柯寻，你怎么在这儿？"

柯寻抬头看去，陆卓凯推着一辆自行车走过来，他把自行车停在柯寻附近的空位置上。

"你怎么在这儿？"柯寻反问。

"我来停车啊。"陆卓凯被柯寻的问题弄蒙了，他突然想到什么，"上午的课我缺勤了，你不会没发现吧？"

柯寻真的没注意，他的世界是以自我为中心的。看柯寻沉默，陆卓凯叹口气，弯腰锁好车："行吧，我在你眼里就这么没有存在感？"

柯寻不知道该怎么回答这句话，但他又觉得自己好像做错了事，保持沉默有点不太礼貌，于是顺着上一个问题继续："你上午为什么没来？"

陆卓凯脸上闪过一丝担忧："我姥姥突然发病住院了……等她稳定了我才来学校。"

"那她会死吗?"柯寻面无表情地问道。

陆卓凯有些惊讶地看着他,随之想了想:"会吧,人都会死的。"他无奈一笑,"不过,你问的倒是一针见血,其他人都是在安慰我,说没事的,会好起来的……这种话明知道是敷衍,听多了倒真的会被洗脑。"

"她死了,你会难过吗?"柯寻继续问。

"会。"陆卓凯说完又顿了一下,"柯寻,你知道阿尔茨海默病吗?"

柯寻好像听过这个名词,点了点头。

"其实我姥姥已经不记得我了,"陆卓凯自顾自地说起来,"可能直到她去世,她也不会再想起我了……"

"这很重要吗?"柯寻疑惑。

"这……难道不重要吗?"陆卓凯更奇怪。

"她记得你,或者忘记你,并不能改变你害怕她死掉的事实。"柯寻用一贯没什么情绪的语调说着。

"也对。"陆卓凯笑了笑,"我一直想让我姥姥想起来,每次去的时候都要给她讲好久以前的事,结果下一次去的时候她又不认识我了……"

他耸耸肩:"也许是我想要的太多了,她能陪在我身边,我就应该感恩了。"

柯寻感受到陆卓凯的情绪没有刚才那么低落了。

陆卓凯看着柯寻手里的书,问道:"你在看什么?"

柯寻把书稍微往陆卓凯的方向侧了一下,陆卓凯看清楚后,一脸惊讶:"你也喜欢灯塔水母?"

柯寻点点头。陆卓凯从口袋里拿出手机,递给柯寻."你看!这是我高考完的暑假去日本旅游的时候,在冲绳的海洋馆拍的!"他手机屏保的壁纸正是灯塔水母。

"灯塔水母也叫作永生水母。它在生命终结之时,会重新回到未成熟的生命阶段。"柯寻一板一眼地背诵起来。

"对,它虽然看着很不起眼,只有一粒豌豆那么大,但却拥有不朽的生命。"陆卓凯叹口气,"如果能找到灯塔水母细胞中返老还童的奥秘,那么人类也可以长生不老了。"

"你想长生不老吗?"柯寻问道。

陆卓凯摇摇头："我对生命的长度没有追求，但我希望能拓展生命的广度。"

他倚在自行车上，看着柯寻悠悠道："那你呢？想长生不老吗？"

"如果可以，我想明天就死掉。"

陆卓凯听到这句话，微微直起身："为什么？"

柯寻想了想："我从很小的时候，就经常冒出这样的想法，但是却活到了现在……就算明天突然死掉了，我也可以接受，因为我已经多活了很久。"

陆卓凯听罢低下头，额前的两侧头发盖住了他的眼睛："你一直都是这样看待这个世界的吗，柯寻？"

柯寻觉得这个问题很宽泛，没有回应。

"你知道我第一次见到你，是什么感觉吗？"陆卓凯抬头问道。

"不正常？有病的疯子？"柯寻无所谓道，"大家都这么觉得。"

"不是。"陆卓凯回忆起来，"我第一次见到你的时候，是班干选举那天，我从台上往下看，整个教室里，只有你——像一个火星人！"

陆卓凯笑了一下，继续道："就好像不小心，来到了一个错误的星球。"

柯寻第一次听见别人这样描述自己，他甚至觉得，有点……浪漫？

想到这里，柯寻突然开口："我可以叫你水母吗？"

陆卓凯一愣："为什么？"

"因为我喜欢水母。"柯寻很认真地回答。

"好啊！"陆卓凯展颜一笑，随即行了一个绅士鞠躬礼，"我的荣幸。"

下午专业课刚结束，紧接着便是体育课。大家收拾书包三三两两地从教学楼往大操场转移。上体育课的时候，柯寻去签了个到，随后便待在操场看台上，找了个无人的角落处看水母科普书。患有阿斯伯格综合征的孩子一般会有运动障碍，柯寻的运动细胞几乎为零，所以高中以后他就告别了体育课。

"不去上课吗？"陆卓凯走过来，左手抱着篮球，右手拎着足球。

"我要留在这儿看书。"柯寻说完就低下头继续看书了。

陆卓凯其实没有懂柯寻的意思，继续发出邀请："我们可以一起打球！"

"我接不住你的球……"柯寻抬眸道，"打输了，你就会怪我……"

陆卓凯这回终于明白了，柯寻应该是以前尝试过和别人一起运动，但是

Chapter 02 · 遇见水母

没有得到正向反馈,就不愿意尝试了。

"陆卓凯,走吗?再不去就没地方了!"同学催促道。

"啊,来了!"陆卓凯说完,伸出手指轻轻敲了敲科普书,惹得柯寻看向他。"下次我们一起去打球吧?"

"我接不住球的。"

"没关系啊,多试几次就能接住了!"

柯寻看着陆卓凯非常笃定的样子,最终点了点头。

"说好了啊!"陆卓凯说完,就和男生们跑向操场。

柯寻其实对球类运动没有丝毫兴趣,但陆卓凯的话却有点蛊惑到他。他放下书,站起身走到看台的边缘,看着操场上的陆卓凯挥汗如雨、尽兴踢球的样子,他内心突然涌起一丝向往。

"我可以控制剧烈运动的身体吗?"柯寻第一次产生了想战胜自己的想法。

但很快柯寻就败下阵来,转身准备离开的时候,他看见不远处的看台上站着一个女生,就是昨晚遇见的那个女生。最近好像经常看见她,柯寻想。

女孩站了一会儿,微风吹开她齐耳的短发,柯寻发现她居然在笑,梨涡点缀在她的嘴角,整个人少了一些戾气。

体育课结束后,陆卓凯和那群踢球的男生大汗淋漓地回来。这时,看台不远处,一个男生突然惊叫起来:"我手机呢?"

打完球的男生们循声望去,那个男生把自己的书包拎起来,把里面的东西噼里啪啦地倒出来,唯独没有手机。

男生越找越气:"我就把手机放包里了,一节体育课的工夫,怎么就没了?"

周边的同学好言安慰着:"你再仔细找找!是不是放在夹层里了?"

"还是落在宿舍或者教室了?"

男生非常笃定:"我就放在书包里了!"

随后,男生的目光审视般地看向了柯寻:"柯寻,刚才就你在旁边吧?"

柯寻并不知道这句话的意思等同于——你是不是拿了我的手机。

柯寻点了点头。男生走近问道:"那你看见我手机了吗?"

柯寻觉得这个问题非常难以理解，既然你把手机放在书包里，那我怎么会看到你的手机呢？柯寻摇了摇头。这种事情换了旁人，若是被怀疑的对象，一定会极力撇清自己的嫌疑，但柯寻却是一副事不关己的样子。

男生见柯寻一脸漠然的模样怒意更盛，走近质问道："那你说我手机哪儿去了。"

柯寻冷静答道："你不应该问我，应该问你自己才对。"

男生被柯寻的回答气到忍无可忍，热血上头正要冲上来，陆卓凯抢先一步隔开二人，挡在柯寻身前。

"浩辰，你干什么？"陆卓凯试图让男生冷静下来，"你再好好想想，是不是刚刚落教室了？"

"没有！凯哥你别拦着我，我就想看看他的包里，到底有没有我的手机！"男生还要往前冲，再次被陆卓凯拉住。

"柯寻不会拿你的手机！"

男生见陆卓凯维护他，更生气了，不由得提高音量："你怎么知道他不会拿？"

"因为我相信他。"陆卓凯说完，随后转头问柯寻，"你刚看书的时候，有没有看见其他人来过我们班放包的地方？"

柯寻摇了摇头。

"你看吧，就他一个人在附近，除了他还有谁？"男生说着，还要上前去翻柯寻的书包。

就当男生的手碰到柯寻书包的时候，柯寻条件反射一般，猛地把他推开，激动地大喊："不要碰我的东西！"

男生更气了，仿佛抓到把柄，得意起来："你们看吧，他不敢让我翻，肯定有鬼！我手机就在他书包里！"

全班同学也被柯寻的狂躁吓到，他的种种行为都充满了嫌疑。柯寻这个时候突然意识到，好像发生了什么自己没有办法处理的局面。他变得焦躁不安，急切地想离开这个地方。身体先一步行动起来，他拉起书包挣脱陆卓凯，推开男生，快步离开看台。

"你还想跑？"男生直接追上来。

柯寻不管不顾地跑起来，跑到看台边楼梯口时，被那个男生狠狠钳住。

Chapter 02 · 遇见水母

053

"把我手机交出来！"男生大力拽掉柯寻的书包，里面的东西噼里啪啦地掉落下来。柯寻看着自己的东西滚得到处都是，一种失去秩序的无力感涌上脑海，直到看见那本水母科普书被摔成了两截，他彻底愤怒了！

围观的同学都好奇地聚过来，七嘴八舌地议论着。毁坏的物品，众人的视线，嘈杂的诋毁，失控的无力感，让柯寻彻底崩溃了。他喘着粗气，头顶的烈日照得他睁不开眼，看台上的彩色座椅仿佛都变成了毕加索笔下的抽象色块，楼梯在扭曲，围观同学的脸变得狰狞，每个人的声音都像是刺耳的尖叫……

柯寻捂住耳朵，感到窒息。正当这时，一只手伸过来想拉住他，柯寻下意识地用力将那个人推开，随后周围响起了众人的惊呼声。柯寻抬起头，这才发现他失手把陆卓凯推下了看台边的楼梯。

他看着陆卓凯，他疼痛的模样比此刻的崩溃还要令他不知所措。他没有办法处理这样累积的情绪，他唯一想到的办法，就是迅速逃离这个现场。

柯寻再一次逃跑了，他不管不顾地越过围观的人群，当他经过陆卓凯身边的时候，好像听见了陆卓凯在叫自己的名字："柯寻——"但他跑得太快了，根本就来不及回头再看一眼。

柯寻不知道该去哪里，只是一路跑着，当他抬起头的时候，竟然发现已经跑回到母亲的小吃店了。他停下脚步喘着粗气，正要推开门的时候，看见母亲在店里面忙碌的身影，这才意识到，自己不应该在这个时间段回来。母亲一定会问他，是不是学校发生了什么事情？他是不是又惹了麻烦？

柯寻靠在墙上想了一会儿，转身离开，漫无目地走着。突然，他想到了一个地方，但是他还没有尝试过自己坐车过去。他摸了摸口袋，口袋里的钱只够坐公交车，他决定试一试。

柯寻上一次来海洋馆的时候，还是父亲离家出走之前。那时父亲跟他说，要带他去海洋馆看鱼，他特别开心，可没想到从海洋馆出来以后，父亲就去了南方，从此杳无音讯。

对于海洋馆这个地方，他和母亲有一些复杂的情绪，再加上海洋馆的人很多，柯寻虽然很喜欢海底生物，但也不怎么来海洋馆。

柯寻走在海底通道上，抬起头望去，头顶上方是各式各样数不清的海洋鱼类，其中有很多他不认识的品种。柯寻感觉自己好像置身在海底世界，但

夏天，水族馆和坠落的她

他和鱼唯一不同的是，鱼都有族群，但是他却只有自己。

他想起来，陆卓凯说他就像教室里的火星人，来到了一个错误的星球。

柯寻突然睁开眼睛，他刚刚伤害了陆卓凯，不知道他怎么样了。柯寻心里非常难过，他虽然很不想面对学校里混乱的局面，甚至觉得自己没有能力面对，但是他却很想去找陆卓凯，想看看他有没有受伤，想看看他伤得严不严重……

想到这里柯寻突然鼓起了勇气，他想要战胜自己这种退缩的情绪，想尝试去学着面对，去承担自己的错误。

回学校的路上，柯寻设想了无数种可能：被辅导员批评，被找家长谈话，被男同学再次污蔑，等等。但这些他都不在乎了，他只想知道陆卓凯现在怎么样了。柯寻回到学校的时候，晚上的课已经快结束了。他站在相应的教室门口，不知道应不应该进去，也不知道陆卓凯在不在里面。

下课铃响了，里面的学生们收拾东西准备离开，柯寻守在门口。突然，那个污蔑他的男同学走出教室发现了他，然后向他走来，柯寻下意识地往后退。

男生一脸纠结的模样，脖子涨得通红，最后开口道："那个……我找到手机了，我不该把你当成小偷……对不起。"男生说完，像一个泄气的皮球，背着书包走了。

男生的态度180度大转弯，让柯寻有些摸不着头脑，此时，班上一名女同学走了过来："柯寻，你跑哪儿去了？陆卓凯让我跟授课老师说，你身体不舒服去医院了。"

"哦。"这是柯寻第一次跟这个女同学对话，"那，陆卓凯呢？"

"你不小心把他推下去以后，我们把他送到医院了，但是辅导员问起来的时候，陆卓凯执意说是自己一脚踩空，不慎从楼梯上摔下去的。"女生的表情略微带着埋怨，"他应该还在医院，你要不要去看看他？"

柯寻的心好像长出了倒刺，被女同学的话拨动得更痛了。

柯寻到达医院的时候，大厅里嘈杂的声音、拥挤的人流，都让他感觉到窒息。他没有独自来过医院，更不知道该去哪里找陆卓凯。他茫然无措地站

Chapter 02 · 遇见水母

055

在大厅里，问询台的护士走过来问他："需要帮忙吗？"

柯寻摇了摇头，转身的瞬间撞上了身后拄着拐杖的病人。对方差点被撞倒，拐杖一滑打到了身边小孩的头，孩子哇哇大哭，家长厉声痛斥，就像被推倒的多米诺骨牌，瞬间引起了连锁反应一样，周围的人都哄闹起来，他们的指责像雨点砸在柯寻的身上，这场景和之前操场看台的混乱如出一辙，柯寻眼前一片眩晕，他喘着粗气，一种无助的窒息感再次铺天盖地而来。

"柯寻！"一个熟悉的声音从不远处传来。

柯寻看见陆卓凯的一瞬间就像鱼回到水域，他终于可以呼吸了。

陆卓凯很快就处理好了眼前的这场混乱，柯寻看着他拄着一根拐杖，左脚悬空，里面好像绑着绷带，心里顿时很不是滋味。

陆卓凯处理好一切，转过来问他："你怎么来了？"

"你的脚怎么样了？"柯寻低着头问。

陆卓凯用没拄拐杖的那一只手，拍了一下自己的腿，开朗地笑起来："医生说我骨骼清奇，从楼梯上摔下去竟然没有骨折，就是脚踝崴了一下，休养个一周就差不多了。"

"那你这样……怎么回去？"

"我本来想自己打车回学校的，但我爸妈非要过来接我，不过他们工作很忙，所以，我要在这儿再等他们一会儿。"

"那我陪你。"柯寻难得主动与人相处。

陆卓凯笑了笑："好啊，那我们去外面吧，这里人太多了。"

柯寻点点头，跟一瘸一拐的陆卓凯走到医院后边的小花园。

陆卓凯坐在长椅上，把手机递给柯寻："柯寻，咱俩留个电话吧，像今天这种情况，万一你过来，我已经走了，不是白跑一趟吗？"

柯寻点点头，按下自己的号码，将手机递给陆卓凯的瞬间，开口认真道："对不起！"

其实，不管他说什么，都没有办法改变陆卓凯受伤这件事了，但是他还是决定用普通人的礼节向陆卓凯道歉。陆卓凯微微一愣，笑道："没事儿，我知道你不是有心的。"

"我不知道是你，我也……没想用这么大的力气，我只是想一个人待会儿……"柯寻低着头，尝试把心里最真实的想法说出来。

"我明白，任何人遇见那种情况都会有点慌。浩辰那人脾气急，你走以后，他果然在球场上找到了手机，给他弄得挺不好意思。你明天要是看见他，也别拿这个事儿噎他，他脸皮也薄！"

在这种时刻，陆卓凯依然是一个非常体贴周到、会顾及所有人情绪的人。明明他才是因为这场混乱受伤的人，到头来却是他在劝慰混乱的制造者。

"你的脚真的没事吗？"柯寻再次确认。

"嗯，就是稍微有点疼，不过不影响。你看，我这不是还有只假腿吗？"陆卓凯晃了晃手里的拐杖，一副很满意自己新装备的模样，"不过，还真有一件麻烦事儿。"

"什么？"

"哎……"陆卓凯皱起眉头，"你知道的，体育课是大课，咱们都是和二班一起上。今天我们班跟二班，约了一场足球比赛。可你看，我现在受伤了，那就只能你替我上场了……"

"我不行，我根本就不会踢球。"柯寻觉得陆卓凯在异想天开。

"你不会，我教你啊！"

"我不行。"柯寻一个劲儿摇头。

陆卓凯见状，有些耍赖地指着自己受伤的腿："那你说，我这怎么办？唉，今天下午我狠话都放出去了，总不能让人说，我们是怕了二班吧？"

"可是，我上场的话，我们班一定会输，到时候别人都会嘲笑我们。"

"那也不能不战而败啊！最起码，你要是上场，我们班还能站在球场上跟他们一决高下，可是你要是不上场，那我们就是主动弃权啊！"

柯寻思忖半晌："班上没有别的合适的人选了吗？"

"班里合适的，都已经在球队里了，加我正好十一个。剩下的男生，要么是体力跟不上，要么我跟他们实在不熟。"陆卓凯说着，目光透露出遗憾，抬头看向柯寻，"而且，这是咱们班大学以来第一场集体赛事，如果我不能上场，柯寻，我希望你能替我打这一场比赛！"

"我……可以吗？"柯寻开始犹豫。

陆卓凯拄着拐站起身，伸出双手重重地拍在柯寻的肩膀上："你放心，有我呢！"

"那好吧……我答应你。"柯寻被陆卓凯说得有点动摇了,他看了一眼陆卓凯搭在自己肩膀上的手,"但是,你能先把你的手挪开吗?"

陆卓凯被气笑了。

陆卓凯和柯寻约定,每天利用课后时间在操场上教他踢足球。这件事让同班其余男生大跌眼镜,临时找替补队员确实不容易,本来所有人都已经做好了退出比赛的准备,陆卓凯突然把柯寻塞在队伍里,其实和退出比赛也差不多……但众人也不好驳了陆卓凯的面子,就当看戏似的,且看柯寻能踢出个什么样子吧。

第一天午休的时候,两人相约在操场。陆卓凯一手拄着拐,一手拿着足球,开始认真教学:"我在队里踢的是中锋,你顶替我,踢好中锋就可以了。中锋主要负责得分,现在时间紧,我们只要练好射门就行!"

陆卓凯把球放在球门附近,朝柯寻道:"你先踢一个试试,找找感觉。"

柯寻走过来,身体极不协调地跑了两步,抬脚一踢,果不其然,连球都没碰到。周边围观的男生爆发出一阵哄笑。

柯寻有点泄气地看着陆卓凯:"我就说吧,我不行的。"

"这很正常。"陆卓凯把球换了一个位置,"第一次踢,碰不到球也很正常,踢球主要是注重技巧,特别是发力点和时间差。"

陆卓凯一瘸一拐地走向柯寻,他坐在地上,指着柯寻的脚背:"你试着用正脚背踢球,这里的接触面积最大,脚踝绷紧,助跑掌握好节奏,再试一次!"

柯寻叹口气,照着陆卓凯说的,又试了一次,还是没有踢到。

"不错,比刚才好一些,越来越接近球了!"陆卓凯鼓舞道。

但是周围的男生还是对着柯寻嬉皮笑脸,柯寻知道自己踢得很糟糕,陆卓凯是在安慰自己。

陆卓凯拄着拐,朝围观的男生走去:"大家别光看着啊,要不你们也来教教柯寻?"男生们摇摇头,很有自知之明地作鸟兽散去。

"好了,没人干扰你了。柯寻,你不能把整个腿都抬起来,要慢慢感觉,再来一次!"

柯寻再次助跑,再次踢空。

"柯寻，你冲刺的阶段太短了，踢球之前，我建议你先来两个 10 米的冲刺！"

柯寻助跑，踢球，再次扑空。

"你别踢到球的上面，这样容易踢空，你试着把脚背踢到球的下半部分！"

柯寻点点头，擦干头上的汗，再次助跑发力，却在抬腿的瞬间摔在了地上。

"没事吧？"陆卓凯走过来扶起他，"你踢球的时候，除了发力的那条腿，后面的支撑腿也要紧绷，不然就容易摔跤。我们再来一次！"

"不要了。"柯寻喘着粗气拒绝。

陆卓凯叹口气："柯寻，我们刚练了不到 20 分钟，你连球都没碰到，怎么就放弃了？"

"再练多久都没有用的，我试过了，我做不到！"柯寻提高声量。

"柯寻，你也太容易放弃了，踢球不难的，你连那么难的数学题都能解出来，踢球只要多加练习就可以……"

"这不一样！我有病，我踢不了球！"柯寻声嘶力竭。

"你有病！我还有病呢！"陆卓凯一摔拐杖，也没控制住情绪。

两个人沉默了一会儿，陆卓凯单脚蹦着捡起了拐杖，恢复理智。

"柯寻，你知道我最喜欢的足球运动员是谁吗？"

柯寻摇了摇头。

"梅西。"陆卓凯答道，他看着柯寻，"你知道吗？梅西也有轻度的阿斯伯格综合征。"

柯寻惊讶地抬起头。

"我查过资料的，梅西正因为有阿斯伯格综合征，所以他才不爱社交，兴趣不多，比普通球员更能集中注意力。"

柯寻有些难以置信。

"我并不是想强人所难，一定要让你做你不擅长的事情，我只是希望，你能试着拓宽自己的边界。"陆卓凯顿了顿，"不要把阿斯伯格综合征当成你的借口，这没什么特别的。世界上很多人都有这种病，但并不影响他们超越自我吧。"

陆卓凯捡起球："今天就练到这儿吧！"

Chapter 02 · 遇见水母

他说完,一瘸一拐往操场外走去。柯寻站在后面,突然有点内疚,原来我一直把自己的病当成借口吗?每次遇到自己不擅长的事情,都理所应当地归结为阿斯伯格综合征所导致。我都没有拼尽全力地试过,就先一步放弃了。

发现这个真相的柯寻突然很沮丧,垂着头往教室走着,上楼梯的时候没注意撞到一个人,差点摔了下去。柯寻抬起头,发现是那个隔壁班的女生。

女生怒气冲冲地看着自己,好像以为他是故意撞上来的。

这场面让他想起了之前不小心推开陆卓凯,让他摔下楼梯的情景,于是方才球场上的那一幕令柯寻愈发内疚了。

柯寻回过神来,说了声对不起,就转身上楼了。

那天,直到最后一节课下课的时候,陆卓凯也没有主动跟柯寻说话,倒也没有刻意地疏远,就像是礼貌地保持适当的距离。柯寻万万没有想到,自己把陆卓凯推下楼梯,他都没有生气,但是自己没有好好练球,倒让陆卓凯真的生气了。

下课铃声响起的时候,天已经黑了,陆卓凯背起书包,拄着拐杖,往教室门口走去。柯寻赶紧追上去,拦住了他。

两个人对立而站,看着对方,过了好一会儿,柯寻突然挠了挠头,先开口:"那个……不练球了吗?你不是说还有六天就要比赛了。"

柯寻说完,陆卓凯眼神一亮,但还维持"高冷"的样子:"练啊,那你还不去拿球,我腿都这样了,让我伺候你啊!"

柯寻笑了一下,赶紧跑到教室里拿球。

下课后的训练依然充满了波折,但好在柯寻终于踢到了球。当他踢到球的一瞬间,陆卓凯拖着瘸腿,开心得手舞足蹈。对于常人来说很容易的事情,柯寻试了好几十次,才终于成功。

最后两个人累得躺在操场上,柯寻喘着气问陆卓凯:"只有六天了,你真的觉得我能学会吗?"

陆卓凯展颜道:"你确实比我想象中要学得慢了一点,不过还有六天呢,怕什么!"

柯寻觉得陆卓凯看待事情的角度和自己完全不同,虽然自己踢到了球,但他想的是"只有六天了"，可陆卓凯想的却是"还有六天呢"，这也许就是悲观主义者跟乐观主义者的区别。

从那以后，两个人每天都会利用课余时间拎着足球去操场上练习。为了劳逸结合，两个人还会在休息间隙解数学题。陆卓凯教柯寻踢足球，柯寻教陆卓凯数学。两个人配合得很好，有时候，柯寻会小心眼儿地把在球场上受的委屈，在教数学的时候发泄出来。不过陆卓凯也不在意，为了让柯寻能好好练球，他愿意"忍辱负重"！

足球比赛的日子很快就到了。临上场前柯寻非常紧张，他的能力仅限于能在没有防守的状态下偶尔踢进一个球。

陆卓凯拄着拐走过来，跟柯寻说："你不要想太多，你就像之前的样子，不在乎别人，只关注球就可以了！"

柯寻点了点头，走上了球场。

真实的比赛跟练习是完全不同的，因为柯寻只学会了射门，他完全不懂得团队配合，他像一个横冲直撞的野兽，在球场上搞得人仰马翻。但他这种不按套路出牌的踢法，颇有种"乱拳打死老师傅"的架势。在所有人都不抱期待的目光中，柯寻竟然踢进了第一个球！这时，全班男生才终于拿出了"要好好踢这场比赛"的决心。二班也终于打起精神，开始认真对待这场比赛。

看台上围观的一班女生们拼命欢呼，与此同时，二班的加油队伍里，竟然也有一个女生跟着一班一起欢呼了起来。她的声音从相反的方向传来，显得格外突兀。柯寻循声看去，正是上次那个自己撞到的女生。

这场比赛并没有青春热血的励志结尾，最终二班以 4：2 取得了胜利。不过一班也没有气馁，起码他们完成了这场比赛。

赛后，那个丢手机的男生满头大汗地跑到柯寻面前，喘着粗气道："可以啊你！还踢进了一个球！"

柯寻愣了愣，不知道该怎么回应。这时，其他男生凑过来，七嘴八舌地说起来。

"说真的，要不是柯寻进了第一个球，我们真没觉得这场比赛有什么打的必要，虽然最后输了，但是虽败犹荣啊！"

"是啊，真没想到，看来凯哥训练成果可以啊！"

Chapter 02 · 遇见水母

061

陆卓凯听到这儿,很得意的样子,朝柯寻挑了挑眉。柯寻第一次感受到集体的力量,这是他之前的人生中前所未有的感受。

那天比赛结束后,柯寻决定要尝试着跟陆卓凯一起吃一次饭,他邀请陆卓凯一起去母亲的小吃店。

刚推开门的时候,郝秀婷惊讶地瞪大了眼睛,这是柯寻第一次带朋友回家。陆卓凯又是那种"十项全能"、非常懂礼貌、很会跟长辈相处的人。他一会儿说阿姨真年轻,一会儿说阿姨手艺真好,逗得郝秀婷高兴得合不拢嘴。柯寻好久没有看见妈妈笑得这么开心了。陆卓凯给郝秀婷讲起柯寻今天在足球场的英勇表现,郝秀婷更是喜不自胜,又赶紧去厨房给两个人加菜。

两个人正吃着的时候,陆卓凯突然站起身去拿陈醋,柯寻发现陆卓凯并没有拄拐。陆卓凯坐下后,才突然意识到自己刚刚好像露馅儿了。

柯寻问道:"你的腿已经好了?怎么不告诉我?"

陆卓凯倒着醋汁,一副无所谓的样子:"好是好了,不过没好利索呢,医生嘱咐过,一个月内不能剧烈运动。"

柯寻有点遗憾,垂着头说:"如果你上场的话,我们班可能就赢了。"

陆卓凯展颜一笑:"你对我这么没自信啊,请把'可能'两个字去掉,我要是上场,我们班肯定会赢的!"

柯寻有点吃惊地看着陆卓凯:"那你怎么……"

"你该不会觉得,是我把这个机会让给你的吧?柯寻,你可千万别这么想,我这腿要是还没恢复好就上场,万一以后真瘸了呢?我虽然可以正常走路了,但佯装没办法上场,我要是不伪装一下,大家肯定会怂恿我上场踢球,那么多人我总不能一个一个解释过来吧。所以,为了避免麻烦,我就继续装瘸了。"

柯寻明白了,有时候人故意说谎也许是为了别人好。

"这场比赛虽然没赢,但是你踢得非常精彩!你没看见你进球的时候,把二班都吓愣了!"陆卓凯哈哈笑起来,紧接着他突然想起什么。

"对了,11月份有全市大学生数学竞赛,你数学这么厉害,不去试试吗?要是拿奖了就可以加学分,还有海外交流的机会呢!"

柯寻犹豫了一下:"我没有做过竞赛的练习,我不确定……"

"这有什么，我这儿有数学竞赛的往年真题，我们可以一起准备啊！"

柯寻犹豫道："可是我听说，一等奖只有一个名额……"

临川大学是省内知名的重点综合类大学，往年大学生数学竞赛的一等奖往往都是由临川大学的学生夺得。

陆卓凯夸张地冷笑一声："我当然知道啊，怎么，你觉得我比不过你啊？"

柯寻无语："看来，你倒是很有自信。"

"怎么，敢不敢比一比？"陆卓凯故意挑衅。

"比就比！"柯寻燃起斗志。

"哎，柯寻，我发现你最近胆子越来越大了啊！"

"拜你所赐。"柯寻丝毫不让地说道。

"行！真行啊！"

两个男生在小吃店里你一言我一语地斗起嘴来，郝秀婷远远地看着他们，欣慰地笑了起来——柯寻终于有朋友了。

两人吃完饭，柯寻在郝秀婷的安排下出来送陆卓凯。就在二人站在门口聊天的时候，之前来吃饭的那个女生低着头，快步迎面走来。她看见二人，尤其是陆卓凯的时候，脸倏地就红了，下意识地往后退了一步，然后突兀地转身走掉了。

陆卓凯见状问："我们俩站在这儿，是不是耽误你们家做生意了？"

柯寻看着女孩的背影，喃喃道："她好像是二班的，今入打球的时候还给我们班加油来着。"

陆卓凯突然一脸八卦地看着柯寻："哎？我记得你之前说，你是脸盲来着？"

柯寻点点头，"嗯"了一声。

"那怎么看见那个二班的女生，你倒是不脸盲了？"

"因为她没什么精神，所以我就记得了。"

"少来！你是不是喜欢上人家了？"陆卓凯说着，一脸看好戏的模样。

柯寻想了想问："是喜欢海洋生物那种喜欢吗？"

陆卓凯有些无语地摆摆手："算了，跟你开玩笑可真没意思，接不住梗！对了，你说你脸盲，那你能记住我的脸吗？"

柯寻突然想使坏，假装认真地摇了摇头。

陆卓凯瞬间来气了："柯寻，我们俩做了这么久的朋友，你居然都记不住我的脸！"

柯寻听到"朋友"两个字的时候有点惊讶，他下意识地重复："朋友？"

陆卓凯反问："那不然呢？我们俩不是朋友是什么？"

柯寻忽然想到，很早之前心理医生跟他说过，治疗阿斯伯格综合征，最有效的办法就是交朋友。当他问心理医生什么是朋友的时候，心理医生跟他说，朋友就是能让我们愉快地跟他们相处的人。柯寻想了想，跟陆卓凯相处确实很愉快，当然，还是独处最有意思。心理医生还说过，真正的朋友不会让你改变，而会真心赞美你身上某些阿斯伯格综合征的特征。柯寻回忆着，陆卓凯确实称赞过自己的专注力……

陆卓凯的声音把柯寻的思绪拉回来"怎么啊？你不觉得我们是朋友吗？我教了你那么久的足球，你可真没良心！"

柯寻突然开口道："我记得。"

"嗯？"陆卓凯疑惑地看着他，"什么啊？"

"我能记住你的脸，你化成灰我都记得。"柯寻很认真地回答道。

陆卓凯皱着眉头，歪头一笑："好吧，虽然这句话……听着有点不太吉利，不过，我姑且当作是……我在你这儿还算是有点分量了。"

柯寻和陆卓凯报名参加大学生数学竞赛的事情，很快全班都知道了。

同学们只当柯寻是有点不自量力，虽然柯寻的数学成绩不错，但是跟"十项全能"的年级第一名陆卓凯比起来，还是有一些差距的。大家只知道这两个人应该在竞争一等奖的名额，却没有人知道他们两个每天下课后，都会在教室里一起自习，准备竞赛。也不怪别的同学觉得他们俩在竞争，因为这两人确实不像是能玩在一起的朋友。虽然足球比赛的时候，陆卓凯帮过柯寻，但陆卓凯就是这样一个乐于助人的人，大家只当他是为了班级荣誉，外加同情心泛滥，喜欢关心班级的弱势群体。

不只其他人这样想，其实柯寻自己也没搞明白。虽然那天晚上，他已经在心底把陆卓凯当成了自己的朋友。但是他也不理解，那么优秀的陆卓凯为什么会选择自己这个"异类"做朋友呢？柯寻想到这里的时候，解题的速度突然放慢下来，身旁的陆卓凯注意到，扭头问他："遇见不会的题了？"

柯寻点了点头。

陆卓凯凑过来："哪道题啊？连你都不会。"

柯寻突然开口："你为什么要和我当朋友呢？"

陆卓凯有点惊讶："我以为你是哪道题不会呢，原来是问这个啊。"

"这件事确实比数学题还要难解，你那么优秀，为什么要跟我做朋友呢？"说到这儿，柯寻犹豫了一下，"而且我还有病，是很难相处的……"

陆卓凯想了一下，对柯寻说："如果我告诉你，我能够理解你，你相信吗？"

柯寻难以置信地看着陆卓凯。

"你总觉得自己有病，是别人眼中的异类，但其实，有时候太优秀的人也是一种异类……"陆卓凯微微苦笑，"你可能觉得我是在无病呻吟，不过我确实这样觉得。有时候，当我没有达到别人的期待，大家就会觉得你怎么没有做到呢？可是他们忘记了，我做不到也不足为奇吧，做不到才是一种常态。当你周围的所有人都对你充满期待，你就会觉得……好像我就应该是那个样子，但其实我心里想的并不是那样……"

陆卓凯说着，看向柯寻："所以我看见你的时候，甚至有一点羡慕，因为你没有那么在意周围人的目光，你甚至可以做到无视他们，但是我却做不到。"

柯寻不能够完全理解陆卓凯的话，但他隐约感知到，陆卓凯也许跟自己是同一类的人。

陆卓凯真挚地说道："反正你只要知道，我是真心把你当朋友就行了。哪有那么多为什么呀，交朋友又不是解数学题，需要推导证明。"

柯寻瞬间接受了这个说法，点了点头。

"对了，你下周末有空吗？想不想去海洋馆？"

柯寻眼中放出光芒。

陆卓凯粲然一笑："听说下周末海洋馆有水母特展，我们一起去吧！"

"好！"柯寻开心地答应。

"好了好了，快做题吧！"陆卓凯催促起来，"哎？你怎么做到这题了，比我快这么多！我今天一定要在速度上超过你！"

Chapter 02 · 遇见水母

065

天色渐晚，两个人走出自习室，路上，还在讨论着刚才的题。此时，道路上的人已经寥寥无几，大部分的人都已经回到了宿舍。

柯寻终于答应陆卓凯去南门的小吃一条街吃他梦寐以求的烤串。烤串摊前，陆卓凯点了一堆，柯寻疑惑问道："你吃得完吗？"

"不是还有你吗？"陆卓凯说完，继续加菜，"老板，再来两个鱿鱼、四个鸡翅，还有烤茄子……"

柯寻无奈地摇了摇头，他根本就不吃外面的餐食，但为了不破坏陆卓凯的兴致，他还是任由他继续点着。柯寻一抬头，突然又瞥见了那个二班的女生。她低着头，走得很快。柯寻本来没有在意的，但是他却发现女生的身后跟着一个穿着黑衣服、戴帽子的男人。虽然没有看见男人的脸，也没有听到他的声音，但柯寻用他特有的磁场感应标准，察觉到那个男人具有危险性。

他用胳膊肘碰了碰身边的陆卓凯，说："我刚看见之前在小吃店门口遇见的女生了……"

陆卓凯一笑："那个二班的？你该不会真的喜欢人家……"

"有个男人在跟着她，我觉得那个男人很危险。"

陆卓凯收起笑容，变得一脸严肃："你确定？在哪儿？"

柯寻指给他看，此刻，女生刚拐过街角，那个男人在拐弯之前，压低帽檐，看了看四周，才闪身跟过去。

"那人看着确实不太对劲啊！"陆卓凯说着，把手里的串儿递给柯寻，"我跟上去看看，你在这儿等我！串好了你先吃，钱我都付好了！"

陆卓凯说完就跑过去，拐进了街角。柯寻当时并不知道自己无意间的偶然一瞥，居然让三个人都陷入了巨大的旋涡之中。他和陆卓凯这短暂的分离，将会彻底改变他们俩的命运……

柯寻拎着烤串呆呆地站在原地，犹豫着要不要跟过去，但是陆卓凯跟自己说过，让自己等他。

夏日的夜晚忽然吹来一阵冷风，柯寻不由自主地打了一个寒战。

那一晚，柯寻在烤串摊等了很久很久，陆卓凯都没有回来。他想去找，但是又不知道该去哪里找，陆卓凯明明说过会马上回来。柯寻拎着已经凉掉

夏天，水族馆和坠落的她

的烤串儿，不知何去何从。

直到老板提醒他："同学，我们要收摊了。"柯寻这才心神不宁地回到家里，他不知道陆卓凯为什么没有回来，他也不知道那个女生和陆卓凯是不是遇到了什么危险。想到这儿，柯寻突然心慌起来，他给陆卓凯打了电话，但是却无人接听。

这种不安感渐渐地蔓延，柯寻感到了一种恐惧，就像食物链底端的鱼类，在深海里无意间游荡时，偶然撞见了一条鲨鱼。

第二天上专业课的时候，柯寻感受到班里的气氛有一些不同，大家好像在隐秘地议论着什么。刚开始，柯寻以为又是在说自己，但他隐约间却好像听到了陆卓凯的名字。这时，那个之前把陆卓凯在医院的消息告诉柯寻、戴着厚眼镜的女生好奇地过来问他："柯寻，你知道陆卓凯谈恋爱了吗？"

柯寻觉得这个谣言简直就是无稽之谈，自己每天都跟陆卓凯混在一起，他谈恋爱自己怎么可能不知道？柯寻摇了摇头，斩钉截铁道："不可能。"

同桌女生微微蹙眉："可是昨晚，有人看见他跟二班的一个女生一起去药店……"女生刻意压低了声音，"好像是一起去买避孕套……"

"什么？！"柯寻猛然一嗓子，全班都看向了他们。

同桌女生比了一个嘘的手势："你别这么大声！"

柯寻彻底慌了，他想到昨天晚上看见的那个男人，他觉得有不好的事情在悄然发生。

同桌女生还在念叨着："买避孕套确实有点夸张，也可能是别人看错了，以讹传讹也说不定。不过，没想到陆卓凯居然喜欢那种闷闷的类型……"

柯寻已经无力辩解了，他必须要当面问一问陆卓凯。

那天陆卓凯迟到了，直到第二节课间的时候才来到学校。他刚进教室落座，就有一些好事的男生围上来，开始起哄。

"凯哥，听说你谈恋爱了？"

"陆人神，你真的跟隔壁班的那个女生好上了？"

陆卓凯听到这些流言，也没有生气，只是笑了笑，说了句："少管闲事啊。"

见当事人没否认，大家起哄的声音更大了。柯寻觉得不可思议，陆卓凯为什么不去否认，他明明没有谈恋爱。

柯寻把陆卓凯拉到一边，问他："你昨晚怎么没接我电话？"

"啊……"陆卓凯一副很疲惫的样子，"昨晚没注意。"

柯寻觉得陆卓凯是在找借口，继续问："你昨晚怎么没有回烧烤摊？你们昨晚发生了什么吗？遇到危险了吗？"

陆卓凯拍了拍柯寻，安慰起来："你别担心了，应该都已经解决好了。"

柯寻觉得陆卓凯言辞闪烁，有什么事情瞒着自己，这种感觉非常糟糕。

他把声音压得很低，无力地说："他们说，你在跟二班的女生谈恋爱。"

"他们爱怎么说就怎么说吧，别管那么多了。"

"到底发生了什么事？你连我都不愿意告诉吗？"

陆卓凯叹了口气："柯寻，这件事情……等时机到了我再告诉你吧。"

柯寻默然，垂下了头。

从那天开始，柯寻开始发现周围的一切都变得不同了，除了无法控制的流言，还有一种被偷窥的感觉。尤其是跟陆卓凯在一起的时候，不管是在教室里，还是在球场上打球，又或者是去图书馆的路上，他总觉得有一道目光在注视着自己和陆卓凯，当他寻找目光来源的时候，就会发现是那个二班的女生。

体育课时，柯寻再一次感受到了那种目光，扭头看去果然还是那个女生。

"她为什么最近总看着你？"柯寻问道。

陆卓凯倒是非常大方地迎上了女生的目光，还朝她挥了挥手，女生仿佛有一些受宠若惊，害羞得转头就走掉了。

"你们认识了？"

陆卓凯点头："是啊，她是二班的孔叹。你记得住人家的脸，怎么记不住人家叫什么？"

"你这样，别人真的会以为你们两个在谈恋爱。"柯寻好心提醒。

"随便吧，他们爱怎么说就怎么说。"

柯寻忍不住又问："陆卓凯，那天晚上到底……"

"哎？昨天最后那道题你写了吗？我突然想到还有一种方法，你要不要试试？"

每次都是这样，当柯寻问到那天晚上发生了什么的时候，陆卓凯就会岔开话题。所以，在陆卓凯主动开口前，柯寻不打算继续追问了。

往后一周，柯寻都生活在一种隔靴搔痒的不适感里。他总觉得他跟陆卓凯之间隔着一层纸，虽然隐约知道这层纸的背后是什么，但是谁都没有捅破。

直到周末，二人来到海洋馆，柯寻才终于开心了起来。

他们两个逛到鱼类大厅的时候，柯寻一看见小丑鱼就立马挪不动步子了。巨型鱼缸中，小丑鱼在海葵中穿梭，橙黄色的皮肤上环绕着白色的条纹，在水波中明亮艳丽。

陆卓凯盯着小丑鱼雀跃道："尼莫！"

柯寻很惊讶地看着他："你知道它叫尼莫？"

"当然啊，《海底总动员》那么有名，还有人没看过吗？"陆卓凯扬眉笑道。

柯寻轻抚鱼缸，轻声感叹："我超级喜欢那部电影，尼莫很勇敢。"

"是啊，我看电影的时候，好像跟它一起经历了一场冒险！"

柯寻很意外，自己居然和陆卓凯喜欢同一部电影。

"如果可以，我也想去冒险。"陆卓凯突然开口，"其实，我原来的梦想是当一名潜水员。"

柯寻有点惊讶。

"你知道夜潜吗？在深夜的时候置身沟底，透过月光，你可以看到和白天完全不一样的景象，那些在白天看不到的海洋生物，只有在夜里才会出现。"陆卓凯说着，眼神充满向往。

"那你现在的梦想呢？"柯寻问。

陆卓凯微微抿起嘴："现在……与其说是我的梦想，不如说是我们全家的梦想，他们希望我能去国外读研。"

陆卓凯说完叹了口气："那你的梦想呢？柯寻？"

"我的梦想……"柯寻好像从来没有很仔细地想过这个问题，他摸了摸鱼缸，"能每天看到尼莫就挺好的。"

陆卓凯笑了："这不是很简单，你在海洋馆工作就可以啊！"

柯寻很赞同陆卓凯的建议，点点头："嗯，我想在海洋馆工作。"

Chapter 02 · 遇见水母

069

"我真的很羡慕你，柯寻，你可以选择你想做的事情，不用考虑太多其他人的想法……"

"我的心理医生说，只要我能找到一份工作，就已经很了不起了。毕竟，没有那么多人愿意跟病人一起工作……"

"别这么说，你的病其实也是你的闪光点，很多天才都有阿斯伯格综合征啊！对了，月底就是数学比赛的预赛了，你会紧张吗？"

柯寻摇了摇头。

陆卓凯故意挑衅："最后要是我拿奖，你不许生气啊！"

柯寻轻哼一声："你还挺自信的。"

"那是！"陆卓凯扬了扬眉，他说罢顿了顿，"不过，要是你拿到一等奖，我会更开心的！"

他们两个人逛着，终于来到水母馆的特展厅。场馆里有一间没有灯的展示厅，四周的显示屏上循环播放着各类水母在夜间活动的影像。黑色的展厅里，音箱播放着在深海录制的各种声音、海水波动的声音、海豚高频或低频的叫声、鱼群游过的簌簌声……柯寻看见了短手水母、仙女水母、海蜂水母，甚至还有灯塔水母，它们发着光，在黑暗中十分耀眼。

陆卓凯看着这些只有在夜潜的时候才能拍摄到的生物，憧憬起来："我要是潜水员，就能亲眼看见这些了……对了，我记得你说我是水母来着？"

"嗯。"

"你觉得我像哪一种水母？"

柯寻想了一下："灯塔水母。"

"为什么？"

"我希望你永远都在。"

陆卓凯轻笑一声。

柯寻顿了顿："像灯塔水母一样透明，这样我们之间就没有秘密了。"

陆卓凯怔住，犹豫了一会儿，缓缓开口："柯寻，我知道你这一周一直在忍受我的刻意隐瞒……"

他叹了口气："我没有告诉你，是因为我觉得……我没有资格告诉你，我没有资格把一个女生的痛苦遭遇说出来。还有就是，我不想让你陷入危险之中。"

柯寻很奇怪："什么危险？"

陆卓凯盯着显示屏上的水母："柯寻，我好像被人跟踪了。"

"是那个女生吗？"

"不是。"陆卓凯看向柯寻，"是你上次看见的那个男人。"

柯寻很惊讶："这到底是怎么回事？"

黑色的展厅里，两人同时沉默，只有播放的沙沙的水流声和呼呼的海风声。过了很久，陆卓凯缓缓开口："那天晚上发生了什么，我想你也猜得差不多了……我赶到现场的时候，那个男人正在侵犯那个女生！我立刻大吼了一声，他听见我的声音吓得跑开了，但是他逃跑的时候，我看见了他的脸。"

"他长什么样？"

陆卓凯苦笑了一下："很普通的样子，也没有什么特别的，你现在让我描述，我可能都很难描述清楚。我只记得，他看我的眼神让我后脊发凉。"

"那你怎么办？我们去报警吧！"柯寻说着就要拉起陆卓凯。

"我想过报警，但是一旦报警就必须要讲出事情的来龙去脉，这件事的受害者是那女生，我事后问过她想不想要报案，我会陪她去。但是，她不愿意。那天晚上对于她来说，或许是一场噩梦吧……"

"那怎么办？你看见了他的脸，万一被那个人报复呢？"柯寻很紧张。

"我最近确实感觉有人跟着我，但是每当我这样觉得的时候，回头却发现没有人，不知道是不是我神经紧张产生的错觉。"

陆卓凯见柯寻一脸紧张的模样，转而安慰道："你看吧，我就说不想告诉你，告诉你了你又担心。"

"我怕你会有危险……"

陆卓凯轻轻地拍了拍柯寻的肩头："这样吧，我再劝一劝孔叹，如果她愿意报案当然是最好的结果，但如果她不愿意，我也不可能强迫她。我觉得那个人也不敢怎么样，顶多是盯几天看我们有没有什么行动。"

柯寻依旧是忧心忡忡的样子，但也只能点了点头。那天从水母馆出来，柯寻已经无心看展了，以至于后面去的场馆他都没有什么兴致。反倒是陆卓凯一直在安慰柯寻不要担心。之后在学校的几天，柯寻每天都要护送陆卓凯回宿舍，陆卓凯总觉得柯寻小题大做。

Chapter 02 · 遇见水母

十一假期结束后，数学比赛初赛的考试也临近了，柯寻却发现陆卓凯最近复习的时候，总是盯着手机。柯寻好心提醒："快考试了，你怎么总看手机？"

陆卓凯的表情突然变得严肃："柯寻，我好像知道那个男人是谁了。"

"是谁？"柯寻紧张道。

陆卓凯把手机递给柯寻，屏幕上是一个论坛的页面："我觉得那个人敢来我们学校门口跟踪女生，这么大的胆子，应该不是初犯。上次他没有得手，之后我觉得他还会再挑对象动手，于是我就上网搜索'临川大学''女生''跟踪''偷拍'这种关键词，看看其他人有没有类似遭遇或者相关报道，顺藤摸瓜我就发现了这个叫'Iceberg'的论坛，你看。"

陆卓凯翻到帖子的开头，继续道："这个名叫鲨鱼的ID，差不多半个月前一直在我们学校门口偷拍女生，我觉得他是在寻找可以作案的对象。这个帖子汇集了各种偷拍者，所有的人都在肆意地炫耀自己偷拍的女性。这个ID叫鲨鱼的人，因为偷拍女大学生，所以在这个论坛里很有威望。"

"这些人好恶心……"柯寻看着偷拍的照片有些不适，"那你怎么确定是这个人？"

"你看这条留言和回复。"陆卓凯翻了好几页，定格在一个回复里。

"鲨鱼，你拍了这么多，试没试过啊？"

"昨天想试，结果被人打扰了。"

陆卓凯道："这条留言回复的时间，是9月19日，刚好是孔叹出事那晚之后。所以我觉得，这个ID叫鲨鱼的人，大概率就是那个犯罪嫌疑人！"

"那我们要怎么做，报警吗？"

陆卓凯迟疑片刻："在孔叹同意之前，我觉得还是先不要报警。现在最重要的是保护孔叹，不能再让她受到伤害。我们可以默默观察这个ID，甚至可以注册一个账号，先混入他们内部，了解他们的动向。"

"可是，你不是说孔叹不想报案吗？"柯寻问道。

"我也不知道，每次提到那天晚上的事情，她就问我'那天晚上发生过什么吗？'"陆卓凯说到这儿，叹了口气，"搞得我都不清楚，她是不想让我说下去才转移话题，还是在逃避……"

柯寻突然想到在心理咨询室看见的一些患者，他眉头微蹙，询问："那你觉得她回复你时的表情，是什么样的？"

"表情倒是没什么特别的，怎么了？"

"我在看心理医生的时候，听说有一些人确实会忘记很重要的事情，尤其是在创伤之后，算是应激反应的一种……"

陆卓凯回忆起来："这个我很难确定，她的状态到底是应激反应，还是不想面对……现在，我们能做的就是先盯住这个论坛！"

从那以后，柯寻和陆卓凯时刻关注着这个叫 Iceberg 的偷拍论坛。为了想要尽快揪出这个强奸犯，陆卓凯依然经常去找孔叹，希望能够说服她报案，但是他总找孔叹的行为，却被其他同学理解为他们两个真的在谈恋爱。每次陆卓凯和孔叹沟通完，都摇着头回来，孔叹依然不想面对这个事实。

时间过得飞快，数学竞赛初选的前一天，是一个非常普通的夏末秋初的夜晚。那天的晚霞色彩斑斓，紫调中带着暖黄，湛蓝中藏着嫩粉。柯寻愣愣地看了一会儿天空，瞬间想到了解题思路，奋笔疾书起来，当他做完真题的时候，陆卓凯还剩三道大题没做。

正值晚饭时间，整栋弘业楼都没什么人。柯寻本来想等他一起走，但是母亲为了迎接第二天的考试，特意给柯寻做了大餐，想让他早点回家吃饭。

陆卓凯劝他："你快回去吧，别让你妈妈等你了！"

"那你也先去吃饭吧。"

"知道了，写完这道题我就去了，吃过再来。"

"嗯，我尽量早点回来。"柯寻把书包收好，塞进了课桌下面。

"柯寻！"陆卓凯抬头叫住他，展颜笑道，"明天比赛加油，还有，待会儿见！"

"嗯，你也是！"柯寻向陆卓凯挥了挥手，那是记忆里他最后的样子。

陆卓凯站在蓝紫色的晚霞前，夕阳的余晖给他周身都镶上了金边，但陆卓凯的笑容却比晚霞更耀眼。

柯寻独自走在回家的路上，戴着耳机看视频。他的手机里播放着最新的海洋纪录片，他记得很清楚，当视频正播放一只鲨鱼咬死一只海龟的时候，

Chapter 02 · 遇见水母

073

他接到了陆卓凯的电话。柯寻接起来,耳机里面却没有说话声,只有哗啦啦的翻书声和沙沙的写字声。

他正觉得奇怪,突然听到电话那一头的陆卓凯说:"那天晚上,我看见的人就是你吧。"

紧接着,耳机里传来一阵桌椅碰撞的声音,柯寻感觉到危险来临,心脏狂跳的巨响仿佛要震穿耳膜。他用最快的速度不顾一切地往学校跑去。

柯寻从来没想过自己竟然可以跑得这么快。血液涌上头顶,耳鸣声嗡嗡作响,他听不清呼啸而过的风声,腿脚不受控制地狂奔。

他跑过长街,跑过人行横道,跑过街角,跑过校门,跑过操场,跑过每一条曾经和陆卓凯走过的路。

柯寻曾体验过很多种恐惧,第一次独自面对黑暗时未知的恐惧,和陌生人说话时怕被嘲笑的恐惧,父亲离家时怕被抛弃的恐惧……还有此刻,也许会失去陆卓凯的恐惧。

柯寻跑得太快了,以至于他差点撞到一个人,但他脑子里全是陆卓凯,完全没注意到那个人就是孔叹。

他跑到弘业楼二楼的时候,忽然听见了一声巨响。像是生物坠落在海里的声音,"轰"的一声炸开了水花,柯寻的脑子"嗡嗡"响着,他无力地跪在地上,感受到了那种希望破灭之前的恐惧。

柯寻大口地喘着气,扶着窗台站了起来,他浑身打着冷战朝窗外望去。他看见那个比晚霞还耀眼的少年,在操场上沉睡;他看见那个像灯塔水母一样透明的少年,分裂、不朽……柯寻眼前的世界瞬间像抽象画一样夸张变形,他觉得走廊在摇晃,渐渐重心不稳。他抬着头想要走下楼,去陆卓凯的身边,但他的腿却完全不受控制。

恍惚中,他好像又看见了那个男人,在楼梯拐角处,那个男人的身影一闪而过,从二楼的窗户跳了下去。柯寻想追上去,但是他已经完全站不起来了,刚才的狂奔已用尽了他所有的力气。

之后的记忆,对于柯寻来说是片段式的,警笛声刺破了黑夜,穿着警服的警察们奔向他,但他却下意识地逃跑,他真的只想一个人待着。

"求求你们了,让我一个人待着吧。"柯寻无力地喃喃祈求。

"你叫柯寻吗?请你跟我们走一趟!"

"你和死者陆卓凯是什么关系？"

"有目击者称，看见你跑到了教学楼，随后陆卓凯就坠楼身亡。"

"陆卓凯手机的最后一通电话是打给你的，你们之间是否发生了争吵？"

无数的问询声、质疑声、嘶吼声、哭泣声萦绕在柯寻的身边，他再也受不了了，他推开警察冲出人群，越跑越远，他只是想一个人待一会儿。

柯寻边跑脑子里边闪过一个念头，明明看见那个男人的人是我，为什么追上去的人是陆卓凯呢？如果可以，他多么希望死掉的人是自己。

在派出所审问室的时候，柯寻已经心灰意冷，真的无所谓了，既然世界已经崩塌，那么我死掉也没什么可惜。他跟陆卓凯说过的，如果可以，我希望明天就死掉。柯寻完全没有为自己做任何的辩驳，但最后警方还是没有查到柯寻是凶手的直接证据。柯寻最终被无罪释放，直到他离开警局的那一天，才知道报案的目击证人是那个二班的女生孔叹。

柯寻万万没有想到，陆卓凯为了保护她而死，最后她竟然把自己当成了凶手。

出了警局后，柯寻的日子更加难熬，学校里谣言四起，同学们冷眼旁观。母亲的小店前，堵满了来采访"杀人犯天才 K"的记者们。

在陆卓凯的死亡和谣言的不断冲击下，柯寻的阿斯伯格综合征日渐严重，他不得不退学，接受住院治疗。至于他和陆卓凯要一起参加数学竞赛的约定，就像一个美好而绚丽的梦，在陆卓凯死去的那一晚破灭了，柯寻的命运也彻底改变。

柯寻在医院里并不配合治疗，他在事件发生后的很长一段时间里，都有轻生的念头。直到有一天，母亲带来了柯寻的书包，他竟然在书包里翻到了陆卓凯的比赛练习册。

难道是之前自己收拾东西的时候，错把陆卓凯的练习册放到了自己的书包里？可柯寻一向对自己的东西和别人的东西区分得很清楚，按理说并不会发生拿错这种情况。

但此刻，柯寻无暇想太多，他缓缓翻开那本练习册，看着陆卓凯清秀整齐的字迹，好像又回到了两个人相互竞争、一起备考的日子。他翻到他们案发当天写的那一套真题，陆卓凯最后一道大题还没有来得及写完。

柯寻的手摩挲着陆卓凯的字迹，他突然发现有五个字混杂在解题的步骤里！

"阿尔茨海默……"柯寻突然想到了什么。

"柯寻，你知道阿尔茨海默病吗？"

"其实我姥姥已经不记得我了。"

"可能直到她去世，她也不会再想起我了。"

陆卓凯曾和他说过，他的姥姥患有阿尔茨海默病，可是，这和这道题有什么关系？倏忽间，柯寻回忆起案发当晚陆卓凯打给自己的电话，里面除了关键性的那句话，还有呼啦啦的翻书声和沙沙的写字声！

那是陆卓凯在向自己传递信息。

难道陆卓凯那晚看见凶手后，预感到他将会有危险，所以迅速在练习册中写下线索，又故意把练习册放到了自己的书包里？柯寻的眼中渐渐放出光芒，陆卓凯在最后一刻拼尽全力在给他传递信息，这个信息一定是他跟陆卓凯两个人知道的，到底是什么呢？

陆卓凯临死前给他留下一道谜题，要他去解答，去探秘。

从那天起，柯寻就不想死了，他再次找到生命的意义——寻找这个答案，寻找那个害死陆卓凯的"鲨鱼"。

柯寻开始积极地配合治疗，也就是那一年，他遇见了林医生。在林医生的帮助下，他的病情终于开始好转。

两年后，2017年，柯寻终于恢复到之前的状态，但在准备出院的那一天，母亲在来接他回去的路上，不幸遭遇了车祸。命运对柯寻过于残忍，他刚从一个致命打击中恢复，命运就把他推向了另外一个深渊。

母亲在车祸中受伤非常严重，生活已经无法自理，林医生很担心柯寻会坚持不住，再次轻生。但是这一次，柯寻却没有，他好像突然长大了。他把母亲送到了疗养院，还好之前郝秀婷给自己和柯寻买了高额保险，赔付的金额足够支付郝秀婷的医疗费。为了照顾病重的母亲，柯寻不得不走向社会、面对人群，他在林医生的推荐下去了海洋馆打工。

柯寻也是在那一年知道，那个二班的女生，在案发后也因为情绪上的打击退学了。她选择了复读，而后考入了公安大学。柯寻在年级群看见这个消息的时候，正坐在母亲的病床前，他看着年级群里接连蹦出的祝贺的信息，又看着病床前连着呼吸机的母亲，进而想到刚从海洋馆回来疲惫不堪的自己。

他突然觉得有点神奇，人生的选择决定人的命运，而人的命运又是如此出人意料，就像海洋生物在进化中发生了突变，原本的猎物竟然进化成了捕食者……

"就像此刻，你一直以为我是杀死陆卓凯的凶手，你跑到我的家里寻找证据，却不知道，真正害死陆卓凯的人……其实是你。"柯寻用平静的口吻讲述完这段回忆。

孔叹呆坐在地上，无声流泪："对不起……"

"这句话，你应该和陆卓凯说，而不是我。"柯寻淡淡道。

孔叹头痛欲裂，她捂着头，泣不成声："对不起，我真的想不起来了，那天的记忆断断续续的。那天晚上我回到家以后一直跟自己说，要把一切都忘掉，只当做了一个噩梦……我骗我自己那一晚什么都没有发生，那一晚我只是迷路了，遇见了陆卓凯……他救了我，但我却害了他……"

"所以那时候陆卓凯劝你去报警，你不是害怕，而是你对那天的记忆已经模糊不清了？"

"我不知道，那天的记忆已经完全被陆卓凯的死给淹没了，而我又把陆卓凯的死因归结为你……我逃避了所有的恐惧、所有的痛苦，是我害死了他……"

柯寻看着孔叹伤心欲绝的模样，就好像看见了七年前的自己。他并不是一个有同理心的人，但他总是很容易就会和孔叹共情，七年前如此，七年后亦是如此。

"你走吧。"柯寻转过身，背对着孔叹。

孔叹站起身，抹了眼泪："柯寻，擅自闯到你家里，我向你道歉。请你给我一些时间，我会找回我的记忆，也会找到杀死陆卓凯的真凶，我向你保证。还有，虽然这么说于事无补，但是害你变成这样，我真的很抱歉，对不起……"孔叹说完，如行尸走肉般离开了柯寻的家。

柯寻站在原地，久久没动。一直以来，他都很怨恨孔叹，他觉得是孔叹不愿意报警才害死了陆卓凯，而自己的人生也被这个没有勇气面对现实的女生给毁掉了。

但其实，孔叹才是整件事情真正的受害者，她为了逃避痛苦，扭曲了自己的记忆。她至今都没有办法面对那件事情，她把所有的痛苦都转移到陆卓凯的死亡上，试图通过找到真凶来化解一切的痛苦。自己刚刚不应该用陆卓凯的死来攻击她，这种做法是很残忍的，也许自己也应该向孔叹道歉。

下次吧……跟她说声对不起，柯寻想。

柯寻已经很久没有这样连贯地将自己与陆卓凯之间的一点一滴尽数回忆、讲述出来。细算起来，他与陆卓凯相处的时光虽然只有一个多月，但这期间发生的每一件事，都宛如雕刻在记忆之中那般深刻，至今想来仍历历在目，令这短短的夏日就像一生那样漫长。

而他就像身处海洋尽头、一直在原地打转的小丑鱼，从不迁徙，从不洄游，在同一片海底，等待着无法再次重逢的灯塔水母。

柯寻想到这里，面无表情地在黑暗中继续整理贝壳。渐渐地，他的手开始颤抖，他开始抽泣，他紧紧咬住嘴唇，却还是有一滴眼泪无声地落在了贝壳上。

他知道，他又在想念陆卓凯了。

Chapter 03
鲸 落

孔叹在开车回家的路上，觉得这条路好像变得无比漫长。她曾经想过，如果可以，永远都不要再回这个家了，这个重男轻女、迂腐不堪的所谓的"家"。

当孔叹的父亲发现妻子生了个女孩的时候，直接在产房外气得跳脚，大骂起来："怎么生了一个赔钱货！"后来起名字时，父亲更是干脆叫她"孔叹"——一声叹息，你为何生而为女？

孔叹的母亲是一个没有什么反叛意识、逆来顺受的女性。但孔叹一点都不怪她，甚至有点同情她，她们那个年代的女性思想还未解放，经济也无法独立，没有独立就意味要受制于人。孔叹在少年时期曾无数次劝母亲离开酗酒家暴的父亲，但是母亲却总是觉得应该给孔叹一个完整的家。孔叹只觉得，这个家虽然看似完整，但内里残破不堪，不如跟母亲两个人一起生活，虽然不完整，但起码是温暖的。

孔叹一步步走上楼，到家门口才发现自己并没有带家里的钥匙。她这才想起来，自己并没有家里的钥匙，在上一次和父亲争吵的时候，她就把钥匙从窗外扔出去了。她叹口气，无奈地敲了敲门。

"谁呀？"门内传来母亲苍老疲惫的声音。

"是我。"

"小叹啊！"母亲的声音突然高昂了起来，她打开门，看见孔叹的时候抑制不住地开心，"怎么突然回来啦？也不提前说一声，我都没给你做好吃的，你等着，我这就去买。"

"不用了。"孔叹拦住母亲，"我回来找点东西，一会儿就走。"

079

"啊，这样啊……"母亲的脸上布满失望，"单位那边忙吗？要是不急的话，吃个午饭再走吧？"

孔叹不忍心再去拒绝，只能点了点头。母亲像是得到了圣旨一样，高兴地张罗起来。

孔叹环顾四周，发现父亲不在家，估计又是出去喝酒了，问道："他呢？"

"啊，你爸跟老同学出去聚餐去了。"母亲边择菜边道。

"聚餐？又是去喝酒了吧！他最近喝多以后还敢对你动手吗？"

"不敢了，经过你上回那一闹，他老实多了。再说他年纪大了，也打不动了。"

"哼。"孔叹冷哼一声，眼里充满鄙夷，"他倒是敢，上次他动手打我，被我抓到警局的时候，吓得都快厥过去了，在我们面前倒是挺有能耐的……"

"哎，都是一家人，你爸他就是脾气暴。脾气来得快，去得也快。"

"我跟他可不是一家人，我跟你才是！"

"别赌气了，没事多回来看看你爸，他挺想你的。你不知道，他可以你为傲了，没事就出去跟别人说，我闺女考上了公安大学，现在是警察呢！"

孔叹无所谓地笑了："那是因为我考上了警察，我要是复读后没考上警察，他又会说，生女儿果然是没什么用啊，赔钱货！我在他眼里不过是一个可以炫耀的物件罢了。"

"唉，都是妈妈不好……"

"妈，你可千万别这么说，这跟你又有什么关系？他脑子里面都是迂腐的思想，我们干吗还要顺着他？"

母亲笑了起来："你看你现在啊，真是不一样了，说起话来一套一套的，果然是念过书，懂得比妈妈多多了！"

母亲择着菜，一副笑盈盈的样子，孔叹看着她粗糙干裂的双手，蹲下身握住了她的手："你别做了，咱俩一会儿出去吃吧，做一顿饭也怪累的。"

"没事儿，不累，给你做饭有什么累的，你去忙吧，一会儿就好了，可快了！你不要找东西吗？快去找吧！"

孔叹站起身叹了口气，回到自己的小卧室。与其说是卧室，不如说是隔出来的一间隔断。孔叹看着这间自己少女时代居住过的屋子，突然有一些感慨，她拼命想逃离的地方，却总有着自己最深刻的记忆。她打开上锁的书柜，上面挂着的密码锁的密码还是陆卓凯的生日——1022，陆卓凯去世的那一年，还没来得及过 19 岁的生日。

孔叹拨动齿轮，打开密码锁，翻出里面的日记，找到陆卓凯去世那一年的本子。她一页一页地翻着，发现自己在青春时代竟然是一个如此矫情的怀春少女，几乎每一页都写着陆卓凯的名字。

今天上课的时候看见陆卓凯了，他笑起来真好看，上学的唯一一点好处就是能看见他了吧！

体育课的时候看见他跟别的男生一起打球，他打球的样子好帅呀！

孔叹一边看一边被自己的少女情怀逗笑了，她渐渐翻到了 9 月 18 号那一天，空白，那天她没有记日记。意料之中，那晚太慌乱了，根本就没有办法写日记。

孔叹现在只记得起来那天晚上，陆卓凯陪她去了药店，给她买了紧急避孕药。其实孔叹那个时候对性方面的知识懵懵懂懂，虽然她当年已经 18 岁，但从小到大，学校都不重视生理卫生课，家长对此更是讳莫如深。当时，是陆卓凯突然出现救下了她，又建议她服下了避孕药。

那一晚陆卓凯所表现出的温柔和从容，给了孔叹很大的安全感，陆卓凯一直在劝慰她："你所遭受的这些，并不是你的错，不要试图从自身找原因，你也不要觉着羞愧和内疚，不要想是不是我哪里不对，哪里不好，所以才会受到这些伤害。不是的，并不是所有事情都有因果，很多事情是不打招呼的，苦难是随机的事件，并不是一种惩罚……千万别因为这件事，影响你日后的漫漫人生。你要是愿意，我可以陪你去报警……"

那一晚的陆卓凯对于孔叹来说，就像迷路的将死之人突然看见的一束光，就像溺水的人紧紧抓住的一根救命稻草。如果没有遇见陆卓凯，孔叹难以想象会发生什么，心智尚不成熟的她很可能会在当晚选择轻生，因为这个世界对她来说，本就没有什么可值得留恋的东西。

孔叹想到这里，叹了口气，她继续翻日记，来到 9 月 19 号。

同学们都问我，是不是跟陆卓凯谈恋爱了？我不知道该怎么回答，但是我突然觉得，被人这样误会也不错。而且陆卓凯好像也并没有拒绝和否认，他反而更关心我了，他真的是一个很好的人，这么好的人……我真的配拥有吗？

9 月 20 号。陆卓凯报名参加了数学竞赛，他每天晚上都学到很晚，我

Chapter 03 · 鲸落

081

总想等他，但是他身边那个男生总是跟着陆卓凯，真的好讨厌！

孔叹看到这儿突然被自己逗笑了，自己对陆卓凯的喜欢里，竟然还夹杂着对柯寻的讨厌。原来自己从那个时候开始就看他不顺眼了。

9月21号。我又做了那个梦。我梦见我无力地跑着，但是怎么也跑不动，跑不远，直到最后被一个没有脸的男人抓住。我看不见他的脸，他掐住我的脖子，想把我吃掉，我叫喊着却发不出声音。挣扎着醒来的时候，发现我把被子都踢掉了，我为什么记不住他的脸呢？

孔叹看到这里努力地回想那一晚，她对那一晚的记忆非常零碎，只记得自己当时太害怕了，后来更是直接吓得闭上了眼睛。

对！因为紧闭双眼，所以她根本没看清那个人的脸。一点关键性的线索都没有，时隔多年，想找到那个凶手犹如大海捞针。

突然，孔叹想到柯寻和陆卓凯查到过这个人跟Iceberg有关，那唐文霞的死又是怎么回事呢？柯寻昨晚只给自己讲了关于他跟陆卓凯的事情，之后的事情他只字未提，下次遇见他的时候应该仔细问一问。孔叹想到这儿，把所有的日记本都打包装好，准备带回现在租的房子里好好研究。

这时，她突然听见了大门响动的声音，是那个酒鬼回来了。他骂骂咧咧地大喊大叫："饭做好了没有啊？我让你给我做鱼，你都给我做了啥？"

母亲连忙阻止他："别吵了，女儿回来了！"

"哎哟，我们家大警察回来了！"父亲摇摇晃晃地走过来，一脚踢开孔叹卧室的门，指着孔叹似笑非笑、似怒非怒地揶揄，"我们家闺女可了不起了，能把自己的亲爹抓到派出所里！"

孔叹站起身，迎上他的目光："你再敢动手，我直接把你抓到公安局去！"

父亲喝醉了酒，有些神志不清："我可真是养了个好女儿啊！"

"你养我了吗？你除了每天喝酒，打我跟我妈，你还做了些什么？"

"你这个没良心的，你吃我的，穿我的，用我的，我怎么没养你？"

"我已经把之前你养我花的钱还给你了，少拿这套话来道德绑架我！我告诉你，我跟你没有任何关系，我来这个家纯属是为了回来看我妈。"孔叹上前一步，咬着牙警告道，"你再敢对我妈动手，我就直接一枪崩了你，大不了鱼死网破！"

"你……你这个不孝女！"

孔叹说完，直接拎着东西撞开了父亲推门而出，身后传来母亲的挽留声和父亲的辱骂声。孔叹一刻都不想再待在有这个男人的家里，她只想快一点独立起来，赶紧带着母亲彻底离开这个家。

临川市并不是网红城市，也不是新一线城市，如果硬要算，顶多算个三线城市，所以夜生活并不丰富，酒吧也屈指可数，都集中在靠近大学城的酒吧一条街。

柯寻到达 EXIT 酒吧的时候，门口已经停了一排的车，估计整个临川市的年轻人都是来这家酒吧娱乐的。其实柯寻从来没有来过酒吧，因为酒吧里的人太多，音乐也太吵，这种环境只能让他感到窒息。但他之所以会来这里，是因为唐文霞临死之前跟他说过一些事情。

在那间出租屋里，唐文霞一边穿衣服，一边问柯寻："我看熊哥的酒吧正在招人，你说我要不要去试一下？"

柯寻关上摄像机，皱了下眉："北极熊的酒吧？"

唐文霞"嗯"了一下。

"北极熊负责的是违规直播产业链，里面肯定很危险。你确定要去吗？"柯寻提醒道。

唐文霞眉头微蹙："我知道。可是我们查了这么久也没什么进展，如果能去那里上班的话，就可以真正打入他们的内部了。"

"没那么简单，他们雇用的人，其实只是被他们控制的傀儡，但实际的操控者应该还是他们内部的人员。"

"不过这次机会难得，他们不常招人的。"唐文霞穿好了衣服，看了一眼柯寻，"你是在担心我吗？"

柯寻咬了咬嘴唇，没有说话。

"我已经给他们发照片了，他们约我明天去酒吧面试。"

"既然你已经决定了，那注意安全，有什么事情及时联系我。"

唐文霞点了点头。

柯寻回忆到这里，不禁想，如果他能拿到那一天的监控录像，也就能够找到唐文霞死亡的真相了。可他刚一推开大门，就被嘈杂的音乐震得差点耳鸣。他强忍着不适走进酒吧，假装轻车熟路的样子来到吧台，随便点了一杯菜单上最显眼的杏仁酸酒。

柯寻一边等酒一边环顾四周，寻找酒吧里的监控摄像头。

"先生，你的酒。"酒保将酒递给他。

柯寻拿着酒杯，假意四处闲逛，一边逛，一边寻找员工内部通道的位置。他之前来附近踩过点，这边商业街店铺的内部结构应该差不多。他躲开摄像头，闪身进入客人禁止入内的员工通道。员工通道连着消防楼梯，从楼梯上去就是酒吧的内部。

柯寻轻手轻脚地上去，二楼走廊从外到里，分别是更衣室、储藏室，他继续往前走，在走廊的尽头看见了监控室。柯寻贴着门听见里面有对话声，一时不敢轻举妄动，他正要靠近想听清楚他们说什么的时候，突然，门内人的脚步声逼近。

就在门马上要被推开的瞬间，柯寻倏地被一个人猛然一拉！

当他反应过来的时候，已经被那个人拉进了储藏室，柯寻被按在墙上，手中高脚杯里的酒已经倾洒了大半，他还没来得及看清那人是谁，对方的脸就已经贴在自己的耳侧。一个熟悉的声音在耳边响起："别动！"

是孔叹！

柯寻正奇怪孔叹为什么会在这里的时候，监控室的门打开了，两个男人聊着天锁好门，走过走廊，向二人的方向逼近。孔叹又靠近了柯寻一点，她的鼻息扫在柯寻的脸上。柯寻想避开，却避无可避。孔叹拉起柯寻的手直接放在了自己的腰间，而她自己的手则钩住柯寻的脖子，让他侧过头。

这个暧昧的姿势令柯寻感到非常不适，他从来没有和别人靠得这么近过。

监控室那两个男人走到这里的时候，其中一人突然吹了一声口哨，喊道："喂，别在外面，去洗手间！"

那两人说完，爆发出一阵大笑，渐渐走远。孔叹挪开脸，整了整衣服。

柯寻终于舒了一口气，抬眸问道："你怎么在这儿？"

孔叹看了他一眼："我要是不在这儿，你就被人发现了，有你这么搞跟踪的吗？"

孔叹刚才光顾着掩护柯寻，没想太多，现在危机解除，想到她和柯寻前一晚发生的事情，顿时有些尴尬。沉默中，孔叹顿了顿，回答柯寻之前的问题："警察通过街边的监控录像，查到了唐文霞那晚打车来过这里。"

"可是你们警察上午不是已经来过了吗？"柯寻问完，扫视孔叹，她穿着便服，并不像是出来办案的样子，倒像是私自调查。

"警察上午来的时候，这里说监控录像的摄像头坏了，案发当天2号的监控并没有拿到。"

"所以你就晚上自己来拿？"

"你不也是吗？"

一问一答后，两人继续陷入尴尬的沉默。

孔叹轻咳一声，先开口道："我们换个地方聊，这两个人估计是去洗手间，一会儿就应该回来了。"

柯寻嗯了一声，跟孔叹顺着楼梯往楼大厅走去。孔叹边走边道："要想拿到监控录像，我们首先要打开监控室的门，其次就是要搞到他们的开机密码。"

柯寻点了点头。

孔叹突然问他："你眼神和记忆力怎么样？"

柯寻微微一愣，孔叹想了会儿，笃定地自问自答："我记得你数学不错，应该记忆力也挺好的吧？开机密码就交给你了！"

"我们要进去？他们不是一会儿就回来了吗？"柯寻问道。

"是啊，这次我们跟他们一起进去！"孔叹说着脱掉外套，露出里面的紧身衣。她抢过柯寻手里剩下的小半杯杏仁酸酒，倒在手上，沾湿手指，往头发上捋了几下，瞬间变成了一头朋克湿发，又掏出一根眼线笔，对着手机屏画了一个上挑的眼线。

柯寻奇怪地看着她："这样不像你。"

"不像就对了！"孔叹扫视了一下柯寻，把腰间包内的帽子扔给他，"你戴着这个，一会儿配合我见机行事。"

柯寻接过帽子，刚戴上就被孔叹嫌弃，伸手帮他掉转了帽檐的方向。孔叹看着他，满意地点点头："这样比较像！"

"像什么？"

孔叹没有回答他，狡黠一笑。

酒吧一楼大厅，放纵的人群在沙滩舞池肆意摇摆，卡座里人们觥筹交错，

Chapter 03 · 鲸落

在酒精中寻找着刺激。就在这时，孔叹拎起一个酒瓶，"砰"的一声摔在吧台上。所有人的目光齐刷刷地射来。

在众人的注视下，孔叹突然放声大哭，朝柯寻哭喊道："你这个渣男！"

柯寻当场呆住，心想：原来反戴帽子就像渣男啊……

此话一出，所有人都抱着看戏的态度往这边凑过来。孔叹一抹眼泪，眼线瞬间都花了，活脱脱就是个弃妇怨女的可怜样。

"你说！"孔叹指着柯寻的鼻尖，"你一号那晚是不是来这里找别的女人了！"

围观群众发出惊呼声，毕竟"抓奸"场面可不多见。

这么多人的目光看向柯寻，他不知该作何反应，孔叹只是说"见机行事"，可她真是高估了自己的临场应变能力。柯寻冥思苦想，终于在林医生推荐的影视作品中，找到一句可以应对当下场景的台词。他努力让自己进入角色，开口道："老婆，我们回家再说！"

此言一出，吃瓜群众更兴奋了，原来不是男朋友劈腿，而是婚内出轨啊！

孔叹微微一愣，赶紧将计就计，哭诉得更加激动："你休想敷衍我！我要是不看见你那晚到底干了什么，我死都不走！咱们结婚还不到三个月你就来这种地方！我要报警！"

孔叹说着就要去打柯寻，酒吧的保安和大堂经理这时赶紧围了上来。

"怎么回事？"大堂经理拉开二人。

孔叹哭得梨花带雨，义愤填膺的围观群众好心帮她解释起来："这男的结婚还没三个月，就来你们酒吧找别的女人呢！"

大堂经理听明白了来龙去脉，好声好气地安慰孔叹："姑娘，你的遭遇我们很同情，可是你在这儿闹，影响我们做生意啊！"

"我要看你们一号晚上的监控，只要看见他和别的女人在一起，我就死了心，立马就走！"

一听说要看监控，大堂经理为难起来："可是这……"

孔叹哭得更大声了："不给我看是吧？你们这群男的，都不是好东西！"

见孔叹势微，围观群众你一言我一语地帮腔起来："有视频，起码这女的离婚的时候也有个证据，让这渣男多赔点钱！不就是看一眼监控吗？给她看看吧，怪可怜的！"

众人说着还不忘白一眼柯寻,柯寻思考着,觉得自己此刻是不是应该再添一把火,于是他用他一贯没什么感情的语调说道:"我没来,你就是有臆想症!"

孔叹装作气得又要冲上来:"你还嘴硬!你还死不承认!"

围观群众也更气了,这渣男真是冷血无情,都什么时候了还这么冷静。众人一个劲地帮腔,让大堂经理给孔叹看监控,非要当场打渣男的脸。

"你们不给我看,我就报警了,你们酒吧要是存在那种生意,可是犯法的!"孔叹哭着威胁道。

这时一个人在大堂经理耳边建议:"给她看一眼赶紧让他们滚,别惊动警察!"

"那你们跟我来吧!一会儿在监控室可别再闹起来了!"大堂经理说完,带着他们往二楼走去,围观群众还在给孔叹加油打气。

孔叹与柯寻眼神对视,她张嘴做口型,提醒柯寻:"密码!"

监控室里,孔叹还在抹着眼泪。

大堂经理跟监控室的那两个负责人说完以后,对了个眼神:"给他们看看吧!一号那天大厅的监控。"

监控室的负责人打开电脑,敲键盘输入密码,调出一号的视频。柯寻将输入密码的过程全程看在眼里,将他手指敲击过的位置铭记于心。

屏幕上播放着一号的监控录像,负责人问道:"你老公几点来的?"

孔叹笃定道:"晚上十点!"

视频调到十点钟的位置,连续放了三遍。负责人说:"好像没有你老公啊,门口这监控都没拍到!"

柯寻赶紧假装解释:"我都说了,我没来。"

"那你的衣服里怎么有这里消费的小票?"孔叹假装气急败坏,"一号没来,那就是二号!我要再看看二号的监控视频!"

大堂经理拦住孔叹:"二号那天,咱们的摄像头坏了,看不到了。你老公既然都说了他没来,监控也没拍到,那就是真没来。"

孔叹犹豫了一下看向柯寻,柯寻不露痕迹地点点头。

孔叹冷哼道:"不管你来没来,这婚我都离定了!"

她说完，故作气急败坏地冲出监控室，柯寻快步追了上去。两人一边往楼下走，一边低声对话。

"开机密码看清楚了吗？"

"看清楚了。"

孔叹闪进没人的洗手间，朝里面扔了一个点着的烟饼，看了一眼手表道："烟饼的烟触发警铃的时间大概是一分半，烟饼烧完大概是15分钟，如果他们发现得快，我们在监控室就只有10分钟时间。"

"你上次去我家也是这样计算时间的吗？"柯寻没好气地问道。

孔叹被呛，无奈道："一码归一码。"

"丁零零……"警报器响了起来，酒吧里的人顿时慌作一团。

孔叹和柯寻躲在楼梯间，看着监控室的人跑出来以后，赶紧闪进监控室。孔叹避开监控室摄像头，将摄像头扭向靠墙的一侧。柯寻输入电脑密码，孔叹紧接着开始搜索二号的视频，她的手指飞快地在键盘上操作。可下一秒，孔叹就眉间微蹙："二号的视频确实被删掉了。"

"无法复原吗？"柯寻问道。

"我需要一点时间。"

柯寻守着门，随时观察动向。孔叹突然在电脑里发现了什么："他们竟然在包房里的洗手间里安装了监控！"

柯寻想到了什么，说："Iceberg软件的直播里有一些是在酒店包房、停车场、卫生间这种地方。看来他们在不少地方都安装了摄像头……"

这时，门外的慌乱声变小了。

"你快一点！"柯寻提醒。

孔叹的手指飞速敲着："我只能复原一小部分，先把这些拷走！"

就在这时，门外响起脚步声和说话声："到底是谁在卫生间烧东西？抽烟可不至于惊动火灾报警器啊！"

"他们可能要回来了！"柯寻回头看向孔叹，"你那边好了吗？"

孔叹赶紧拔出U盘，把电脑屏幕复原："我们走！"

就在这时，门把手"咔嗒"一声被转动。孔叹顿时定住，和柯寻对视一眼。她从兜里掏出一个东西，扔给柯寻。柯寻抬手接住，原来是钥匙环铁片，

夏天，水族馆和坠落的她

孔叹指了一下门锁的位置，柯寻会意，将铁片卡在门缝里。

"门怎么打不开了！"声音从外面传来。

"你是不是拿错钥匙了？"

这一边，孔叹打开窗户，以眼神示意柯寻，二人快速翻到窗外的空调机箱上。在监控室的门被打开的瞬间，孔叹和柯寻从窗户上跳了下去。

柯寻家中，水母缸里的水母一张一合地游动着。透明缸体的另一侧，孔叹和柯寻在电脑前一遍一遍地看着拷来的监控录像，但监控录像的时间显示只到晚上九点，之后的视频还没有来得及复原。

现有的视频里，确实没有唐文霞出入FXIT酒吧的记录。孔叹皱起眉头，往椅背上一靠，说道："根据尸检报告和线索推测，唐文霞的死亡时间应该是二号晚上十点到十一点之间。我们通过她家门口的监控录像得知，她在晚上八点四十五分叫了一辆车。顺着车牌号找到司机之后，我们又得知她抵达酒吧的时间在九点十分左右。但是上午警方来取证的时候，酒吧负责人说案发当晚九点半以后，酒吧街发生了跳闸，所以酒吧内部监控跟整条街的监控都不能用了，就连门口的车载录像，也因为当时太黑，没有记录到什么有价值的信息……"

"这很正常，这条酒吧街都是北极熊负责的，若在他的地盘里出了问题，他一定会调动所有力量来掩盖这个事情。"

"你和唐文霞最后一次见面是什么时候？"

"当天晚上。"

孔叹很惊讶："你们当晚也见面了？为什么她家楼下的监控没有拍到你？"

"你又在审问我吗，孔警官？"柯寻揶揄。

"我只是……职业病。"

"不是职业病，而是习惯性地怀疑我吧？"

孔叹回避柯寻的眼神，看向书架那面墙："我已经不怀疑你了。"

柯寻听到这句话顿了顿，难得配合地开口解释起来："我去她家，是因为前一天我们刚拍完注册Iceberg的视频，我们需要同步一些Iceberg聊天室的信息。我们见面的方式一般都是我去她家，从监控死角的那边窗户翻进去。那晚我们聊完以后，她正好接到酒吧的面试电话，就离开家了。我从她家出来以后,就去了林医生那里,那段视频你们警方已经看到了。"

"谢谢你给我解释。"孔叹犹豫了一下,"我可以再问你一个问题吗?你跟唐文霞是怎么认识的?还有,你是怎么通过陆卓凯的死查到 Iceberg 软件的?"

"这是两个问题。"柯寻反驳,他斟酌了一下才继续开口,"我可以回答你,但是我有交换条件。你们警方如果还有什么我不知道的线索,也请你告诉我。"

孔叹迟疑了,在心底衡量这个交易的价值。

"很显然,你问我的问题更有价值,不是吗?"柯寻看穿孔叹的想法。

"好,我接受你的条件,你先说。"

柯寻点点头:"我先回答你第二个问题,你现在所查到的 Iceberg 这款软件,其实已经是第三代了。七年前 9 月 18 号那一晚……"柯寻说到这里,停下来看了一眼孔叹。

孔叹调整了下自己的表情:"你继续,不用管我。"

"那次意外发生之后,陆卓凯就找到了 Iceberg 论坛,他在这款论坛里发现有一个账号一直在偷拍我们学校的女生。而且我们找到了这个账号在论坛里面的相关发言……我们怀疑这个人就是当时那个侵犯你的人。"

孔叹眉峰微皱:"但是这一切并不能够成为直接的证据。"

"对,他可以辩解说是自己随口胡说,所以在没有确凿的证据之前,我跟陆卓凯也注册了一个账号,在这个论坛里默默观察这个人。"

"那后来呢?"孔叹有些着急地问道。

"可是不久之后,陆卓凯就发生了意外,我……也因为住院治疗而不能使用一切电子产品,当我出院后想要再找的时候,这个论坛已经关闭了。我通过搜索相关关键词发现,当时的老用户在其他论坛留言说,Iceberg 已经变成了一款软件,而这款软件的创始人就是当时那个 ID 叫鲨鱼的人。"

孔叹听到这里表情微动,原来这么多年柯寻和陆卓凯都在默默帮助自己,而自己却将柯寻指认为凶手……

"2019 年 1 月份发生了一件事情,导致这款软件被查封了。我想你在我家墙上应该已经看到了,唐文霞的女儿唐晶晶被一个叫汪承勇的男人绑架后实施了猥亵,并以图文直播的形式发布在了这款软件上。"

"我知道那个案子，因为受害的女孩事发后自杀了，所以当时非常轰动……"孔叹说着，眼神暗淡下去。

"这件事发生后，软件就被查封了。直到去年，这款软件的服务器被搬到海外，Iceberg才重新上架。为了防止再次出现之前的事件，他们对用户的筛选更为严格，用户得到邀请才能够注册。就在这一年里，我找到了唐文霞，因为我急需知道汪承勇和鲨鱼到底有没有关系。"

"你觉得汪承勇和鲨鱼或许认识？"

柯寻点头："汪承勇能在软件上图文直播犯罪行为，并且没有被软件管理人叫停，难道不奇怪吗？而且当时的直播给Iceberg带来了大量用户，我合理怀疑这是一次策划好的直播。我为了了解关于鲨鱼的更多信息，找到了唐文霞，在了解我的请求后，唐文霞决定跟我一起调查这款软件……"

三年前，在大理崇圣寺的台阶上，给晶晶祈福后的唐文霞和柯寻并肩而坐。

"你知道那个畜生被判了几年吗？"唐文霞叼着烟问柯寻。

柯寻想了一下，说："我看了新闻，四年。"

唐文霞冷笑，吐了个烟圈："说是四年，加上他在拘留所的时间，在牢里也就只有三年半。他要是在监狱里表现良好，说不定还会再减刑。这个畜生不到三年就可以出来了，但我的女儿却彻底没了……"

"你觉得这个量刑并不公平？"

唐文霞冷哼了一声："不是公不公平，这件事情对我来说，不能用公平与否来衡量……"

她望向远方，眼神决绝："他害死了我的女儿，他必须偿命。"

唐文霞按灭了烟头，复仇的火焰却在她的眼中熊熊燃起。

"唐文霞一直都觉得汪承勇这个人渣死不足惜，为了揪出他背后更大的产业链，我们开始合作，一起调查Iceberg。其间，我们为了拿到软件的邀请码，又花了半年时间……"

孔叹听到这里，已经陷入了沉默：是要有多强的意志力和找到真相的决心，才能坚持这么多年的探寻。

她叹了一口气，缓缓开口："你和唐文霞，都很了不起……"

柯寻听到孔叹的话，反问："你去当警察不也是为了找到陆卓凯死亡的真相吗？彼此彼此吧。"

孔叹听完柯寻的回答，却发现并没有说到唐文霞的被害原因，问道："按你这么说，她去酒吧，其实是为了应聘，但这件事情并不足以造成她的死亡。"

"没错。所以我推测，是唐文霞去了酒吧之后，发生了什么意外事件。这个意外，才造成了她的死亡。"

"所以他们才会删掉监控录像。"孔叹转身看向柯寻，"你可不可以再给我讲一讲，当时唐文霞离开家之前的细节？"

柯寻细细回想："那一天她为了去面试，换好衣服后，准备涂指甲油。她当时还问我……"

"柯寻，你觉得紫色好还是红色好？"唐文霞举着两瓶指甲油问道。

柯寻看了一眼："还是红色吧。"

"好，听你的！"唐文霞打开指甲油涂了起来。刺鼻的味道让柯寻略感不适，他用手轻轻挡在鼻下。

"柯寻，你喜欢什么样的女孩啊？"唐文霞边涂指甲油边问。

柯寻微微愣了一下，他觉得这个问题很难回答，就没出声，垂眸看向唐文霞那红色的指甲油。

唐文霞以为他害羞，笑道："你的一生，也不能都花在帮你好朋友找真凶这一件事上吧，你以后也是要生活，你没想过吗？"

柯寻摇了摇头："患有我们这种病的人很难找到伴侣。就算找到了，对方之后也很可能因为忍受不了而离开。"

"别这么悲观嘛！你长得挺帅，就是老低着头，板着一副扑克脸，你多笑一笑，肯定有女孩子会喜欢你！"

就在这个时候，唐文霞的电话响了，是酒吧那边叫她过去面试的。

唐文霞的指甲油还没涂完，她说了句"只能去酒吧那儿继续涂了"，就将指甲油扔进包里，穿上鞋匆匆出门了。

柯寻讲述完，孔叹思索起来："听你的描述，这应该就是酒吧打来的电话，唐文霞出门前也没有什么不对劲的地方。"

"嗯，你的问题我回答完了，你也该回答我的问题了。"柯寻问完，继续翻看监控。

孔叹想了想，斟酌道："其实唐文霞的尸体并没有什么可疑之处，法医在指甲缝里并没有找到凶手 DNA 的残留，不知道是被人清理了，还是因为在河里泡的时间太久了，她的指甲缝里很干净……并且，她身上没有被性侵的痕迹，基本排除了被奸杀的可能。"

柯寻听着，缓缓皱起眉头。

"以上是警方的调查，我的推测是，虽然唐文霞的随身物品都不见了，但我觉得那个凶手应该没有完全毁掉。如果他真的想毁尸灭迹，就不会把尸体扔在通榆河，这条河贯穿了整个临川市，早晚有一天尸体会浮上来被人发现。所以我觉得这个杀人犯有一种炫耀的心理，他虽然把唐义霞的东西都拿走了，想要阻碍我们的调查进度，但是我觉得他并没有毁掉，而是应该会留一些，放在自己的身边，让自己的内心得到满足。"

柯寻听完孔叹的分析，问道："你确定尸检没有任何有用的信息了吗？"

"你为什么这么问？"孔叹有些奇怪，"你觉得唐文霞会留下一些信息给我们？"

柯寻笃定地点头："唐文霞，她是一个非常坚强、勇敢的人，她还要为女儿复仇，不会让自己轻易死掉。所以，她一定会在生命的最后一刻，留下信息给我们。"就在这时，柯寻突然看到酒店大堂里有一个异常熟悉的身影！他按下暂停，将画面放大。

"怎么了？"孔叹凑近屏幕。

柯寻握住鼠标的手轻轻颤抖："我知道了，知道是谁杀了唐文霞。"

孔叹顺着柯寻的目光看向监控画面，画面中一个挺着肚腩、油光满面的秃头男人走进酒吧。孔叹突然回想起柯寻家墙上贴的新闻截图，这个男人正是猥亵了唐晶晶、刑满出狱的畜生汪承勇！

孔叹看着画面里的汪承勇，觉得很奇怪："他怎么这么快就出狱了？"

"当时只判了四年，他应该是减刑了。"柯寻面无表情地回答。

"引发那么大的社会影响竟然只判了四年……"孔叹咬牙道，"他出狱后来到了临川市？"

柯寻点头："这更说明他有可能认识鲨鱼，出狱后才会来临川投靠他。我很难不怀疑，是不是鲨鱼动了什么手脚，让他减刑，所以他才可以这么快就出狱。"

听到鲨鱼的名字，孔叹还会下意识地冒出冷汗。

"你对鲨鱼……了解多少?"孔叹问出口的时候,发现自己对于念出这个名字并没有很大的恐惧感。

"鲨鱼这个人看上去非常矛盾,他在论坛时期表现出的状态很像一个没受过教育的人,用词粗鄙不堪,但是软件时期的鲨鱼又表现出一种精英气质,好像掌握了很大的权力,所有人都把他奉为神一样的存在,整个 Iceberg 软件就像一种传销组织,每个人都被洗脑了一样成了犯罪共同体。"

"看来他是一个很有领导力、很会伪装的人……"

柯寻继续补充:"他经常会在软件的聊天室里,有意无意地透露一些个人信息,表现出自己很有权力,与社会各界好像都有关系一样,我觉得这是他塑造自己人设的一种方式。"

孔叹思忖道:"照你这样说,鲨鱼账号背后如果不是两个人,那确实是一个颇有城府的人。"

柯寻突然转头凝视孔叹:"我们这样说到他的时候,你不会感到不适吗?"

孔叹一愣,挤出笑容:"我跟你说过的,那一晚的记忆,我很模糊……我回去仔细想了一下,都是一些碎片式的画面,因为我当时没有看清楚他的脸,所以根本记不住他的样子,你在说鲨鱼这个代号的时候,我很难把他跟那晚的那个人联系在一起……"

"也许吧,因为你没有看见他,所以你没什么感觉。"柯寻淡淡说道。

孔叹突然眼神一凛:"你看见过他?他长什么样子?"

柯寻缓缓道:"我见过他两次,一次是他尾随你的时候,还有一次是陆卓凯坠楼那一天……"

孔叹很惊讶:"陆卓凯坠楼的那一天你看见了他?!那你为什么没有跟警察说这么重要的线索?"

"那时我被当成了凶手,你觉得我说的话他们会信吗?"柯寻叹了口气,"新闻媒体铺天盖地把我说成是一个精神病人,你觉得大家会相信一个精神病人说的话吗?那个人是从二楼窗户跳下去的,可那里并没有监控摄像头,没有任何证据能证明我说的话。何况我对人脸不敏感,仅凭那短暂的两面,也根本记不清他的样子,更不用说描述出他的长相了……而且,一旦说出我看见了这个人,他跟陆卓凯的前因后果,还有你那一晚发生的事情,都要一一说出来。"

孔叹听到这里，突然内心一震："你是怕牵连我？"

"陆卓凯之前对我说过，最重要的事情是保护你不再受到伤害，在你没有同意之前，我们没有资格替你报警。"柯寻面无表情地说道。

孔叹的眼眶倏地红了起来，她缓了缓情绪，轻咳一声道："其实，我最近也在重新分析陆卓凯被害的案子，鲨鱼能够躲过监控且没留下任何痕迹，说明他具有反侦察意识，还有……"

她顿了顿："之前我在你房间的墙上看到过，Iceberg 软件有一个规定，拍摄穿着特定服装的女生视频可以直接晋升为 VVIP。当时我在审问使用 Iceberg 的偷拍者时，他也这么说过……"

柯寻侧过头，看向孔叹，等待她说出那个猜测。

"我觉得，这可能与我有关。"孔叹艰难说完后，深吸了一口气。

柯寻问道："你认为，鲨鱼为什么要这么做呢？"

孔叹紧抿嘴唇，说道："我在大学的时候，学过犯罪心理学。或许是因为，我是鲨鱼的第一个目标，也是没有得手的目标，所以鲨鱼对这次失败记忆犹新。而我那天穿的，恰好是印着'LCU'字符的白色短裙。在很多性犯罪者眼中，女性对他们来说根本不是人……就像 Iceberg 里面的聊天室分类那样，将女性变成奴役的对象和可供选择的商品。而鲨鱼，他执着于白色短裙这个符号。"

"再加上你刚刚说的，他是一个很有领导力、很会伪装的人……"孔叹思索道，"这样的人，更难接受自己的失败。"

柯寻听到这里，反问："那鲨鱼应该会继续犯案，不会因为失败而停止才对？"

"没错。"孔叹分析道，"不过，鲨鱼也在改良作案的手法，利用 Iceberg 达成自己的欲望，通过操控他人得犯女性，得到双重的权力满足感。"

柯寻皱了皱眉："果然，鲨鱼是海洋里最凶残的动物。不过有时候，鲨鱼也会害怕水母，因为水母的毒素会令鲨鱼麻痹。"

孔叹知道柯寻有时会用海洋生物来指代身边人，水母指代的是陆卓凯，她便顺势问道："那陆卓凯坠楼那天，你还有看到过其他线索吗？"

柯寻想到陆卓凯在数学练习册上给他留下的"阿尔茨海默"五个字，犹豫片刻，还是没有说出口。他觉得就算告诉孔叹，她也很难破解出来，因为那是陆卓凯留给他的谜题。

"我们继续讨论唐文霞被害的事情吧。"柯寻尝试着转移话题。

"哦,不好意思,是我把话题扯远了。"孔叹说,"那你们查到北极熊是谁吗?"

"北极熊是酒吧名义上的老大,他之前染了一头白发,很容易辨认,但他跟鲨鱼一样都不经常出面的。"

孔叹整理思路:"所以说,唐文霞本来是去酒吧面试,但是在面试的途中,她意外看见了汪承勇?"

柯寻点点头:"嗯,唐文霞和我说过,她活着的意义就是为了给女儿复仇,如果她再次看见汪承勇,一定会杀了他。"

"你的意思是,唐文霞本来想杀掉汪承勇,但是在过程中却被汪承勇反杀?"

"极有可能。"柯寻非常笃定。

孔叹思考着柯寻的分析,觉得可能性很大,便起身道:"我回去再查一下唐文霞的尸体。"

"那我去酒吧盯着汪承勇。"柯寻说完这句话才发现,不知从什么时候开始,他和孔叹竟然配合得还挺默契。

孔叹也稍微愣了一下,二人怎么会有种分头行动的意味?为了打破略尴尬的气氛,柯寻提醒道:"如果唐文霞是在看见汪承勇的情况下想要复仇而被反杀的,那么她一定会留下线索,她不会让自己白白牺牲的。"

"好,我知道了。"孔叹站起身刚要走,突然想到什么,"对了,柯寻,我们留个联系方式吧,有什么进展就电话联系。"

柯寻拿出手机,解开锁屏,递给孔叹:"你存下号码吧!"

孔叹存下号码后,发现柯寻的通讯录里竟然只有七个人,她一划屏幕就看见了陆卓凯的名字。陆卓凯已经去世七年了,柯寻还是没有把他删掉。

孔叹把手机递给了柯寻,说道:"很荣幸成为你的第八个联系人!"

次日,临川市公安局尸检中心。

孔叹所在的派出所,其实只是这次案件的辅助单位,好在尸检部门的法医栗秋,刚好是孔叹在公安大学同级的朋友,所以孔叹来查看唐文霞的尸体也变得方便很多。

孔叹到尸检部门的时候，栗秋刚结束工作，孔叹直入正题："秋儿，我想问问你，唐文霞的尸检结果，你觉得还有什么可疑的地方吗？"

栗秋从冷藏柜推出唐文霞的尸体："如你所见，她的身上除了面部，并没有什么伤口，只有颈部的勒痕，她的胸腔内也没有积水，说明是死后被抛尸到河中，我们的鉴定结果是窒息性死亡。"

孔叹一边看尸体，一边对比之前案发现场的照片："你觉得，还有什么奇怪的地方吗？"

栗秋思考起来："嗯……要说奇怪之处的话，就是死者被发现的时候，右手一直紧握着。我们最开始以为是不是里面藏有死者生前挣扎后，留下的凶手的毛发或者衣服碎片，但是我们打开她的手以后，却发现里面什么都没有。我们怀疑可能是由于长时间的浸泡，东西被冲走了，我们又检查了她的指甲缝，很干净。"

孔叹来到唐文霞尸体旁边，仔细观察她的手指。唐文霞十根手指头的红色指甲油都被水泡掉了一些，唯有握拳的右手，除大拇指外，手指头上的指甲油相对完整。右手因为长时间的握拳，甚至还有一些变形。难道唐文霞的右手，曾经紧握着她留给我们的线索？孔叹想到这里，电话突然响起来，是柯寻。

孔叹向栗秋点头示意，出门接起了电话："喂，柯寻？"

"我在酒吧门口，发现了汪承勇的车牌号。"

"车牌号是多少？"

"叮"的一声，孔叹的手机传来信息声。

"车牌号我已经发短信给你了，但是我怀疑这是一个假牌子，你们查到案发时，河边附近的监控了吗？"

"我的同事已经查了，但是，唐文霞的死亡时间是在深夜，河边没有路灯，而且树林又密，监控看不出什么。"

电话另一端，柯寻叹了口气："为什么不在河边多安路灯和监控呢？"

孔叹被柯寻的话逗笑了，她突然问道："对了，你今天没去海洋馆上班吗？你翘班了？"

电话这一边，柯寻暗暗地翻了个白眼："我请假了，毕竟之前被警察突然带走，内心受到了冲击，要请假缓几天……"

Chapter 03 · 鲸落

097

孔叹无语轻笑："我发现你说话真是一句都不落下风，你真的有阿斯伯格综合征吗？该不会是已经好了吧？"

"我的病是没有办法痊愈的，只不过我正在努力适应你们人类拌嘴的方式。"

"我们人类？你不是人吗？"孔叹问道。

"我是鱼类。"柯寻很认真地回答。

"对了，你之前跟林医生说，我是海葵，为什么我是海葵？"

电话这一边，柯寻想了一下："因为海葵看起来像植物，但其实是食肉的捕猎者，就像你一样看起来不凶，但其实发起狠来挺吓人的。"

孔叹觉得这个形容还挺贴切："我查了一下，海葵跟小丑鱼并不是敌人，它们两者间有共生关系……"

柯寻这一边，酒吧门口，汪承勇一边打着电话，一边疾步走了出来，随后上了一辆车。

电话那边的孔叹问道："柯寻，我们要不要一起查……"

柯寻突然打断她："等一下，汪承勇出来了！"

"好，先不说了，你小心点。"孔叹挂了电话。

孔叹回到尸检部门，她又仔细地检查了一遍唐文霞的尸体，仍然没有发现什么异常。孔叹有一点失落，栗秋安慰她："叹姐，你还记得你在大学时期的外号吗？"

孔叹无奈一笑："拼命三娘？"

"对啊！"栗秋给孔叹揉了揉肩膀，"来，叹姐，拿出你的拼劲，没有你破不了的案子！"

孔叹看着唐文霞的尸体暗暗发誓，一定要帮这个可怜的女人揪出杀害她和害死她女儿的畜生汪承勇，将他绳之以法。

孔叹回到警局的时候，发现之前那个报案的小姑娘沈雯，正站在警局门口等她。沈雯看到孔叹特别开心，一下子迎上来："孔警官，你终于回来了！"

小董插嘴："孔探长，你去哪儿了？人家都等了你一天了。"

孔叹问沈雯："你怎么干等着，没让同事给我打电话？"

沈雯有些不好意思地笑了："你肯定在忙正经事，我来找你是闲事儿，别耽误你工作就好了。我其实是想问，孔警官，你今晚有空吗？你要是有空的话，我能不能请你吃顿饭？"

孔叹有些为难："不用了吧。帮助你是我的本职工作。"

"我知道，可是我真的很想好好感谢你。"沈雯再次请求。

孔叹不好驳她面子："不用请我吃饭，你请我喝杯奶茶就行了！"

"真的吗？那你来我们店，我给你调一杯我们的新款！"

小董忍不住想凑热闹："我能一起去吗？我可以自费！"

"当然可以！我请你们！"沈雯笑道。

小董乐开了花："太好了，沾沾我们孔探长的光，走吧！"

孔叹还没反应过来的时候，就已经莫名其妙地被小董和沈雯拉着往奶茶店走去。

柯寻跟着汪承勇到达静园小区的时候，已经快晚上七点了，汪承勇从车上下来，几乎是跑步进了楼栋，看来有非常着急的事情等着他去处理。柯寻跟上去，进了单元楼，发现电梯停在了13层。

大概过了5分钟，柯寻用楼层呼叫器按下了1301。

"嘟嘟——"两声接通以后，柯寻没有什么语调地问道，"你好，你有一份快递，是我给你送上去，还是你下来拿？"

呼叫器里面传来一个女人的声音："送错了吧，我没有快递啊。"

柯寻淡淡回答："不好意思，看错了。"

女人挂掉了对讲器，柯寻继续按下1302，还是同样的套路，他说："你有一份快递……"

对讲机里传来一个年轻男人的声音："我刚取完快递啊，还有一个？"

"哦，先生，不好意思，我看错了。"

柯寻继续按1303，没有人接通。柯寻又按下1304，"嘟嘟嘟"三声之后，里面传来一个男人焦躁的声音："谁？"

"你好，你有一份快递，是我给送上去，还是你下来拿？"

"什么快递？我没买东西！"

"砰"的一声，男人挂掉了对讲器——是汪承勇，原来他住在1304。

孔叹他们抵达奶茶店的时候，店内正好没什么人。

沈雯笑盈盈问道："孔警官，你们想喝点什么？最近新上了季节限定的椰子系列和芋泥系列，你们要不要尝尝？"

孔叹点点头："你随意做就好，我什么都行。"

孔叹看了一圈，发现奶茶店里的空位上设了一个美甲摊位，随口问道："你们店还做美甲？"

"是啊，我们老板说喝奶茶的大多是女孩子，万一聊天等人什么的，还能拓展一下业务。"沈雯眨巴着眼睛，"跟海底捞学的！"

孔叹好奇地走近美甲的摊位，随便拿起一瓶指甲油端详起来。沈雯以为孔叹也想试一试，便凑近问："孔警官，你要做美甲吗？我会一点的，可以免费给你做！"

孔叹赶忙摇头："我们警察不能涂指甲油的。"

小董凑趣道："只是上班时间不能涂，孔探长，现在是下班时间！你就涂一个试试呗！"

沈雯也热情怂恿起来："我给您找一个裸色的，不惹眼的颜色，保证涂了看不出来！"

孔叹其实真没想涂指甲油，她只不过是想到唐文霞的红指甲，好奇地过来看看，但被二人一说，确实有一丝心动："那……你涂完，我回家能洗掉吗？"

沈雯指着孔叹拿的那瓶道："孔警官，你拿的是甲油胶，如果要卸的话，需要来店里我们给你卸。但如果是用指甲油涂的话，你在家里用卸甲水就可以自己卸掉。"

孔叹犹豫了一下，她已经十多年没有涂过指甲油了："嗯……那我不要你说的那个不好卸的，你给我涂指甲油就行，我涂一下回去就自己卸了。"

沈雯热情地招呼孔叹坐下来，帮她清洁指甲。她一边修剪，一边问："孔警官，你们警察不上班的时候也不能涂指甲油，不能化妆吗？"

"其他人我不清楚，但我一般不化妆。"孔叹答道。

小董凑了过来："唉，我们孔探长呀，是真的不爱红装爱武装。"

"小董警官，你为什么一直管孔警官叫孔探长呢？"

"表达我的敬佩啊！"小董解释，"我们孔探长确实办案神速啊，自从她来了我们派出所，我们这儿的刑事案破案率高达 90% 呢！"

"倒也不必'商业互吹'，我们这儿案子少，所以破案率比较高。"

"孔警官，你就别谦虚了！"沈雯拧开一瓶透明的指甲油，"我给你涂一下底油。"

底油涂完以后，孔叹的十个手指甲亮晶晶的。沈雯感叹："孔警官，你手指细长，涂完底油就已经很好看了！"

孔叹很少被人夸赞和外表有关的部分，其实她长得很秀气，肤色又很白，如果化上一点淡妆的话，应该会很好看。但是她好像很不喜欢化妆，大学之前还蛮臭美的，但是好像那一晚之后，她就不再化妆了。孔叹内心觉得，如果自己不化妆、不打扮得那么好看的话，就可以免去很多没有必要的麻烦。

沈雯给孔叹挑了两个颜色，一个是偏粉的透明裸色，一个是偏黄的裸棕色。她把这两个颜色分别涂在孔叹的食指和中指上，让她挑一个颜色。孔叹举着两根手指，觉得这两个颜色都差不多，她很难辨别这两个有什么区别。

孔叹正纠结的时候，小董帮腔："你之前看犯罪嫌疑人衣服颜色差别的时候，不是挺在行的，看指甲油倒是看不出区别了？"

孔叹白了他一眼："你行，你上啊！"

"那我帮你看看。"小董一下子伸出手抓住孔叹的手指，拉到自己眼前仔细辨认，"确实颜色差不多啊！"

"轻点儿，还没干呢！"孔叹抽回手，发现指甲油上还有小董的脏手印，"你看你的脏爪子，把我的指甲油都给蹭到了！"

"不好意思，我以为干了呢，这指甲油还得晾啊？"

"不然呢，刷完油漆还得晾一晾呢，指甲油也得晾干啊。"孔叹说着，皱眉看着中指上沾上的脏手印儿，确切地说应该叫作指纹。

孔叹突然想到了什么，她把手放到美甲灯下仔细地看，在灯光的照射下，指甲上印出的小董的指纹脉络非常清晰！

顿时，孔叹恍然大悟，原来唐文霞留下的证据就是这个。孔叹想到这里，不顾身后小董的呼喊，已经冲出了奶茶店。

柯寻在汪承勇家楼下已经等了足足半个小时。

他预计汪承勇回家应该是处理一些事情，到了晚上还会返回酒吧，这样他就可以趁机去汪承勇的家中寻找孔叹所说的"炫耀性的证据"。若是能在

101

他的家中找到唐文霞的遗物，那就可以证明汪承勇跟唐文霞的死脱不了关系……柯寻想到这里，身后突然传来汽车的鸣笛声。

他回头看去，在车灯的照射下，一时间睁不开眼。

车灯关闭，车门打开，下车的人竟然是林医生！

林医生见到柯寻非常惊讶："小寻？"

柯寻也有些愣住，他脱口而出："林医生，你怎么在这儿？"

林医生莞尔一笑："我住在这儿啊，就在静园。"

柯寻更惊讶了，林医生竟然也住在静园。虽说林医生已经是柯寻多年的心理医生，但是一般医生与患者也不会走得太近，柯寻并不知道林医生的具体住所，他们两个每次见面都是在林医生的心理诊疗室。

柯寻搪塞道："我来这边有点事情。"

林医生关切地问："小寻，那你吃饭了吗？"

柯寻摇摇头。

林医生邀请他上车："那走吧，我正好约了斯展在这附近吃饭，你一起来嘛。"

柯寻并不想去，他还要继续在这守株待兔等汪承勇，但是他又不知道该用什么借口推脱。

"怎么啦？小寻，别不好意思，斯展一直还蛮想见你的。"

柯寻感觉到，如果自己继续留在这里，恐怕会引起林医生的怀疑，他决定速战速决，快速吃完这顿饭赶回来。于是，柯寻无奈地上了林医生的车。

林医生把柯寻带到附近一个非常高级的私厨餐厅，他们进去的时候，直接被服务员带到了预订的包间里。

林医生开口道："我跟斯展说你也来，他就改订了包间，这样你会比较舒服。"

柯寻点了点头，他只想知道这顿饭什么时候能吃完，不由得问道："林医生，你男朋友什么时候来？"

林医生稍微愣了一下："斯展他马上就到了，可能路上有点堵车，不过小寻，你待会儿见到斯展的时候，可以直接叫他的名字。"

柯寻微微地皱了下眉头，他不习惯对一个不常见的人直呼他的名字，但还是乖巧地点点头。就在这时，包厢的门打开了，走进来一个穿着西装、带着精英气质的男人。他身形略消瘦,没什么肉脸上戴着副金丝框眼镜,伸手移动椅子的时候,手腕上露出一串小叶紫檀的手串。

男人一进门便看向柯寻,声音略带沙哑地打招呼:"小寻,好久不见啊。"

柯寻突然觉得奇怪,他跟林医生的男朋友谭斯展并不是很熟,按理来说,他不应该先跟林医生打招呼吗,为什么跟自己这个突然到访的不速之客先打招呼呢?柯寻礼貌性地点点头,没有说话。

谭斯展和林医生相视一笑,他坐下后,服务员走进来递上菜单。可他并没有看菜单,而是一边扯掉领带,一边问服务员:"你们这儿今天什么菜比较新鲜?"

"谭先生,今天的鱼不错。"

谭斯展点点头:"那就来个鱼汤,再来一份你们的特色香辣蟹,素菜让你们厨师看着做吧!"

服务员点点头便出去了。

林医生率先打破沉默:"今天太巧了,我刚出门就在路上看见了小寻,他就站在我们家小区门口。"

谭斯展的目光看向柯寻:"这么巧?"

还好柯寻在路上已经想好了理由,他从包里拿出了被孔叹摔坏的长旋螺,淡淡回答道:"这附近有一个贝壳二手市场,我来换东西。"

"小寻还是这么喜欢收集贝壳。"林医生笑了,用胳膊轻轻撞了一下谭斯展,"之前小寻还推荐我看《海底总动员》呢!"

说到这儿,谭斯展突然问道:"海洋馆的工作还顺利吗?"

柯寻点了点头。

"王姨说你干得很卖力,经常一个人做几个人的工作,不要把自己搞得那么累,如果有什么不方便或者不舒服的地方,你跟王姨说,她会帮你安排和协调。"

柯寻再次点了点头,礼貌地说了一声谢谢。柯寻在海洋馆的工作正是林医生的男朋友谭斯展介绍的,柯寻并不知道谭斯展究竟是干什么的,只是从林医生的口中得知他经常出差,很忙碌的样子。柯寻推测,他应该就是那种事业有成的精英人士,和自己是完全不同的那种人吧。

喝茶时,林医生问男友:"你这次回来要待多久?"

"这次来谈几个项目,要待得久一点。"

就在这时,柯寻的电话突兀地响了起来,是孔叹!柯寻站起身,没理会席间的二人,直接走出包厢接起电话:"喂?"

"柯寻!"孔叹好像在一边跑步一边说话,喘着粗气问,"我有一件事要问你!"

"你说。"

"我记得你说过,你最后一次看见唐文霞涂指甲油的时候,她还没有涂完就接到电话出门了!"

柯寻回想当时的场景:"嗯,她刚涂完左手的食指和中指。"

电话那边,孔叹有些惊讶:"你记得这么清楚?"

"因为她涂这两根手指的时候,向我问了一个不好回答的问题,所以我只能盯着她的手指转移视线……"

"好,也就是说,她右手手指头还没有涂指甲油,就已经出了门?"

柯寻点头:"对,应该是这样,怎么了?你发现什么了?"

孔叹平复了一下情绪:"我觉得我好像知道唐文霞留给我们线索的方式了,我现在要回尸检科再确认一下!"

"好,我找到了汪承勇家的地点,但是我这边临时有些事情,从那边出来了。"

"我快到尸检科了,等我检查完,有结果通知你!"

"好!"

孔叹挂了电话,柯寻突然觉得非常振奋,他现在应该回到汪承勇那里了,如果事情顺利的话,孔叹应该今晚就可以逮捕汪承男。

柯寻回到包厢,向林医生和谭斯展道别:"不好意思,我还是不太习惯在外就餐,祝你们两个人吃得愉快,再见!"柯寻说完就转身离开了。

林医生没阻拦,只是和男友解释道:"你别介意,小寻就是这样……"

"没关系,我怎么会跟病人一般见识呢?"谭斯展微笑说着,随即喝完最后一口茶。

另一边,孔叹奔回了警局的尸检科,跑到门口时正好撞上了迎面而来的栗秋。孔叹弯着腰,上气不接下气。

"我的天,你可慢点!"栗秋伸手帮她顺着气,"还好你给我打电话的时候我还没下班,你怎么这么晚又过来了?"

孔叹终于把气喘匀了,一口气说道:"快带我去看唐文霞的尸体!"

栗秋从冷藏柜里推出唐文霞的尸体,孔叹拿着手电筒对着唐文霞右手的手指照了上去。她一个手指一个手指仔仔细细地观察。

栗秋好奇地问:"怎么了?你是发现什么线索了吗?"

孔叹在灯光下检查唐文霞指甲油上的痕迹:"中指……没有,食指……没有……"

检查到无名指的时候,孔叹顿时呼吸一滞,无名指的指甲油上,赫然印着一个清晰的指纹!

"就是这个!"孔叹侧过身示意给栗秋,"秋儿!你看,唐文霞指甲上的,就是凶手的指纹!"

柯寻跑回到汪承勇家楼下的时候,发现他的车还停在原地,房间里的灯也还亮着。难道汪承勇还没有走?按理来说,现在是酒吧营业时间,汪承勇应该已经去酒吧那边了……

柯寻正疑惑的时候,接到了孔叹的电话:"喂,孔叹。"

孔叹很激动,语速非常快地说道:"我在唐文霞的指甲油上发现了汪承勇的指纹!"

柯寻听到这里,终于长长地舒了一口气。

"我们现在就开始申请逮捕令,应该马上就可以出发去逮捕汪承勇了!柯寻,这次多谢你的提醒……"

柯寻沉着地说道:"不用谢,找到凶手才是最重要的。我现在就在汪承勇家楼下,他还没有出门,一旦他离开家,我通知你。"

"嗯,好的。"

孔叹正要挂电话,柯寻突然开口:"孔叹……"

"怎么了?"

"我替唐文霞和晶晶,谢谢你。"

孔叹心中一暖:"等你抓到汪承勇的时候,再谢不迟!"

柯寻挂了电话,一种如释重负的轻松感袭来,他抬起头,看见遮住月亮的浓云终于渐渐散去……

柯寻耐心等在汪承勇家的楼下，大概过了30分钟后，远处响起了警笛声，警车闪着红蓝相间的灯光，朝汪承勇家疾驰而来。他躲在小公园的树林后，看见一车警察走下来，身着警服的孔叹率先走上楼。柯寻在看到孔叹以后，不自觉地松了一口气，悬在心中的巨石终于落地了。

但是过了很久，孔叹也没有把汪承勇带下来，柯寻开始焦虑不安，是发生什么意外了吗？就在这时，救护车竟然也鸣笛而来！柯寻有些坐不住了，难道是有人受伤了？孔叹会不会有危险？无数的疑问冲进柯寻的脑海。

突然，医护人员抬着担架走下楼，孔叹一脸凝重地快步上了警车。警车为救护车鸣笛开路，一起飞驰进无边的黑夜中。汪承勇家的楼下又只剩下柯寻一个人了，他愣在原地，不知道楼上到底发生了什么。

"叮"的一声，柯寻的手机收到了一条短信，是孔叹发来的，里面只有六个字：汪承勇自杀了。

柯寻握紧手机，手指关节用力到发白，热血涌上了他的大脑。柯寻一拳打在身边的树上，树叶簌簌地掉落……

怎么会这样呢？汪承勇怎么可能会自杀？就死在自己的眼皮子底下……

挫败感令柯寻感到虚脱，他无力地坐在树下，垂下了头。

孔叹把汪承勇的尸体送到尸检科的时候已经很晚了。老李让她赶紧抽空回家眯一会儿，因为明天要去汪承勇家进行第二轮搜查取证，又是一场硬仗。

"你这黑眼圈都快赶上国宝了！从四号开始就没怎么睡吧？"老李看着孔叹略有责备地问道。

孔叹因为找到线索，一直处于亢奋状态，本来没觉得累，但现在江承勇突然死了，一切线索都断了，疲惫感瞬间铺天盖地而来。

孔叹揉揉眼睛："师父，我这就回去，有新线索随时打给我。"

老李无语地吼起来："有新线索也不给你打电话！赶紧回家睡觉去！"

孔叹无奈笑笑，跟老李道别，离开公安局后，她并没有回家，而是迅速赶往柯寻那里。她知道柯寻得知这个消息后，一定会崩溃。

孔叹来到柯寻家的时候，柯寻已经回归平静："你来了。"

柯寻给她开完门，转身回到房间里，继续擦拭自己的贝壳藏品。

孔叹不知道柯寻的反应到底是正常还是异常，她试探着询问："你还好吗，柯寻？"

柯寻擦拭的手微微顿了一下："我正在努力尝试让自己不崩溃。"

孔叹猛地想起林医生诊疗室的视频，模仿起林医生的方式，想帮柯寻认清自己的情绪，她并不熟练地问："柯寻，你现在的情绪浓度，从一到十，大概到什么程度？选一个词语描述你现在的情绪，是愤怒、不安、焦躁，还是……"

"孔叹——"柯寻打断她，"我了解我现在的感觉，愤怒，十分。"

孔叹见柯寻还算理性，稍微松了口气。她把手插进头发里，狠狠地按了按太阳穴提神："我知道你很生气。我也很气，感觉愤怒无处发泄，一拳打在了软棉花上，江承勇那个畜生竟然死了……"

"死对于他来说是最好的惩罚，但他不会自杀的。"柯寻停下手里的动作，转身问孔叹，"这到底是怎么回事？你们去他家里的时候发生了什么？"

孔叹揉着太阳穴，细细地回忆起来："当时我们冲进汪承勇的家里，汪承勇躺在沙发上非常安静，没有任何反抗的痕迹。我们以为他睡着了，靠近他以后才发现不对劲，因为茶几上放着一个注射器……"

"那里面是什么？"柯寻问道。

"法医说，那里面是一种观赏性植物的吊针剂，里面有大量的杀虫剂，人一旦注射就会死亡。"

"植物吊针剂？"

孔叹点头："汪承勇家里有很多热带绿植，初步怀疑注射器里的植物吊针剂，就是他自己的，检验科还在化验……"

"那自杀的推断？"

"注射器上只有他自己的指纹，而且我们在他家里发现了一封遗书，上面对他杀害唐文霞的行为供认不讳。甚至，还在他家的抽屉里找到了很多女性的用品。"孔叹说着，抬眸看向柯寻，"其中也包括，唐文霞那瓶没用完的红色指甲油。"

柯寻听到这里，比孔叹想象中的要平静，他面无波澜地问道："遗书，你们对比过字迹吗？"

"正在做技术鉴定，但是汪承勇之前进过监狱，写过很多文件资料，想要模仿他的字迹，其实也并不难。"

"你也觉得他不是自杀?"柯寻看向孔叹。

孔叹点头:"奇怪的是,他家里的垃圾全部都被倒掉了。"

柯寻眼神一凛。

孔叹开始推测:"你之前跟我说过,汪承勇是接了电话很着急才离开的,他那么着急地回家,只有两种可能,一种是家里发生了什么事情,还有就是家里有什么人在等他。"

柯寻补充道:"并且这个人是汪承勇非常熟悉的人,让他没有戒备,所以他死在沙发上……"

"而这个人,为了掩盖汪承勇家曾有两个人的痕迹,倒掉了所有的垃圾。"

柯寻思忖着:"那监控呢,你们查到了什么吗?"

"小董他们还在查,有消息应该会告诉我。"

柯寻点点头:"有人要杀汪承勇灭口,看来他确实跟Iceberg有关系……"

孔叹补充道:"他杀害唐文霞的这件事情闹得很大,背后的势力不得不弃卒保车,杀了他,以防泄露更多的信息。"

柯寻皱着眉,看着墙上复杂的人物关系图,目光定在鲨鱼空白的照片上。

"我们努力查了这么久,好不容易有了线索,发现了凶手,他却死了,这种感觉就像一口气堵在胸口,让人窒息……"孔叹说着,揉着太阳穴,大口地呼吸。

柯寻看着那面墙缓缓开口,依旧是平静的声音:"这种感觉就像当时,陆卓凯的死亡被判定为意外事件,你明明知道不是意外事件,但是你却没有办法证明。就像现在,你明明知道汪承勇不是自杀,但是你却没有办法揪出他背后的人。"

孔叹想拍拍柯寻的肩安慰他,可伸出的手却悬在空中,她犹豫着,终究还是垂下了手臂。

"我已经习惯了,这么多年每一次稍微查出一点线索,很快就断了,好不容易看到一丝光,又熄灭了。如此反复,希望、失望、绝望……我已经开始适应这种无力感了。"柯寻说完,回过头朝孔叹挤出一丝笑容。

孔叹本来想安慰柯寻,到头来却发现柯寻反过来在安慰自己。

"那汪承勇这个案子就这么结了吗?"柯寻问道。

"我们明天会继续在他家搜查……"孔叹说着,疲惫地打了一个哈欠,眼角噙着泪花。

柯寻看了一眼时间:"挺晚了,你该回去了。"

"嗯。"孔叹抬手揉了揉眼角,"明天又有的忙了……"

柯寻起身去送她,就在两个人正要打开门的时候,柯寻家的门铃突然急促地响了起来!

门铃声急促震耳,孔叹紧张地看向柯寻:"这么晚了,是谁?"

柯寻掏出手机,可视门铃软件上显示出门口的实时视频:"是王姨,我今天请假了,她可能不放心过来看看我。"柯寻说着收起手机。

孔叹做着嘴形,悄声问:"那我怎么办?"

柯寻想了想,走进屋里,拉开衣柜的门:"进来!"

孔叹一愣,随即反应过来,蹑手蹑脚地躲进柯寻的衣柜里。

柯寻撑着柜门,朝里面的孔叹道:"你先在这儿躲一下,王姨待不了多久的。"

孔叹点点头,柯寻关上柜门,深吸一口气,去给王姨开门。

柯寻刚打开大门,王姨就拎着大包小包,一个箭步冲过来,关切地问起来:"小寻,你没事儿吧?"

柯寻下意识地往后退了一步:"我没事儿……王姨您怎么这么晚过来了?"

王姨拎着东西,轻车熟路地走进厨房,把东西放在案台上,边拆边整理:"你今天打电话跟我请假呀,给我担心坏了,我就来看看你是不是病了。顺道给你带点我自己做的饺子过来,你看,你爱吃的青椒馅儿的我还做了两盒。"

柯寻挠了挠头,不自然地往卧室看了一眼:"我就是前几天没休息好,所以请了假。"柯寻知道王姨对自己好,但此刻这种关怀倒是令他有点为难……

与此同时,孔叹蹲在衣柜里面,手支着下巴已经困到睁不开眼。忽然,她失去意识往后栽了过去,头撞到了一个箱子,上面的东西"砰"的一声掉了下来。孔叹捡起刚刚撞掉的东西,原来是一本书。孔叹借着从衣柜缝隙透进来的光线看清封面:《终结阿尔茨海默病》。

柯寻怎么看这个?他不是阿斯伯格吗?孔叹知道柯寻不喜欢别人动他东西,没有多想,把书放回到原来的箱子里,却发现里面有好多被翻烂的本子,她翻看起来。这些本子封面上都写着"情感剪贴簿",从 8 岁到 25 岁,几

Chapter 03 · 鲸落

乎每一年一本，好像是柯寻在接受心理治疗时学习表达情感的练习册。

她这时才意识到柯寻与普通人的不同，对于普通人来说很平常的喜怒哀乐的情绪，对于柯寻来说，识别和表达起来却非常难，需要摸索和学习。孔叹把本子重新归位，她知道柯寻不喜欢别人乱动他的东西。百无聊赖之下，孔叹观察起柯寻的衣柜，里面空空荡荡，没有太多衣服。柯寻的衣服基本上都是差不多的款式，比如同一种面料、千篇一律的纯色圆领T恤，商标都被剪掉了。整个衣柜里有一种淡淡的香味，不是香水，是那种淡香型的洗衣液的味道，类似于桂花的幽香。这种味道让孔叹感到舒服，她闻着香味，渐渐地又闭上了眼睛。

厨房里，王姨帮柯寻把饺子分门别类地放好，又嘱咐了许多注意事项，终于打算离开了。

柯寻送走了王姨，总算松了一口气，他看了一眼时间，距离孔叹进去衣柜已经过了三十分钟！他赶紧过去拉开衣柜的大门，发现孔叹已经在里面睡着了。

孔叹睡得正酣，略沉的呼吸声在安静的卧室里格外明显。柯寻知道，孔叹自从发现唐文霞尸体的那一天起，就没有休息过，一直在查案。其间，她还从自己这里得知了关于陆卓凯死亡的一部分真相，受了不小的刺激。

柯寻不自觉地蹲下来，观察着孔叹。

他其实从来没有仔细看过孔叹的样子，一直都是靠她独特的气场来认出这个人的。柯寻对于一个人外表的美与丑，不是很有概念。他对人的印象主要源于与人相处的感受。其实七年前，柯寻觉得孔叹和自己很像，但这种相似并不是外表上的，也许是因为两人灵魂的底色有相似的部分。柯寻记得，孔叹好像有一对梨涡，只是很少能看见。

孔叹的眼睛虽然闭着，但眼球却偶尔快速转动，说明她做梦了，睡得非常不踏实。柯寻不知道该不该叫醒她，如果不叫醒，难道要让她在衣柜里睡一晚，这是万万不可以的，可是如果叫醒她，又好像有点不忍心。

就在柯寻犹豫的时候，皱着眉的孔叹倏地睁开眼睛，神经紧绷的样子，在看见柯寻以后，才长舒了一口气：" 我怎么睡着了……"

" 你做梦了？"

孔叹点点头，揉了揉头发："我梦见老李让我写结案报告，我写完没保存，结果全没了。"她说完朝着柯寻无奈一笑，柯寻好像隐约看见了那对梨涡。

"王姨走了啊，那我也该回去了。"孔叹望向厨房。

柯寻突然下意识地叫住她："孔叹，你吃晚饭了吗？"

孔叹的胃先一步回应，咕噜噜地叫了起来，她难为情地捂着肚子，笑道："本来要吃的，突然想到线索，就忙了一晚上没吃成……"

"你等一下。"柯寻从厨房拿出一盒王阿姨包的饺子，递给了孔叹，"你拿回去吃吧。"

"借花献佛啊。"孔叹接过盒子，拿起来闻了一下，"是青椒馅儿的！"

柯寻很意外："你也喜欢吃青椒馅儿的饺子？"

"嗯！"孔叹点点头，又晃了晃盒子，"多谢你啦！"

柯寻目送孔叹离开，看着她的身影在夜色中消失不见。

柯寻整理好王姨留下的饺子，喂完了水母，打扫完房间，他躺上床，不知不觉就睡着了。

柯寻在梦里梦到了唐文霞，那是他去大理找唐文霞的时候。

唐文霞在崇圣寺给晶晶祈完福，坐在台阶上抽着烟，问："柯寻，你觉得，这个世界上有天堂和地狱、超度和轮回吗？"

柯寻摇了摇头："没有，如果有的话，那些冤死的人，就应该告诉我，到底是谁害死了他。"

唐文霞被柯寻的直言逗笑："这些怪力乱神的说法，不过都是说给活人听的，人都死了，化成了灰，又知道些什么呢？"

"你既然不信，为什么还来祈福？"

唐文霞望向远方："你知道我祈祷的是什么吗？"

柯寻看向她。

"我祈祷，我可以替我女儿报仇，有朝一日，杀了汪承勇……"唐文霞说着，苦笑起来，泪水从眼角滑下，"我知道这些怪力乱神，都是活人给自己的安慰，可是，若没有这些，留下来的人，该怎么面对呢……"

唐文霞抹掉眼泪，笑着说："所以，柯寻，等我报完仇，就要去陪我女儿了……"

Chapter 03 · 鲸落

柯寻突然从梦中惊醒，他看了一眼时间，是凌晨3点。他起身，发现水母缸里的海月水母，突然少了一只。水母消失了，海月水母死亡以后就会化成水，变成其他类型的细胞在水中生存，这是另外一种形式的永生。柯寻知道唐文霞死了，但是她却拼命留下了线索，以另外一种方式为晶晶复仇了。

也许……她去陪晶晶了。想到这里，柯寻突然意识到，自己也不自觉地开始怪力乱神地胡想了。

城市的另一边，一辆车驶入漆黑的夜，停在立山区通榆河的岸边。

一个男人从车上走下来，他走到河岸边，慢悠悠地点燃一支烟，火光微微照亮他棱角鲜明的轮廓。他吐了个烟圈，开口问道："他把那个女人从这儿扔下去的？"

河岸边的树林里，一个靠在摩托车上的男人走过来，他摘下了摩托车的头盔，露出一头染过的白发："是的，老板。"

那个被称为老板的男人，看着夜色中墨色的河水，眼神晦暗不明，随着烟圈，他轻轻地吐出两个字："没用。"

他身后的白毛男人赶紧解释："您放心，我都已经处理好了。"

男人轻笑转身："你所谓的处理好，就是把他杀了？"

白毛男人愣了一下，笃定道："我做得很干净，把一切罪责都推给汪承勇了。"

男人走过来，他的大手拍在白毛男人的肩膀上："熊哥，我一直都觉得我们两个是合作的关系，不存在什么上下级，我们的事业之所以进展得这么顺利，本质上还是因为我们合作得很愉快。"

那个叫熊哥的白毛男人略迟疑地点了点头。男人吸完最后一口烟，把烟头按灭在熊哥摩托车的皮质座位上。熊哥见此，胸口起伏，心疼地抽了一口气。

男人轻捻烟头，继续道："所谓合作，就是我们每个人都各自放下了一小部分安全感，并把那一部分安全感交给对方作为保障。"

他说到这里，乜了一眼熊哥："但你负责的这一部分为什么总是出问题呢？而且还是在同一个人身上出问题，我不希望我们的团队里再出现汪承勇这样的害群之马。"

熊哥听到这里，为自己辩解道："他出狱后过来找我，毕竟当年……"

"当年汪承勇确实给 Iceberg 引过流,但同时,也让 Iceberg 下架了,不是吗?"男人的质问声带着戏谑的成分,熊哥低下了头。

摩托车座位已经被烟头烫出一个大窟窿,男人扔掉烟头,拍了拍手:"我给你换一辆最新款的摩托车吧。"

熊哥不太懂男人的意思,疑惑地看着他。

"你是骑着这辆车去汪承勇家的吧?"

熊哥瞬间了然,一直紧绷的脸上终于略显轻松:"啊……那多谢老板。"

"最近 Iceberg 运营得怎么样?"男人说着拿出手机。

熊哥回答道:"散户逐步增加,但是头部的大鱼没出现几条。"

男人的手指滑动着屏幕:"你别忘了,我们做这个软件的目的可并不是为了这些小虾米,而是为了捞到大鱼,他们才是我们的目标。"

熊哥眉头微皱:"最近几年临川市的生意不好做……"

男人锁屏,按熄手机屏幕:"所以,我们要想一想,大鱼需要的是什么,不要被动地等大鱼上钩,而是要想一想大鱼的需求,需求也是可以被创造出来的。"

熊哥仿佛受到了点拨,认同地点了点头。

男人长舒了一口气,看着略荒凉的通榆河岸边,感慨道:"从现在开始这块地就是我的了,你觉得我建什么好呢?"

男人笑起来,这并不是喜悦的笑容,这笑容带着沉溺于欲望之火的贪婪,是一种让人不寒而栗的扭曲表情。

Chapter 04
海葵和小丑鱼

花了两天时间，汪承勇的案件调查终于结束了，因为没有其他新的线索，基于遗书和注射器指纹这两样确凿证据，汪承勇被判定为自杀。孔叹在这几天里，翻遍了汪承勇家的每一个角落，看遍了周围所有的监控录像，仍然没有找到可疑人员。她内心认定汪承勇绝非自杀，一定有什么地方被她遗漏了，到底是哪里呢？

她正在纠结的时候，小董敲了敲她的桌子："孔探长，李叔让你去他办公室。"

"好，谢谢，我去看看。"孔叹起身朝老李办公室走去。

到了门口，孔叹敲门进去，看见老李正一脸严肃地看向窗外，他摇摇头，又叹了口气："出事了……"

孔叹一时间云里雾里，着急问道："哪里出事了？是汪承勇的案子，还是唐文霞的案子？"

老李回过头，哭丧着脸看着孔叹："你被调到市局了，我手底下彻底没人了……"

孔叹顿时呆住，她没听错吧？调到市局？谁？她？

老李看孔叹一脸呆滞的模样，顿时大笑："怎么了，太开心了？傻了都！"

"我……之前，不是，师父，我毕业那会儿，市局那边不是不要我吗？"孔叹已经失去了语言组织能力。

"那是他们有眼无珠！"老李义愤填膺，"唐文霞的案子要不是你通过文身锁定了被害人信息，又找到关键性的证据，能抓到汪承勇这条线吗？你的出色表现市局也是看在眼里的，所以把你要走喽！"说完，老李又喜上眉梢地从柜子里拿出珍藏的茶具和茶叶，开始烧水泡茶。

"那我走了，您怎么办？"孔叹一时半会儿还没接受这个消息。

"你管我干吗，我一老头子轮得到你操心？你多想想你自己吧，到了市局也要好好表现！我说什么来着，以你的能力，不该待在这个小派出所里！"

咕嘟咕嘟，水烧开了，老李端着水壶开始泡茶："这茶就跟人一样，也要经过好几道工序，才能喝进嘴里。一杯茶，先苦后甜，回味绵长，经得起细细品味，这才是好茶……"

老李将刚泡好的一盏普洱递给孔叹，孔叹双手接过，茶香四溢，入口温润。

老李轻抿了一口，点点头："你在咱们所里经历的，也都不会白费，人生走的弯路啊，都不是弯路，只不过是给日后的大路，探探路而已！"

孔叹突然有点舍不得离开了，眼眶微红："师父……"

"哎！别跟我来煽情这套了，调到市局又不是调到外地，咱这小破地方，你开车十几分钟不就能回来了吗？"

孔叹被老李逗笑，刚酝酿出的悲伤情绪一下子就没了。

"不过，师父还得提醒你一句，你老同学陆卓凯那案子，你可以查，但要用正当手段，别再去揪着人家柯寻不放了！"

"嗯。"孔叹点点头。老李还不知道，她能这么快破了唐文霞的案子，多亏有柯寻的提醒和线索。想到这里，孔叹很想去找柯寻，把这个好消息告诉他。

"来，咱师徒俩以茶代酒走一个！"

孔叹端起茶杯和老李轻轻碰了一下。

"小孔，祝你前程似锦！"老李说完，仰头喝光，"好茶！"

柯寻今天没有在企鹅馆，临时被调到美人鱼剧院帮忙了。美人鱼演出之后，观众逐渐散场，柯寻忙着把演出道具归位。人潮逐渐散去，柯寻变得放松起来，不远处一个人朝他走来，柯寻抬起头，发现竟然是孔叹。

"我找了你一大圈，发现你不在企鹅馆，问了一下工作人员才知道，你今天在这儿。"说话间，孔叹已经走近柯寻。

Chapter 04 · 海葵和小丑鱼

"你怎么来了?"柯寻是一个不太会寒暄的人。

孔叹意味不明地笑了一下:"不是你之前邀请我来的吗?"

柯寻疑惑地皱皱眉。

"你不是说,欢迎孔警官来海洋馆看拟态章鱼?"孔叹模仿起柯寻当时的样子说道。

柯寻突然想起来,这是他跟孔叹七年后第一次见面,针锋相对时他说过的话。

但柯寻没听出来孔叹的讽刺:"你想去看吗?"

孔叹点了点头,柯寻给她带路,朝章鱼馆走去。

鱼缸里的拟态章鱼几乎和礁石融为一体,孔叹努力瞪大眼睛寻找:"在哪儿呢?"

"这儿。"柯寻指给她看。

拟态章鱼微微动了一下触手,孔叹终于发现了:"哇,你说得没错,它真的很会伪装,不仔细看的话完全看不出来。"

"拟态章鱼的身体里有数万个色包,可以改变自身的颜色和形状,模拟各种环境和生物。"柯寻耐心地讲解起来。

孔叹这才忽然想起来,柯寻忙了一上午还没休息:"你们是不是要午休了?我这样会不会耽误你下午的工作?"

柯寻摇了摇头:"我今天下午不上班。"

孔叹突然想到今天是星期二,便脱口而出:"哦,你今天下午要去疗养院?"

柯寻有些惊讶地看着她:"你怎么知道?"

孔叹无奈道:"你忘了,之前……调查你的时候,我们从疗养院那边查到的,你每个周二下午都要去疗养院看望你母亲。"

柯寻恍然,点了点头。

孔叹试探性地问:"你妈妈,她还好吗?"

柯寻用没有什么情绪的语调说:"应该算不太好吧,因为她出了车祸撞到了脊柱,没有办法站起来了,只能卧床。"

孔叹没想到柯寻的母亲伤得这么重,联想到是因为自己作为目击证人指认柯寻，所以才引发了后续的连锁反应，她不禁自责起来，低声道："对不起……"

柯寻疑惑地看了她一眼："你为什么要跟我道歉？这与你无关。"

"我出院那一天，妈妈过来接我。其实我当时的状态很不好，每天都精神恍惚，走在路上的时候，也没看到那辆车向我行驶过来，她一把推开我，自己却来不及躲开了。"他回想起当时的经过，"不过我妈妈是一个很要强的人，她在疗养院里努力做治疗，努力复健，现在已经可以自己坐到轮椅上了。"

孔叹由衷地感叹："那真的很了不起。"

柯寻顿了下："不过这种日子对她来说，应该很痛苦吧，她本来是一个闲不住的人，现在却只能在疗养院里面静养。"

柯寻说这一切的时候，仿佛是在说一个事不关己的陌生人的遭遇。孔叹突然觉得柯寻的阿斯伯格综合征，并不完全只有坏处。通常当我们听见朋友的痛苦遭遇时，我们会感同身受，会跟他一起痛苦，但柯寻好像对痛苦有一种别样的诠释，不会给倾听者带来压力。孔叹到海洋馆本来是想告诉柯寻自己升职的事，但是现在她却有点说不出口了。

柯寻好像看出来了，问道："你来找我，应该不仅仅是为了看拟态章鱼吧？"

孔叹尴尬一笑："你不是有阿斯伯格综合征吗？我看你，挺会看人的小心思的。"

"这不是看出来的，这是推理出来的。"

孔叹犹豫了一下，还是说了出口："我本来是想跟你说，我被调到市局了。"

"恭喜你。"柯寻说这句话的时候仍然没有什么情绪，孔叹看不出来他是真的恭喜，还是在客气一下。

"谢谢。我其实是来感谢你的，如果不是你提醒我，我也找不到唐文霞的线索，破不了汪承勇的案子。"孔叹说到这里，有些不甘心，"汪承勇那边，我还没有找到其他的线索证明是他杀……"

"你没有必要谢我，我只是给了你提醒，但是付出辛苦找到线索的人是你。你也不用觉得不好意思，调到市局本来就是一件值得开心的事情。"

Chapter 04・海葵和小丑鱼

117

孔叹觉得和柯寻这种人沟通也不错，不需要太多寒暄铺垫，不需要话术，所有的言语都回归到最原始的意义。毕竟说引申的言外之意，他也听不懂。

"我下周一才去市局那边报到，这一周还在派出所交接工作。对了，我们被临川大学邀请去做电信网络反诈安全讲座。"孔叹说着，从兜里拿出了一张宣传单，"你想回学校吗？你要是想回去的话，我可以给你出入证。"

柯寻犹豫了一下："我为什么要去？"

孔叹愣住了："我以为你很久没有回学校了，会想回去看看。"

柯寻比刚刚变得更加沉默了。

"没关系，你要是不想去也没什么，我只是顺便问问你。"孔叹说着收回宣传单。

柯寻却一把拿过宣传单："我知道了，谢谢你的邀请。我再想一下。"

鱼缸里，一群比目鱼游了过来，礁石旁边的拟态章鱼突然变了一个状态，浑身颜色变得更深了。只一眨眼的工夫，拟态章鱼忽然不见了。孔叹指着比目鱼群，惊讶道："它又变成比目鱼了！柯寻，拟态章鱼可以变成海葵吗？"

"可以。"

"那可以变成小丑鱼吗？"

柯寻想了一下："暂时还没有发现。"

"你之前说我像海葵，我查过了，海葵跟小丑鱼是共生关系。"孔叹说着转过身看着他，"柯寻，你说我们要不要合作，一起调查陆卓凯坠楼的真相？"

柯寻沉默了片刻，感到奇怪地问："我们不是已经在合作了吗？"

这次轮到孔叹惊讶了，她眨巴着眼睛："是吗？已经开始合作了？我怎么不知道……"

柯寻微微皱着眉："那天晚上我把之前的事情讲给你听，不就已经开始分享消息了吗？合作不就是这样的吗？"

"啊，是的……谢谢你对我的信任，那我们就明确一下吧！"孔叹伸出手，做出握手的姿势。

柯寻别扭起来："能不握手，换一个方式吗？"

"哦，你不习惯和人接触是吧？那你说，怎么办？"

柯寻伸出手，轻轻按在鱼缸的玻璃上，片刻后，玻璃上留下一个浅浅的手印。柯寻用眼神示意孔叹："该你了。"

孔叹会意，伸出手盖在柯寻的手印上，上面还留存着柯寻的温度，她的手比柯寻小了一圈。她问："这样就算握手了？"

柯寻点点头。孔叹被柯寻独特的握手方式逗笑，收回手道："那，合作愉快！"

鱼缸玻璃上，两个人交叠的手印渐渐消失。

孔叹离开后，柯寻收拾好东西从海洋馆出来，去买了母亲喜欢吃的水果，又去花店买了两束花，一束是水仙，一束是木槿。柯寻忙了一圈，到达疗养院的时候刚好是下午六点钟，他推门进入母亲的病房，郝秀婷正坐在床上，钩毛线花。

"你来了。"郝秀婷手上的动作不停，她的床边摆着许多她用毛线钩的摆件玩偶。

柯寻放下一束木槿，开始给她洗水果，洗完，柯寻把草莓送到郝秀婷的嘴边，郝秀婷目不斜视地咬了一口。柯寻问："甜吗？"

郝秀婷点点头："没上次的甜。"

柯寻照例把这一周发生的事同母亲讲了一遍，当然，隐去了关于唐文霞的事情。这时，护士走进来提醒郝秀婷该去做复健练习了。

柯寻很奇怪："复健练习不是上午吗？今天怎么安排在晚上？"

郝秀婷解释："是我跟护士要求的，每天再给我加练一小时，我想每天多练练，多活动活动。"

护士一边推着郝秀婷往外走，一边调侃起来："你妈妈可用功了，其他病人天天逃避康复训练，只有你妈妈，每天想给自己加班加点儿呢！"

柯寻走过来帮忙开门，俯身道："练习要适度，别太累。妈，那我下周再来看你。"

郝秀婷很洒脱地摆摆手："你走吧，下周等你来的时候，我要给你表演瞬时站立！"

护士被郝秀婷逗笑，一路嘻嘻哈哈地往复健室走去。

柯寻捧起另外一束花，离开了病房，但他却并没有离开疗养院，而是走进电梯去了五楼。电梯指示牌写着——五楼,阿尔茨海默看护病房。

"叮"的一声,电梯到了五楼。柯寻熟练地推开了505的病房,里面坐着一位头发花白的老太太,她优雅地坐在窗边,好像在等待着什么。

柯寻走过来,叫她:"姥姥,我来看您了。"

老人家转过头,眯起眼睛看着柯寻:"你是谁?你不是我孙子。"

柯寻淡淡一笑:"您怎么又把我忘了?上周不是刚给您讲过……"

"你不是我孙子!"老人家自言自语地否认着。

柯寻从身后变出一束水仙花递给了老人家,她看见花一下子笑逐颜开,眼角的皱纹细细密密地堆在一起。老人家捧着花爱不释手,从她抚摸花束的动作,看得出她是一个爱花养花之人。

负责照顾老太太的保姆从洗手间出来:"哟,你来啦。老太太昨天还惦记呢,说送花那小子怎么还没来。"

"我可没说……"老人家耍赖般地狡辩。

柯寻又帮老人家削着水果,手法不是很熟练。老人家嫌弃道:"这点芒果肉都给削掉了!你要让我啃核啊?看你笨手笨脚的样子,一点也不像我孙子!我孙子可比你聪明多了。"

柯寻突然手一顿:"您记起来了?那您说说,他长什么样。"

老人家被问住了,一个人自言自语:"我孙子长什么样来着?我有孙子吗?"

柯寻放下水果,陷入了沉默。

这是陆卓凯给他留下的谜题——阿尔茨海默。柯寻沿着线索找到了陆卓凯的姥姥。陆卓凯去世以后,他的父母因为受不了痛苦的打击,外加他们家的生意本来就在海外,所以他的父母就离开了伤心地,定居海外了。陆卓凯的姥姥住进了疗养院,由陆卓凯的舅舅和姨妈负责照看,陆卓凯的父母每年会回来几次。所以柯寻会以送花小伙子的名义,来看望陆卓凯的姥姥,试图破解阿尔茨海默的谜题。这五年间,柯寻每周都会来一次,但仍然没有找到陆卓凯留下的谜题的真正答案。

柯寻离开疗养院,乘电梯下楼的时候,遇见了一个个子很高的短发女人。他觉得那个人很眼熟,但又想不起来在哪里见过。柯寻本来就有点脸盲,他好奇地跟上去，直到那个女人走进了陆卓凯姥姥的病房，他才突然意识到，觉得面熟是因为她的眉眼有一点像陆卓凯，她应该就是陆卓凯的姨妈。当时陆卓凯坠楼以后，他的母亲受不了打击直接住进了医院，他的父亲忙于陪护妻子，无暇分身，所以陆卓凯案件的调查和进展，都是由他姨妈来出面的。

如果柯寻没有记错的话，陆卓凯的姨妈当时也是一名警务人员，但因为亲属要避嫌，她并没有直接参与调查，而是由李警官负责。柯寻只记得当时他在审问室待了很久，任凭警察怎么询问，他都一句话也不想说。僵持不下的时候，突然进来了一个泪流满面的女人，她穿着警服，看到柯寻的瞬间，一下子失去力气。

最后，她被身边的警察搀扶着，走到柯寻身边，问他："是你把我们小凯推下楼的吗？"

柯寻当时呆住了，因为他不懂为什么这个女警察对陆卓凯的死反应如此之大，直到她开口，柯寻才明白她是陆卓凯的亲人。柯寻终于动容开口，说了被带到审问室后的第一句话："我没有。"

那次碰面之后，柯寻再也没有见过陆卓凯的姨妈。柯寻来看望陆卓凯姥姥之前，也会跟保姆打听好时间，不会碰到陆卓凯的家人。他跟保姆说，自己是陆卓凯的同学，想替陆卓凯尽一份孝心，但又怕陆卓凯的家人看见自己会伤心，所以尽量避开比较好。柯寻记得，陆卓凯的亲人一般都是周末来看望老人家的，怎么这次更换时间了呢？

柯寻没多想，转身离开了养老院。

面对孔叹的邀请，柯寻说不心动是假的，他已经七年没有回过临川大学了。他人生中最快乐的记忆，最悲痛的往事，都发生在那里。

周二中午，柯寻趁着午休的空当，还是回了一趟学校，站在校门口的时候，记忆涌上他的脑海，一切都恍如隔世。微风吹落的树叶坠在他的肩头，柯寻也不忍拂掉，树还是七年前的树，但叶子还是当年的叶子吗？

一进入校园，那种熟悉的感觉更是扑面而来。柯寻看见两个男孩勾肩搭背，其中一个手里拎着足球，正往操场走去。他想到之前为了准备足球赛，每天午休和下课后，他和陆卓凯也是这样，他拎着球，陆卓凯拄着拐，伤残组合身残志坚。柯寻突然扑哧笑出声来，那时候陆卓凯还是装瘸呢……

Chapter 04・海葵和小丑鱼

路过自行车停车场的时候,柯寻又想起来他在这里看水母科普书,陆卓凯说他像教室里的火星人。如果陆卓凯还在的话,柯寻很想问问他,现在呢,我还像火星人吗?

柯寻顺着停车场,走到操场边的长椅前,那是他和陆卓凯第一次讲数学题的地方。那晚夜灯初上,暖黄的光晕里,陆卓凯竟然临时兴起,演起了《西游记》里的孙悟空。想来有点讽刺,那个给别人画安全结界的少年,自己却踏入了危险……

想到这里,柯寻突然发现,他对七年前的事情是如此记忆犹新,但陆卓凯离开后的这七年岁月,对于他来说却好像一片空白,仿佛是世界上并不存在的时间。

柯寻推开礼堂后门的时候,孔叹正在讲台上科普"大学生如何防范网络诈骗"。

柯寻在最后一排找了一个座位,他远远地看着孔叹,恍惚间出现一种错觉,他好像在孔叹的身上看见了些许陆卓凯的影子。柯寻突然被自己的这个想法吓到,因为孔叹跟陆卓凯明明是完全不同的人,他们性别不同,性格也不同,为什么会产生这样诡异的联想呢?

他看着台上的孔叹,曾经那个情绪低沉、凶巴巴的二班女生,已经变成了自信从容、能力极强的女警察。当初柯寻知道孔叹退学复读、又考上公安大学的时候非常惊讶,因为他突然发现这个世界上有人跟自己一样,为了寻找一个真相,改变了懦弱的自己,去变成一个全新的自己。那是一种遥遥相望、惺惺相惜的感觉。

其实柯寻一直不太明白自己对孔叹的感情与看法。他最开始对孔叹有一种同为边缘人的感同身受,再后来有一种怪她间接害死陆卓凯的埋怨,但理智又告诉柯寻,真正的罪魁祸首并不是这个女孩。他们两个人,一个是警察,一个是海洋馆的饲养员,八竿子打不着边,两人之间唯一的连接就是都在调查陆卓凯死亡的真相。

这个问题对于柯寻来说实在是太难了,他连一种情感都要解读半天,何况是这种掺杂着太多复杂因素的情感。柯寻缴械投降、放弃思考这个问题的时候,孔叹的演讲也结束了。学生们有序地离开,礼堂里渐渐只剩下了几个人。

孔叹看见柯寻，快步走过来，略带惊喜道："我还以为你不过来了呢。"

"我迟到了。"

"没关系。"孔叹说着，眼神微动，"柯寻，你陪我去一个地方吧？"

"哪里？"

"顶楼。"

弘业楼顶楼是陆卓凯临死之前待过的地方，孔叹和柯寻猜测陆卓凯死前和凶手上顶楼或许是为了谈判，然后陆卓凯被凶手从顶楼推了下去，就此身亡。他们来到顶楼，站在高高的围栏边，看着楼下的人群和操场。

"顶楼本来是没有这个围栏的，陆卓凯坠楼之后学校才施工重建，安了这个三米高的围栏，现在想爬都爬不上去。"孔叹说着，比画着高度，"我从来没有来过顶楼，那天之后就更不敢来了……"

孔叹说完，垂眸不语，柯寻能明白她这种感受。孔叹随后问他："你呢？你……去看过陆卓凯吗？"

"没有。"

孔叹很意外："你不知道他……葬在哪儿吗？"

"我知道。但是我没有去过。"

"为什么？"

柯寻想了想："跟你不来顶楼，也许是一样的理由。"

两个人都陷入沉默。

"我想找到真相之后，再去见他。"柯寻望着远方，淡淡说道。

孔叹轻轻叹息："柯寻，我今天邀请你来学校不仅仅是因为叙旧。我是想我们都回到这个案发现场，回到案件最原始的地方，再好好想一想有没有什么遗漏的信息……"

"我知道。"柯寻回过头，看着孔叹，"所以我来了。"

孔叹和柯寻从顶楼下来，沿着当时孔叹被跟踪的那条路，寻找沿街监控。但是七年过去，好多当年的商铺已经更新换代，或者拆迁倒闭，就算还在的也不可能留存着七年前的监控录像了。他们两个走了一圈又一圈，还是无功而返。两个人疲惫地立在南门边，有些失落。

"商铺这边什么线索都没有，我明天去学校安保室问问，看看校方还有没有当年的监控视频。"孔叹说完，咕噜咕噜灌下半瓶水。

柯寻突然想到了什么："那晚的记忆，你找回来了吗？"

孔叹差点呛到，朝他摇了摇头："还是断断续续的……"

"你有没有想过，你遗忘的部分也许是最重要的部分？"

孔叹不解地看着柯寻，不自觉地捏紧了水瓶。

"因为我每周都会去看心理医生，那里也有一些有创伤后应激反应的患者，一般来说，刻意遗忘的部分，有可能是创伤最严重的部分，所以大脑为了保护自己，选择了忘记。"柯寻说着，看向孔叹，"你忘记的那一部分记忆里，也许有最重要的线索。"

"我带回了我之前的日记，但是最近忙着查唐文霞的案子，还没来得及去看，我回去再试一试，看看能不能找回来。"

柯寻直言："你要不要接受心理治疗？"

孔叹非常惊讶地看着他，柯寻这才意识到，对普通人说这句话有点冒犯。

"我的意思是，你不用觉得接受心理治疗很奇怪，其实有很多人都会去看心理医生……"看着孔叹纠结不安的表情，柯寻知道，自己越解释越说不清楚了，连忙找补，"没关系，我只是建议，选择权在你。"

"嗯。"孔叹点了点头，握紧了水瓶，"我还是先自己看日记找一找吧，如果实在没有办法，再像你说的，去治疗……"

"你不用给自己太大的心理压力，不然只会适得其反。"柯寻好心提醒。

说没有心理压力是假的，孔叹晚上回到家里，再次翻开了日记。

只有孔叹自己才知道，成长为今天的样子她付出了多大的努力，原生家庭带给她的痛苦可能一辈子都无法治愈。重男轻女的环境让她感到窒息，小时候她不懂这种痛苦的根源，只是觉得受到了不公平的待遇，长大后慢慢懂得，这种不公平来源于资源分配的不均，掌握资源的人制定了规则，没有资源的人除了遵守规则别无选择。而女性，在本就不公平的竞争中，甚至会沦为资源。孔叹的成长过程，就像一个鸡蛋一次次撞向高墙，把自己撞得破碎不堪，再一次次毫不犹豫地向高墙而去。

孔叹深知女性的困境和苦难，因为她曾遭遇过。她在劝别人的时候总是条理清晰，但是在面对自己的痛苦时，她选择了逃避。因为，孔叹其实是一个内核并不坚强的人。所谓内核，其实是人内心的"定海神针"，它来源于一个人从小到大获得的爱，包括安全感、自信心等，也来源于人的学识、经验、思维方式……孔叹后天确实一直在努力建造自己的内核，但她很清楚，她始终缺了一部分什么，那是婴儿的口唇期没有得到安全感的缺失。

孔叹始终不安，她经常在睡梦中双手举过头顶，那是一种极度不安的标志，很讽刺的是，就算成了警察她也依旧感不到安。

孔叹从不化妆，看似是嫌浪费时间，但其实她心里明白，一切都是因为发生侵害的那一晚。她不愿意增加自己身上的女性特质，甚至排斥自己的女性特质。她一直都留短发，穿深颜色的衣服，尽量打扮得中性化。尽管她清楚地知道，犯人在选择作案目标的时候，并不是因为对方的穿着打扮，他们甚至不会看长相和身材，他们伤害她只是因为她是女性。

在这场暴行中，女人不再是人，而是沦为一种符号、一种工具，一种让施暴者生理和心理上都获得满足的工具。所有道理，孔叹都明白，但她仍感到害怕——她好不容易才考上公安大学，变成这么看似坚强的自己，她不想让那一晚的记忆毁了现在的自己。如果回忆起来后，她仍旧无法消解这份屈辱和痛苦，那岂不是证明她这二十多年的人生根本毫无长进！

孔叹不断鼓励自己："我可以靠自己的努力，回忆起来那一晚的细节……"当孔叹这样认为的时候，大脑已经开始保护她了，其实那段记忆只是被她自己封锁了，而她却全然不知。

就在孔叹专心研读日记的时候，夜色愈浓了，整个城市安静平和，万家灯火点亮临川的夜空，但仍有不易察觉的黑暗在无声地蔓延……

氤氲的湿气中，热水冲洗掉女孩发梢的泡沫，蒸腾的雾气里，女孩曼妙的身姿若隐若现。偌大的浴室间，只剩女孩一个人了，哗哗的水声在空间里回响。

外面传来催促的声音："诗文，你快点洗，我们还要回宿舍追剧呢！"

这个叫诗文的女孩赶紧答应了一声："哎，我马上！"

她闭着眼睛去拿旁边的梳子，不小心撞掉了卡槽上的洗澡卡，水流戛然而止。

"哎呀——"诗文用手抹掉眼前的泡沫，弯腰去捡掉落的洗澡卡，当她

Chapter 04 · 海葵和小丑鱼

再抬起头的时候,却发现插卡槽里有一个闪着灯的绿点。诗文凑近,好奇地盯着那个绿色的圆点。她突然意识到了什么,赶紧裹紧了浴巾冲了出去。

柯寻给水母缸的水母更换了新品种的海盐,上次那只海月水母的死亡,让柯寻意识到,或许那个品种的海盐不行,不知道新品种的海盐会不会带来改善。

柯寻忙完这一切,才猛然想起来,唐文霞出事以后,他已经好久没有打开过 Iceberg 软件了,也不知道那个群有没有关于鲨鱼的最新消息。他打开手机登录了软件,因为 Iceberg 是阅后即焚的加密软件,所以他并不能看到昨天的消息,但他发现光是今天就已经有了 99 条新消息。柯寻点进去,看群里面在讨论着什么。他看完全部未读消息,终于明白了,好像是隔壁的群里传了什么劲爆的视频,让这个专区的用户躁动起来。

"真的假的?哪位仁兄这么厉害,在女大学生澡堂里安了摄像头?"

"是哪个学校的?"

"好像是临川师范大学。"

"这么高调,不怕到时候被人发现上热搜吗?我可不想这个软件又被查封,我这回可是交了会费的。"

柯寻捏着手机,看见"临川"两个字愣住,临川师范大学不就是临川市郊区的那所女生偏多的大学吗?柯寻本来想通知孔叹,但想到她之前说过,周一要去市局报到,心道还是不要打扰她了,明天再说吧。

虽然柯寻没有打扰孔叹,但是孔叹第一天去市局还是发生了状况,因为前一晚看着日记,试图努力回想之前的情景,导致孔叹半夜失眠,凌晨三四点才终于眯了一会儿。

周一一清早,孔叹破天荒地迟到了。她踏着最后一分钟冲进市局,上气不接下气地跑到了陆局的办公室门口。等到把气喘匀,孔叹镇定片刻,敲了敲门。门内传来一个威严的声音:"进。"

孔叹推开门,还没站定,陆局就开口了:"我们几点钟上班,你不知道吗?"

孔叹心想完蛋了,自己刚来就给新领导留下了不好的印象。孔叹无力辩解，只能道歉："对不起，陆局。"

陆局抬了下头，瞥她一眼，直接站起身："市局不是派出所，收收你那些懒散的作风！"

二人对立而站，孔叹只和她的目光对视了一秒就败下阵来。

真不愧是传说中的陆局，孔叹在心中感慨，对方锐利的眼神和周身强大的气场令受过专业训练的自己都不禁心底发怵。

孔叹一边折服于陆局的压迫感，一边又觉得自己的行为好像给老李招黑了，但她知道辩解这个行为是不明智的，再次认错道："陆局，我下次不会了，抱歉。"

"你晚来 分钟，万一警情就发生在这一分钟呢！每一分钟对于我们警务人员来说都至关重要，李警官没教过你吗？！"

孔叹在心里骂了自己无数次，在派出所都不迟到的人，怎么到市局第一天偏偏就好死不死地迟到了呢？一阵急促的敲门声打断了陆局的批评，随后一个胡子拉碴的高个子男人走进来，他扭头看了一眼孔叹。

"怎么了，张队？"陆局问道。

那个叫张队的人开口道："校方想让我们市局也过去一趟，女生澡堂发现针孔摄像头，管辖地的派出所人力不够了。"他的声音沙哑，一听就是经常抽烟的老烟枪。

陆局听完，眉头微蹙："行，你带几个人去吧！"

"好嘞！"

张队刚要走，陆局再次叫住他："你把她也带上，这是新来报到的孔叹，老李的徒弟。"听到这一句，张队顿时向孔叹投来好奇又审视的目光。

"她先放你手底下吧，女生澡堂发生警情，这种时候有女警察在场比较好。"

"是，您想得周到。"张队点了点头，朝孔叹使了一个眼神。孔叹心领神会地逃离了风暴圈。

直到孔叹坐上了车，她也没明白到底要去干什么。但是她听说，这个张队是市局里比较能干的老警察了，当年老李还在市局的时候，和张队不相上下，两个人几乎包揽了市局所有的重大要案。孔叹正犹豫着该怎么开口的时

Chapter 04 · 海葵和小丑鱼

候,张队倒是挺自来熟地问:"你是老李的徒弟?听说唐文霞那个案子是你破的?"张队说着,从怀里掏出烟点上。

突然被表扬,孔叹正襟危坐:"是大家一起……"

"行了,不用整虚的。你要把你这份洞察力用到一会儿的案子里!"

"张队,这次到底是怎么回事?"

"你没看热搜啊?"

孔叹摇了摇头。

"你们年轻人怎么不看网上的热搜呢,我一老年人都知道没事逛逛。是这样,咱们那个临川师范大学,昨晚有个女学生发现学校的公共澡堂插卡槽里,有针孔摄像头……"

"什么?澡堂里?"孔叹惊呆了,"那岂不是什么隐私都没了。"

"就是啊,所以女学生们当晚发了微博长文,控诉校方监管不严,还上了热搜,引发了很大的关注度。"

"那我们是去……"

"我们是去调查,得把这个安摄像头的人揪出来!女学生们说了,这个人不揪出来,她们课都上不安心!"

孔叹了然,点了点头:"那现在有什么线索吗?"

"派出所那边在查监控,目前没什么异常,主要是不知道安装时间,师范大学的监控每七天就清空一次。要不是昨晚有个女生发现,这摄像头还不知道要放多久呢,现在没人知道这摄像头是什么时候安装的,所以监控也不好排查。"张队说完,吸了口烟。

孔叹被烟味呛到:"那……喀喀,从摄像头生产商入手呢?"

张队把窗户打开:"我忘了,老李不抽烟,估计你没怎么被烟味熏陶过。"

孔叹赶紧吸了几口新鲜空气,说道:"对,李叔一般喝茶。"

张队笑了:"真养生啊,不像我们,一个个的肺管子都黑了。"

孔叹心说,那你还不赶紧戒烟。

"小孔,你说那个摄像头生产商啊,现在网上这种东西到处都有卖的,各式各样的,难以调查啊……"

孔叹皱了皱眉。

"而且,这个案子啊,我们一定要快点查,现在网上舆论给我们的压力很大。大学生也算是祖国的花朵吧，连她们的安全性都没法保证，我们临川市说出去都丢人！"

两人说到这里，车停了下来，已经抵达临川师范大学。孔叹一下车，发现校园里有一群女学生正在派发传单，传单上写着"不为凝视之对象，不做案板之鱼肉"的宣言。走进校园，小广场上就有一个穿着裙子的女生在表演抗议，她的裙子下方是一个偷拍的摄像机，女生的衣服上写着几个大字——"拒绝凝视，抵制偷拍！"

孔叹被这些女孩的行为震撼，在心底里为她们点赞。

学校公告栏上都是女生们画的海报，抗议书上印满了她们的红手印，看来这件事情一定要尽早解决，不然的话只会愈演愈烈了。

孔叹来到学校，和张队分头行动。张队去和派出所的警察交接监控视频的线索，孔叹则向第一个发现的女生刘诗文了解案件经过。

刘诗文面容憔悴，眼下乌青，一看就是受到了不少刺激："警官，我昨天洗完澡到现在都没有睡觉，太吓人了，那摄像头就在我那个插卡机里。"

孔叹柔声问道："你能给我说说，你是怎么发现的吗？"

刘诗文点点头："我们学校洗澡是要用洗澡卡的，每个淋浴间有一个放卡的地方，因为卡槽比较短，插卡进去很容易一抬胳膊就碰掉，所以我们一般都放在卡槽上面，没什么人插卡的……"

孔叹打断她："那这件事，你们学校的男生也知道吗？"

"应该是知道的，因为男女澡堂用的插卡机是一样的。"

"嗯……你继续说。"

"我昨晚是在最外面的那个淋浴间，也就是说，凡是进来洗澡的女生，都要经过那个位置！"

看来放摄像头的人很了解女生澡堂……孔叹心想。

"一般不会有人注意到卡槽里面的，那是一个视觉盲区。但当时吧，我室友在外面催我，我一着急，卡就掉了。我弯腰捡洗澡卡的时候，发现卡槽里面有个光点，刚开始我以为是我眼花，后来才发现有点不对劲儿。我之前也在网上看过一些新闻，有人把偷拍器材藏在插座里，藏在钉子缝里，还藏在鞋子里的呢！我就赶紧跑出去了，回去和我室友商量之后，我们就报警了，警察来了之后把它拆开一看，发现里面有个针孔摄像头。"

孔叹合上本子："感谢你给我们讲了这么多，你不用担心，我们一定会尽快找到那个安装摄像头的人！"

女孩点点头，突然想到什么："警官，其实还有一件事……我们女生宿舍这边，之前有人丢过内衣内裤，但是没有引起我们的关注，现在仔细一想，说不定都是一个人干的！"

"你们女生宿舍有监控吗？"孔叹警觉起来。

"只有一楼进门处有，楼层间没有，而且我们是楼梯房，没有电梯，所以……"

"我明白了，谢谢你的配合，这些信息也很有用。你要是再想到什么，也可以随时来找我！"孔叹给女孩留了自己的电话。女孩受宠若惊，不好意思地挽了一下头发。

柯寻今天的安排是去林医生那里接受治疗，他每周会去一次，时间不固定，主要取决于自己的心理状况，去之前他也会提前协调林医生的时间。柯寻现在的病情已经很稳定了，再加上他的自主学习能力越来越强，已经逐渐适应社会生活，所以柯寻现在的治疗流程被林医生定义为"聊天"，就是通过聊天，让林医生了解他的心理状况。

今天聊天的时候，林医生准备的是曼特宁咖啡，用的是产自印度尼西亚的咖啡豆。柯寻很喜欢这款咖啡，柔和香醇，不酸不苦。柯寻喝完第二杯的时候，林医生笑道："柯寻，有的时候看你这么喜欢我做的咖啡，让我很有成就感。"

柯寻喝完最后一口，放下杯子："所以我建议林医生你开咖啡店。"

"我会考虑你的建议的！"

"一楼咖啡店，二楼咨询室，完美！"柯寻为自己的创意点赞。

林医生被他逗笑："让我更有成就感的是，你现在的状态特别棒，都会开玩笑逗人乐了！"

说到这里，林医生舒了一口气："我也放心了，可以开始安心筹备婚礼了。"

"林医生，你要结婚了？"柯寻很惊讶。

"是啊，我之前很怕没有时间兼顾婚礼的准备和咨询的工作，当然我最放心不下的其实就是你。不过，看你状态这么好，我也可以安心准备了。"

"婚礼的准备工作，你男朋友不帮你分担吗？"

"斯展的生意太忙了，他只能精神上支持我了。"林医生苦笑。

"嗯……那你爱他吗？"柯寻天真地问道。

林医生笑了："嗯，当然啦！"

柯寻其实不太懂"爱"这种感受，于是又问："大家为什么会选择结婚呢？因为爱吗？还是因为想达成一种社会关系，来提高效率呢？"

林医生思忖道："应该都有吧，不过爱一定是婚姻中占很大比例的部分。"

"那你为什么爱他呢？"柯寻继续追问，尝试理解"爱"这种感情。

林医生犹豫了一下："我其实仔细分析过，我对斯展的感情，我更愿意称之为怜爱。其实斯展走到今天这一步，是很艰难的，他的家庭情况很复杂。我当初认识他，就是因为他的家里发生了一些变故，他受不了打击来找我咨询。当然了，医患之间是不能动私情的，当我发现我们的关系开始不局限于医患之后，我就和他保持距离，把他推荐给我认识的其他心理医生了。大概一年后，斯展走出了当时的困境，我们才在一起……"林医生说到这里，脸上不自觉地洋溢起幸福的微笑。

柯寻默默听完，看不出来平时一副成功人士模样的谭斯展，竟然也有不幸的故事。"那祝福你，林医生。"柯寻起身，准备道别，"我尽量在你筹备婚礼的阶段，少来打扰你。"

"小寻，别怕打扰我，你有什么事情，随时来找我。"

柯寻从林医生那里出来以后，打开手机发现一条本地新闻推送，临川市师范大学女生澡堂被偷拍的事情竟然上了热搜。最要命的是柯寻在那张热搜的图片里看见了孔叹的背影！

图片配文是"临川师范大学女生澡堂惊现针孔摄像头，警方已介入调查"。柯寻犹豫了一下，是打电话还是发短信？最终他还是拨通了孔叹的电话。电话接通，传来孔叹疲惫的声音："柯寻，怎么了？"

"我在新闻上看见你的背影了。"

"别提了，我在师大看了一上午监控了，估计今晚要通宵了。"

柯寻顿了顿："那你们有线索了吗？"

"还没，怎么了？"

"……其实我昨晚在 Iceberg 上就听闻了这件事情，或许我能帮上忙。"

"真的吗？"电话那一端，孔叹的声音振奋起来，"你在哪儿？我去找你！"

"来我家吧。我等你。"柯寻挂了电话才发现，不知道从什么时候开始，他已经接纳了孔叹，她可以随时出入自己的领地。这有点不合常理，但又好像是情理之中。

柯寻的手机屏幕上是 Iceberg 私密聊天室的界面，新消息不停地弹出，用户们还在讨论着热搜上关于临川市女大学生澡堂被偷拍的事情。

孔叹跟柯寻挤在手机屏幕前，二人离得很近，柯寻能感觉到孔叹的头发时不时地扫向他的脸颊，让他觉得痒痒的。柯寻悄无声息地慢慢移开距离，就在这时，孔叹倏地抬头看向柯寻，两只清澈的眼睛紧紧盯着他。刹那间，柯寻有一丝心慌，他不知道这种感觉从何而来。

与此同时，孔叹开口问道："所以按他们的意思是说，我们要想找到那个偷拍的人，还要去那个偷拍大学生专区的群里才行？"

柯寻点点头，指着墙上的资料说："没错，Iceberg 软件一人只有一个账户，只能进一个聊天群，所以如果想知道其他群里发了什么视频，就只能注册一个新的账号，再出一份投名状。"

孔叹抿着嘴唇，眉头拧在一起，问："柯寻，你是老用户，你是不是可以邀请我？我要注册一个新的账号，去那个群里看一看！"

柯寻略感震惊："你是想要钓鱼执法？"

孔叹点头："现阶段，我们在学校拿到的监控录像已经看完了，并没有找到可疑的人员，学校那边也没什么线索。如果再不破案的话，女学生们的隐私得不到保障，舆论只会愈演愈烈，这样僵持下去不是办法。不如我们主动出击，钓鱼执法，打他个出其不意！"

柯寻试探性地问她："你别忘了，进群是需要一份投名状的……"

孔叹想到这儿，略有迟疑："我看过你之前和唐文霞拍的那个视频……我可以接受，你来拍我！不露脸就行，我没关系的！"

柯寻斩钉截铁地拒绝："你没关系，我有关系。"

孔叹疑惑地望向柯寻，柯寻只好无奈解释："我当时决定拍唐文霞，是因为她为女儿复仇的动机非常迫切，而且当时我们两个急需进入 Iceberg 软件成为注册用户，但现在我们完全没有必要这么做……况且，我们两个日后还要见面，你让我拍你的视频，我会觉得尴尬。"

孔叹还以为是什么大事，原来就是尴尬的问题，她继续游说："没关系的，这个账号归我管，你拍完以后不再看不就行了，而且你在另外一个区，也看不到我的视频……"

柯寻听完孔叹的解释，觉得非常无语。他不明白为什么事情演变成了这个样子，为了一份投名状，他要假装拍一份孔叹的视频。这个当事人却觉得这个建议还挺好的，可毕竟男女有别，难道孔叹面对自己的镜头不会觉得尴尬吗？

当时拍摄唐文霞也是因为她已为人母，为了女儿复仇心切，而且唐文霞一直把柯寻当成一个孩子，两人之间没什么好尴尬的，只有共同复仇的决心。但是面对跟自己同龄的孔叹，他怎么能够举起镜头呢？虽说两个人都是为了查案，也算目标一致，但是……想到这里，柯寻突然卡住了，这个"但是"后面是什么呢？自己为什么会抗拒呢？

"我们不用拍得太多，只要拍我的背影就行，再加上不露脸，我觉得应该也可以！"孔叹继续劝他，还积极地拿手机模拟起来，"你就用偷拍的视角，我们就做成那个偷拍者的样子，也拍一个女生准备去洗澡的视频，这样他就会注意到我们，说不定会主动找我们私聊！"

柯寻听到这儿，突然眼神一变，觉得这件事情好像还是有一些可讨论的余地，他念叨起关键词："背影、不露脸、洗澡、偷拍……"

孔叹见柯寻配合起来，赶紧问："怎么样？我这个主意不错吧？"

柯寻点点头："不错。"

孔叹见柯寻答应了，松了口气："那我们开始吧？"

"等等——"柯寻看向孔叹，认真道，"不如你拍我吧。"

孔叹一脸震惊的表情看向柯寻。

浴室里，水声哗啦啦地响起，柯寻赤裸着上身，穿着泳裤，头上戴着一

Chapter 04 · 海葵和小丑鱼

顶棕色大波浪假发。孔叹的手机里录着柯寻沐浴的视频,当然这视频里只有一小截柯寻的腰和他假发的发梢,从手机屏幕上来看,确实很像一个女生的背影。

柯寻身材偏瘦,因为不常在外活动,所以皮肤很白,经常在水族馆搬运重物的体力活儿让他腹部练就了一层薄薄的腹肌,腰腹线条紧致流畅。略过臀部镜头往下移,柯寻的双腿又长又细,因生理结构的区别,男生的腿本身就比女生的细,蒸腾的雾气柔化了柯寻的皮肤,让镜头里的身体显得更加窈窕可人。再加上假发包裹住柯寻略宽的肩膀,从背影上来看确实可以以假乱真!

孔叹拍着拍着,忍不住指导起来:"你别转过来,刚才那个角度挺好的,继续保持啊!你可以假装洗头发,来点动作……"

柯寻转过身,挤出洗发水,假装洗头发的样子。

"唉,你别把手露出来啊,你这个手腕有点粗!会穿帮!"

柯寻听话地把手藏在长发间,镜头里,只能看到细细的手指掠过柔顺的长发,水流顺着长发一路流到深深的腰窝处……

孔叹看到这里,按下了暂停键:"就拍到这里吧,差不多了,拍得太完整就不像偷拍了!"

"好。"柯寻关掉水龙头,披上了浴巾,摘掉了假发。

柯寻恢复了平常的样子,孔叹看着他,别过了头:"你赶紧把衣服穿上,别着凉了。"孔叹盯着手机里拍摄的几段视频,想着如何把它们剪得更像偷拍的视角。

柯寻已经穿好了衣服走了出来,孔叹手中不停,用剪辑软件剪好刚刚拍摄的视频,递给柯寻看:"你看看,像不像偷拍的?"

柯寻看着镜头里的自己,显得很不自在:"太奇怪了,原来我的背影看起来是这个样子……"

孔叹忍不住笑了:"挺好看的呀!对了!你快帮我想想,上传的文案怎么写。一定要去偷拍大学生的专区才行,标题里是不是要点名写上——偷拍女大学生这种?"

柯寻思考了一下:"如果你想引起那个偷拍者的注意,只这么写,恐怕有点普通。"

孔叹觉得有道理，她灵光一闪，打字输入"偷拍漂亮女大学生"，然后把手机递给柯寻看："你看，这个题目够劲爆吧？"

柯寻微微皱了皱眉："行吧，你喜欢就好。"

孔叹打完标题之后，突然想到："我还要起个用户ID！"

她想了一下，敲下了"海葵和小丑鱼"。

"为什么叫这个名字？"柯寻问道。

"因为这个账号是我们两个共有的，专门用来调查Iceberg的！"孔叹看了一眼柯寻，"你说的嘛，我像海葵，你像小丑鱼……"

柯寻点点头，他觉得这种感觉很熟悉，和陆卓凯一起练球的时候，也曾闪过此刻的感觉，那是一起合作完成一件事情的成就感。

在两个人等待视频上传的间隙，孔叹忍不住在柯寻的家里逛了起来，她盯着柯寻的贝壳，有一点想碰，但又缩回了手，她害怕惹主人生气。

柯寻看出了她的想法："你可以摸，但别再摔坏了。"

"嗯！"孔叹小心翼翼地拿起了一个樱花粉的贝壳，"这个叫什么啊？好好看，像蝴蝶翅膀一样。"

柯寻看了一眼："那个是日光樱蛤，是印度洋里的一种贝类。"

"哦。"孔叹点点头，她把贝壳放回原处，又拿起了一个白色长满刺的贝壳，"这个呢？它长得好像鱼刺啊！"

"维纳斯骨螺。"

"维纳斯？"孔叹听到这个名字很意外。

"嗯，因为壳上的棘刺像梳子，相传古希腊的时候，女神维纳斯就是用这种海螺梳头发，所以叫维纳斯骨螺。"

"这些贝壳还有自己的传说？"

"有的有，有的没有。"柯寻说话间渐渐走近，"这些传说，都是人类的想象，就算没有这些传说，也不影响它们的美感。"

柯寻说完安静而专注地看着书架上的贝壳，神情很享受的样子。孔叹记得，他喂企鹅的时候也是这副表情，便问道："我记得陆卓凯也很喜欢海洋生物，你们成为朋友，是因为共同的爱好吗？"

"可能并不完全是因为有共同爱好吧，"柯寻思忖了一下，"我也问过他这个问题，当时他说……我像教室里的火星人，所以就跟我做朋友了。"

Chapter 04·海葵和小丑鱼

孔叹有些惊讶："他说你像火星人？"

柯寻点了点头。孔叹突然感同身受地笑了："我上学的时候也像一个火星人，跟班级同学格格不入，好像永远融不进那个集体里，大家看我也像一个异类。这个形容真好，教室里的火星人……"

柯寻直言："但是你现在，已经不像火星人了。"

孔叹扭过头看着柯寻："是吗？那你觉得我像什么？"

柯寻看着孔叹的眼睛脱口而出："我觉得你像，成功伪装成地球人的火星人。"

孔叹微微愣住，她看着柯寻的眼睛，那是双非常单纯的眼眸，却好像能把自己全部都看透。一种莫名的恐惧油然而生，孔叹别过了脸，低声道："是吗？那我还挺厉害的。"

柯寻顿了顿，突然问她："你刚才在怕我？"

孔叹瞬间汗毛直立，他怎么看出来的，自己在恐惧？她忍不住问："你为什么觉得，我在怕你？"

柯寻眼神很困惑："我不知道，是一种感觉，你刚刚的眼神有一点慌张，不自觉地跟我拉远了距离，这是一种恐惧的表现。"

孔叹不知道该如何回应，因为柯寻跟她从查案开始合作，已经把彼此当成了可以信任的伙伴，如果孔叹说自己怕他，无疑是给这份合作关系增添了裂痕。

"你知道，你跟我相处的时候，什么时刻最轻松吗？"柯寻问道。

"什么时候？"孔叹反问。

"在你强调自己是警察，在你审问我，还有，在刚刚我扮演女孩子的时候。"柯寻用没什么情绪的语调说道。

孔叹脑子里有一根防御的线瞬间断了，她知道柯寻要说的是什么。

柯寻努力组织语言："我不知道，是不是因为我是男性，所以你跟我在一起的时候，我总觉得你有一些不安……"

孔叹的心里突然涌起一丝暖流——他看出来了！这是第一次，有一个男性看出来，当她跟他独处的时候，她会感到害怕。可这个人明明是一个阿斯伯格综合征患者，他居然比普通的男性更敏锐地察觉到了这一点。孔叹难以置信，问道："你是怎么发现的？"

夏天，水族馆和坠落的她

"我也不知道，可能是因为我在人群里也会感到害怕。你单独跟我在一起的时候，就有一点像我面对人群的时候，所以我能够理解你的感觉。"

孔叹展颜一笑："谢谢你，我其实自己也没有意识到，但是我的身体会下意识地作出反应。你是男性，可能不太了解，当我跟一名男性在一个独处空间的时候，我确实会不自觉地害怕，不自觉地保持安全距离，这些都是下意识的，哪怕我是一个警察……"

柯寻点了点头："我没有办法跟你说，请你不要害怕我，但是我希望你知道，我是不会伤害你的。"

"嗯。我知道。"孔叹有些不好意思，垂下眼眸。

柯寻突然挠了挠头："对了，我之前……用言语刺伤过你，说你害死了陆卓凯，我向你道歉。害死陆卓凯的人，从来都不是你，也从来都不是我，是我们要合力找到的那个凶手。"

"谢谢你跟我说这些。"孔叹内心非常感动，她觉得柯寻的阿斯伯格综合征特质，反而让他有一种近乎孩童般的赤诚，她突然明白了陆卓凯为什么会和他成为朋友。

就在这时，"叮"的一声提示音传来，视频上传完成。孔叹赶紧拿起手机，屏幕上显示"您已完成注册，成为 Iceberg 的会员"。她看了一眼柯寻，他们的 ID"海葵和小丑鱼"如愿以偿地进入了偷拍大学生专区聊天群。

大学生偷拍专区群里，瞬间蹦出了各种偷拍的视频和污秽不堪的言论。

孔叹往下刷着，她发现偷拍案不仅是来源于临川师范大学的个案。在你不注意的角落里，冰冷的镜头正窥视着你的隐私，而镜头那一端是每个凝视者贪婪的欲望，你的痛苦引发围观者的狂欢，你的屈辱带来屏幕前的盛宴。

看到这里，孔叹有些不适，柯寻用手捂住屏幕："你还好吗？"

孔叹长舒了一口气，控制住自己的情绪："没关系。但是这些人太猖狂了，不仅是学校，还有商场，甚至连自习室都有人偷拍！"

"他们并不觉得这种行为是可耻和违法的。"柯寻的语气很平淡，"他们躲在 Iceberg 里，这款软件就像他们的庇护所一样，可以把他们心中的欲望肆意发泄出来。"

被偷拍者不再是人，而是被观赏凝视的符号。

Chapter 04·海葵和小丑鱼

想到这里,孔叹忍不住向柯寻问道:"你们男性的欲望,都这么简单吗?"

柯寻倏地愣住,他知道,这一刻里孔叹把自己归为敌方。柯寻不知道该如何回答,因为他确实没有思考过这个问题。孔叹反应过来,苦笑道:"对不起,我将情绪投放在你身上。"

"没关系。"柯寻觉得他应该不是孔叹所说的那种男人,但他又确实是一个男人。

这时,手机弹出不少新消息,群里来了新人人们难免调侃起来,再加上孔叹起的视频标题又非常吸引人眼球,很快引发了大家的兴趣,纷纷问:"真是大学生吗?"

孔叹和柯寻对视一眼,她打下两个字:"你猜。"

"多大了?在哪儿上学?"

"我们怎么说?"柯寻问道。

"既然我们的目标是要吸引那个偷拍者的注意,那么……"孔叹又敲下一行字,回答说,"在临川师范大学上学。"

"这不是小蛋仔拍的那个学校吗?都上热搜了。"

孔叹看了一眼柯寻:"他们说的这个 ID,是不是就是那个人?不过他还没有出现,我们要把这个人引出来才行……"

孔叹琢磨着,开始在言语中暗中叫板:"什么热搜?"

"你断网了?"

"你说临川师范大学偷拍那个事啊?"

"蛋仔哥凭一己之力,造福了我们。"

"得了吧,不也被发现了吗?不会刚安上就被发现了吧?我偷拍了好多,也没被发现啊!还是经验不行啊!"

孔叹一通鄙视,柯寻看着无奈道:"你这话真挺讨打的。"

"所有人都捧他,我偏要激他,这种人你越唱反调他越来劲!"孔叹很笃定的样子。

群里又开始聊起别的话题了,那位小蛋仔还是没有现身。孔叹等了很久,有点焦躁:"这人不会因为被发现了,所以退群了吧?"

柯寻摇头:"应该不会,Iceberg 这么难进,他好不容易在这里找到点存在感,怎么舍得退群呢?"

就在这时，孔叹接到了一条私聊信息，ID 正是小蛋仔！

对方问："你拍的那个妹子身材很辣啊，还有吗？"孔叹震惊，没想到钓鱼执法最终起效的鱼饵竟然是柯寻的身材？！她赶紧从视频素材里截了几张模糊的图发了过去。

不消片刻，小蛋仔回复道："妹子身材真好！"

见鱼已上钩，孔叹快速打字，"你有什么视频？我们可以私下交易。"

"可以啊，我手头有大量偷拍的女大学生洗澡视频。"

"那你先发过来给我看看。"

小蛋仔发过来一个 10 秒钟的短视频，孔叹确定其中背景正是临川师范女子澡堂，于是开始交易："可以交换。"

"你 QQ 多少？"对方回。

孔叹皱眉，表示拒绝："QQ 不行，怕被发现。"

"那你说，怎么办？"

孔叹思考了下，打字道："既然我们都在临川市，不如线下交易，你随便找一个快递柜，把东西放在里面，告诉我地点，我去拿，顺便放下我的东西。"

小蛋仔开始迟疑，问道："快递柜都有监控摄像头吧？"

"这有什么，每天去快递柜取货寄货的人那么多，谁会注意到我们。如果你不放心，快递柜的地点和去的时间你来定，OK？"

"他会同意吗？"柯寻有些顾虑，"他偷拍的事上了热搜，现在正是风口浪尖。他会轻易行动吗？"

孔叹突然想到刘诗文跟她说过，女生宿舍的内裤内衣总被偷……恐怕这个小蛋仔还有别的案子……

"你说得没错，他可能不会冒险，所以我们要火上浇油！"孔叹狡黠一笑，继续打字，"我还可以附赠你点别的东西。"

柯寻看到这句话大跌眼镜："谁？谁的东西？"

"我随便买一个东西给他，再说了，他没拿到之前我就能把他抓住了。"

柯寻还是不确定："这样，他能上钩吗？"

说话间，小蛋仔回复："好的！我定好时间告诉你。"

"你最好尽快，我后天要出差。"孔叹打完这句话收起了手机，"大鱼

Chapter 04·海葵和小丑鱼

139

上钩,就等收网了。"

"可是还有一个问题……"柯寻皱眉,有点顾虑地问,"他就算来了,你知道哪个人是他吗?"

"你问到点子上了,所以我现在要回局里继续看监控录像,再把这个情况报告给我们张队。这个案子跟黄毛案子的起源都是 Iceberg 非法软件,我要请求市局增派人力,继续加大力度调查这款软件。"

柯寻点了点头,赞同孔叹的想法,突然,他又想到什么:"对了!你们看了这么久的监控录像,都没有看到什么可疑的人,你们是在看男性吗?我突然想到,既然我可以戴假发装成女生拍摄,那这个放针孔摄像头的人,他说不定也会装扮成女生,方便混入女生澡堂。我觉得你不妨看一看监控录像里面,那些举止行为奇怪的女生。"

"你说得有道理,我回去再针对性地排查一遍。"孔叹说完,转身准备离开。

柯寻却叫住她,叮嘱道:"你明天,要小心!"

"知道了!"孔叹露出一个笑脸,嘴边的梨涡若隐若现。

孔叹走了,柯寻的家又变得静悄悄的,只有水母缸制冷机嗡嗡的声音。

柯寻躺在床上才开始细细回想,自己并不是一个会跟不熟的人进行亲密互动的人,但这一晚发生的事情却着实让他意外。他不仅穿上了女装,还允许孔叹在旁观看并拍下了这一幕,是什么让他做出超出自己界限范围之外的事情呢?

柯寻想到答案,也许是因为在他自己穿女装和拍摄孔叹之间,他更难接受的是后者吧。他辗转反侧,又想到孔叹问他说:"你们男性的欲望,都这么简单吗?"柯寻自己并无法代表全体男性,因为他有阿斯伯格综合征,所以他在感情以及和别人建立关系上比较晚熟。他不像其他男性那样会渴望和异性接触,甚至不像通常男性那样在意异性的身材。他反而会关注到某一项具体的特征,比如头发、梨涡,比如照顾小动物时流露的善意,甚至是那种假装勇敢的倔强。

柯寻觉得自己就像一只闯进了杂乱海藻中的小丑鱼,脑子毫无头绪,内心凌乱如麻——他被缠绕住了。看来明天又要去找林医生谈一谈了。

孔叹赶回局里的时候已经晚上十一点多了，张队看见她回来很意外："你不是都下班了？怎么又回来了？"

"张队！"孔叹一把拉住他，"临川师范大学的偷拍事件，我有一个重大的发现！"

张队倏地眼睛一亮。

他抽完第三根烟的时候，孔叹咳嗽着讲完了事情的来龙去脉。张队掸了掸烟灰："你这个方法非常好，既然已经让鱼儿上钩了，那明天就等鱼儿现身了！"

孔叹被表扬得有点不好意思，她本来很担心张队怪罪自己自作主张，赶紧继续说："这个案子跟市局之前侦破的偷拍案，背后是同一个软件。"

"我知道你说的那个软件，那个案子已经交给网络警察那边在查，我可以去跟他们了解一下情况。主要是这款软件它的性质比较特殊，服务器在海外，我们不太好查到 IP 地址，外加是加密聊天，很多证据不好搜集。不过，既然你已经注册进去了，我觉得你可以多搜集一些证据！"

孔叹点了点头："我会的！"

张队按灭了烟头："小孔第一天上班干得不错，不愧是李哥的徒弟，有两下子啊！还有你那个朋友也很勇敢，等这个案子结了，我们可以给你朋友申请现金奖励！"

孔叹有点惊讶："真的吗？那多谢你了，张队！"

"没事没事，应该的。行了，你回去好好休息！"

"我先不下班了，我想再看一遍监控录像，看看能不能锁定嫌疑人，这样我们明天收网的时候才能定位准确。"

张队听到这儿打了个哈欠："嗯，你们年轻人体力好，不过你也要悠着点儿，我不行了，要回去眯一会儿，有什么情况电话联系。"

"好，张队再见！"张队离开以后，孔叹继续坐在电脑前梳理监控视频，她想到柯寻的那个建议，决定从形单影只、打扮古怪的女生入手，男生跟女生的外形通常会有区别，而最无法隐藏的部位就是肩膀还有脚的大小。孔叹盯着视频里每一个女生的肩膀和双脚，她的眼睛在无数画面中寻找那个可疑的身影。

门口，刚下班的陆莹看到还在加班的孔叹，她定住脚步，想到之前老李说的，自己和孔叹很像……她渐渐明白了为什么，这种相似不仅仅是因为陆卓凯而产生的关联，还有更底层的，她们两个人对于追求真相都有一种近乎执着的在意。不然，陆莹也不会从基层一路干到副局，每一个脚印，每一次晋升，都是源于无数个这样的夜晚，她埋首于堆积如山的资料中寻找那一点不易察觉的蛛丝马迹所积累起来的经验。

陆莹想到这里，脸上浮现一抹笑容，悄无声息地转身离开了。

在看完不知多少份监控录像的时候，孔叹突然发现了一个发型非常特别的"女生"，她留着很长的黑色齐腰波浪发，这个长度和厚度对于一般女生来说打理起来很有难度。对于女性而言，头发的打理跟精力和财力息息相关……孔叹仔细观察，这个"女生"的肩好像比别的女生稍微宽一点，"她"穿着长裙，看不清脚的尺码，但更让孔叹在意的是，"她"走路的姿势很怪异，步子迈得很大，长裙被撑得很紧。

孔叹针对"她"的特征开始继续翻看女生宿舍附近的监控，果然又发现了这个人，"她"每次出现都穿着长裙，并且，更换着不同的假发。孔叹欣喜若狂，她想告诉柯寻这个好消息。她点开手机，却发现已经凌晨三点半了，柯寻应该已经睡了吧。算了，明天再告诉他吧。

次日，海洋馆。

柯寻最近正在学习潜水。自从之前来美人鱼馆帮忙之后，柯寻会在忙完日常工作后，在美人鱼练习泳池一个人学习潜水，潜水教练偶尔会提点他几句。柯寻是一个不善社交的人，很难说出"请你教我潜水吧"这种话，教练也知道柯寻向来独来独往，所以只在必要时提点几句。

这一天，柯寻踩着蛙鞋刚从游泳池出来，就看到了来自孔叹的新消息提醒，顿时，他的内心升起了一丝愉悦和期待。柯寻迫不及待地点开消息提醒，看见孔叹在信息中说：小蛋仔的交易时间定了，下午两点。

柯寻的心突然被这几个字牵动起来，他以前并不是一个会把太多心思放在别人身上的人，但现在他很担心孔叹会不会有危险，交易会不会有意外。柯寻捏紧手机，不知道该如何回复，如果把自己真实的想法说出来发给孔叹，恐怕反而会造成她的顾虑。柯寻深深地叹了一口气，捋了一把湿漉漉的头发，往更衣室走去。今天是周二，柯寻决定在去疗养院之前，先跟林医生见一面，去理清楚他那些杂乱无章的心绪。

小蛋仔把交易的地点定在了距离闹市区不远的一个快递驿站。这个地方毗邻电脑城和游戏厅，所以很多喜欢"二次元"的人都会聚集在此，整个街区的气质偏年轻化，行人的打扮都比较夸张。

孔叹觉得小蛋仔就是为了隐藏自己的外表，所以定在了这个让人眼花缭乱的地方。孔叹和张队在车里远远观察，其他同事们伪装成周边的行人。小蛋仔和孔叹约定好，由孔叹先去驿站边的快递柜放好U盘和赠品，接下来把取件码发送给小蛋仔。小蛋仔自己安排时间过来领取，取完后他留下自己的视频U盘，再通知孔叹他这一边的取件码。

市局派了一个比较年轻的男同事来冒充"海葵和小丑鱼"这个账号的主人。下午两点十五分左右，男同事率先出击，在快递柜里放好东西，随后转身离开，戴着耳麦听候指示。孔叹和张队隐藏在车里，眼睛不断审视着来往的行人。来这个快递柜取东西的人，多半是附近商户们，所以人流量并不是非常大。每当有一个人过来取东西，大家都瞬间提高警惕。

孔叹第一次参与埋伏行动，内心觉得非常紧张，但始终紧绷着脸，不敢表现得太明显。张队还是看出来了，笑着问道："你们在派出所的时候，很少有机会参与这种行动吧？"

孔叹点头："我们处理的纠纷比较多。"

"慢慢习惯吧，市局里案子多，历练的机会也多。"

孔叹忽然想到了老李之前的唠叨，说市局才是真正锻炼自己的地方。当时自己并没有把这句话太放在心上，直到这一刻她才终于感受到了这句话的重量。

就在这时，快递柜前突然出现了一个可疑的人影，"她"戴着墨镜和口罩，穿着洛丽塔风格的长裙，又是一头长长的头发。孔叹赶紧提醒身边的张队："张队，这个人！"

张队按灭烟："你确定？"

孔叹目光不离开那个人，回答道："我在女生宿舍和女澡堂门前都看见过这个人。他穿长裙是为了挡住自己的脚，因为男性的鞋码比较大。谁闲得

Chapter 04・海葵和小丑鱼

143

没事雾霾天戴墨镜，太可疑了。我先下去试探一下！"

孔叹戴上口罩，她今天打扮成了商业街区老板娘的模样。孔叹走过来假装取快递，那个人看见孔叹以后略有退缩，孔叹笑起来示意他："你先取。"

那个人倒是也客气起来，孔叹点点头，扫码、开箱、取件，一气呵成，转身就走。她身后的那人，也随之按下取件码。"砰"的一声，男同事刚刚放好东西的储藏柜被打开了。

柜门打开的瞬间，孔叹倏地转身按住小蛋仔，把他的胳膊掰到身后，用手肘抵住他的脖子，腿踹向他的膝盖窝，直接把他制伏在地！

"终于让我抓到你了，小蛋仔！"孔叹腾出一只手，摘下他的墨镜和口罩，果然是一个年轻男人的脸！

林医生的心理咨询室里，柯寻坐在落地窗前的沙发上，他把咖啡杯举起来，在鼻尖前嗅了嗅，又喝了一口，细细品味着："嗯……这个闻起来有柠檬的气味，还有某种花的香气……尝起来比之前的咖啡口感柔和，带着一点点酸味，有点像橘子的味道。"

林医生面露惊喜："小寻，我发现你的嗅觉真的非常敏锐，你总是能够最精准地感受出我每种咖啡豆的特质！这款是埃塞俄比亚的耶加雪菲咖啡，它的咖啡豆虽然小，味道却很独特。"

林医生转身拿起一瓶新开封的咖啡豆："我用的是浅度烘焙的豆子，所以有你说的柠檬味和花香……能遇到你这样的品尝者，我真的非常有成就感！"

柯寻倒是觉得有点奇怪："这个味道很明显啊。"

林医生摇了摇头："不是的，其实对于很多患有阿斯伯格综合征的孩子来说，他们天生在嗅觉、触觉、味觉、听觉上，甚至是视觉上，有近乎天赋般的敏锐性。你的天赋不仅表现在对海洋生物的熟稔上，你的嗅觉和味觉也同样很厉害！"

"可是我吃东西的时候并没有感觉有什么特别。"柯寻不太理解这种天赋的作用。

林医生温柔一笑："那是因为你没有把天赋发挥在吃饭这件事上。我听王姨说，你可以闻出来海洋馆每个场馆里鱼缸的盐度？"

柯寻点了点头："也不全是靠闻出来的，也要有海洋知识作基础。"

"那已经很了不起了。"林医生放下杯子，"说吧，你怎么突然来找我，是遇到了什么事情吗？"

柯寻犹豫着，试图整理自己的思路："我觉得我最近心里面很乱，我对一个人的感觉和情绪让我困惑。"

林医生挑了一下眉："是新认识的朋友吗？还是以前认识的人？"

柯寻眨巴着眼睛，坦白："是海葵。"

林医生有一丝惊喜："怎么？你现在不讨厌她了？"

柯寻表情纠结："我不知道，可能还有一点点讨厌，但还有一些其他的情绪叠加在上面，让我看不清楚我到底对她是什么感受……"

"你之前有过这样的感觉吗？"林医生问。

"以前在面对水母的时候也有过，但我会不断更换对他的印象，因为他总是很快就能明白我的感受，令我感到意外。"柯寻回忆起来，说到这儿，他的唇角轻轻勾起，"他会引导我，当他说我们是朋友的时候，我才意识到，原来我已经有了一个朋友……"

林医生听完柯寻的话，情不自禁地笑了："小寻，你完全就不是问题，这说明你进步了。之前你对情绪和感情很难理解，面对一种独立的感情，你需要用标尺和表情提示牌来理清自己的情绪，而现在，你对一个人已经有了很多种感情的叠加，这就是一种进步。因为人类本来就不像投币售卖机，投下一块钱就能获得一种感情，不是这样的，感情本身就是很复杂。因为人本身就是复杂的生物，感情也绝不会是单一的，你对于不同的人产生不同的感情，这非常正常。"

柯寻觉得自己的脑子更乱了："那林医生，你们每天都处在这样的情绪里吗？"

"是啊，很多人都会被自己的情绪所困扰，只是有些人知道，有些人不知道。"

"为什么？"

林医生放下咖啡杯："因为并不是每个人都对自己的情绪有精准的敏感度。向内探索的人，就能够很快地理清自己的情绪脉络，找到自己问题的根源；而向外探索的人，可能没有这么敏锐的自我审视意识。所以他们的情绪

Chapter 04 · 海葵和小丑鱼

145

问题就会外化成不同的表现方式，比如说愤怒、羞愧、暴力，等等。"

林医生说话的时候，手不自觉地摆动着，柯寻突然注意到她的手指上多了一枚闪耀的钻戒。柯寻盯着戒指问："这是结婚的戒指吗？"

林医生一顿，突然有些不好意思地碰了一下戒指："嗯……严格来说，这应该是订婚戒指。"

"送戒指也是表达感情的一种方式吗？"

林医生点点头："虽然所谓的钻石，也不过是碳而已，但人们总是需要一些这样的象征，来表达自己对另一个人的感情。"

"林医生，你对你的未婚夫也会有很复杂的情感吗？"

"是啊，爱情是一种更复杂的情感。它不像友情有边界，也不像亲情由血缘纽带维系。爱情在我看来，其实是一种深刻的自恋。"林医生说完，淡然一笑。

"深刻的自恋？"柯寻不太明白。

林医生点头解释："嗯，我们很多人经历的、自以为深刻的情感关系，其实最后都是自恋的镜像关系。年轻时在爱的冲动下爱得不能自拔，沉迷于自己内心对这个人优点的投射，把对方想象得无所不能、无所不知，沉浸在自己对他人的爱之中，这就是一种自恋，跟婴儿对母亲的那种依恋是一样的。但事实上，你并没有去辨别母亲到底是谁。你没有这个辨别能力，你也不想去辨别，你只想沉浸在这种自恋的关系里。因为这种自恋，是你自己对对方的投射。"

听到这里，柯寻突然想到，自己为什么会这么快就接受和陆卓凯成为朋友，因为陆卓凯就是柯寻向往的"人生的A面"，而自己却处在相反的B面。柯寻在陆卓凯的身上找到了完美自我的投射。而对孔叹的感情，从最开始同为边缘人的感同身受，到现在剪不清理还乱的混沌，这里面是否也藏着"自恋的投射"呢？

林医生的话打断了柯寻的思路："我记得以前和你说过，我曾分析过我对斯展的感情，是一种怜爱。其实更重要的是，我在斯展的身上看见了一部分我想成为的自我。我会崇拜那一部分自恋的投射，我会讨厌他性格里的缺点，我会心痛他在痛苦中的挣扎……不过，爱情就是这个样子……"

林医生顿了顿，举起咖啡壶，帮柯寻倒满："小寻，感情就像壶里的咖啡，它是流动的，并不是静止不变的。我知道你喜欢规律的、稳定的、可重复和易控制的东西，但感情恰恰不是。它像流动的水，时而湍急，时而缓慢，时而温暖，时而冰冷，时而肆虐，时而平静。你要知道，可以感受到这种复杂的感情，本身就是一件很幸福的事情。你为它困扰，为它喜悦，为它迷茫，这都是因为你参与其中，你调动了你身上每一根神经、每一种感知。而这所有的根源，都是因为你遇见了海葵。"

柯寻听到这儿，长长舒了一口气："你的意思是海葵的出现，打通了我感知到更多感情的……任督二脉？"

林医生被这个说法逗笑："你可以这样理解。所以你要珍惜这种体验，不用纠结于你对她到底是哪一种感情。你只要遵从自己的内心，感受其中就好了！"

柯寻虽然还是有点迷糊，但他知道了，这种感情并不是阿斯伯格综合征的发作，而是自己进步的一种表现："我大概明白了，林医生。谢谢你听我说这些。"柯寻说完站起身。

"小寻，我非常乐意听你与我分享你的感受。"林医生笑着拍了拍柯寻的背，接着她突然又想到什么，拿起外套和精致的挎包，"我送你出去吧，刚好我也要出门一趟。"

两个人走出来的时候，一辆豪华的轿车停在了心理咨询室的门口。谭斯展从车上下来，随手系上了西装外套的纽扣。柯寻注意到他的手指上也戴着跟林医生同款的对戒。林医生看见他很意外："你怎么来了？不是说你要忙施工，我们分头过去吗？"

"再忙也要过来陪你啊，什么都没有你重要。"谭斯展说话间，用手臂揽住了林医生的腰。

林医生对谭斯展突然秀恩爱的行为有些不太好意思，她看了一眼柯寻，拍了一下谭斯展："少来！"

"小寻，你要去哪儿？我们送你吧？"林医生问他。

柯寻摇摇头，他觉得自己不该当电灯泡："不用了，我还有点事，先走了。"

柯寻跟他们道别，转身走远。

"我们也出发吧！"谭斯展绅士地为林医生打开车门，等她坐进去后又替她系好安全带。汽车发动起来，谭斯展的目光却停留在后视镜里，他看着渐渐远去的柯寻，眼神晦暗不明。

市局里，孔叹和同事们正忙着审讯刚抓捕到的偷拍狂魔。

这个人名叫罗浩，是临川市师范大学的一名新生，虽是新生，胆子却不小，经常男扮女装混进女生宿舍偷取内衣内裤，后来，他更是色胆包天地在女澡堂里安了针孔摄像头。罗浩虽然行为很大胆，但一点不经吓，经过张队几句恐吓之后，罗浩立马认栽，对自己的行为供认不讳。

孔叹写完结案报告，站起身按摩自己僵硬的脖子，她看了一眼自己的手机，发现从中午她给柯寻发完信息以后，这人竟然一天没理自己，不是说好有什么事情随时沟通的吗？孔叹心里突然有一点儿赌气，她收拾好东西准备动身去海洋馆的时候，才突然意识到今天是星期二，她略有犹豫，但想了想还是决定去一趟疗养院。

柯寻从郝秀婷的病房出来的时候，手里还捧着一大束要送给陆卓凯姥姥的向日葵。他捧着花往电梯口走去，此时刚好电梯上行，"叮"的一声，门开了，一个熟悉的面孔出现在他的面前。

柯寻的心不由得跳快了一拍："孔叹？你怎么在这里？"

"柯寻！"孔叹看见他的瞬间，悬着的心终于落了地，她莞尔一笑，说话间晃了晃手机，"我来找你啊。你一天没理我，我还以为你失踪了呢，这不就来找了！"

两个人光顾着说话，各自伫立在电梯内外。这时电梯提示音响起，门要开始关了，孔叹正要跳出来，在电梯门碰到她的瞬间，柯寻猛然伸出手臂隔挡住铁门，把孔叹从缝隙中拉了出来，扯到自己的怀里。

孔叹撞进一捧向日葵里，香味灌入鼻腔，她意外于柯寻的举动，不由得抬起头看向他。柯寻垂眸，碰上孔叹的目光，她的脸藏在向日葵里，比灼灼绽放的向日葵更引人注目。

难道这种感觉也是一种自恋的投射吗？

柯寻又不懂了。

Chapter 05

鲨鱼

　　柯寻把孔叹带到了疗养院后院的小花园。日暮西斜，暖黄色的夕阳余晖倾泻在院子里，出来晒太阳的老人已经纷纷被护工推回去了。偌大的花园中，只剩下他们两个人和静悄悄盛开的向日葵。

　　柯寻抱着花，像一个小孩子一样坐在那里。太阳的余温令孔叹脸颊发热，她感觉他们两个人之间有一种微妙的氛围。她不喜欢这种说不清道不明的焦灼感，于是轻咳一声，试图开启话头："对了，我们抓到小蛋仔了！"

　　柯寻点了点头："那就好。"

　　"我给你发信息，你怎么没回？"

　　柯寻愣了一下："我怕打扰你们行动……"

　　孔叹微忸："哦，原来是这样啊，我还以为你在海洋馆出了什么事呢。"

　　两个人又开始沉默。孔叹看了一眼柯寻手里的向日葵："你是不是要去看望你妈妈？"

　　柯寻轻轻拢了一下手里的花束："我已经看过了。"

　　孔叹疑惑地指着向日葵："那这花是？"

　　"这是送给别人的。"

　　孔叹很意外，柯寻还会给母亲以外的人送花。她忍不住问道："送给谁的？"

　　柯寻顿了顿："是陆卓凯的姥姥。"

　　孔叹腾地站起身："陆卓凯的姥姥也在这家疗养院？"

　　柯寻点了点头。

"所以你这么多年，每周二的下午要看两个人，一个是你妈妈，一个是陆卓凯的姥姥？"孔叹惊讶地坐回原地，"我居然……才知道。"

她在心里开始埋怨起自己，如果以前调查得仔细些，早发现这一点，也不至于会把柯寻一直当成嫌疑人……

孔叹小心翼翼地问："那陆卓凯的姥姥还好吗？"

柯寻不知道该怎么回答："对于老人家自己来说，应该是好的，但对于亲人来说，应该没那么好，陆卓凯的姥姥有阿尔茨海默病，她不太记得起周围的人了。所以陆卓凯去世的事情，老人家还不知道，因为她也不记得陆卓凯了……"

孔叹轻轻叹息："这大概是这个病唯一的好处了。"

柯寻突然想到什么："对了，有一件事情我还没有跟你说。"

孔叹侧过头，目光看向柯寻，柯寻继续道："陆卓凯坠楼那天，还有一个非常重要的线索，他在数学练习册上曾经给我留下了一条信息。"

"什么信息？"孔叹倏地紧张起来。

"他写了五个字——阿尔茨海默。他曾跟我说过，他姥姥有阿尔茨海默病，但其中他到底想表达的是什么，我也还没有弄清楚……"

"你来看望老人家多久了？"

"我母亲出车祸以后被安排在立山区疗养院，我也是之后才知道，陆卓凯的姥姥也在这里。所以，我就试着去拜访她了，希望让她想起陆卓凯，想起陆卓凯之前是否给她留下了什么信息。但是，五年了，我仍然不知道陆卓凯留下的谜题到底是什么意思……"

孔叹微微咖啊，问道："我，可以跟你去一起看看老人家吗？"

"当然可以。"

505病房门前，柯寻和孔叹并肩站在一起。柯寻抬手敲了敲病房的门，保姆很快就过来开门。房门打开的瞬间，孔叹闻到了一阵花香。

保姆一看见柯寻，就笑着回头和老人家说："我说什么来着，送花的小伙子肯定会来的！"

柯寻和保姆点头示意："我今天带了一位朋友过来。"

保姆看了一眼孔叹，又笑着朝柯寻眨了眨眼。柯寻不太懂那个眼神的含义，但总感觉她好像误会了什么。孔叹完全没注意到保姆的眼神，只注意到一位头发花白的老太太坐在窗边，摆弄着花瓶里的花束。

"老人家之前是开花圃的，虽然不记得以前的事了，但仍很喜欢花。"柯寻小声提醒，他伸手把向日葵递给孔叹，"你去送给她吧，她会很喜欢的。"

孔叹捧着花走近，她有一种很神奇的感觉，和陆卓凯有关的一切都会令她感到振奋和惊奇。

老人家一回头就看上了她手里的向日葵："这个好，我正想这束红豆配什么呢！搭配向日葵正好！"

孔叹闻言，赶紧递上去："给您！"

老人家注意到她，眉头微蹙："小姑娘，你是谁呀？"

孔叹微微张嘴，但不知道该如何定义自己的身份，陆卓凯的同学？

保姆好心提醒："老太太，这位是送花的小伙子带来的朋友！"

老人家眯起眼睛看了一眼柯寻："原来是你的女朋友啊。"柯寻顿时愣住。

孔叹赶紧摆手："不是的，我们只是朋友。"

老人家一副看透不说透的模样，边拆花束边感叹："年轻真好啊，就像这花儿一样，鲜嫩的时候总是动人，枯萎了也就无人问津了……"

孔叹蹲下来，双手轻轻搭在轮椅上："没有啊，姥姥，每种花都有不一样的美，您这么知性优雅，哪怕是鲜花，见了您都会自惭形秽的！"

"我喜欢这个小姑娘，嘴甜！"老人家侧头看着孔叹，笑着摸了摸她的头，随后又回眸看了一眼柯寻，"你可比这个笨嘴拙舌的傻小子强多了。"

柯寻也走了过来："您还记得我笨嘴拙舌？"

"看起来就是啊，还用记得吗？"老人家揶揄人的功夫丝毫不差。

柯寻心想，阿尔茨海默可真是阿斯伯格的克星！

落日的余晖快要散尽，孔叹给老人家切水果，柯寻在一旁帮忙处理花。孔叹把切好的甜桃递给老人家："姥姥，您尝尝！"

老人家叉起一块，啧啧感叹："这个桃子好吃，应该给小凯留一点！"

柯寻处理花的手倏地顿住，他看向孔叹，孔叹也看向了他。柯寻赶紧转身问道："姥姥，你还记得小凯吗？"

老人家吃着桃子点点头："记得啊，小凯喜欢吃桃子。"

孔叹凑近问:"那您还记得,小凯跟您说过什么吗?"

"小凯啊……小凯答应我,过几天要来看我……是啊,小凯怎么一直没有来呢?"老人家陷入思考,有些痛苦地拧起眉头。

"那他有没有说什么,来看您的时候做什么?"柯寻走过来,蹲下身问道。

老人家望着远方,回忆着:"小凯说要给我带个东西……"

"什么东西?您还记得吗?"

"什么东西?好像是花?小凯要给我送花。唉,送什么花儿记不清了……小凯知道我喜欢花……"

老人家又陷入了意识模糊的自言自语之中。柯寻跟孔叹好不容易燃起的希望,又再次熄灭,两个人对视一眼,相顾无言。

柯寻和孔叹从疗养院出来的时候,已经天色渐晚。夏日的夜晚,蝉鸣声此起彼伏,叫得两个人心烦意乱。

"柯寻,你之前来的时候,老人家有想起过陆卓凯吗?"

"之前也偶尔想起过,但都是转瞬即逝,没办法,阿尔茨海默病就是这个样子。"柯寻见孔叹有些失落,努力安慰着,"但今天已经收获很大了,起码证明陆卓凯确实说过,有东西要给老人家。之前只是我的猜测,现在至少可以从老人家的话语中得到旁证。"

孔叹稍感安慰,就在这时,她的电话突然响了起来,声音盖过了四周的蝉鸣声。孔叹看了一眼来电人姓名——孔庆军,她皱了一下眉头,顿时就不想接了。

电话铃声急促而尖锐地响着,柯寻疑惑地问她:"不接吗?"

孔叹没有办法,叹了口气,接起了电话:"喂,什么事?"

"小叹?"电话那一边传来孔叹母亲着急的声音。

孔叹不由得握紧了手机:"妈,怎么了?"

"你爸爸今天出去,不小心摔了一跤,挺严重的……现在在医院呢,你要不要过来看看他?"孔叹母亲的声音很大,通过电话传了出来,柯寻也听得一清二楚。

"摔了?怎么摔的?摔哪儿了?"孔叹的声音有些颤抖。

"你爸爸出去喝酒,回家上楼梯的时候摔了一跤,医生说是脑血栓,现在还没有意识呢……小叹，你来看看你爸爸吧！"母亲的声音充满了乞求的意味。

孔叹机械般地回答："好，我知道了，你先别着急，把医院名称告诉我，我马上就过去！"

"好，我们在市中心医院……"

孔叹愣愣地挂了电话，她没有立刻动身，只是呆立在原地，任凭晚风吹乱自己的头发，就像她的心一样，一团糟。

柯寻有些不懂地问："你……不去吗？"

孔叹这才回过神来："哦，对！我要去医院。"孔叹虽然说着，但仍然没有动，她蹲在路边深吸了一口气，双手把头发往后顺去，将脸深深地埋在胳膊里。柯寻不知道她是不是在哭。

孔叹沉默良久，突然低着头冷笑起来："哈哈……他不是很厉害吗？他不是又喝酒又打我们吗？！他也会摔倒？有本事再站起来打我啊，摔倒算什么……"

柯寻不太明白孔叹的状态，因为她在用最悲伤的表情说着最狠的话。

柯寻蹲下来问她："用不用我陪你去医院？"

孔叹沉默了一下，开口道："柯寻，你可以扶我起来吗？我有点站不起来了……"

柯寻明白这种感受，当时郝秀婷被车撞倒，躺在自己面前的时候，他也是这种感觉。那是一种支点轰然在身体里坍塌，整个人顿觉有气无力的挫败感。

两个人打车到达医院门口的时候，孔叹的状态已经恢复了很多。她跑下车，快到医院门口的时候，突然转身问柯寻："你是不是不太适应医院里面嘈杂的环境？"

"没关系的，我可以陪你。"柯寻肯定道。

"你在门口等我吧！"孔叹挤出一丝笑容，"反正老头子现在也不能跳下来打我！我一会儿就出来！"

她说完，转身就跑进了医院。柯寻看着孔叹的背影，突然觉得，自己或许不应该觉得她像海葵，她其实更像海参。那种看起来柔软，但遇见危险时，就会变得无坚不摧的生物……

Chapter 05 · 鲨鱼

孔叹来到病房，病床上躺着的是一具因水肿而显得非常羸弱的可怜身躯。孔庆军躺在床上闭着眼睛，依靠呼吸机艰难喘气。在孔叹的印象里，父亲很高很壮，喝起酒发起疯来，打得她和母亲毫无还手之力，那种痛感至今都记忆犹新。

小的时候，孔叹觉得自己和母亲是弱者，父亲是强者。带着对强者的惧怕，孔叹在这个家里艰难生存。但此刻，孔叹却有了一种力量的天平瞬间逆转的感觉。很明显，现在父亲是弱者，而自己和母亲是强者。

母亲刚办完住院手续，进来看见孔叹很惊喜："小叹，你来了！"

"嗯，妈。他这是怎么了？"

母亲叹了口气："你爸爸喝了酒，从楼梯上摔了下去，结果这一摔可发现了好多病。肺部有肿瘤，肾脏也不太行了……"

"谁让他喝酒的，他这属于自作自受！"孔叹赌气道。

母亲轻轻地拉住孔叹的衣袖："你别这么说……"

其实孔叹自己说完，内心也很不好受，她并不是一个会在弱者面前示威的人。她习惯带着同理心，对弱者抱有怜悯，不然她也不会成为一个警察。但现在她却对着自己血缘上最亲近的人，说出最狠的话。孔叹走到病床边，看着父亲软弱又可怜的模样，忍不住问道："那他这个病，还能治好吗？"

母亲把她拉到自己的身边，紧紧握住她的手，叹口气，摇了摇头。孔叹看到母亲的眼眶有点红，虽然这个男人对于母亲来说是一个糟糕的丈夫，对自己来说也是一个糟糕的父亲，但像母亲这样的女性就是会这样，容易共情，容易怜悯。

母亲微微哽咽，低声说："小叹，你爸爸也没有多少时间了，所以你也不要再跟他赌气了，好吗？"

听到这里，孔叹的鼻尖瞬间发酸，有什么在眼眶里打转。她"嗯"了一声，点头的瞬间，眼泪"啪嗒"一声，滴在了自己的手背上。

柯寻站在医院门外的自动贩卖机前，左手拿着咖啡，右手拿着牛奶。他正在思考，哪一种饮料更能缓解孔叹此刻的心情。就在这时，有人在背后拍了他一下，柯寻转身，发现正是孔叹。

"你在想什么呢？"孔叹说话时有些鼻音。

"我在想哪种饮料更适合你。林医生说,适度的咖啡因有助于缓解抑郁的情绪,咖啡的香味也会给人心情愉悦的感受。"柯寻举起左手的咖啡,一本正经地说,接着,他又举起了右手的盒装牛奶,"但是,牛奶含有色氨酸,可以舒缓神经,让人心情平静,缓解压力。"

柯寻顿了顿:"但我觉得这些理论都不足以为我提供很好的选择依据,所以我决定把这个选择权交给你,你想喝什么?"

孔叹笑了笑,最终拿起了牛奶,坐在贩卖机附近的长椅上。柯寻拉开了咖啡的易拉罐拉环,坐在她旁边。

"你知道吗?"孔叹突然开口,"我小的时候每天晚上都要喝牛奶。"

柯寻仰头,喝了一口咖啡:"所以你的个子这么高?"

孔叹不禁苦笑:"嗯,也许吧。孔庆军——我爸,他,特别希望有个儿子,可我偏偏是女孩,他生怕自己高个子的遗传基因在我这儿断掉,所以每天晚上都要让我喝牛奶……但其实,我乳糖不耐受,喝完牛奶以后会肚子疼。小时候没有办法,虽然肚子疼,可还是每晚都要喝。当我成年以后,我跟自己说,以后再也不要喝牛奶了。可是,我现在的身体都已经适应了,肚子也不会再疼了。"

"那我很幸运了,我没有什么不能吃的东西。"柯寻回答道。

"你应该也发现了,我跟我爸的关系……非常糟糕,在我得知他摔倒住院的时候,内心甚至有一丝窃喜,我觉得这个纠缠我一生的恶魔,终于倒下了……"孔叹把牛奶盒捧在手里,她撕开牛奶盒,浅浅抿了一口,皱了下眉,"你跟你的父亲关系好吗?"

"我爸在我八岁的时候就离家出走了。"柯寻用很平静的语气阐述事实。

孔叹很惊讶,脱口而出:"为什么?"但她问完,就有些后悔了。

柯寻依旧是没有什么情绪的语调:"因为不想承认有我这样的孩子吧。患有阿斯伯格综合征的孩子,在幼儿时期很难被发现,但在开始上学后,这种特征就会非常明显。可能我父亲觉得,他更想要一个健康的孩子吧……"

孔叹叹了一口气:"这些父亲,真是各有各的奇怪。我爸拼命想要一个男孩,为生男孩都恨不得去喝保健酒,结果呢,还是生了我这个女孩!"

柯寻试着开起玩笑:"说不定我们俩互换一下就好了,你爸想要男孩,我刚好是,虽然有点病;我爸想要一个健康的孩子,你刚好符合。"

Chapter 05 · 鲨鱼

孔叹无奈一笑:"谁说不是呢?人要是能选择自己的家庭,也就不会有这么多悲剧了吧?"

"其实,我刚刚在病房看到我爸的样子,觉得很不可思议,原本的他那么强势,怎么会变得这么孱弱?"孔叹的手指摩挲着牛奶盒的边缘,她思忖着,苦笑了下,"你知道吗?我原本设计好的复仇计划是成为警察,带着我妈远离他,让他追悔莫及,为自己的行为付出代价。但是你看现在呢?他昏过去了,连自己是谁都不知道,又怎么能够面对自己的错误,认清他给我们母女带来的伤害呢?"

"所以,"柯寻试着整理,"你不开心,是因为你设定好的复仇计划里,没有你父亲突然病倒这一环节?"

"可能是吧,这老头子突然打乱了我的复仇计划,真讨厌。"孔叹赌气地喝了一口牛奶。

柯寻看着她,淡淡说道:"我反而觉得,你根本就没有办法对这个人实施复仇,因为你不是这样的人。"

孔叹的心突然抽动了一下:"你怎么觉得我不是?"

"你就不是啊,像你这样有同理心又当过弱者的人,是很难再对其他弱者实施报复的。"

孔叹笑了:"柯寻,我有的时候觉得,你根本就没有阿斯伯格综合征,你比很多普通的男性更能够体会到女性的感受。"

柯寻想了想:"可能因为在社会的普遍价值观里,我是弱者吧。在一般人的眼里,像我这样的病人,虽然是男性,但仍然是弱者。"

"我决定当警察,虽然初心是为了找到害死陆卓凯的真凶,但让我坚持下去的理由,是我希望所有的弱者,都可以生活在一个不必担惊受怕的世界里。"孔叹抬起头望着夜空,握紧了牛奶盒,"在这个由强者制定规则的世界里,弱者根本就无法生存,所以我希望能够尽自己的努力,让这世界改变一点点,哪怕一点点都好。因为强者不可能永远都是强者,弱者也不可能永远都是弱者。比如说就像现在,原本的强者到了生命的终点,他们就会变成需要别人的弱者,这种力量的颠倒,每一个人都会经历。如果社会是慕强的,那么每一个弱者都会受到歧视和不公,但如果这个社会能够让弱者也有安身之所,那么每一个强者都不必害怕自己成为弱者,每一个弱者也不会以自己是弱者为耻。"

"你说得很对。"柯寻点点头,"强与弱本身就是相对的,就拿海葵来说,对于鱼虾贝类来说,它就是强者,但对于海星来说,海葵却是弱者。"

孔叹挑眉,看向柯寻:"这么说来,海葵还挺厉害的呢。"

"是啊,海葵虽然没脑子,但是下手挺狠的!"柯寻笑道。

孔叹用胳膊拐了一下柯寻,他手里的咖啡差点洒出来,孔叹故作生气:"你说谁没脑子?"

"我在说海葵!真的海葵!没说你……"柯寻委屈巴巴地擦了擦衣服上的咖啡渍。

孔叹被他的样子逗笑,望着夜空感慨:"如果强者能够承认自己的脆弱,弱者也不再顾虑自己的软弱,如果每一个人都能够直面自己,那该多好……"

柯寻想了想,开口道:"我就是一个弱者啊,虽然我是男人。"

孔叹看着他,认真道:"我也是弱者啊,虽然我是一个警察。"

夜空下,两人撕开强者的伪装,坦白着彼此的脆弱,看着对方犹如星火般的眸光,相视而笑。

孔叹身心俱疲地回到家里,躺在床上思考了起来,父亲的意外生病,虽然打乱了她的人生计划,但是她在心里却突然和曾经的自己达成了某种程度的和解。柯寻说得对,即使对于她的父亲来说,孔叹现在占据了力量天平的强者位,她也并不想对父亲肆意报复,她只希望父亲可以在人生的最后阶段体面安详地离开。

孔叹突然对以后的生活燃起了一点期待,她可以跟母亲一起组建一个只有两个人的温暖的小家。孔叹想到这儿,打起精神,拉开抽屉,找出自己之前的日记,她再次试图找到那一晚的记忆。

日记本上的文字在孔叹的眼中,逐渐变成无法聚焦的黑点,她看了很久,直到眼皮打架,也没有任何的收获。孔叹打着哈欠揉着太阳穴,当她准备继续整理记忆时,猛地想起柯寻的话。

"你有没有想过,你遗忘的部分也许是最重要的部分。

"一般来说,刻意遗忘的部分,有可能是创伤最严重的部分,所以大脑

Chapter 05 · 鲨鱼

为了保护自己，选择了忘记。"

孔叹合上日记，琢磨着这几句话，如果是我的大脑保护了我自己，那么通往那段记忆的钥匙，并不是像日记本这样的外物，而是我自己本身……

我是上锁的门，亦是解锁的人。孔叹心里突然蹦出一个想法，她决定把25岁的自己当成一把钥匙，去打开18岁的自己封存秘密的盒子……

第二天，孔叹回到局里，听到同事转告，陆局让她去一趟办公室。孔叹顿时心中一紧，其实她并不是一个面对上司会唯唯诺诺、畏首畏尾的人，她跟老李也能侃大山开玩笑，跟张队也可以嘻嘻哈哈打成一片，但唯有陆局，孔叹见了她总有一种耗子见猫的错觉，陆局锐利的眼眸总让孔叹觉得那里面藏着一种不知名的情绪。

陆局办公室前，孔叹深吸一口气，敲门进去，陆局正在低着头批复文件，她问道："陆局，您找我？"

陆局头也不抬地"嗯"了一声："你看见了吗？"

孔叹环顾四周，啥也没看见，眼神不自觉看向了地面："您说……看见什么？"

陆局抬起头："在你身后！这姑娘，往哪儿看呢。"

孔叹闻言转头，瞬间看到了一面锦旗，是临川师范大学的女生们送来的，上面写着"雷霆出击，猎狼神速。为民解忧，风危相助"。一股暖意涌上心头，这是孔叹第一次收到锦旗，虽然她知道这个锦旗并不是送给她一个人的，但她仍然非常开心。

陆局突然开口："小孔，你这次做得个错。听张队说，是你跟你朋友想方设法在他们的非法软件里，抓到了那个偷拍者。"

孔叹赶紧转身，点头道："对，我们之前也在调查那款软件，但是由于这款软件具有私密性，网警那边也很难查到，所以我也跟张队建议过，看看能不能加大警力，集中调查。"

陆局垂眸："我知道了，你也要在这个软件里面多取证、多调查，争取内外联合，彻底捣毁整个犯罪组织。"

"是，陆局！"

"行了，没事了，你出去吧。"陆局说完，继续低着头批复文件。

孔叹心想，陆局让我进来就是为了看一眼锦旗，不交代别的任务吗？

"好的，陆局您先忙。"孔叹刚走两步，突然想到什么，又退了回来，试探问道，"那个……陆局，这锦旗我能拍一张照片吗？"

陆局笑了："拍吧，拍几张都行！"

"哎，谢谢陆局。"孔叹举起手机"咔嚓"拍了好几张，心满意足地离开了陆局的办公室。

孔叹先给母亲发了一张，又给老李和小董各发了一张，最后发给了柯寻。

母亲估计在照顾父亲，所以一直没有回复她。小董倒是马上回复了，发了一个抱紧大腿的动态表情包。老李紧接着回复，发了一个竖起大拇指的老年人爱用的经典动态表情包，还跟了一句"继续努力"。

孔叹心里美滋滋的，但是柯寻还是没有回复她。孔叹觉得很奇怪，最近柯寻好像总是不怎么看手机的样子。正在孔叹纠结的时候，张队走了过来："小孔啊，你之前跟我说，非法软件那事是你朋友帮你一起调查的？"

孔叹小鸡啄米式地点头："嗯嗯，张队，怎么了？"

"我先前和你说过，人家小姑娘牺牲挺大的，所以帮她申请了一个嘉奖奖金，现在局里已经批下来了，你让她带身份证来局里取吧！"

孔叹心想哪来的小姑娘，估计张队是误会了，赶紧解释："张队，我朋友是男的。"

张队一脸震惊："男的？！"孔叹非常肯定地点头。

张队受到了冲击："你们年轻人可真厉害！"

"那个……张队，我朋友不太方便过来，我能把奖金给他带过去吗？"

"可以，不过你们手续流程要办好。"

"好嘞，没问题。"

张队还沉浸在刚才的震撼里，摇着头走回了办公室。

孔叹趁着午休的时候去了海洋馆，她去企鹅馆找了一圈也没看见柯寻，于是抓住身边的工作人员问："请问，你知道柯寻在哪儿吗？"

工作人员也是一脸困惑，估计和柯寻不太熟。孔叹又问了几个人，终于得知柯寻在负一层的游泳馆，她道谢后便过去了。

临川市海洋馆虽然占地面积很大，但练习用的游泳馆却很小，在负一层的一个角落里。孔叹七拐八拐，终于靠追寻泳池的消毒水味道顺利找到了游泳馆。午休时间，游泳馆没有什么人，只有柯寻一个人穿着蛙鞋在练习潜水。柯寻练得很认真，完全没有注意到有人来了。他一次次吸气，扎入水中，潜入水底，不一会儿又探出水面。

孔叹其实也不是没见过柯寻赤裸上身的样子，但之前是柯寻装成小姑娘，跟她一起录制偷拍视频。这一次，她却觉得柯寻看起来有那么一丁点的不一样。柯寻并不是那种强壮有力的身材，但是他的骨架非常好看，上身是倒三角，肩宽腰细，手长脚长，是很适合游泳的一种身材。柯寻每一次扎入水中，在游泳馆水波的反衬下，显得后背的肌肉线条格外好看。任谁看了，都会感受到那种年轻肌体的美感……

柯寻浮出水面的时候，水珠在他的肌肉上滚动流淌，他没有戴泳帽，略长的头发在水里像海草一样，时而静止，时而摇曳，出水时，又紧紧地贴在他的额前。

孔叹记得，之前查阿斯伯格综合征的时候，资料上面写过，有这种病的孩子一般运动神经都不太发达。柯寻游泳游得这么好，可见要付出多大的努力。在某个恍惚的瞬间，孔叹好像在柯寻身上看见了那么一丝陆卓凯的影子，是因为他们两个是好朋友吗？不对啊，明明当年孔叹还觉得，这两个人在一起的时候，带着一种不和谐的怪异感。而此刻，这两个身影却有一点重叠……

孔叹缓缓走到了泳池边，柯寻一个猛子扎入水中，水花溅到了孔叹的裤脚上，柯寻这才注意到她来了。柯寻潜入水中，慢慢地游了过来，快到岸边的时候，他探出一半的脸，把泳镜推到额头，湿漉漉的头发凌乱随意地贴在他的脸上。

他吐了几个水泡，眨巴着眼睛，抬头看向孔叹："你怎么来了？"

孔叹站在岸边，低头看着他。

就在这一刻，孔叹突然产生了一种很神奇的感觉。孔叹弯下腰，手不由自主地碰了碰柯寻的头发。柯寻也很惊讶，但是他没有躲闪。孔叹憋住笑："柯寻，你知道吗？你这样子特别像表演的海豚，我就像那个驯养你的饲养员……"

柯寻听了没什么反应，却突然把头慢慢地沉到了水里，扭头潜入了水中，孔叹不知道他是什么意思。不一会儿，柯寻把对岸的一个白球拿起，他游过来，把球递给孔叹："你扔出去，我把它捡回来，这样才算驯养吧？"

孔叹笑着接过湿漉漉的白球，此刻的柯寻在她眼中毫无危险性，乖巧得像自己驯养的海豚。可是自己之前为什么会觉得他是一个十恶不赦的大坏蛋、犯罪嫌疑人呢？人与人的关系还真是变幻莫测。

孔叹抱着球问："柯寻，你游完了吗？我过来找你说点正经事。"

柯寻点了点头，从另一边上岸。

他们两个走在海洋馆最有名的景点，海底漫游的深海隧道里。放眼四周，都是肆意游玩的鱼群，粼粼水光中，各色鱼儿聚集又离散，煞是美丽。孔叹用微信把钱转给了柯寻，"叮"一声，红包提示音响起，柯寻收下，困惑地问道："现在都可以这样给钱了吗？"

孔叹笑了："是啊，因为你又不能亲自来市局，怪麻烦的，不过你得把你的身份证复印件发给我。对了，以前没发现，你游泳游得挺好的。我之前看过你踢足球比赛，我以为你并不擅长运动。"

"我确实不太擅长运动，但我很喜欢游泳。"

"哦？为什么？"孔叹很奇怪，她并不觉得这些运动有什么不一样。

"因为游泳，你一个人就可以独立地完成，并且你只能向前。游泳的动作就是重复，把头埋在水中，摆臂，蹬腿，划水，抬起头，呼吸。重复一整套动作，你就可以到达终点。到达终点之后，再次折返，重复动作回到另一个终点。我喜欢这种重复感和规律性。"

这时，有鱼群游过他们的头顶，两个人都被吸引了视线。孔叹仰头望去："你说海洋馆里的鱼，可以活多久呢？"

"每一种都不一样，鲨鱼可以活三十年左右，小鱼寿命比较短，只有两三年……"

"哇——"孔叹不禁感慨，"好不公平啊！处于食物链底端的鱼也太惨了，不但活得担惊受怕，活的时间还这么短暂……"

柯寻想了想："你这种说法是从人类的角度来看待动物。你所说的时间是人类的时间，但其实对于这些生物来说，它们有自己的时间，鱼有鱼的时间，大象有大象的时间，狗有狗的时间，海葵也有海葵的时间。"

孔叹第一次听到这种说法，惊奇地瞪大了眼睛："它们跟我们过的，不

Chapter 05 · 鲨鱼

161

是同一种时间吗？"

柯寻摇头："人类早上起床，晚上入睡，一天成为衡量时间的一种概念，但这个前提是，人类以太阳的东升西落为参照。但是很多动物其实是没有眼睛的，没有感觉器官的话，时间这个概念对于它们来说，并没有参照物。树懒的移动可以慢到不能再慢，海参也可以趴一天都纹丝不动，因为它们跟人类度过的时间是不同的。"

"原来是这样啊……"孔叹觉得神奇。

"你知道时间的 1/4 定律吗？"

孔叹摇摇头："那是什么？"

柯寻用他没什么语调的声线娓娓道来："人类的心脏每分钟跳 60 到 70 次，这就意味着每一次跳动的时间大约是一秒钟。小白鼠的心跳速率非常高，每次心跳连 0.1 秒都不到。随着动物体型的增大，心跳速率通常会降低，但每次心跳的时间可能会变长，由此得出了一个数据，心跳速率和体重的 1/4 次方成反比。"

孔叹听到这里，已经有点晕了："你的意思是，体型越大的动物，心跳越慢，所以它的寿命越长。体型越小的动物，它的心跳很快，所以寿命也相对比较短？"

"嗯，是这样的，因为有一种说法是说，心跳会在 15 亿次后停止，从心跳时间来说，这一点对所有动物都是公平的。"

孔叹惊呆了，她忍不住伸手抚向自己的胸口。柯寻靠近玻璃罩，缓缓道："你觉得食物链底端的鱼类可怜，但它们的生命也是在心跳 15 亿次后才会停止。当然，前提是没有疾病，没有遇见天敌。"

孔叹听完这些，突然意识到，她一直活在一种相对的时间概念里。25 岁的自己活在 25 岁的时间里，而那个 18 岁的自己活在另外一个时间里。那个 18 岁的自己被困在 9 月 18 号的晚上，从来没有出来过……孔叹想到她来找柯寻，其实是为了说一件最重要的事情，她深吸一口气，看向柯寻："柯寻，我决定接受你的建议，去接受心理治疗。"

这次轮到柯寻惊讶："你决定好了？"

孔叹转过头，看着玻璃隧道中的鱼群，点点头："我决定了，我想去把 18 岁的我，从记忆的玻璃罩里解救出来。她在那里孤单得太久了，我想跟她谈谈……"

　　柯寻和孔叹把心理治疗的时间约在了周末,两人在林医生心理咨询室的楼下碰头。孔叹提前到了,看了一眼时间,还差五分钟,就刷了一会儿手机看新闻。刚过五分钟,柯寻果然一秒都不差地按时来了。

　　孔叹看看他,又看看心理咨询室的大门,突然有点紧张。

　　柯寻想安慰她,但是他并不是一个会安慰人的人,只好说:"你不用紧张,林医生的咖啡很好喝的。"

　　孔叹扑哧地笑了出来:"所以你每次来心理治疗室,都是为了喝咖啡吗?"

　　柯寻很认真地想了想:"我觉得这一点占到了80%的比例,所以我总是建议林医生转行做咖啡师。"

　　柯寻的话确实让孔叹消除了紧张感,他们抵达心理咨询室的时候,林医生刚好出来迎接。孔叹还记得第一次见林医生的时候,是在派出所的审问室里。

　　林医生是那种符合大众审美的完美女性,知性优雅,长相又非常有亲和力,言谈举止都让人如沐春风,是那种女性看了都会心生羡慕的完美女性范本。孔叹只觉得自己站在林医生面前,就像一只丑小鸭站在了天鹅的面前,她局促地朝对方打了个招呼:"你好,林医生,我是孔叹。"

　　"我们见过的,孔叹。我刚好准备了咖啡,你们过来帮我尝尝。"

　　林医生完全没有问,你有什么病症?为什么来就诊?她就像柯寻说的一样,直接进入到了咖啡环节。

　　孔叹刚走进诊疗室就闻到一阵咖啡的醇香,还夹杂着并不刺鼻、让人身心舒畅的香薰味道。她忍不住四处打量起来,虽然曾在电脑上看过心理治疗室的视频,但是身临其境,就发现这里的设计很讲究。一进门,映入眼帘的是一个大大的落地窗,落地窗前有对立而设的纯白色的皮质沙发,中间有一个极具设计感的不规则茶几。右边是林医生的书架和书桌,还有一面巨大的镜子。左边是一个简易的咖啡角,摆满了各式各样的咖啡豆和精致的咖啡杯。

　　柯寻从包里拿出自己的杯子,递给林医生。

　　林医生问孔叹:"用我这里的杯子可以吗?"

　　孔叹点头:"我随意,您方便就好!"

　　"那我得给你精心挑一款!"林医生在咖啡机的架子上仔细挑选,最后

Chapter 05 · 鲨鱼

163

选了一个英式的马克杯，上面画了一个揣着怀表的兔子，她举起杯子，"这个可以吗？"

孔叹接过杯子，看见图案，脱口而出："这是怀表兔子吗？"

林医生很惊喜："你也喜欢《爱丽丝梦游仙境》吗？"

孔叹点点头，看见杯子的背面写着一串英文，她轻轻念道："Why is a raven like a writing desk？"

"为什么乌鸦像写字台？"林医生和孔叹对视一眼，心领神会。

柯寻问道："为什么？"

"这个没有明确的为什么，是故事里疯帽子说的话。"孔叹解释起来。

"也有一种说法是，这句话近乎表白，我喜欢你，就像说乌鸦像写字台一样，没有任何道理。"林医生说到这儿，突然笑了一下。

"还有这种解释？"孔叹很惊奇。

林医生点点头："嗯……我也不太清楚，这是送杯子的人和我说的。"

"那一定是您的男朋友了！"孔叹笑道。

林医生炫耀中带着几分害羞："应该说是我未婚夫了！"

"哇！好浪漫啊！"孔叹衷心感叹道，目光瞥见书桌上的相框，里面镶嵌着一张婚纱照。孔叹忍不住走近，端详照片里的人。

孔叹看着照片里面的那位男性，他跟林医生非常般配，从外表上一看就是成功人士。他虽然看起来年纪不小，但身材保持得很好，穿着剪裁得体的黑色西装，戴着一副金丝边眼镜，和林医生相拥而笑。不知怎么，孔叹看着他的脸总觉得有一些面熟，她忍不住嘟囔起来："您未婚夫，怎么有点眼熟啊——"

林医生忙着研磨咖啡，回应道："是吗？也许你们见过也说不定，斯展是做生意的，出入的场合也比较多。"

孔叹突然想起了什么："啊！我记起来了，我刚在手机上看本地新闻的时候见过！那个通榆河边的旧楼改造工程，是他负责的吧？"

林医生点了点头："是的，斯展这次回来主要是为了承接一些政府的助民项目。通榆河附近有些老旧的居民楼要拆迁，斯展的公司负责给他们建造新的高层住宅，方便那边的老人家出行。"

孔叹了然道："听说这个工程还是试点工程呢，如果改造得好，那临川市之后的旧居民楼都会交给您未婚夫的公司承包吧?"

"是啊,所以他最近很忙,虽然快结婚了,依然见不到人影。"林医生叹了口气,语气中略带着抱怨,她说话间已经倒好了咖啡,递给柯寻,"小寻,你尝尝,看这次我用的是哪一款咖啡豆。"

柯寻尝了一口道:"有坚果的味道,不酸不苦,咖啡味很浓。"

"没错,我用的是夏威夷咖啡豆,它会有坚果的香气。"

孔叹也喝了一口,她对咖啡的味道没什么概念,在林医生期待的眼神中,孔叹说了两个字:"好喝!"

林医生直接笑了:"好喝是一种非常高的评价了。"

转眼间,咖啡喝完了。柯寻想着自己作为她们共同认识的人,是不是应该稍微给林医生解释一下孔叹的需求。正当柯寻思考的时候,林医生直接把他请出门外:"好了,小寻,我要跟孔叹聊聊啦,你出去等我们吧!"

柯寻站起身,目光却黏在孔叹身上,有点担心她。林医生笑着把他往外推:"哎呀,小寻,以前没发现你怎么保护欲这么强呢?"

"啊,我有吗?"柯寻很奇怪。孔叹被柯寻这副模样逗乐了。

"你去门外等我们吧,让我们女孩子说会儿心里话,去吧。"林医生终于劝走柯寻。

柯寻临出门前又看了一眼孔叹,孔叹朝他点了点头,他这才放心地走出去。

林医生关上门,朝孔叹道:"小寻,是一个很可爱的人,是吧?"

孔叹对这个评价很诧异:"可爱吗?他有的时候确实挺善解人意的,完全看不出来他有阿斯伯格综合征。"

"我可以理解为,你是在夸奖我的治疗水平很厉害吗?"

孔叹笑着点点头,问道:"林医生,你是什么时候遇见柯寻的?"

林医生一边收拾咖啡机一边思考起来:"应该是,天才K杀人案之后吧……那个时候我也刚刚毕业,我的导师接手了公安部那边关于审问患有阿斯伯格综合征嫌疑人的协助请求。但是我导师实在是太忙了,所以当时那件案子,关于阿斯伯格心理咨询方面的事情,大部分是由我来协助导师的。我在那时候就发现,柯寻是一个很特别的人,我对他充满了兴趣。我很好奇这样一个孩子为什么会成为他人眼中的嫌疑人,当然后来事实也证明了,柯寻并不是凶手。"

"原来是这样。"孔叹想到柯寻之所以成为嫌疑人,主要是因为自己这个目击证人对他的指控,想到这儿,她不禁羞愧地捂住了脸。

林医生走过来:"让我猜一猜,你来找我应该跟那年的事情有关系吧?"

孔叹点了点头:"其实,我是那场事件的目击证人。"

林医生惊讶地看着她。

"可是,我后来发现我对于当时的事情的记忆有一些空白,我想补全那段记忆,所以柯寻建议我找你来帮忙。"

"我明白了。不过我能做的并不是帮你找回记忆,因为记忆一直都在,只不过是被你暂时封锁了。"

孔叹叹口气:"我明白……"

"不过孔叹,在开始之前我要告诉你,心理治疗从来就不是一蹴而就的,它是一个漫长的过程。首先我们两个之间要建立信任,只有当你信任我之后,你才会在我面前放松下来,只有放松了,你的大脑才会放松警惕,把那一部分记忆还给你。所以说,你不要因为记不起来而着急,就算今天你什么都没有想起来,你也不要觉得失落。我们就把今天先当作是一次小小的试验好不好?"

孔叹点点头:"没关系,我并不急于求成,已经忘记了七年,再想唤醒记忆确实需要一点时间。"

林医生把她请到沙发边,让孔叹以舒服的姿势躺好。孔叹略带慌张地起身问道:"那林医生,我是要被催眠吗?"

林医生看出她的紧张,笑道:"看来影视作品把催眠演绎得神乎其神,连孔警官都相信了?"

孔叹苦笑:"我并不是害怕催眠,而是害怕失控的感觉……"

林医生解释道:"其实所有的心理治疗在广义上都可以叫作催眠,如果我的语言影响了你,那也可以称之为催眠。不过,请你放心,我们是用叙事疗法,就是通过聊天的方式,让你重新走进你的记忆,回到那个情境之中。在这个过程中你有任何失控的感受,我们就随时停止,可以吗?"

孔叹点点头,重新躺在沙发上。林医生点上令人舒适的熏香,柔声道:

"你刚刚说，你害怕失控的感觉，那你想象一下，什么样的环境会令你觉得最安全？"

孔叹闭上眼眸，想象起来，脑海中出现了一个四周都是白色的开阔空间："可能，一个什么都没有的空间对我而言就是最安全的。"

林医生引导道："那你就想象自己身处这个空间之中，此刻你是安全的，不会被伤害的……"

孔叹深吸了一口气，试着放松紧绷的神经。为了让孔叹继续放松，林医生继续指引："你回忆一下，这段时间以来，你最快乐的事情是什么？"

孔叹出乎意料地发现，脑中浮现出柯寻的脸，他浮出水面，又扎了下去。这是孔叹说柯寻像自己驯养的海豚的画面。她眉眼舒展起来："是我去看柯寻练习潜水。"

"你再回忆一下，你最悲伤的事情是什么？"

脑中纯白的空间里迸溅出了鲜血，鲜血蔓延，而源头是陆卓凯，他闭着眼睛，睫毛都染上了鲜血。这是陆卓凯坠楼的画面。孔叹眉头紧皱："是陆卓凯的死亡……"

"你再回忆一下，这个世界上伤害你最深的人是谁？"

白色空间中出现了酒后发疯的孔庆军。孔叹叹息道："是我爸爸。"

"你再回想一下，这个世界上最爱你、给你最多安全感的人是谁？"

白色空间中出现了孔叹小时候，母亲把她抱在怀里的画面。孔叹不禁眼角湿润："是我妈妈。"

林医生温柔说道："好。那些最可怕、伤害你最深的人，在此刻都不会出现。你很安全，很放松……如果你想找到的是那一段的记忆，你不用非要想象那一刻，你可以从那一天里的任意一个你所熟知的时间段开始进入。你回忆一下，那一天你起床后发生了什么？"

孔叹的思绪渐渐回到了那一年9月18号那一天，脑中画面凌乱而模糊，突然之间，孔庆军的吼声刺破孔叹的耳膜："真倒霉！养你这个没用的东西……"

孔叹想起来了，那天是周五，由于周五没课，她前一天晚上就回了家，但那天晚上孔庆军出去喝酒，没有回来。第二天一大早，她就被一阵吵架声惊醒，孔庆军喝得烂醉如泥，回来就开始打母亲，孔叹不管不顾地把桌子上

Chapter 05 · 鲨鱼

的水杯朝他扔过去。

"啪"的一声,水杯碎了,孔庆军却躲开了,他怒不可遏,自己养大的闺女竟然敢用水杯砸他!他暴躁地抄起手边的拖布杆子,掰折了朝孔叹打去,折断的锯齿划伤了孔叹的额头,直到鲜血流出来,孔庆军才终于酒醒了。母亲尖叫起来,赶紧拉着孔叹去医院,这是孔叹第一次被孔庆军打出血来,因为她开始反抗了。

脑中画面一转,来到了医院。

伤口包扎好后,孔叹木讷地问母亲:"你什么时候和他离婚?"

母亲抱住了孔叹,说了声:"小叹,对不起……"

孔叹甩开母亲,站起身离开了医院,路过垃圾箱的时候她撕掉了纱布,其实她并不觉得这个伤口有多疼,反而觉得心口痛得令她无法呼吸。就像一个身陷沼泽的人,她努力想走出来,却看不见边界,只能就这么走啊走、挣扎啊挣扎……这是一种想反抗命运却无力的绝望。

想到这里,孔叹流泪了,她不由得睁开了眼睛,面前是林医生关切的眼神。孔叹抹着泪道歉:"对不起林医生,我有些难过,突然想不下去了……"

林医生递上纸巾:"没关系,你可以在这里表达任何感受。如果记忆令你感到痛苦和不舒服,我们就先到这里。"

孔叹点头,她站起身,走到书架边的镜子前掀开了自己的刘海,她的发际线处有一道浅浅的伤疤,不仔细看都看不出来。

"我想起来了,那一天的早上,我被我爸打了一顿,留下了这个疤,可能我被他打了太多次,这块疤藏在我的头发里,我都快把它忘了……"

"孔叹,你已经很棒了。第一次就可以想起来这些记忆。"林医生走过来,扶住孔叹的肩膀,她望着镜子里的孔叹,喃喃道,"其实,记忆就像这条浅浅的疤痕一样,你虽然注意不到它,但它一直都在。"

"嗯。"孔叹捋顺头发,挡住疤痕。

"你不要给自己太大的心理压力,有的时候一段记忆消失或者重新被想起来,是由你很多不同的情绪压力累积所造成的,你需要抽丝剥茧地一点一点把这些情绪压力显示出来。就像剥洋葱一样,你拨开第一层,也许是关于原生家庭的记忆;第二层,可能是关于感情的;第三层、第四层……直到最后一层,才是关于那段记忆的。你所经历的一切事情,都不是孤立存在的,而是彼此影响的。你不要试图为了解决 A 这个问题，就只解决 A。A 的背后一定还有很多 B、C、D 的问题，只有把所有的问题都解决了，你才能够找到最终通向问题 A 的答案。"

"谢谢你，林医生。"孔叹苦笑，"其实柯寻很早就跟我建议过，让我来做心理治疗，但当时的我……说真的，还是很害怕面对……"

"那现在呢？是什么让你不害怕了呢？"

"与其说是不害怕，不如说我仍然在害怕。只不过，我发现我害怕的是未知，因为想不起来，所以我把那段记忆不停地妖魔化，我害怕的是我臆想的回忆。但是，那里面藏有非常重要的线索，我必须要想起来，去面对它。如果不解决，我会一直处在恐惧之中……"

"孔叹，你很了不起，一个人能战胜自己，敢于面对那些痛苦的往事是很不容易的。但是你要知道，我们有时也会将记忆改写，哪怕你最终回忆起来的，也不一定完全真实。"

"我知道了，谢谢你，林医生。"

"不必客气，下次的时间我们之后再定吧。"林医生说完，打开了治疗室的门，在外等候的柯寻立刻站了起来，像极了在手术室外等待的病患家属。

他一个箭步上前问道："怎么样，林医生？孔叹还好吗？"

等柯寻一连串问题问完，林医生跟孔叹两个人都笑弯了腰。林医生假装嗔怪起来："小寻，我又不会吃了孔叹，瞧把你紧张的！你自己来做治疗的时候，我也没见你这么紧张啊！"

柯寻抿起嘴唇，看向孔叹。

"很顺利，别担心！"孔叹安慰道。

柯寻这才没那么紧张了，松了一口气。

两个人跟林医生道谢以后，去了诊室楼下的汉堡店。

孔叹撕开牛肉汉堡的包装纸，突然意识到，这是她跟柯寻认识以来第一次一起吃饭，不由得笑了起来。柯寻问她："你笑什么？"

"我笑啊，我们俩认识这么久了，才第一次一起吃饭。"

"啊，这很正常。"柯寻咬了一口鳕鱼汉堡，"因为我不怎么在外面就餐，这家店我和林医生一起吃过几次，习惯了它的味道。"

Chapter 05 · 鲨鱼

"所以你只去你经常去的店吃饭吗？"

柯寻点了点头："嗯。"

"那你不会觉得有一点无聊吗？比如，你就不好奇隔壁那家烤鸭店里的烤鸭是什么味道？"

柯寻摇头："不会，相比味道来说，我更喜欢重复带来的安全感。"

"这样啊……"孔叹叼着薯条，"那我们确实不适合一起吃饭，我超喜欢探店，然后在软件上打卡、写评论，我的目标是吃遍临川市的餐厅！"

柯寻喝了一口可乐："哦。"

孔叹盯着柯寻："你都不问我，今天治疗的时候，想起了什么吗？"

"那是你的记忆，你想告诉我的话，自然会说的。"柯寻顿了顿，"相比你想起了什么，我更在意的是，你想起来之后，对你现在的心情是否有影响。"

孔叹心头一暖，笑着往椅背上一靠："其实，我今天没有想起来与陆卓凯有关的部分，却想起来那天早上，我跟我爸大吵了一架，原来那一天发生了这么多的事情，我都忘了。"

柯寻安慰道："没关系的，慢慢来吧。"

"嗯呢。"孔叹又忽然想起什么，拿出手机，"对了，今天还没登录Iceberg呢。陆局给我安排了任务，我现在每天都要上去截图取证！"

"你们那个群，最近有什么新消息吗？"

孔叹摇头："小蛋仔被抓了以后，群里安静了不少。你知道吗？他原来是这个群的群主，现在群里一盘散沙！不过这两天这些人又开始蹦跶了。真是死性不改！难道小蛋仔的事情起不到震慑作用吗！"

"因为偷拍者太多了，每个人都觉得刀不会落到自己的脖子上。"柯寻淡淡道。

孔叹喝着可乐，一边翻群里的聊天记录一边截图，突然喷出一口可乐！

柯寻递上纸巾："你没事吧？看见什么了？"

孔叹被呛得说不出话，直接把手机递给柯寻。柯寻接过来，页面上的消息写着："赶紧推选个新群主吧？我投海葵和小丑鱼一票。这哥们拍得好，是个狠人！"

孔叹边咳边道："他们竟然想推选我为群主，还狠人呢，殊不知我是个狼人！喀喀……估计看我是个新人，好拿捏吧。再加上上一个群主刚出事，谁都不想背这个锅！"

柯寻思考起来："可是，这样不是很好吗？你要是成为群主的话，应该会被拉入管理层聊天群，能收集到更多的证据。"

孔叹想了想："你说得对！没想到当卧底，还当上官了。"

她赶紧打字回复："既然大家这么盛情推荐的话，那我就当群主了。以后给大家寻找更多好视频！"

"海葵和小丑鱼，最近怎么不拍啦？"群里有人问她。

孔叹看了一眼对面的柯寻，心虚地打字："最近有些忙。"

很快，软件响起提示音，孔叹果然被拉到了一个管理群。这个群里一共有 70 多人，也就是说 Iceberg 软件里面起码有 70 多个独立的聊天群。一个 ID 叫"花园鳗"的人先表态发言："欢迎新群主。我来说一下群主规则，首先各个群的群主，要把你们群里的视频整合，挑选优质精品发到群主管理群，每一天最少发 10 条视频。"

"用来干吗？"孔叹赶紧打字问道。

"用来定向发给 VVIP 客户。"

"需要我们来对接 VVIP 吗？"

"不用，海葵和小丑鱼，你只需把你们群里的视频发到这个群就可以了，有专人对接 VVIP 客户。"

"那我有什么好处呢？"孔叹故意问得很直白。

"你将升级为 VIP 客户，可以观看 VIP 会员上传的更多分区视频。"

孔叹气得差点摔了手机："这些男人，怎么可以这么毫无羞耻心地把所有女性的隐私变成分门别类的商品？"

"还有男性。"柯寻提醒道。

孔叹没懂，柯寻解释说："Iceberg 里面也有专门偷拍男性的聊天群。"

孔叹微微一怔，又无奈地叹了口气。

"你先冷静一点，别让他们看出你的抵触情绪。"柯寻好心提醒。

"我知道，我生气的时候先不回复他们。"孔叹把手插到头发里试图冷静，"就像你之前说的，在强者面前，被剥削的弱者是不分男女的。只不过强与弱是不易察觉的，但性别是一目了然的，不可否认的是，在这方面，女性确实是被剥削的一方……"

孔叹捏着手机，转言问道："我们如果要往上查的话，就只能当 VVIP 客户了？"

"嗯。"柯寻解释道，"当 VVIP 客户其实是很难的。因为年费很高，而且我不确定是否还有其他门槛。"

孔叹思忖着："我记得你说过，Iceberg 的盈利模式，让你觉得不太正常？"

柯寻点头："没错，鲨鱼花了这么大的精力组建这个软件，从注册开始就已经很难了，他筛选了一部分具有犯罪动机的偷拍者，剔除了绝大部分可以收费的用户。哪怕是已经进群的会员，会员费其实很低，但越往上越贵……"

"你是觉得，Iceberg 真正的客户，其实是那些 VVIP？"

"极有可能。因为他们才是 Iceberg 盈利的大头，这些群里的会员就像小鱼小虾。我曾经也调查过这个事情，如果 Iceberg 单纯靠打赏和会员费的话，其实很难盈利，而且它的投入跟风险完全不成正比……"

"你说得没错。我们一直在调查软件里违法偷拍的普通会员，但是完全没有考虑过 Iceberg 真正的目的是什么……"孔叹突然想到什么，"柯寻，你还记得我们在调查 EXIT 酒吧的时候，在监控室看见了他们在包厢卫生间、停车场都安装了摄像头吗？"

"记得。像包厢卫生间这种地方，本不应该有摄像头的。"

"假设说，不仅 EXIT 酒吧，如果临川市所有高级场所的私密包厢、会议室，甚至酒店房间里都有摄像头的话，那些有权有势的人做了什么，不就都被拍到了？"

柯寻眼神一凛："你觉得，Iceberg 在用这些偷拍的视频威胁那些人？"

"这只是我的猜测。"孔叹假设道，"既然他们服务的主要对象其实是 VVIP 客户，那么他们是不是可以利用这些偷拍的东西，从 VVIP 客户的手里，得到他们想要的资源？"

"那鲨鱼想做的事情，恐怕并不是偷拍视频这么简单了。"柯寻想到这里皱了皱眉头，"那这条寻找真相的路，就变得更加艰难了……"

孔叹喝了一口可乐，苦笑起来："难道不是一直都是这样吗？我从决定复读考公安大学到毕业考试，再到当警察，每一步都好难啊。"

柯寻也垂眸，叹了一口气："是啊，这七年的每一天，其实都很难。"
　　"但不同的是，之前我们是独自前行，现在我们有了同伴！"孔叹说着，看向柯寻，认真道，"柯寻，我们接下来要走的路，是一条结满了冰、堆满了雪、上面还没有人留下过足迹的路，我们只能靠自己的脚走向冰山……如果我退缩了，或是想要放弃，请你一定要紧紧拉住我的手！"
　　柯寻根本不懂"紧紧拉住我的手"是一种指代。他看着孔叹，下意识地伸出手，主动覆在了她握住纸杯的手背上。柯寻的手碰到孔叹骨节，他微微用力地用自己的手包裹住了她的手："我是不会放手的，我想你也一样。"
　　孔叹笑着点了点头，纸杯冰冷的温度迅速传递到两个人的手上，但他们望向彼此的眼神却坚定而炙热。

　　EXIT酒吧停车场里，一辆豪华的轿车缓缓驶入，一路开向停车场的最里面。车停稳后，里面的人并没有从车里下来。不一会儿，整个车身开始轻轻晃动。而不远处，角落里的红外摄像头急促闪烁，捕捉着车内人的欲望。

　　新一周上班的路上，孔叹在地铁上看起了本地新闻。早间新闻正好在介绍临川市电视台的台长周清材，开创了真实、公正、客观的新闻理念，使电视台的新闻节目收视率上了一个新台阶。
　　孔叹琢磨起来，这位周台长确实有点本事。当时临川市师范大学的偷拍事件发生后，学校本来想当缩头乌龟，草草了事，息事宁人。正是因为有周台长的支持，电视台对偷拍事件进行了大肆报道，这件事情才上了热搜，引起了高度关注和重视。最终孔叹他们快速抓到了偷拍者罗浩，让他受到了惩罚，现在想来还真是大快人心。
　　地铁到站，孔叹刚到局里就发现门前很是热闹，围了不少新闻记者。张队抽着烟在走廊来回踱步，孔叹上前问道："张队，今天又发生什么事儿了，怎么门口那么多记者？"
　　张队按灭了烟头："有一个人来报案，说被人打了。"
　　"门口来了这么多记者，被打的是个重要人物吗？"
　　张队摇头："正好相反，打人的人，可不简单！"
　　"谁呀？"孔叹好奇。

Chapter 05 · 鲨鱼

"据报案者说，是电视台的周台长。"

孔叹瞪大眼睛："周台长为什么打他？他俩有仇吗？"

"就是说呀！这个人一直说周台长出手打了他，我们也在向周台长那边调查取证，但周台长最近出差了，不在本地。"

张队故意压低声音："但是，小孔，你知道吗？周台长特意派律师过来了。"

孔叹往报案室瞅了一眼，这个报案的人确实被打得眼睛乌青，但他年纪轻轻的，是怎么跟周台长扯上纠纷了呢？孔叹询问："张队，这人是做什么的？"

"他叫高华彬，25岁，自由职业。"

孔叹更加不理解了："若说他是记者或者是电视台的工作人员，跟台长有纠纷大打出手，还可以理解。一个自由职业者是怎么跟周台长产生关系的呢？"

张队摸着下巴，提醒道："小孔，你这个思路不对了，你不仅要看他们的社会关系，你还要看他们俩对这件事的处理方式。"

"张队，你的意思是说，周台长那边用钱私了，说不定还真是他那边心虚？"

"有可能，不过也不好说。"

最终报案人撤销了报案，周台长一方赔钱私了，这个案子就像一个小插曲一样，在孔叹的生活中未留下任何波澜。

自从周末的心理咨询结束以后，孔叹就对这件事没那么排斥了。她周一就跟林医生约好了新的治疗时间，在周三晚上。这一次孔叹是自己去的，没有叫上柯寻。咨询室里，林医生整个人都洋溢着准新娘的喜悦，磨咖啡的时候都在哼着歌。

一个高音没唱上去，林医生这才反应过来，不好意思道："哎呀，让你笑话了，我最近在选婚礼入场的背景音乐，每天听都被洗脑了，不自觉就哼起来了。"

孔叹挑眉一笑："林医生，我发现你还挺'少女心'的！"

林医生吐了下舌头："被你发现了……"

二人闲聊后，开始进入催眠环节。

在林医生温柔的引导声中，孔叹再一次回到2015年9月18日。

这一次，她回忆起的是晚上的那段时间。

因为早上被孔庆军打了一顿，所以尽管家在本市，孔叹也不太想回家。那一晚，她一个人在学校附近游荡。突然，她感觉到身后有规律的脚步声，孔叹提高警惕，快步走起来，身后那个人也加快速度。孔叹走到马路边，猛地转身。

那个人后退一步，压了压帽檐，举起手里的钱包，低声道："同学，你的钱包掉了。"

"啊！"孔叹一看，果然是自己的钱包，看来这个人追上来是为了还钱包的，顿时消除了警惕。

孔叹伸手接过，向他道谢。她只记得这个人的声音很年轻，递钱包的时候指甲干净，那是一双没干过重活的手。孔叹收起钱包，继续在学校附近游荡，她不知道该去哪里，无意间拐进了学校附近的胡同里，那是一个监控的死角。

就在这时，一只手从背后猛地抱住了她，死死地捂住了她的嘴！在绝对力量面前，孔叹根本就无力挣扎，她想喊却喊不出来，那个人力气太大了。孔叹在那只手下艰难呼吸，她喘气都费劲，谈何呼救！

喘息间，一股檀香的味道钻入孔叹的鼻孔。她还来不及反应，裙子就已经"刺啦"一声被扯下了。孔叹用尽力气踩在那人脚上，终于挣脱开他的钳制。可孔叹害怕极了，本想逃跑的她，却双腿一软跪在地上。那个人揪住了她的头发，将她狠狠推在地上。孔叹挣扎着转身，想看清那人的面孔，但对方戴着帽子，孔叹只能看到他的下巴……

很遗憾，那是一个普通男人的下巴，没有什么特征。

就在这一刻，那个男人仿佛变成了一条巨型鲨鱼，他幽暗深邃的双眼如盯着猎物般锁定孔叹，这种不寒而栗的恐惧令孔叹浑身僵住。倏忽间，鲨鱼张开血盆大口，尖利的锯齿就在她眼前！

孔叹大声尖叫起来："你不要过来，求求你！放过我吧！"

心理诊疗室里回荡着孔叹的求救声，林医生试图让她停止回忆，但是孔叹却仍然在记忆的梦魇中奋力挣扎。林医生急忙安抚道："孔叹，可以了！到此为止，不要再想下去了！"

"求求你，放过我！"记忆中，孔叹仿佛已经被鲨鱼吞噬，在深海里不断下坠。

……

Chapter 05 · 鲨鱼

175

突然之间,漆黑的胡同里响起了一阵急促的脚步声,一个击碎噩梦的声音响起:"你在干什么!"

是陆卓凯!

那个男人被吓了一跳,当即从另一边翻墙而跑。

"你站住!"陆卓凯想追,但身后传来孔叹的哭声。

她缩在角落里呜呜地哭着,陆卓凯脱下外套披在她身上,轻轻抱住了她,拍着孔叹的后背安慰:"你别怕,没事儿了,有我在,你别怕……"

在孔叹隐约的意识里,林医生的呼唤声,交叠在陆卓凯的安慰声中:"孔叹,你不要再去想了,如果记忆过于痛苦,我们到此为止!"

终于,孔叹睁开双眼,泪眼蒙眬地看着她:"林医生……"她开口时,才发现自己的声音有点沙哑。

"你没事吧?刚刚你陷在回忆里,我怎么叫你,你都醒不过来。"

"是吗?"孔叹回过神,擦干眼泪。

"你还记得,你刚才是怎么清醒过来的吗?"

孔叹回忆道:"是因为陆卓凯,就是当年坠楼死去的男孩,他突然出现,把我从回忆中叫醒了。"

"好!"林医生面色严肃,"为了防止下次再有这样的事情发生,我们之间要设立一个保护暗号,当你深陷在回忆中无法清醒的时候,你就要强迫自己念出这个暗号。如果你觉得陆卓凯这个名字对你有保护性,那么当你念出陆卓凯的名字,我就会用尽一切办法把你叫醒。"

孔叹点了点头:"好的。"

"你怎么样?刚刚回忆起了什么?"

孔叹闭上眼睛,那些线索一点一点地浮现出来:"那个当时侵犯我的人……很年轻,是他的声音让我放松了警惕。而且,他的身上有一股淡淡的檀香味。"

林医生问:"你确定吗?"

"嗯,我虽然没有看见他的脸,但是我记得他的声音和他身上的味道。"

"你做得很好,孔叹。"林医生扶住她的肩头,"因为有的时候,记忆不单单是视觉层面的,也有听觉、嗅觉和味觉方面的。一旦你其中一个感官被刺激到,其他的感官也会很快地被带动起来。这一次的收获非常大,我建议你可以稍微休息一段时间,再来进行治疗,不然,我担心你的身心受不了……"

孔叹点了点头:"好的,林医生,我知道了。"

林医生给孔叹泡了一杯安神茶,让她先好好休息。

就在这时,诊疗室的门铃响起,柯寻来了。孔叹和柯寻彼此打了个照面,两人都很意外。林医生解释道:"我这周日要结婚,正好让小寻过来拿请帖。孔叹,你们要一起过来哦,就在郊区的罗兰湖花园酒店。"

孔叹很意外,自己竟然也被邀请:"我……也可以去吗?"

"当然了。其实我请的人也不是很多,因为小寻是我很多年的朋友了,你又是小寻的朋友,而且我的私心是,想拜托你把小寻带过来,毕竟他可能会不太适应这样人多的场合。"

孔叹了然一笑:"交给我吧,林医生!你放心,周日那天我肯定把他押过去!"

柯寻不懂了,孔叹怎么突然和林医生站在同一阵营了,委屈道:"我又没说不去。"

和林医生道别后,柯寻和孔叹从心理咨询室里出来。

电梯里,孔叹小心翼翼地摩挲着林医生精致的请柬,那是一种绢面的布料,用金色的线绣着"T&L"。请柬展开后,里面贴着装饰干花,闻上去是那种沁人心脾的香味儿。孔叹觉得自己可能一辈子都不会举行婚礼,也不会有这么漂亮的请柬……

柯寻看出孔叹的反常,问道:"你在想什么?"

孔叹垂下了眼眸:"没什么,就是,我今天接受治疗进入回忆的时候,看见陆卓凯了。"

柯寻眼神微动:"是吗?我偶尔也会梦见他。"

孔叹回忆起来:"我还记得我是怎么和陆卓凯认识的……有一次,我看见陆卓凯在操场的树荫下看书,我有些好奇,就走近看了看书的封面,没想到他竟然主动跟我说话,还给我介绍各种水母的知识。我在学校里一直都是个边缘人,很少有人会主动和我说话,但陆卓凯却向我释放了善意。从那之后,我就开始关注他、喜欢他……不过今天,我又看见陆卓凯了,我突然意识到,我喜欢的其实不是陆卓凯,而是那一晚的陆卓凯。"

柯寻不太懂这句话,疑惑地看着孔叹。

"因为他在我最绝望的时刻,给我带来了安全感。我与他真正的交集也是从那一晚开始的。"孔叹苦笑着,叹了一口气,"陆卓凯,真的是一个很好的人啊……"

柯寻回忆起了什么,突然笑道:"他要是听见你这样说,一定会挠着头发钻地缝了!"

孔叹一愣:"啊,他会吗?"

柯寻点点头:"陆卓凯很爱演的,我跟他还不熟的时候,他就突然在我面前演孙悟空……给我吓一跳!"

"孙悟空?"孔叹扑哧一笑,"真看不出来啊,他还喜欢演戏呢。"

"何止啊,他还很狡猾,我们比赛做题,他做不过我的时候,就故意扮鬼脸扰乱我注意力!"

孔叹好奇极了:"什么样的鬼脸?"

"嗯……"柯寻回忆着模仿起来,他把手放在脸颊两侧,一只往上推,一只往下推,整个脸扭曲变形成平行四边形。

孔叹被逗得哈哈大笑:"真是有颜值就任性啊!你们之间还有什么好玩的事吗?"

柯寻又想到什么,展颜一笑:"陆卓凯踢球也喜欢耍赖!"

"哦?怎么耍赖?"

"他踢球的时候,会用球衣把球罩在衣服里,跟袋鼠似的一路跑到球门!你看过袋鼠打架的动图吗?就是那个样子!"

孔叹笑得直不起腰:"陆卓凯平时看着一本正经,原来这么逗啊!"

"是啊,他跟海洋生物一样有意思。"柯寻突然意识到,陆卓凯留给他的都是快乐的回忆。

这点其实挺令人绝望的,2015年是他人生中最快乐的时光,但他却知道此后的人生再也不会复制这种美好了,因为带给他美好的人,已经不在了。

两个人笑完以后,陷入了久久的沉默。孔叹为了打破这低沉的气氛,突然提议:"柯寻,我们去吃东西吧!就去你常去的那家汉堡店,怎么样?"

"好啊。"

两个人往汉堡店走的时候，孔叹正在讲着今天回忆起的线索，完全没注意到一辆摩托车突然疾驰而来。刺耳的马达声中，柯寻下意识地把孔叹拉到了自己内侧，摩托车后视镜堪堪擦过他的手臂，将他带了一个趔趄，柯寻摔在地上的瞬间，把孔叹护在怀里。

摩托车瞬间疾驰而去，孔叹撑地起身想追上去，但摩托车已经不见了踪影。

"我去！敢在警察面前超速！我要去交通队查监控逮住他！"

孔叹气得怒吼，返回来查看柯寻，紧张地问道："你没事吧？"

柯寻的手臂轻微擦伤，有点渗血。

"我带你去医院！"孔叹拉起柯寻。

"不用了，我回家包扎一下就好。"柯寻木讷地转身就要往家走。

孔叹拉住他："你不想去医院的话，我可以帮你包扎，我很在行的！"

柯寻没有点头也没有摇头，只是默默地往家的方向走去。孔叹察觉出他的异常，赶紧跟了上去。

柯寻家中，孔叹帮他消毒、擦药、包扎完，柯寻依旧紧绷着脸，仿佛在思考着什么。孔叹忍不住问："你没事吧？"

柯寻摇了摇头，但表情并不是没事的样子。

"你怎么了？从刚才开始就不太对劲，是被吓到了吗？"

柯寻思忖着，喃喃道："刚刚那个场景，让我想到了，我母亲为了救我被车撞倒的时候……"

"哦？"孔叹坐在柯寻的身边，"当时怎么了？"

柯寻眼神微动，看向孔叹："我突然发现，那个摩托车上的 logo，跟撞向我母亲的那辆卡车上的 logo 一模一样……"

孔叹惊得倒吸了一口凉气："什么？你确定吗？会不会是看错了？"

"不会看错的。"柯寻笃定，"我记得那个标志，因为它很像数学里面的无穷大符号——∞，infinite！"

次日，孔叹查完这家公司的信息立刻给柯寻打了电话。柯寻从企鹅馆出来，小心地摘下受伤那只手的手套，走到窗边接了起来："喂，孔叹……"

"柯寻，我查到了！那个 logo 是一家名叫无极速运的物流公司，主要负责船运,也有一小部分陆路运输业务。这家公司在沿海城市比较常见,最近一两年才开始在临川市活跃起来。"

柯寻回忆道:"嗯。撞倒我母亲的卡车,确实是一辆装满包裹的物流车。"

"对了,我也查了一下交警支队的监控录像,那个骑摩托车的人骑到了通榆河附近之后就不见了……"孔叹说着,无奈顿了一下,"我跟你说过的,那边的监控录像比较少。不过,我已经跟无极速运公司联系了,看看能不能查到当天骑摩托车送货的人。"

"好,麻烦你了。"

"跟我客气什么,这辆车可是在我眼前超速违规的,不抓住这个人我就不姓孔!"

柯寻被孔叹的语气逗笑,就在这时,他突然注意到楼下的动静,一辆负责运冰的货车正驶入海洋馆的后门,而车身上的 logo 正是无极速运的标志。刹那间,柯寻汗毛直立,不顾一切地赶紧冲下楼去。

电话里传来孔叹的声音:"柯寻,你在听吗?"

"孔叹,你等我一下,先别挂!有件事我需要确认!"柯寻喘着粗气飞奔下楼。

后院里,王姨正在指挥运输车卸冰。柯寻把正在通话的手机放进口袋,走上前去:"王姨。"

"小寻啊,你这孩子,手臂都受伤了,不用下来帮我!"

"啊……王姨,海洋馆之前负责运冰的也是这家公司吗?"

"不是啊,这个月刚换的运冰公司,怎么了?"

"没什么……"柯寻走回楼梯间,接起电话,"喂?"

"柯寻,你发现了什么?"

"孔叹,我们海洋馆运冰的货车,也是这家公司的。"

"从什么时候开始的?"孔叹声音有点紧张。

"我不清楚,应该是这个月吧。之前这个时间段我都在企鹅馆里面干活,因为昨天手臂受伤,所以今天没在馆内工作,就刚好碰上了运冰车……"

"可是,怎么会这么巧?"

"是啊,太奇怪了,孔叹……"柯寻捏紧手机,"我突然觉得,我好像

夏天,水族馆和坠落的她

活在楚门的世界里，母亲的车祸，海洋馆的工作，昨天的意外，好像都是被人安排好的，有人在控制着我的生活……"

"是鲨鱼吗？"

"我也不知道，一直以来，都是我们觉得自己在暗处调查 Iceberg，而鲨鱼在明处。但我们从来都没有意识到，也许一直在暗处观察着我们的，其实是鲨鱼……"

柯寻的话令孔叹瞬间毛骨悚然，她赶紧道："柯寻，你先别担心，这家公司交给我来查。有新的消息，我再跟你说！"

"嗯，你先忙吧。"柯寻挂了电话。

这一边，孔叹还处在柯寻刚刚的推测所带来的震惊中。

突然，市局门口传来一阵喧哗，孔叹透过窗户看见一个熟悉的面孔，竟然是周台长！孔叹正奇怪，赶紧一把抓住疾行的张队问："张队，周台长那件事不是结了吗？"

张队叼着烟，一脸无语："这次来报案的是周台长！"

"啊？"孔叹不解，"什么原因？"

"敲诈勒索！"

这件案子由张队和孔叹配合分别审问。

周台长一看就是那种知识分子长相，虽然头发有点"地中海"，但面容和善，上镜的时候给人一种权威可靠的踏实感。但此刻，周台长面容憔悴，仅存的头发也都乱七八糟地支棱着，一看就是被烦事缠身的模样。

"怎么回事儿啊？"张队抽着烟，迈着大步走进来，"台长大人，你们两个轮流报案，耍我们呢？"

周台长叹了口气："警察同志，我被人敲诈了。"

"就是前两天来报案的那个高华彬？"

周台长点头："对，这个人把我的个人信息，甚至我的全家福都寄到我单位，威胁我！我主要是担心我家人的安全，所以我还是给了他一笔钱，私了了。"

张队斜眼看着周台长，研究着他话里的逻辑漏洞。

另一边，孔叹正在审问高华彬。她问："说说吧，你为什么要敲诈周台长？你是怎么得知他的个人信息的？"

高华彬和孔叹年纪差不多大，但他长了一副娃娃脸，很显小，可偏偏烫了一头锡纸烫，又显得很像社会青年。他从进审问室就是一副嬉皮笑脸小人得志的模样。

他坐在椅子上，姿态随意，阴阳怪气道："姐姐，我可没有威胁他！"

孔叹敲了敲桌子："坐好！注意称呼，叫警察同志！"

高华彬耸耸肩，依旧嬉皮笑脸地说："警察姐姐，我哪敢威胁台长啊。我只不过是拿着一些资料，给我敬爱的台长大人看看而已，结果周台长把我暴揍了一顿！好疼的！现在一抬胳膊，我后背还扯着疼呢！"

"你跟周台长是什么关系？"

高华彬揪着自己额前的锡纸烫刘海，挑眉一笑："粉丝和偶像关系呗。"

孔叹皱眉："说清楚一点！"

"警察姐姐，我一个普通市民，没事就爱看本地新闻。嚯！发现我们这位周台长可真是刚正不阿、两袖清风，我等小民自然把周台长奉为偶像了！"

孔叹斜眼看着高华彬，翻阅着手中的资料："高华彬，我看你是政法大学毕业的，你不觉得你现在的行为，对不起你之前寒窗苦读的努力吗？"

高华彬突然放声大笑："警察姐姐，你好幽默哦！别忘了，被打的人可是我！我才是受害者啊！至于那些钱，是周台长自愿给我的，我可没有做出威胁他家人的事情，怎么能算是敲诈呢？"

高华彬说完，眨巴着眼睛装无辜。就在这时，张队在门口给孔叹使了个眼色，孔叹暂停审问，走了出来。

"你那边怎么样？"张队问道。

"高华彬觉得自己才是受害者。"

"巧了！周台长也觉得自己被敲诈，是受害者呢。"

"这两人各执一词，演罗生门呢。"孔叹忍不住吐槽。

张队思忖道："高华彬这人看着是个小孩，但城府挺深的，皮实得很。周台长要脸要面，还是得从他这边先突破。待会儿，我们俩一个唱白脸，一个唱红脸，配合一下！"

孔叹点点头，和张队一起回到周台长的审问室。周台长咬死自己被高华彬敲诈:"警察同志,我说的都是真的,其他的事情你们跟我的律师沟通吧!"周台长说完,起身就要走。

"周台长,您别急啊!"孔叹按住他,"我只是很好奇,几张照片就能敲诈您,那您这么多年叱咤职场,岂不是白干了?前几天,临川师范大学女生被偷拍的时候,您都能让电视台做成系列报道,怎么轮到自己遇到敲诈的事儿了,没想着做成反敲诈专题新闻呢?"

周台长拿手帕擦了擦额角的汗:"警察同志,我希望你们能够站在我这一边,现在是我被人敲诈了!"

"我们不站在任何一方,但是如果您对我们有所隐瞒,那最后只会对您自己不利。"

张队唱红脸,主动打哈哈:"周台长您老人家仔细想想,是不是有什么把柄落人家手里了?"

周台长面色凝重,皱着眉头不言语。

孔叹劝道:"周台长,您告诉我们真相,我们才能帮你啊!这事儿和我们说,总比被高华彬突然曝光好吧?您可是台长,您的个人作风关系到整个临川电视台在咱们老百姓心里的形象。我相信周台长您,是一个有新闻理想和社会责任的人,您一定会做出一个最明智的选择!"

周台长表情微动,深深叹了口气:"警察同志,我跟你们说的话,你们可以帮我保密吗?"

孔叹和张队对视一眼。周台长双手撑在桌子上,缓缓道:"那个高华彬不仅把我的家族照片和个人信息寄到单位,他还给我留言,说有我在停车场里的……隐私视频!"

孔叹顿时一惊:"是什么时候的视频?您确定发生过吗?"

周台长也很纠结,擦了擦额头的汗:"我真的记不住了,我每天应酬很多的,去过什么地方,到过哪些停车场,这哪记得住啊……"

"那你把高华彬威胁你的视频,发生的时间地点告诉我,我去查监控。"孔叹说着拿笔记录。

"今年 5 月份……在 EXIT 酒吧停车场……"

"EXIT 酒吧?"孔叹震惊。

审问室外，孔叹眉头紧锁地跟在张队身后走出来："张队，我建议查一下高华彬的手机，我怀疑他也是 Iceberg 软件的用户！"

"你觉得他和那个非法软件也有关系？"

孔叹点头："我们之前在 EXIT 酒吧发现大量非法摄像头，我怀疑高华彬在 Iceberg 里看见了周台长的录像后，才决定实施敲诈勒索！"

"好，我让小刘他们查一下。"

"多谢张队！那我去查监控了！"孔叹说完离开了市局。

根据周台长提供的信息，孔叹调动交通队的监控，确实查到了他在今年五月份曾驾车驶入 EXIT 酒吧停车场。但现有的监控录像并不能查到他在停车场里发生了什么。

这件事情的走向，越来越像是孔叹跟柯寻之前的推测，难道周台长就是 Iceberg 里所谓的 VVIP 客户？因为周台长倾力报道了临川师范大学的偷拍事件，所以被 Iceberg 软件伺机报复？

就在这时，孔叹的电话响起来，她接起电话，听见张队说："我们查了高华彬的手机，确实有你说的那款非法软件！"

孔叹舒了口气，果然和猜测的一样！她回答道："好，我知道了。"

"但是……他可不是普通的用户啊！"

孔叹眉头一蹙："他是管理层的人？ID 叫什么？"

"我看看啊……"

孔叹拿着手机，快步往门口走去，这时张队沙哑的声音通过听筒传了过来："他的 ID 叫——鲨鱼！"

"什么？"孔叹耳膜一震，与此同时脊背发凉，愣在原地。那种虚无感再次向孔叹袭来……

高华彬是鲨鱼，这怎么可能？

Chapter 06
冰川将崩

次日的晚上，柯寻家中，孔叹把高华彬的照片递给他看："你觉得这个人，跟你当时看到的那个鲨鱼，是一个人吗？"

柯寻放下照片，摇了摇头，笃定道："肯定不是他。首先年龄对不上，你刚说高华彬今年 25 岁，那么 7 年前他跟我们一样都是 18 岁。我觉得他当时不像是大学生的模样，起码有 22 岁，更接近社会人士。其次，当时他能够把陆卓凯推下楼，并且还能自己一个人翻下二楼的窗户，说明他的身体素质非常好，这个高华彬从年龄到体格完全不符合。"

孔叹点了点头："没错，我也觉得不可能是他。那我们来整理一下，2015 年的鲨鱼有哪些特征。"

她直接拿起白板笔，在柯寻的墙上边推测边写起来：

"第一点，年龄 22 岁以上。

"第二点，身体素质很好，应该是经常健身锻炼的类型。再加上，他的手指很干净，由此推测出

"第三点，他不是体力劳动者。还有最重要的是——

"第四点，他的身上有一股檀香味！"

柯寻走过来，直接伸手拿过孔叹手里的笔。交接时，两个人的手指触碰到了一起，孔叹突然意识到，柯寻好像已经不排斥跟自己的肢体接触了。

柯寻在檀香味上画了个圈："这是一条非常重要的线索！有檀香味，说明他本人或者家里有人信佛，或者需要点熏香之类。"

孔叹点点头："这些特征都是表象，鲨鱼这个人非常狡猾，我甚至怀疑

他具有危险人格。"

柯寻眉头微蹙:"危险人格?"

孔叹解释道:"所谓危险人格,是指对他人或社会具有威胁与危害倾向的一种人格现象的总称。但因为我们现在无法了解鲨鱼的家庭结构和成长经历,所以也无法分析出他究竟是哪一种危险人格。"

"既然鲨鱼有这么强的危害他人和社会的倾向,那他应该更容易被发现才对。"

"危险人格有几种类型,有的类型在童年期就会表现出来,有的类型在日常生活中表现得极为正常,但实施犯罪时麻木凶残,都会让你怀疑他们是否具有人性。"孔叹举例道,"警方曾经破获过一系列大案,主犯在12年间先后犯下11起杀害女性案件,甚至还有2起碎尸案。因为在当地引起了巨大恐慌,所以许多家庭中的丈夫开始接送妻子上下班。而你猜,始作俑者杨某在做什么?"

柯寻思索道:"他也和那些丈夫一样,接送妻子?"

"没错。"孔叹冷冷道,"他不但接送妻子,还在家里照料女儿,当案件破获后,他身边人都很意外,因为他是所有人眼中的好丈夫、好父亲、好儿子。"

"你的意思是,鲨鱼或许就像这个杨某一样,隐藏得很深?"

"极有可能!"孔叹突然想到什么,"你不觉得奇怪吗?陆卓凯被害的时候,鲨鱼明明进到了学校,但他却没有被人发现……"

柯寻回忆起来:"我当时在楼梯拐角处,只能看到他一闪而过的身影。我能认出鲨鱼,是因为陆卓凯在被害前给了我提示。"

"那其他人为什么没有发现他呢?"

柯寻答道:"我之前也思考过,鲨鱼有可能是躲开了学校的监控。"

"他可以躲开监控,但学校里也有人啊,他们为什么没有注意到鲨鱼呢?"

柯寻联想到孔叹方才的讲述:"你的意思是,鲨鱼善于隐藏和伪装,以至于他进到学校却没有人觉得可疑……"

孔叹点头:"所以我推测,鲨鱼当时伪装成了学校老师。他当时接近我的时候,也是伪装成了捡钱包的人。"

柯寻顿了顿道:"这样说起来,他不仅像鲨鱼,也像拟态章鱼。"

"ID鲨鱼,也只是他的一个伪装而已。"孔叹眼神一凛,说罢,又转而皱眉,

"可是为什么高华彬的 ID 会是鲨鱼呢？"

柯寻想了想："Iceberg 软件迭代三次，账号中间换了主人也不无可能。"

"你的意思是，2015 年的鲨鱼已经在软件的迭代中被换掉了？"

"有这种可能。"

孔叹眉头皱得更深了，手臂交叉抱在胸前："可是高华彬才 25 岁，他看起来……不太像是能领导 Iceberg 的人。虽然我们张队说，他城府很深，喜欢示弱、扮猪吃老虎，但是高华彬这个人太莽撞了，威胁周台长的事情就处理得不太高明。"

"那也许是最近才开始权力的更迭，他刚拿到鲨鱼这个 ID 就出了事儿。"

孔叹觉得柯寻这个推测非常合理："嗯……这倒是有可能，多亏了 Iceberg 出了这么一个猪队友！"

柯寻拿出蒸汽熨斗，一边熨衣服一边问："那现在这件事的进展呢？你们审问高华彬了吗？"

孔叹道："现在这件事情，为了不打草惊蛇，所以局里是保密的，对高华彬的审问也是秘密进行的。"

柯寻抬头："也就是说，Iceberg 软件的其他人并不知道他们的老大已经被你们抓了？"

"对，高华彬的手机暂时由我们局里同事接管，代为回复。"孔叹说完，又想起一件事，"对了，无极速运公司那里我也去问了，他们说当天并没有员工登记用摩托车送货的记录，但是不排除员工私自用车的情况，所以我还得再继续查查。"

柯寻放下手中的蒸汽熨斗："我最近也在想这个事情，上次的意外，我们首先要明确的是——那辆摩托车到底是冲我们两个人中的谁来的。"

孔叹眼波 转，看向柯寻："你？"

柯寻点头："没错！不仅这一次，上一次也是冲我来的，只不过我母亲救了我，那次意外后，就不好再对我下手了。"

"那动机呢？"孔叹思考起来，"你和陆卓凯是唯一见过鲨鱼的人，陆卓凯见过正脸所以被他灭口，你虽然见过他的背影，但他仍不放心，所以想要除掉你？如果是这样的话，那鲨鱼和无极速运公司肯定有关系了！"

"没错，但是我觉得奇怪的是，如果之前的意外是五年前的故伎重演，那为什么不再派一辆运输车直接把我撞死,而是用这种不痛不痒的摩托车呢?"

孔叹分析道:"因为这次并不是想要杀你,而是想要让你受伤,给你个警告?"

柯寻轻轻抿唇:"我不知道他这次的目的是什么,如果是警告我再查下去必死无疑,那他也未免过于客气了吧?就算我真的被摩托车撞伤,顶多也就休养一两个月,之后我还会继续查下去的……"

"那你觉得呢?"孔叹反问道。

柯寻关掉蒸汽熨斗:"我觉得他在跟我玩游戏。有一些动物在吃掉猎物之前,喜欢先和它玩玩,享受这种绝对力量带来的快感。"柯寻收好熨斗,淡淡道,"这么多年,我在查 Iceberg 的同时,鲨鱼也在查我,甚至,他应该比我掌握了更多信息。"

孔叹沉沉地叹了口气:"这种鸡蛋撞高墙的无力感又来了……"

柯寻浅浅一笑:"不过,好消息是,他应该并不知道你的存在,也没有去控制你的生活。"

"坏消息是……"孔叹看向柯寻,"他也快知道我的存在了!"

柯寻面无表情地点点头。

孔叹拿起高华彬的照片,感慨起来:"真没想到,我们查了七年,好不容易查到鲨鱼的 ID,却发现它只是个 ID 而已,本体早已经金蝉脱壳了!命运还真是讽刺啊……不过自从汪承勇那件事情发生以后,我学会了释然。希望刚燃起就破灭这种事,这一路上我经历了好几次,现在已经千锤百炼刀枪不入了,无论是什么大事在我面前发生,我都能够眼皮不抬地接受了……"

"是吗?我还是会抬一下眼皮,再接受的。"柯寻开玩笑地说道。

"喊,少来嘲讽我!对了,后天就是林医生的婚礼了,你想好穿什么去了吗?"

柯寻抖了抖刚烫好的 T 恤,略得意地展示给孔叹。孔叹大跌眼镜"不是吧,你不会是要穿这件吧?"那是一件普通的白色 T 恤,中间的图案是小丑鱼。

"对啊,这是我精挑细选的!"

孔叹扶额叹息:"我现在知道,林医生为什么要把你托付给我了……"

她挤出假笑,耐心解释道:"亲爱的鱼类——柯寻同学,虽然你这件小丑鱼 T 恤充满了童趣……但婚礼呢,并不是普通场合,我们人类一般会选择正式一点的衣服,而不是 T 恤。"

"可是这件衣服的图案非常符合婚礼的主题。"柯寻认真解释道,"举办婚礼不就是意味着,要相守互伴,忠贞一生吗?小丑鱼是海洋生物里最忠贞的鱼类,一片领地只有一条雌鱼和雄鱼,这是一种'一夫一妻制'。"

孔叹感叹道:"小丑鱼竟然这么有意思!"

柯寻怯怯地抬起眼眸,试探问道:"那我可以穿这件衣服去婚礼了吗?"

"不行!"孔叹心想差点被他绕进去,"一码是一码,你是要参加人类的婚礼,又不是小丑鱼的婚礼!"

柯寻微微抿了下嘴,有点不高兴了。孔叹见状安慰起来:"柯寻,我答应了林医生要把你好好地带到婚礼现场。我们俩作为林医生的'娘家人',绝对不能给她丢脸!你也知道,她老公不是那个房地产大亨吗,他那边请来的人肯定都是西装革履的,你穿T恤去,气势上就输了呀!"

柯寻没辙了,叹口气:"好吧,那你说我穿什么?"

孔叹见柯寻放弃抵抗,立马笑了:"你衣柜里除了T恤没别的了吧?这样吧,明天周六,我陪你去商场买衣服,怎么样?"

柯寻皱眉:"商场人好多……"

"你别担心,我们俩速战速决,我知道一家男装店,我们警局同事结婚的衣服都是在那里买的。"

柯寻被说服,点了点头,抬眸问孔叹:"那你呢,你想好穿什么了吗?"

"我呀——"孔叹突然愣住了,大脑一片空白,"对哦,我穿啥呢?"

柯寻无语地摇摇头:"那你赶紧想想吧,我起码还有小丑鱼T恤作备选。"

"光顾着查高华彬了!完全忘了,我自己的衣服还没挑呢!"孔叹说着蹦了起来,"不行,我得赶紧回家翻衣柜去了!"

柯寻把她送到门口,孔叹提醒道:"明天早上十点,盛世百货门口见啊!"

"知道了。"柯寻乖巧道。

孔叹走了以后,柯寻的家又变得安静起来。

柯寻叠好小丑鱼T恤,其实他没觉得这件衣服有哪里不好,但是他选择听从孔叹的意见。他一转身,瞥见孔叹刚刚用过的白板笔。柯寻拿起来,重新握在手里,刚才交换笔时跟孔叹指尖相碰,柯寻完全没有感到不适,甚至还希望孔叹的手指可以在自己手中停留得再久一点。

那转瞬即逝的温度和触感，就像海葵的触手释放了毒素，麻痹了他的神经，让他彻底失去了反抗的能力。

而且，为什么他就顺从了她的话决定去商场了呢？他明明应该不想去人多的地方才对。难道说，相比于商场给他带来的不适感，他更在意的是，和孔叹在一起的舒适感？

这个问题太复杂了，柯寻无解地挠挠头，蹲在水母缸边，看着水母规律地游动，喃喃自语："人要是跟水母一样简单透明，一眼就可以看透就好了……"

孔叹回家前，去了趟医院看望孔庆军，到家的时候已经很晚了。她翻遍自己的衣柜，发现除了工作服，她一件正式的衣服都没有，全部都是运动衣、休闲裤……她这才霍然想起来，自己好像从那一天之后，确实就没买过什么裙子。就在这时，孔叹的电话响了，是母亲打来的。

"喂，小叹，睡了吗？"母亲压低声音问。

"没呢，妈，怎么了？医院有什么事吗？"

"没有，你刚来医院的时候不是说周日要参加婚礼吗？"

"对，怎么了？"

"妈怕你没有衣服穿，想跟你说啊，老房子的衣柜里有一个包装盒。是几年前你毕业的时候，妈妈给你买的裙子。当时你跟你爸吵架以后，就一直没回家，我也没来得及给你，时间久了，我也忘了这事儿了。刚才你跟我说，我才想起来那件衣服。"

"哦……"孔叹的鼻子突然有点发酸。

"那条裙子啊，我挑了好久的，你穿上肯定可好看了！不过时间久了，不知道你看不看得上眼啊……"

孔叹吸了吸鼻子："好！谢谢妈，我正愁没衣服呢，您这通电话也太及时了。那我一会儿就去老房子那儿看看。"

孔叹挂了电话，打车去了老房子那里。她从衣柜里翻到了母亲说的盒子，那是一个挺精致的礼盒，好多年过去，白色的盒子早已泛黄。盒子上的 logo 是一个挺贵的牌子，孔叹知道母亲一定是攒了很久的钱，才给自己买了这件裙子。孔叹打开盒子，里面放着一件白色方领连衣裙，款型是非常经典的 A 字形，没有蕾丝和蝴蝶结这样烦琐的装饰。

她站在镜子前试了一下，大小尺寸刚刚好，肩宽、腰线、裙长，一切都是那么完美。孔叹不喜欢露腿，裙摆刚刚好到小腿肚。母亲真是太了解自己了。

孔叹转回去整理衣柜的时候，却发现母亲这么多年都没有添置过什么新的衣服，却给她买了这条裙子。想到这里，孔叹又有点鼻头发酸了。一直以来，她都觉得自己才是这个家中最痛苦的人，但是她从来都没有想过，或许母亲才承担了更多……

孔叹决定明天去商场的时候，给母亲买一个礼物，哪怕只是很小的东西，她也要送给母亲。

周末，盛世百货门口人来人往。

孔叹来得很早，因为她想来尝一尝新出的黑糖桂花冰激凌。一大早，她吸溜着快融化的冰激凌，看着步履匆匆的人群，心里不禁忐忑起来，柯寻这小子该不会嘴上答应得痛快，结果不来了吧？正当她要拿出电话的时候，柯寻果然踩着点按时来了。

孔叹打量今日的柯寻，他竟然破天荒地没有穿他的圆领鱼类 T 恤，而是穿着一件偏运动风的帽衫。孔叹忍不住夸奖："不错嘛，柯寻同学，今天不做鱼类代言人了啊？"

柯寻思考着孔叹话语的引申含义，随即转身露出自己身后的 logo，是一个海星的图案。孔叹舔着甜筒，摇头叹息："好吧，我真是败给你了。"

柯寻垂眸，看着孔叹的嘴唇被冰得红彤彤的，唇珠饱满，光泽潋滟，肉嘟嘟的，很可爱。柯寻不由得移开了视线，轻咳了一声："我们昨天说好的，速战速决，不要逛太久。"

孔叹眼睛放光，点头比了个"OK"的手势："没问题！交给我，争取半个小时搞定！"

半个小时后。

柯寻垂着头跟在孔叹的身后，这已经是他们逛的第三家店了。原来，之前孔叹说的那家警局男同事的首选店，风格太老了，倒是很适合老李和张队。

两个人逛了一圈，好不容易找到了一家风格偏年轻且符合柯寻要求的男装店。柯寻是那种只看吊牌上布料成分的人，天丝、亚麻、纯棉、涤纶、混纺……

Chapter 06 · 冰山将崩

柯寻，一个不看款式、只穿 100% 纯棉材质的男人。

孔叹无语地推开他："算了，我来帮你挑吧！你这么挑下去，只能选出一堆纯棉老头衫！"

衣架之间，孔叹来回穿梭，用她打量嫌疑人般锐利而仔细的目光，一件件甄别挑选起来，光是白色的衬衫她就拿了五六种，一旁等候的柯寻根本不懂它们到底有什么区别。不一会儿，孔叹几乎把店里各种颜色和款式的衬衫拿了个遍。

她抱着厚厚的一摞衣服，如释重负般递给了柯寻："你去试吧！"

柯寻抱着沉甸甸的衣服，看到里面竟然还混进了一件豹纹的衬衫，他歪了歪头，有些困惑："这件，你确定要我试吗？"

孔叹笃定地点点头："衣服不能光看，得上身试穿才知道好不好看，快去吧！"

柯寻叹了一口气，无奈地走进了更衣室。

孔叹坐在沙发上开始按摩肩膀，没想到给男生买衣服比给自己买衣服还要累。不过，虽然觉得累，但过程却很有趣，孔叹仿佛找回了以前玩换装游戏的感觉。今天还是真人版的换装游戏！

想到这儿，孔叹忍不住笑起来，就在这时，更衣室的门打开了，柯寻穿着黑色的衬衫和西裤出来，腰间束着一根朋克风的金属腰带，身材挺拔，比例优越。

他走出来的瞬间，店内的导购员不禁感叹："哇，美女，你男朋友身材真好！"

孔叹没有急于辩解，而是指挥起来："柯寻，转个圈给我看看。"

柯寻虽然顺从地转了一个圈，但他的表情却写满了抗拒。孔叹歪头打量："这一套有点太严肃了，参加婚礼穿一身黑是不是不太吉利？柯寻，你试试那件格子的衬衫。"

柯寻再次回到更衣室里，不一会儿，穿着格子衬衫走了出来。

孔叹走上前去，绕着他前后看了起来："这件还可以，不过你穿格子有点显小哦，像穿校服一样。这样吧，你穿那件白衬衫给我看看。"

"可是……你挑了五六件白衬衫，你说的是哪一件？"柯寻一脸困惑。

"你一件一件试试嘛！"孔叹说着，促狭一笑。

柯寻撇撇嘴，转身重新回到了更衣室里。几分钟后，柯寻再次打开更衣室的门。这一次柯寻穿着一件丝绸质地的白衬衫，丝绸料子在镜前灯的照射下泛着珠光，柯寻脖颈温润的皮肤和丝绸质地的衣料融为一体，白晃晃的，让人移不开眼。他整个人带着一种慵懒的贵气，宽松的衬衫松垮随意地扎在腰里，更显得他英姿俊逸。

在导购员惊叹的目光中，柯寻迷茫地问孔叹："这件行吗？"

孔叹心想，柯寻这家伙真是对自己的美貌一无所知啊！她"啧"了一声："没发现啊柯寻，你打扮起来还挺有一种花心男的气质，你要是穿这身去骗小姑娘，绝对一骗一个准。不行不行，不能让你穿上它去祸害别人，你去试试那件硬挺的白衬衫给我看看！"

柯寻不懂孔叹在说什么，但还是乖乖地去试了另外一件白衬衫。不一会儿，柯寻就出来了。孔叹看见他差点笑出声，因为柯寻竟然乖乖地把衬衫的每一个扣子都系上了，活脱脱穿成了制服的感觉。

孔叹走过去，无奈笑道："柯寻，真有你的啊，穿得这么板正，都快赶上我们警局的风纪检查的要求了。"她说罢，顺便抬手打算帮柯寻解开领口的第一颗扣子，她的手碰到衬衫领口的时候，柯寻微微抬起了头。第一颗扣子的位置，刚好在柯寻的喉结附近，孔叹的手指拨动着衬衫的衣领，时不时会触碰到柯寻的喉头。柯寻努力地抬起头，想减少这种因接触而产生的心悸感。柯寻想再躲时，孔叹却踮起脚，把脸靠得更近。

她盯着纽扣的扣眼，疑惑起来："柯寻，你怎么系的呀？这扣子系得怎么这么紧？"

导购员走过来，试图帮忙："美女，不然我来帮你吧，因为这件衬衫是新的，而且第一个扣了，一般不会有人系，所以比较紧。"

孔叹知道柯寻不喜欢被陌生人碰，便拒绝了："没关系，我来就好。"孔叹说话间，唇齿中桂花冰激凌的味道飘散了出来。

柯寻闻到那股甜甜的桂花味，不知怎么的，他也想去尝试一下那款冰激凌了。他不露痕迹地垂眸，看见孔叹的眼睫毛扇动着，她鼻尖的气息也随之扫在他的脖颈上。柯寻突然觉得脖颈起了鸡皮疙瘩，就在这时，孔叹终于解开了第一颗扣子。

Chapter 06 · 冰山将崩

193

"哇，可累死我了！"孔叹抱怨起来，随即又帮他一连解开了下面两颗扣子，让领口的地方能露出锁骨。

孔叹往后退了一步，仔细打量起来，她目光往下一扫，又发现问题："还有你的袖子！"

"我自己来吧。"为了让自己的心跳回到正常的频率，柯寻开始自己解袖口的扣子。左边袖口很顺利，但是柯寻左手受了伤，使不上劲儿，解右边的时候有点艰难。

孔叹摇摇头，走过来："还是我来吧。"

她说着，帮他解开右手的袖扣，翻起袖口，往上折叠。柯寻的小臂肌肉紧实，肌肉线条充满了力量感。

"不错不错，这样看起来比刚才好看多了。"孔叹忍不住称赞起来，她扶着柯寻的肩膀，让他转身朝向身后的镜子，"你看，这套不错吧？"

试衣镜前，孔叹站在柯寻的身后，歪着头从柯寻的肩膀那儿探出半张脸，眼睛盯着镜子里的柯寻。但柯寻却完全看不见镜子里的自己，眼眸里全都是孔叹的一颦一笑。柯寻觉得自己好像一条中了毒的、可怜的小丑鱼，最终还是被海葵的毒素麻痹了神经，瓦解了心动前的最后一道防线……

最后，柯寻当然还是买了这一套，因为他已经完全失去了独立思考的能力，孔叹说什么就是什么了。他们俩从服装店出来，正巧路过一家首饰店。孔叹走过去，看着珍珠饰品忍不住定住脚步。

"你要买首饰吗？"柯寻问道。

"嗯，我妈喜欢珍珠，我想买给她。"孔叹挑着，自言自语，"这个香槟色的珍珠项链蛮好看的。不过，戴项链是不是不太方便，还是耳钉比较好吧？"

"其实，只要是你送，不管是什么，阿姨都会喜欢吧。"柯寻认真道。

孔叹的手微微顿住，她看向柯寻："你说得对，那我就都买了吧！"

等她挑好饰品，结完账才发现，买完这两样钱就不够给自己买饰品了。

孔叹兀自嘟囔："钱不够了。算了，反正我买了项链，也戴不了几次……"

"你说什么？"柯寻侧头问她。

"没什么！"孔叹一扭头，看见柯寻额前的头发已经快要遮住眼睛了，随口提议，"柯寻，我们去理发店剪头发吧？你头发都挡住眼睛了。"

柯寻浑身一僵，赶紧后退一步："我、我从不去理发店！"

孔叹疑惑："那你怎么剪头发？"

"我都是自己剪。"

"自己剪？那你最近怎么不修理？"孔叹说到这儿，自己先顿住了，看向柯寻为了保护自己而受伤的左手，"哎……那怎么办？衣服都选好了，可不能输在发型这一环！"

柯寻绷着脸，态度坚决："我不去理发店，不想让别人碰我的头发。"

孔叹倏地记起来，之前查资料的时候看见过，患有阿斯伯格综合征的人会觉得头发、衣服、鞋子都是自己身体延伸出的一部分。对于常人来说，剪头发不算身体接触，但对于柯寻来说，这无疑是亲密接触，简直是在他底线上蹦迪。

孔叹想到这里，赶紧安抚他："好，我们不去理发店了。"

柯寻脸色微霁，松了口气。孔叹歪着头，盯着柯寻这一头毫无章法的头发，犯起了强迫症。她心有不甘，咬着嘴唇试探问道："不去理发店的话……那我帮你剪，行吗？"

柯寻倏地看向孔叹，刚平稳的心跳再次如小鱼乱撞。他突然觉得自己"中毒"的反应更剧烈了，像是条彻底昏了头的、迷路的小丑鱼，呼吸急促，侧身横躺，漂浮在海里半死不活……

除非这片水域的海葵接纳了他，否则这只迷路的小丑鱼真的要完蛋了……

孔叹跟着柯寻回到他家里，发现柯寻房间的窗帘颜色换成了浅茶色，床上用品的颜色也换成了饱和度低的灰蓝，整个卧室比之前明亮了不少。她感叹："你的房间变化不小啊。"

"有吗？"柯寻一边回应，一边在客厅的柜子里翻找理发工具箱。

孔叹兀自参观起来，柯寻的书架上摆着新换的贝类和鱼类的标本模型，其中有一个小东西引起了孔叹的注意。那是一个迷你的镀金珐琅彩釉小物件，看上去是蓝色的海葵包裹住橙白相间的小丑鱼，做工精细，却只有无名指的指甲盖那么大。

孔叹小心翼翼地举起来，问柯寻："这是什么呀？"

"那个是多米尼克潜水节的纪念品，我在网上的二手市场换的。"柯寻从柜子里探出头看了一眼，他顿了一下，又补充道，"就是用你摔坏的那个长旋螺。"

孔叹怕柯寻找她算旧账，赶紧打哈哈："哈！这个多精致啊，还是海葵和小丑鱼呢，很有纪念意义，比长旋螺更超值……哈哈哈……"

孔叹笑得都跑调了，而柯寻压根就没心思跟她计较那只摔坏的长旋螺，只是转言问道："你喜欢这个？"

"啊？"孔叹微微一愣，"和长旋螺比起来，这个更好看吧？"

柯寻闻言微一思忖，并没说什么，而是从柜子里拿出了全套的理发工具。这些用品一字排开，有剪刀、推剪、梳子、喷壶，其中光是剪刀就有好几种，一应俱全。孔叹走过来，感慨道："哇，你都可以自己开理发店了，这么多年你都是自己剪头发吗？"

柯寻点了点头："小时候，是我妈妈帮我剪。"

"那阿姨还真是厉害！"孔叹拿起剪刀，端详起来。

柯寻转头问她："你，会剪头发吗？"

孔叹手中一顿："这有什么难的，我在单位的时候，经常帮我的男同事他们剃头啊！"

柯寻顿感不安，眯起眼睛问："剃、剃什么头？"

"光头……"

柯寻感觉自己右眼皮直跳，大事不妙。

孔叹嗔怪地瞪了他一眼："哎呀，你信不过我啊，剪头发有什么难的，再说了，就算剪毁了还能重新长不是？"

柯寻下意识地挠了挠头，仿佛在与头发做最后的道别。

孔叹扑哧一笑。"我逗你玩呢！喏——"她举起手机，里面是一个剪头视频教程，标题是"五分钟拯救鸡窝头，从宅男到帅学长的逆袭"。

"我可是都找好教程了，按视频一步步来剪，肯定没问题的！我答应林医生了，明天一定让你帅过整个婚礼现场所有人！"

柯寻懵懂地问："又不是我结婚……我为什么要帅过所有人？"

"这是种夸张！"孔叹抓狂，"我的语文素养在你面前简直无处施展！"

柯寻不知道孔叹为什么又生气了，他撇撇嘴，转身在客厅的地上铺好垫布，搬出椅子放在垫布的中央，准备就绪。

孔叹扫视一圈，问："你家里有理发围布吗？"

夏天，水族馆和坠落的她

196

"没有。"

"那剪头发的碎发怎么办？"

柯寻想了想："我自己剪的时候，一般不穿上衣，剪完直接去冲澡了。"

孔叹点了点头："那也行，你先把衣服脱了吧！"

她说完这句，就转身去洗手间给喷壶接水，等她再回来的时候，柯寻正背对着她在脱衣服。只见柯寻卷起衣摆，露出一截白净的后腰，光滑的脊背上肌肉线条微微起伏着。他抬起胳膊，把头从领口退出来，伴随着手臂的动作，柯寻的肩胛骨形状格外突出，那对肩胛骨就好像……即将振翅的蝴蝶。

理发开始了。孔叹拿起喷壶，对着柯寻的头发一阵猛喷，细密的水珠挂在柯寻的睫毛上。跟随视频的讲解，孔叹用梳子先把柯寻的头发梳顺分区，把中间上方的头发扎成了一个小揪揪。柯寻看起来更"呆萌"了，孔叹不自觉笑了起来。柯寻又看见了孔叹的梨涡，像两个小月牙儿陷在嘴角，他很想戳一戳。

根据剪发视频的指示，孔叹拿起一把剪子，却不知道手指该放在哪里。

柯寻抬眸，解释道："你拿的是滑剪，是修型用的，要先用平剪剪出基础轮廓。"

"哦。"孔叹赶紧换了一把剪子。

柯寻轻轻叹气："你真的没问题吗？"

孔叹拍胸脯保证："我的手很稳的，大学的射击课程我可是全班第一！"

柯寻敷衍地点点头，一副任人宰割的模样。孔叹走到柯寻的身后，按照视频教程从后脑勺开刀，哦不，开剪！她梳顺发尾的头发，这才发现柯寻后面的头发竟然是燕尾的形状。柯寻的发质偏硬，蓬松中带着点自然卷，头顶有个小小的旋儿。

"我就不给你改发型了，帮你剪短一点点。"孔叹用左手夹起一绺湿发，右手握剪顺着发梢往上一厘米的位置，"咔嚓"几下，发尾的燕尾尖就消失了。

剪掉的碎发掉落在柯寻光洁的肩胛骨上，孔叹下意识地伸手拂去，微凉的手指像蜻蜓点过湖面，一触即分。柯寻猛地向前挺身，侧过头一脸震惊地看着她。

"啊……"孔叹这才意识到自己刚刚干了什么，她抬起双手，认错起来，"不好意思，柯寻，我有强迫症，看见头发茬就忍不住想弄掉……好了，我不碰你了!"

柯寻扭过头去,重重地叹了口气。

孔叹移到柯寻身侧,把两边的头发放下来梳顺。两侧的头发浓密厚重,孔叹想照着视频的剪法,做出一点创新尝试,就试探问道:"柯寻,你这两边的头发我给你推掉一些吧,只留最上面的那层,怎么样?"

柯寻低着头:"你看着剪,我都可以。"

孔叹得到允许,来了兴致:"好嘞!"

她把推剪插上电源,嗡嗡声中,两边的头发簌簌飘落。孔叹关上推剪,打量起来:"这样好多了,干净清爽,充满了空气感!"

她把两侧最上层的头发梳下来,每次用手指夹取一小绺,"咔嚓"剪短。头发茬掉落到了柯寻的耳朵上,孔叹的强迫症又来了,用手既然不行……她弯下腰,朝柯寻的耳朵轻轻一吹,头发茬被吹散了,柯寻的耳尖也红了。柯寻第一次觉得,剪头发是如此煎熬,又是如此享受。

两侧的头发剪完了,孔叹终于移到了柯寻的眼前,她梳顺柯寻额前的刘海,发梢落在柯寻的眼睛下方。孔叹弯腰盯着他的眼眸,蹙起了眉。

"怎么了?"柯寻僵硬问道。

"我才发现,你眼角的泪痣还挺可爱的。不过你前面的头发太长了,总把它挡住。我帮你把前面剪得短一点吧?"

柯寻垂眸,回避了孔叹的眼神,嘴巴抿成一条线:"随你吧。"

"那你闭上眼睛哦,小心头发掉到眼睛里。"

柯寻紧闭眼眸,咔嚓咔嚓的剪刀声里,他的睫毛忍不住随着剪刀声的律动而起伏。额前的碎发有一些掉到了柯寻的锁骨窝里,但孔叹这次学乖了,不敢再帮他清理了。

"前面剪好了,你睁开眼睛,我看看。"

柯寻眨巴着眼睛适应光线,缓缓睁开。孔叹后退一步,屈膝打量起来,果然是刘海影响了柯寻的帅气。柯寻露出了额头后,显得眉骨立体、眼窝深陷,轮廓更加鲜明了。尤其是那双眼睛,仔细看的时候就会发现他的瞳孔是浅褐色的,带着一种冷漠的疏离感,但是眼角的泪痣平衡了这种冷冽的气质,平添了一丝"呆萌"。

孔叹忍不住给自己点赞:"哇,我这手法也太好了!以后不想当警察了,副业可以干理发啊，真不愧是我——Tony 孔！"

柯寻被她说得想起身去照镜子，却被孔叹按住："顾客，还没结束呢，等剪完了你再看。你将经历从阳光宅男到酷帅学长的蜕变！"

柯寻抿嘴，显然对这两个词都不甚满意。

整个发型基本上已经搞定，孔叹开始局部的细节修剪。孔叹换上牙剪，从后往前，顺着毛流减去多余的发量，层次感渐渐就出来了。她修剪完一圈，再来到前面的时候，发现柯寻一直合着眼睛，估摸着可能是睡着了，这小子真会享受，剪头发都能睡着！孔叹气鼓鼓地弯腰看着他，发现柯寻鼻梁上有一根小小的头发茬。孔叹心痒难耐，想弄掉，又不敢轻举妄动。就在她用意念和头发茬作斗争的时候，柯寻倏地睁开了眼睛。

两个人的目光撞到了一起，孔叹没来由地心慌，她下意识往后一退，脚却绊到了推剪的电源线上。险些要摔倒之际，柯寻遽然起身，一个大力把她拉了回来。

孔叹侧身躺在了柯寻的怀里，没有衣服的阻隔，柯寻的体温迅速传导到孔叹的脸上，很烫。而他的心跳也顺着孔叹的耳郭，如骨传声一般在她的大脑皮层激荡起了震动。震动从一个点开始，瞬间在孔叹的身体里激起了千层浪，她感觉自己的心里好像有无数的蝴蝶在振翅，扑棱不停。

柯寻垂头问她："你没事儿吧？"

孔叹蒙了，微微张嘴："没……"

"事"字还没有说出口，孔叹就赶紧捂住了嘴巴。

因为她怕一开口，下一秒就会从嘴巴里飞出蝴蝶。

那天，孔叹回到家以后，整个人仍然处在一种发蒙的状态。

警察心理测评考试的时候，她都没有这么手足无措过，她第一次在人与人的关系中感觉到一种心慌的失控感。孔叹之前迷恋陆卓凯的时候，虽然这种爱慕强烈，但仍然是可控的。因为感情的主体是孔叹，陆卓凯作为客体，完全没有参与这场单方面的爱恋。孔叹把控着节奏，她想继续，那么这份感情就会生长，她决定停止的时候，这份感情就会随之消失……

但这次却不同，孔叹感觉她跟柯寻之间，仿佛有一张无形的乒乓球桌。发球后，两个人一来一回，都在因对方的影响改变自身的打法。一直以

Chapter 06 · 冰山将崩

来，孔叹都以为自己的球技更胜一筹，柯寻根本接不住自己的发球。但就在刚才，柯寻不仅接住了孔叹的下旋发球，还侧身抢攻。难道之前孔叹的得分，都是柯寻的故意谦让吗？

孔叹想到这里的时候，刚好做完每日必需的体能运动，她躺在垫子上喘着粗气，抬手抹掉额头的汗。这只手正是柯寻拉过的手，他的手温暖而有力，把自己扯向他的胸膛……

孔叹赶紧摇头命令自己打住，她决定不再思考这些事情了。也许柯寻根本就没往这方面想，患有阿斯伯格综合征的人估计对感情都毫无概念吧。自己在这儿小鹿乱撞、蝴蝶乱飞，也许柯寻根本就毫不在意呢？毕竟他的世界里只有鱼类……

"阿嚏——"柯寻打了一个喷嚏，不知是谁在念叨自己。

他刚洗完澡，正在用浴巾擦着头发。柯寻伸出手擦了擦泛着白雾的镜子，这才看见孔叹给自己剪的新发型。他用手拨弄着湿发，回想着孔叹的手在自己发丝里穿梭的感受，柯寻的心里突然涌起一股冲动。这种感觉在孔叹撞进他怀里的时候达到顶峰，他觉得有一股电流蹿过自己的身体，浑身酥酥麻麻，与他人触碰的恐惧感也被这种酥麻感所征服。

柯寻从来没有体会过这种感觉，他的世界从来都是以自我为中心，很难看到身边人的需求。但是不知道为什么，从某一刻开始，他的世界好像开始以孔叹为中心，他想看到孔叹开心的样子，他想为她做些什么，让她开心，让她笑。

柯寻擦着头发走到卧室，瞥见了那小海葵与小丑鱼的纪念品。他突然想到，孔叹说过，相比于长旋螺，她更喜欢这个。他又想到白天两个人逛街的时候，孔叹好像说了，自己的钱不够再买一条项链……

如果是这样的话，柯寻的眼中出现光芒，他终于知道自己能为孔叹做些什么了。

第二天，周日。

皇历上写着，宜结婚、安葬、破土、乔迁。这是一个诸事皆宜的好日子，林静竹和谭斯展的婚礼定在上午十点钟举行。

柯寻跟孔叹约好,九点半在罗兰湖酒店门口会合。柯寻这一次没有踩点来,因为他不希望孔叹等他。他穿着孔叹挑选的那一身白衬衫和西裤在门口踱步,他的注意力全放在了裤兜口袋里的盒子上,内心盘算着不知道孔叹会不会喜欢自己准备的东西,万一她不喜欢该怎么办……

就在这时,孔叹来了。她穿着一袭白裙,踩着一双简洁的白色球鞋。整个人高挑健美,肩颈呈现出流畅的肌肉线条。裙摆下露出的小腿匀称有力,一看就是经常运动的身形。孔叹走近后,柯寻发现她好像还画了一点淡淡的妆,整个人都跟平时不太一样。

孔叹看见柯寻,有点意外地问道:"你今天倒是没有踩点来啊。"

"嗯。"柯寻回答着,眼神离不开孔叹。

只见她说话间,眼睛眨动,在眼妆的修饰下,显得眉眼灵动秀丽。柯寻看见她颧骨上也有粉嘟嘟的闪粉,忍不住靠近,问道:"你这里亮晶晶的是什么?"

孔叹翻起手背,挡在颧骨上,心虚道:"应该是腮红吧!怎么?我画得像猴屁股?"

"腮红不是红色的吗?为什么会一闪一闪的?"柯寻不解地问。

孔叹扑哧一笑:"是呀,腮红里面也有亮晶晶,这叫高光!"

柯寻又不懂了,但他只觉得孔叹很美,就像绚丽的北美草莓海葵一样。想到这里,柯寻下定决心般把手伸进口袋里,拿出了一个黑色丝绒的盒子递给了孔叹。

孔叹有点受宠若惊:"这是什么?"

"谢谢你帮我剪头发。"

"哦……是给我的谢礼啊!"孔叹故意这么说,这样自己才能坦然接受。

她伸手接过,打开一看,里面是一条项链,吊坠就是她之前在柯寻家里看到的那个潜水节的纪念品——海葵包裹着小丑鱼的珐琅彩釉饰品。

"你居然把它做成了项链?你怎么做的?"孔叹用手指挑起细细的链子,拿到眼前端详起来。

"很简单的,镶嵌上一个金属环就可以挂在项链上了。"

孔叹发现小丑鱼的嘴上还镶嵌了一颗小小的珍珠:"这个珍珠……是你加上去的?"

Chapter 06 · 冰山将崩

"嗯。"柯寻点头,略羞赧道,"这是我以前开蚌的时候,留下的珍珠。"

"哇——好漂亮啊!"孔叹惊叹不已,开心地赶紧戴上了项链。

她把手放在脖颈与锁骨那儿,问柯寻:"怎么样?好看吗?"

柯寻点点头:"好看,毕竟是多米尼克潜水节的纪念品。"

孔叹翻了个白眼:"我没有问吊坠好不好看,我是问你,我戴上好不好看。"

那必然是好看的,柯寻心里默默想着,但是他没有说出口,只是点了点头。

"柯寻,你的手好巧啊!"孔叹笑了起来,拿着手机屏幕当镜子照来照去,片刻后,她缓缓看向柯寻,认真道,"这条项链太特别了,我会好好珍惜。谢谢你!"

柯寻很开心,因为他又在孔叹的脸上看见了那对小梨涡。

他们两个并肩走进场地,林医生设计的是草坪婚礼,整片草坪上点缀着粉白的花束,从入场处开始,一路弯曲蔓延到正中间的舞台。孔叹和柯寻刚一进来,就看到了林医生,她穿着一件露背的蕾丝婚纱礼服,把头发盘成优雅的发髻,戴着半遮面小头纱。

她正在和客人们寒暄聊天,不一会儿,林医生的目光瞥见了二人,顿时瞪大眼睛,惊讶不已。林医生提着裙摆,踩着浅灰色的缎面麦穗水晶鞋走过来,不由惊叹:"哇,小寻,我都没认出是你!"

孔叹得意地扬扬眉:"怎么样,林医生,我按照你的吩咐把柯寻好好地带过来了吧。"

林医生竖起大拇指:"孔叹,你可真厉害,我第一次见到这么帅气的小寻!"

二人说话间,谭斯展走来了。他穿着一件浅灰色的格纹西服套装,配的是墨绿色的领带和同色系的口袋巾。他端着酒杯,手腕上还戴着那串小叶紫檀的手串。他走过来站在林医生身边,向柯寻和孔叹点头示意。谭斯展的声音略微沙哑:"小寻也来了,这位是……"

他的目光投向孔叹,林医生主动介绍道:"这是小寻的朋友,孔叹,孔警官。"

谭斯展闻言,眼镜下的双眼眸色晦暗不明,他主动伸出手:"孔警官,你好。"

"叫我孔叹就好。"孔叹伸手,礼貌回握。

二人浅浅一握，随即各自收回了手。

谭斯展看向孔叹，上下打量起来，目光落在她脖间的项链处，随口问道："孔小姐，你的项链很漂亮，是男朋友送的吗？"

孔叹微微一愣，觉得这个话题跳跃得有点快啊。这时，柯寻主动开口："是我送给她的谢礼。"

柯寻其实并不是一个会在多人聊天中主动开口的人，但是柯寻也不知道自己是怎么了，他不太喜欢谭斯展看向孔叹的眼神，他也不喜欢谭斯展跟孔叹聊天。他只想迅速结束这场对话，然后跟孔叹去旁边的遮阳棚下，远离人群静静待着。

但是他这句话一说出口，林医生倒是很惊讶，饶有兴味地看向二人："我竟然都不知道，小寻已经会送人礼物了？"

孔叹有点不好意思，抢先解释："是因为我陪他去商场买了衣服，柯寻为了答谢我……"

林医生更诧异了，不禁打断她："什么？小寻还去了商场？我认识小寻这么久，都不知道他还会去人那么多的地方，他也从来没送过我东西……"

孔叹彻底闭嘴，她知道自己越描越黑了。

谭斯展在一旁轻笑起来："静竹，你这样说的话，我都要吃醋了。"

"啊？"林医生不解，侧头看向谭斯展。

"你那么在乎小寻有没有送你礼物，那我呢？"谭斯展故意吃醋道。

林医生被他争风吃醋的样子逗笑："斯展，你就别闹了。"

就在这时，谭斯展的朋友来了，远远地朝他们招手，林医生二人打算离开："小寻，孔叹，我们先去招呼下斯展的朋友们，你们两个随意哦！"

"林医生，你们先忙。"孔叹赶紧说道。

林医生朝他们颔首欠身，拉着谭斯展朝另一边去了。

孔叹看着他们俩的背影感慨道："哇，这两个人连背影都那么般配……"

柯寻好奇地问："般配……是什么感觉？"

孔叹思考道："般配就是，这两个人在一起很合适啊，你看见其中一个，就会想到另一个！"

"那不是很容易吗？"柯寻蹙起眉，开始举例子，"珊瑚和珊瑚蟹，虾虎鱼与枪虾，海葵和小丑鱼……"

Chapter 06 · 冰山将崩

203

柯寻还想继续说下去，孔叹一记眼刀袭来："你说的是动物，我说的是人类！"

孔叹无奈叹气："我饿了，去吃东西啦！"

她快步走远，柯寻看着她的背影喃喃自语："我说的也是人啊……"

婚礼的餐食非常高级，孔叹连吃了好几个海胆寿司跟酸乳酪慕斯小蛋糕，但是柯寻却什么都没吃。

孔叹关心问道："你是吃不惯不熟悉地方的东西吗？"

柯寻点了点头："你吃吧，不用管我。"

孔叹看了一圈，找到了一盘带有独立包装的小饼干，她抓了一把递给柯寻："这样没有开封的，可以吗？"

柯寻把小饼干接在手里，但是他没有吃，而是揣在了口袋里。

就在这时，音乐响起，婚礼准备开始了。孔叹和柯寻赶紧入座，他们的位置挨在一起，坐在林医生的亲朋好友中。

伴随着浪漫的音乐，司仪开始请新郎出场。谭斯展那边的好友欢呼起来，孔叹望过去，有点好奇地随口问道："新郎那边没有亲人吗？"

坐在孔叹另一侧的一位女性主动回应起来："谭斯展的母亲很早就去世了，父亲前几年得了一场重病。他这几年也蛮不容易的，还好遇见了我们静竹学姐。"

"哦……这样啊。"孔叹朝她点点头示意。

终于来到了万众期待的环节——新娘入场。

背景音乐前奏刚一响起来，孔叹就激动地拍了拍柯寻的肩膀："天哪，这是我最喜欢的乐队的歌！《银河》！柯寻，你听——"

柯寻被孔叹拍得好痛，他竖起耳朵仔细地听着。

一个略沙哑的男声低沉地唱着。

在众人的欢呼声中，林静竹一袭纯白礼服，捧着花束，明亮的眼眸藏在遮面的头纱中，她一步一步，坚定而充满期待地朝谭斯展走去。

林静竹缓缓走着，台上的谭斯展不知想到了什么，倏地眼眶微红，金丝框眼镜下眼神真挚而赤诚。

背景音乐渐入高潮，鼓点声响起，亦如二人此刻的心跳。

林静竹和谭斯展咫尺之隔,她笑着缓缓伸出了手,谭斯展紧紧拉住了她。在所有人的欢呼声里,二人宣了誓,交换了戒指,相拥接吻。

柯寻听见耳边的抽泣声,回过头看向身侧的孔叹,发现她已经被感动得热泪盈眶。她笑中带泪,眼角的泪水滑过她亮晶晶的腮红,兜兜转转,最终落在了她的梨涡里。

这时,背景音乐刚好唱着:"也许你不相信真心……"

柯寻突然明白了,孔叹为什么喜欢这首歌,若她不相信真心,能够被谁真正地拥有,那不如把自己的心带走吧——

因为这颗心早就已经不属于自己了,它跳动的频率、起伏的幅度,全都取决于自己面前的这个女孩。

孔叹注意到柯寻的视线,她吸着鼻子,泪眼婆娑地侧过头看着他。柯寻沉迷在孔叹的眼眸里,只觉她眼中的碎星就像海葵摇曳的触手,吸引着自己这只迷路的小丑鱼栖居其中。

顷刻间,蓄满泪水的梨涡消失了,眼泪"啪嗒"一声,落在了孔叹的项链上。柯寻脑海里紧绷的弦突然被这滴眼泪融化了,他心里涌起一股冲动,不自觉地伸出了手,想把孔叹脸颊的泪水抹掉。

孔叹愣愣地看着柯寻,就在他的手快要碰到孔叹的梨涡时,柯寻的手机急促地响了起来!

梦幻的泡泡瞬间被戳破,刚才的暧昧气氛骤然消失。柯寻顿了顿,掌出手机,来电人是郝秀婷,他不禁心头一紧,赶忙接起来。

"喂,小寻!你快来趟疗养院!"电话那一边是母亲焦急的声音。

"妈,你怎么了?"柯寻紧张起来。

"不是我,是陆卓凯的姥姥!听说她刚才犯病了,闹着要回家,一着急晕过去了!"

"好,我马上来。"

柯寻挂了电话,表情格外凝重。

孔叹着急问道:"怎么了?"

"疗养院那边出事了,陆卓凯的姥姥晕倒了……"

"啊?那我们快去看看吧!"孔叹说着就拉起了柯寻。

Chapter 06 · 冰山将崩

"可是……婚礼……"

"先别管婚礼了,到时候再和林医生赔罪吧!"

孔叹拉起柯寻,二人跑出了婚礼的现场。而草坪正中间,交换完戒指的林静竹正沉浸在幸福里,完全没有注意到他们离席。但她身边的谭斯展,目光却注视着柯寻和孔叹奔跑的背影。

他推了下眼镜,微微垂眸。不速之客终于离开了。想到这儿,他的嘴角浮起一抹意味不明的笑意。

柯寻和孔叹赶到疗养院的时候,发现 505 病房前围满了人。

孔叹拉着柯寻挤过人群,突然看见了一个熟悉的身影。她有点不确定地开口喊道:"陆……陆局?"

陆莹闻声转头,看见孔叹顿时一惊,随之目光看向柯寻,微微有些明白了。

孔叹很意外,陆局怎么在这儿?她脱口问出:"陆局,您怎么在……"

她说完"陆局"两个字瞬间就明白了,陆卓凯随母姓,难道陆局是陆卓凯的亲属?孔叹恍然大悟,明白了为什么她看见陆局会不由自主地犯怵,为什么陆局看自己的目光里总有一种审视和探寻的意味……直到这一刻,她才明白,她和陆局之间存在着一丝微妙的关联。

陆莹顿了顿,看向二人,淡淡道:"小孔,你们也来了。"

话音未落,陆莹身边的男人闻声扭头,他看见柯寻的瞬间,突然暴跳如雷:"你这个杀人凶手怎么也来了?!你居然也敢来?"

柯寻好久没有听到这个称呼了,微微有点愣住。

陆莹拉过男人,高声呵斥."哥!说什么呢,我跟你说多少遍了,不是他!"

陆卓凯的舅舅压抑着自己的愤怒,胸脯起伏,低声问陆莹:"这小子怎么也过来了?谁给他消息让他来的?"

他的目光看向了陆莹,以为是陆莹让柯寻过来的。突然,保姆高声叫道:"老太太醒了!"

陆卓凯的舅舅这才没再继续质问,跟陆莹快步走入病房,围在病床前。

陆莹拉着母亲的手埋怨起来:"妈,您在疗养院待得好好的,今天怎么突然想回家了呢?您这病可不能着急上火,本来心脏就不好,知道吗?"

"就是啊!妈!您说您今天整这么一出,还好护士给您拦住了,这要让您跑了，走丢了，您让我们当子女的可怎么办啊？"陆卓凯的舅舅捂着胸口，"我的心脏都要犯病了，整不好我得走您前头！"

儿女关心则乱，纷纷数落起老人家来。老太太撑起身，眯起眼睛盯着陆莹，又看了看自己的儿子，突然开口道："你们俩是谁呀？一边去！少来教训我！叽里呱啦的吵得我脑仁疼！"

陆莹跟陆卓凯的舅舅被老太太噎得顿时噤声。

柯寻跟孔叹站在门口，进也不是，退也不是。就在这时，陆卓凯的姥姥抬头瞥见了柯寻，两只深陷的眼睛突然绽放出了光芒，她微微张口，哀切地唤着："小凯……"

这句话一说出口，所有人的目光齐刷刷地射向柯寻。柯寻呆呆地愣在原地，他不知道老人家为什么会把自己认成陆卓凯。难道是因为他今天的打扮让老人家觉得，自己的外孙七年后差不多就是这个样子？

柯寻不敢回应，直到老人家叫了第二次："小凯，愣着干吗，你快过来！"

孔叹从后面推了他一下，柯寻这才木讷地走向了病床，他半跪在病床前，任由老人家颤抖着握住了他的手。看着老人家热切期盼的目光，柯寻深吸了一口气，喊道："姥姥……"

老人家顿时红了眼眶，埋怨起来："小凯，你怎么都不过来看姥姥呢？姥姥都想死你了……"

柯寻不知该如何回应，眼神看向了陆莹，陆莹垂眸跟他点了点头。柯寻会意，解释道："姥姥，我出国了，今天才回来，马上就来看您了。"

老人家点点头："我就知道，我的乖外孙不会抛下我的。肯定是你爸让你出国的，你爸天天就想让你出国！这回姥姥可得把你看住喽，谁也带不走你！"

老人家说着，伸出布满皱纹的手紧紧攥住了柯寻的手。

柯寻点点头："嗯，姥姥，我不走了……"

老人家听到这句话笑盈盈地看着柯寻，伸手摸着他的头发，一遍又一遍。她突然靠近柯寻的耳边，神秘笑道："小凯，你交给我的东西，姥姥可好好保管着呢！"

柯寻倏地一愣，看向老人家："姥姥，您说什么？"

老人家像说悄悄话似的，在他耳边说道："我今天忽然想起来这事儿，

Chapter 06·冰山将崩

207

正想回去看看呢！结果他们都不让我走，我就发脾气……"

柯寻赶紧顺着她的话问："那您放在哪儿了？"

老人家拍着他的手，得意道："就在我花圃里呢，保存得好好的，谁也不敢动，你放心……"

姥姥的话就像一道惊雷，劈开了冰山的一角。刹那间，柯寻感觉像是得到了一条辅助线，那道无字天书一样的谜题，终于有了答案。柯寻激动地回握住老人家的手："姥姥，谢谢您帮我保存着，谢谢您，想起了陆卓凯……"

"哎哟，我的小凯呀，你来了我就开心了……"老人家说着，打了个哈欠。

陆莹赶紧过来把老人家扶着让她躺下："好了，妈，您都折腾一天了，赶紧休息吧！"

"我的小凯呢……"老人家还惦记着外孙。

"小凯又不走，您睡一觉醒来，小凯还在啊！"陆莹安慰道。

柯寻退到门外，孔叹震惊地拉住他问："老人家刚才的话，是什么意思？"

"陆卓凯给我们留下的东西，应该就在花圃！"柯寻推测道。

孔叹叹了口气，眼眶有点红："没想到，破解阿尔茨海默谜题的关键，就是陆卓凯本身，老人家想起了陆卓凯，这道题也就有了答案……"

她说着看向柯寻："也许陆卓凯想让你代替他，陪在老人家身边……"

柯寻咬着嘴唇苦笑："他还是那么狡猾……"

陆莹安抚老人家睡下后，走到门口。孔叹条件反射地站定问好："陆局！"

陆莹神情有点憔悴，摆了摆手："这里不是公安局，别这么叫我了。老人家睡了，你们可以走了。"

"哦，好的，陆局！哦不，陆姨……陆莹姐？"孔叹这称呼九转十八弯，把陆莹给逗笑了。

"你别拘谨，叫我什么都行。"陆莹突然想到什么，"你们俩是不是要去花圃？"

孔叹点头道："对！"

"我妈的花圃在北城区，名字叫凯欣花园，你们去了那儿就提我的名字，没有人敢拦你们。"

孔叹赶紧拽着柯寻，小鸡啄米似的弯腰感谢："多谢陆莹姐！"

陆莹颔首，转身的瞬间又回过头朝柯寻道："柯寻——"

柯寻抬起头，疑惑地看向陆莹。

"谢谢你这么多年来看望老人家，给她送花解闷。小凯要是知道的话，一定会觉得……没有白交你这个朋友！"陆莹说完，转身回了病房。

柯寻愣在原地，原来他自以为没人知道的探望，陆莹却早已心知肚明。

从病房出来后，柯寻跟孔叹打车去了凯欣花园。隔着木质栅栏门，一个不算太大的花圃里，有零星几个工人在修剪花枝。一个戴着草帽的女人问他们："你们找谁？"

孔叹赶紧上前："你好，是陆莹姐让我们来的，给老人家取点东西。"

"哦，陆姐刚跟我们打电话说了，你们请进吧。"女人打开了栅栏门，把他们带进院子里，她边走边问，"老太太最近好吗？"

"哦，挺好的。就是今天老人家突然想起来有个东西在花圃，闹着要回来拿，所以，陆莹姐让我们俩过来看看。"孔叹解释道。

女人摘下草帽，感慨起来："我们都是老太太之前的学徒，她生病了以后，这家花圃就荒废了。还好陆姐心善，没把我们开除，还按月给我们发钱。我们现在就培育老太太最喜欢的那几种花，靠着之前积累的客户，能卖一点是一点，陆姐也没指望我们赚钱，就是想留着这花圃，给老人家一个念想……"

"啊，那姥姥最喜欢的是什么花啊？"孔叹问道。

"帝王花。老人家屋子里的那株都养了七八年了呢，我们一直注意着温度，生怕养坏了！"

说话间，一行人已经到了老人家的屋子前。

"这间就是老人人之前的办公室了，你们进去拿东西吧。对了，进去后带上门，里面养着花，温度低，别让外面的热气跑进去。"

"好的，谢谢你！"孔叹颔首感谢。

"没事儿。"

柯寻跟孔叹打开门的瞬间，一股冷气袭来，两个人都差点打个哆嗦。孔叹搓着胳膊："这里面最多只有十度吧。"

"你冷吗？"柯寻问道。

"没事,我能挺住。"孔叹说着吸溜了一下鼻涕。

屋里的陈设很简单,一进门就是几排花架,上面摆满了各种不常见的花,一株紫红色的帝王花在角落里静静绽放。花架后是一张桌子,一个柜子,柜子上还挂着一个卡通密码锁。孔叹观察后,快步走近:"姥姥帮陆卓凯保管的东西,会不会就放在柜子里?"

柯寻走过来,拿起密码锁:"是六位密码。"

孔叹思忖道:"这把锁应该是陆卓凯的,老人家用的锁一般都是带钥匙的铜锁。那密码会不会是陆卓凯的生日呢?971022,你试试!"

柯寻拨动齿轮,试了一下,打不开。

孔叹失落道:"不是这个啊……"

柯寻端详着卡通锁,回忆起来:"如果说,设置这个密码的人,是陆卓凯本人的话……"

一段画面闪进柯寻的脑海,此起彼伏的蝉鸣声,把他带回到2015年夏末的黄昏。

那时他和陆卓凯在教室里备战数学竞赛。陆卓凯用笔在草稿纸上算着题,突然回过头问他:"柯寻,你知道数学里最神奇的数字吗?"

柯寻停下算题的笔,单手杵着下巴,思考起来:"150?"

陆卓凯挑眉,摇摇头:"不是邓巴指数!你再猜。"

"0.618?"

"也不是黄金分割比例!"

"不猜了。"柯寻很快就失去了耐心,继续埋头算题。

"别呀!我好不容易考你,你倒是配合一下,给我点成就感啊!"陆卓凯抖着肩膀,试图耍赖。

柯寻无奈叹气,抿嘴想了半天:"那是——7?"

陆卓凯一拍手:"接近了!你再仔细想!"

柯寻抱着手臂,看着陆卓凯:"我认输,你说吧。"

陆卓凯顿时翘起了"小尾巴",得意地在草稿纸上写下"142857"。

"142857?"柯寻念道。

"没错,它叫走马灯数,发现于埃及金字塔内。"陆卓凯看着他,介绍起来,"你用这组数字乘以1到6,试试看。"

"142857乘以1等于142857；142857乘以2等于285714；142857乘以3等于……428571。"柯寻心算起来，当算到这里，他突然就明白了，"数字符号没有发生改变，但是它们调换了顺序？"

"Bingo！"陆卓凯打了个响指，"当这串数字乘以7的时候，就是——"

"999999！"二人默契地异口同声答道。

陆卓凯继续道："这串数字，神奇地证明一星期有七天，它自我累加一次，就由它的6个数字依顺序轮值一次。到了第七天，它们就放假，由999999去代班……"

陆卓凯的声音在柯寻脑海里回荡……

想到这里，柯寻拨动了密码锁的齿轮——142857。

"咔嚓"一声，密码锁打开了。二人惊喜地对视一眼，打开柜子，发现里面放着一个牛皮纸文件袋。柯寻拿起来掂量了一下，很轻。他打开牛皮纸袋，里面是一个黑色的塑料袋。这塑料袋的密封性极好，不仅打结处绑着结实的透明胶带，整个袋子也都被透明胶带缠绕了好几层。柯寻试图打开，但扯了很久，却都没拽开。

"我来！"孔叹说着，拿下头发上的黑色一字夹发卡，用力在透明胶带上戳出一个洞。柯寻顺着裂口撕开，发现里面竟然还有一个透明塑料袋。里层塑料袋上面印的字，正是临川大学内一家便利店的名字。透过塑料袋隐约看到，里面好像是一块小小的布料。柯寻打开塑料袋，慢慢展开里面的东西……那是一条纯白色的、印着"Hello Kitty"字样、带着蕾丝花边、腰线中间还有一个小蝴蝶结的少女内裤。柯寻翻开内裤，内侧上隐隐有些污迹，那应该是……

孔叹看见这条内裤的瞬间，好像悬在头顶上的达摩克利斯之剑瞬间掉落，直直地插在了她的心脏上。她的大脑失去了控制能力，整个人无力地跪在地上，她浑身发抖，不知道是因为冷气，还是别的什么。她想起来了，这是18岁的自己最喜欢的一条内裤，集齐了少女时代的自己喜欢的所有元素，粉色的"Hello Kitty"、蕾丝边、蝴蝶结……

但这些却是现在的自己最讨厌的东西，她终于找到了原因，因为这上面沾上了那个男人的体液。孔叹跪在地上，头痛欲裂，耳鸣不止，她想起来了。

那一晚，她腰间绑着陆卓凯的外套，失神落魄地跟在陆卓凯的身后。陆

Chapter 06 · 冰山将崩

211

卓凯带她去药店买了紧急避孕药，又去学校附近的便利店买了一条新内裤。孔叹在公共卫生间换完以后，就把自己的内裤塞进便利店的塑料袋里，狠狠地扔进了垃圾桶，她只想迅速地忘掉这一晚发生的事情，摆脱掉与这一晚有关的一切东西。

陆卓凯当时问她："你要是想报案的话，我可以陪着你……"

孔叹僵硬地摇头。陆卓凯叹了口气，没有坚持，体贴道："我尊重你的选择，但如果你改变想法，我也会陪着你去报警。"

那一晚，自己明明已经扔掉的东西，陆卓凯竟然捡了回来？

那时的自己根本就不知道，这条沾有犯罪者体液的内裤是多么重要的证据，她带着厌恶和恐惧的心情，只想把它埋葬。但陆卓凯不仅捡了回来，还好好地将它安置在密封的低温环境里，保留至今……孔叹内心震动，陆卓凯明明已经不在了，但他却仍在帮助自己。如果自己当时勇敢一点，拿着这条内裤去报案的话，或许陆卓凯根本就不会死。想到这里，孔叹内疚不已，跪在地上泣不成声……

柯寻看到孔叹的反应，已经明白了一切。他知道手里握着的，是多么重要的证据。原来，这就是陆卓凯留给他们的谜题，答案就是这条沾有鲨鱼DNA的少女内裤。柯寻缓缓蹲下身，半跪在孔叹的面前，伸出双臂紧紧抱住了她。孔叹像一只受伤的小兽在他的怀里瑟瑟发抖，呜咽不止，柯寻感觉到自己的肩膀瞬间就被她的眼泪沾湿了。

一种撕裂的痛感涌上柯寻的心头，他艰难地深吸一口气，想要尽自己最大的努力安抚怀里的人，他轻轻地拍着孔叹单薄的后背，孔叹却哭得更厉害了。

柯寻的下巴抵在孔叹的肩上，微微侧头，他如耳语般轻声诉说着："孔叹，你说过的，我们接下来要走的路，是一条结满了冰、堆满了雪、上面还没有人留下过足迹的路。但是你看，不是的，这条路有人走过，他一个人走了很远，给我们留下了脚印，他甚至用鲜血融化了冰山的一角……所以请你不要害怕，我答应过你，我永远都不会松手，我们要一起见证冰山崩塌的那一天……"

孔叹抽泣着抬起了头，红着眼睛与柯寻对视。柯寻这一次没有犹豫，他抬起了手，擦干了孔叹脸颊的泪。

孔叹渐渐平复了情绪，她开口道："柯寻，你陪我去个地方吧。"

临川市立山区派出所门前。

孔叹站在派出所门口,这是她工作了快两年的地方,但这一次她不是以警察的身份,而是以报案者的身份前来。孔叹犹豫了一下,回头看向身后的柯寻,他朝她点点头,给她鼓励。

孔叹深吸一口气,打开了派出所的大门,坚定地走了进去。

小董看见孔叹非常惊讶,热情地迎上来:"孔探长,你飞黄腾达了,终于想起来看我们了!"

小董一嗓子吼出来,老李闻声也端着茶杯,笑吟吟地从办公室里快步走出来:"哟,稀客来了啊……"

孔叹红着眼眶,一脸狼狈,挤出一丝苦笑。小董跟老李很快就看出了不对劲,他们又看向孔叹身后的柯寻,察觉到两个人神色凝重,不知道到底发生了什么。

孔叹看着老李,开口道:"师父,我来报案。"

老李面色一凛,眉头紧皱:"报案?报什么案?"

孔叹咬着牙,一字一句道:"七年前,在该辖区,有一个18岁的女孩,被一个男人侵犯。陆卓凯作为当时的目击证人,遭到了报复,坠楼而亡。"

老李不由得握紧了手中的茶杯:"你说什么?那、那个女孩是……"

"我就是当时的受害人,孔叹。"

孔叹和柯寻从派出所报案出来,已经是深夜了。微凉的晚风拂过,突然,两个人的肚子不约而同地响起了双重奏,他们对视一眼,彼此心照不宣地笑了起来。

孔叹捂着肚子,无奈地耸耸肩:"本来以为今天要参加婚礼,能吃大餐!结果呢,跑了一圈又回我工作的老地方一日游了。"

柯寻看了下时间:"已经凌晨一点半了,附近的餐厅都关门了吧?"

孔叹想了想,突然狡黠一笑:"我知道有个地方肯定没关门,走吧!"

便利店前,孔叹捧着一碗热乎乎的关东煮和刚加热的鸡排饭走出来,胳膊上还夹着一瓶葡萄味汽水。而柯寻拿的是金枪鱼三明治和奇亚籽果蔬汁,非常健康的搭配。两个人对坐在便利店外面的椅子上,孔叹端着关东煮的纸

Chapter 06 · 冰山将崩

213

杯喝了一口汤,忍不住喟叹起来:"还是这个味道!我之前在派出所工作的时候,每天都是这个点下班,所以只能来这家 24 小时便利店吃饭。到了市局以后,就没来吃过了,竟然还有点想念……"

柯寻咬了一口三明治,问道:"检验结果什么时候出?"

"就这两天吧!"孔叹说着灌了一口葡萄汽水,"这算刑事案件,明天一早师父就会把这个案子移交市局,我虽然不能参与调查,但是我拜托了我大学的朋友栗秋,她在刑事技术中心,可以帮我催一下痕检那边,争取快点出结果……对了!"

孔叹猛地想起来他们今天在婚礼上无故离席的事情,赶紧拿出手机:"我们当时没打招呼就跑了,还没跟林医生说呢!"

"我已经跟她发信息了,说疗养院这边有点事。"柯寻说着,顺手从兜里掏出了几块包装好的小饼干,"这是我们今天从婚礼现场顺走的,你想来一块吗?"

"哦,那就好。"孔叹松口气,收起了手机,她随便拿了块饼干,拆开包装袋,惊喜道,"原来是幸运饼干啊,我看看我这个里面是什么签语。"

孔叹咬开蝴蝶结形状的小饼干,抽出里面的签语纸,上面写着:"Keep going, never give up!"

"勇往直前,永不放弃。这句还挺适合我的。"孔叹捏着签语,展颜一笑,她撞了一下柯寻的肩膀,"你也抽一个看看!"

柯寻随便拿起一个,撕开包装袋,捏碎小饼干,拿出里面的签语纸。孔叹为了看清字条上的英文,不自觉探过身来,挺起的胸脯轻轻擦过柯寻的手臂,一阵电流蹿过身体,柯寻微微一僵。就像蝴蝶振翅引起厄尔尼诺现象,海洋有高涨的暖流,柯寻的心也汤起了春潮。

"Your heart will skip a beat."孔叹低声念起来,"你的心跳停了一拍。"

她扭过头好奇地看向柯寻,两个人的脸就在咫尺之间,孔叹的气息轻轻扫在柯寻的面颊上。她刚喝完葡萄汽水,嘴唇晶莹剔透,像饱满的葡萄粒。柯寻想到这儿,不禁心跳一滞。

孔叹移开距离,奇怪道:"一般幸运饼干的签语不都是'鸡汤'吗?你这个怎么是情话,还一点都不准。"

"是吗?"柯寻心想,"其实蛮准的……"

次日,孔叹在市局继续审问高华彬,调查 Iceberg 软件。突然,手机响了起来，来电人是栗秋。孔叹顿时紧张起来，她去走廊接起了电话："喂，秋儿。"

"叹姐！李叔拿来的物证，我们这边已经有结果了！"

"怎么样？"孔叹的心骤然提到了嗓子眼。

"目前的 DNA 检测结果，基因数据库里没有可匹配的人。"

"也就是说，他没有犯过其他刑事案件……"

这种燃起希望又再次破灭的感觉再次袭来，孔叹微微叹口气："行，谢谢你了，秋儿！"

"客气什么！叹姐，你有什么需要再跟我说！"

"嗯，好，拜拜。"孔叹挂了电话，赶紧又打给了柯寻。

"嘟嘟"响了几声，柯寻很快就接起了电话："喂，孔叹，你那边有结果了？"

"如我所料，基因库里没有可以匹配的人。"孔叹的语气有些失落。

"嗯，看来鲨鱼伪装得很好，还在逍遥法外。"

"对了，高华彬我们这边已经查到，原来他就是 ID 叫花园鳗的那个人。"

"花园鳗？"柯寻在电话那头想了想，"他不是负责 Iceberg 的偷拍产业链吗？"

"对，但是他说鲨鱼最近想要退出 Iceberg，所以他就晋升成了一把手。"

"那他那边有鲨鱼的线索吗？"

"没有。他和鲨鱼之间基本上都是在 Iceberg 上线上沟通，从来没有见过面和私联过。"

柯寻思考道："看来鲨鱼也并不是很信任他……"

"我怀疑鲨鱼突然想要卸任，也跟之前发生的案件有关，他想找个替罪羔羊！"孔叹推测道。

"也不是没可能。那你打算怎么办？"

"目前关于鲨鱼的所有线索都断了，虽然我们有了他的 Iceberg 账号，有了他的 DNA，但是我们仍然不知道鲨鱼到底是谁。所以……"她下定决心，"我想去找林医生，再进行一次治疗。我必须要唤醒那晚的全部记忆，找到跟鲨鱼有关的其他线索。"

柯寻微微顿了一下："好的，既然你已经决定了，那我陪你去。"

孔叹笑了笑，无所谓道："没事儿，我自己去也行。"

电话那一端，柯寻沉默了片刻，叹了口气："孔叹，我知道你很坚强，很勇敢，也知道你自己一个人去完全可以……但是我不可以。我没有办法说服自己，让你一个人去。所以请你，让我陪着你去，好吗？"

孔叹被柯寻的直接击得溃不成军，突然结巴起来："哦，那、那我定好时间了，再告诉你。"

心理咨询的时间定在了隔日的下班后。

警局更衣室里，孔叹换掉了警服，她从衣兜里用手指挑出那条细细的项链，项链轻晃，小丑鱼摇来摇去，嘴角的珍珠好像它吐出的泡泡。孔叹想了想，把项链戴在了脖子上。她觉得小丑鱼和海葵好像能够给她带来某种莫名的力量，整理好一切，她关上更衣室的门，快步走了出去。

柯寻早已等在心理咨询室的楼下，他抬起头看着天空中持续增厚的鱼鳞云。可能快要下雨了，他想。柯寻小时候很喜欢观察天空中的云，但云变幻莫测，出没无常，他喜欢规律感和秩序感，所以就不再观察云了。但柯寻记得，陆卓凯去世的那一晚，天空中出现的是久违的贝母云，云层的色彩如梦如幻，像被调色盘中的颜料染过似的。想到这里的时候，柯寻一回眸，看到了孔叹，同时也看到了她脖颈上戴着的项链。

孔叹远远招手打了个招呼，走近后朝他问道："你的手好点了吗？"

"基本上已经好了。"柯寻说着活动了一下手腕，又突然想到什么，"对了，我在海洋馆问了一下，运冰的物流公司是这个月才换成无极速运的。"

"那你们海洋馆里，谁来负责换物流公司啊？"

柯寻思索道："海洋馆是事业单位，但里面的极地探险和美人鱼剧院归谭氏集团所有，就是林医生男朋友家的公司，所以我才能被安排进来，在极地企鹅馆工作。"

"你怎么还叫人家林医生的男朋友？"孔叹忍不住纠正。

"我还不习惯……"柯寻垂着头。

孔叹莞尔一笑："那一会儿当着林医生的面，你可别这么叫啦！"

心理咨询室里，林医生正在研磨新买的科尼伦咖啡，她无名指上大大的钻戒引起了孔叹的注意："哇，好大的钻戒！"

林医生笑了："婚礼那天交换戒指的时候，你们是不是就跑了？"

孔叹双手合十，抵在下巴处赔礼道歉："不好意思啊，林医生。"

"我逗你们呢！"林医生举着手冲壶往滤杯里倒水，"就是拍照环节少了你们，有点遗憾呢。"

"我这么急着让您出来工作，会不会耽误您的新婚假期呀？"孔叹试探问道。

林医生摇摇头："没有，我们本来是想要度蜜月的，但是斯展比我还忙，所以我们打算年底的时候再去度蜜月。"

林医生泡好咖啡递给了柯寻和孔叹："你们尝尝，这是新的咖啡豆。"

孔叹期待地喝了一口，结果苦到撇嘴："这是什么咖啡？好苦啊！"

林医生被她逗笑，转头问柯寻："小寻，你觉得呢？"

柯寻喝了一口，也觉得嘴里泛苦："是有点苦，但好像是茶的苦味？"

林医生嫣然一笑："没错，这款是巴西的科尼伦咖啡豆，会带一点茶味和苦味，两者结合在一起，就有种苦涩加倍的感觉。"

孔叹默默在心里腹诽：新婚宴尔啊林医生，不应该搞点甜甜的咖啡吗？

等例行的咖啡环节结束，林医生转向柯寻："那我们开始了！小寻，你出去等我们吧！"

"嗯。"柯寻深深地看了一眼孔叹，转身出去了。

咨询室里，林医生看着孔叹，温柔地问："孔叹，你还想回忆那一晚的事情吗？"

"嗯，这一次我想回忆起与那晚有关的更多情景，我总觉得我看到的都是浅层的，林医生，有没有什么办法能让我回忆得更多一点？"

林医生思考道："叙事疗法主要是通过你的语言描述，走进你自己的记忆。我们脑海中的记忆就像深不见底的一汪大海，你要独自一人到海里去搜寻，可当你游进深海之后，就有可能听不到我的引导声，只能靠你自己开启那段被大脑封锁的记忆。你可以接受吗？"

孔叹坚定地点了点头。

"那好，当你接受不了当时的记忆，感到任何不适的时候，你就说出我们之前定好的安全口令,我记得是你朋友的名字。当你叫他的名字,我就会用尽一切办法帮你从回忆中抽离。那我们开始吧!"林医生用语言引导她,"你想象自己身处一个无比舒适的空间之中,此刻你是安全的,不会被伤害。孔叹,你还记得 9 月 18 号那一天发生了什么吗?"

孔叹闭上眼睛,拼命回忆着,一定有什么重要的线索藏在记忆的罅隙之中。

随着孔叹再一次讲述那晚的记忆,她感觉自己仿佛置身在一望无际的大海之中。她努力向下潜去,越潜越深,再无光亮。墨色的深海之中,孔叹好像看见了一丝微光,她渐渐游近,海水消失,自己身处一个纯白的空间里。

这个空间就像一个密封的盒子,没有门,没有窗,没有一丝的缝隙。孔叹敲了敲墙壁,也没有回音。

"有人吗?有没有人啊?"孔叹环顾四周,觉得有些奇怪,"这是什么地方,我不是要回忆那天晚上吗?"

突然,一个清脆又熟悉的女声在她身后响起:"阿姨,你在干吗呀?"

"阿姨?"孔叹气得转身,回头一看,顿时愣住了,这个女孩穿着印有"LCU"的白色短裙,一脸桀骜不驯的模样,正是 18 岁的自己。

孔叹很惊讶,难道这个白盒子就是被 18 岁的自己封闭的记忆?她走近问道:"小屁孩,你知道门在哪儿吗?"

小孔叹皱眉瞪眼:"我不知道,我也不想知道!阿姨,你谁呀?干吗叫我小屁孩?"

"你在我眼里就是个小屁孩啊!"孔叹如是说。

小孔叹以为自己遇见了什么怪人,转过身,背对着孔叹坐在地上。孔叹无奈走过去,蹲在她身边问:"你为什么不想出去?"

小孔叹仰起头,想了下:"嗯……因为这里很安全。"

"原来我是这么想的啊……"孔叹恍然大悟,继续追问,"那你自己在这里不觉得孤单吗?"

"不会啊。"

"那你一个人不害怕吗?"

"外面更可怕吧!"

孔叹听到这个答案,心念百转,感慨无限。她坐在小孔叹身边:"你在怕什么呀？"

"外面很危险哪，有人打我，有人骂我……"她悄声捂嘴道，"还有人要欺负我！"

孔叹思忖不语，淡淡道："可是外面不只有这些，外面还有你的朋友、你的妈妈，你还会遇见很有意思的同事、风趣幽默的师父，你还有很多没有尝试过的体验。对了，你还没吃过黑糖桂花味甜筒呢！"

小孔叹抱紧膝盖，往后缩了缩："我不需要这些，我只想一个人留在这里，这样最安全。"

孔叹心疼地看着年少的自己，狠下心，开口戳破真相："我看，你害怕的不是外面，你害怕的是你自己。"

小孔叹面露疑惑，看着孔叹。

"因为外面的恐惧，都是你自己幻想出来的。小屁孩，你其实比你自己想象中的还要勇敢，还要强大，你知道吗？你念公安大学期间每一年都拿到了奖学金，你可以在射击考试里连射十环，在男生占多数的班级里你的擒拿格斗测试更是得了第一！"孔叹说到这里，突然顿住了，深深地叹了口气，无力道，"对不起，是我把你留在了这里……"

小孔叹蹙着眉，困惑地眯起眼睛，愣愣地看着她。

"我以前总是在逃避发生在我身上的苦难，但我现在明白了，苦难是需要直面和琢磨的。任何发生在你身上的苦难，如果你并没有鼓励自己去面对它，去明白这件事情跟你人生的关系，那么这份苦难就不是被琢磨过的……不被琢磨过的苦难，只会在你的人生中留下一道疤。只有被琢磨过的苦难，才可以成为你日后咬牙坚持走下去的力量……"孔叹说着，伸出手摸了摸小孔叹的头，"有的苦难是你自己的主观感受，有的苦难是别人强加给你的，有的苦难是社会环境造成的。所以，面对主观上的苦难，你可以试着改变自己的想法；面对他人强加给你的苦难，你要让他付出应得的代价；若是大环境造成的，那你就要努力去改变它！"

"阿姨……"小孔叹喃喃道。

"别叫我阿姨，你怎么从小就学不会嘴甜呢！"孔叹恨铁不成钢。

小孔叹嘟着嘴："你这么会教训人，那你自己遭遇痛苦的事情怎么办？"

孔叹托腮思考了一下，坚定地说道："我要直面它！"

"就像……就像，要跟苦难对视一样！对！你要试着跟苦难对视，谁先移开眼，谁就输了。我打算死死盯住苦难，让它先被我的决心吓跑！"

"这样真的可以吗？"小孔叹不太确信地问道。

"可以啊！你要不要和我一起试试？"孔叹侧过身。

小孔叹犹豫了一下，也转了过来。

孔叹跟18岁的自己对视起来，两个人刚开始都是睁眼盯着，渐渐地两个人都不服输地瞪大了眼睛！

孔叹看着18岁的自己，青涩的面庞，单纯的眼神，她突然意识到，她已经好久没有好好地看过自己了……孔叹盯到眼睛酸痛，马上就要流出眼泪了。就在这时，小孔叹的眼睛瞬间破碎，整个人以眼睛为起点，幻化成了碎片。孔叹惊讶地伸手去触碰，碎片分裂成更小的碎末，随之整个白色空间轰然炸裂，烟消云散，苦难消失了。

"当你跟苦难对视的时候，苦难也就消失了……"

孔叹的耳边响起了那个男人粗重的喘息，她听见了18岁的自己撕心裂肺的尖叫声，孔叹再次置身于那个噩梦一般的场景。

那个人揪住了她的头发，将她狠狠推在地上。孔叹挣扎着转身，想看清那人的面孔，这一次，她没有闭眼，她流着泪努力睁开眼睛。

在微弱的街灯下，她仰起头，看见那个男人戴着帽子，只能看到他的下巴……

怎么办？和上一次一样，没有任何新的记忆线索。孔叹努力让自己镇定下来，此刻的她瘫坐在地上，只见他一步一步逼近。

就在这时，孔叹看见男人的耻骨处好像有一个胎记。

那是一个三角形的胎记，确切地说，是三个紧凑的、大小不一的点，大的在上，两个小点在下。

孔叹的眼睛死死地盯着这个胎记，要把它深深印刻在自己的脑中。孔叹突然想到了，当时她确实没有看男人的脸，是因为她一直盯着他的胎记。

男人推倒孔叹，宛如一条鲨鱼张开血盆大口，准备吞噬一切。

孔叹知道自己要醒过来了，她靠着最后残存的意识，脱口喊出："柯寻！救我！"

Chapter 07
天鹅哀歌

林医生把孔叹摇醒的时候，柯寻正一脸担心地半跪在侧，看着她。

见孔叹醒过来，柯寻紧张地问道："你怎么样？"

孔叹看见柯寻的瞬间，突然意识到，自己刚才的安全口令喊的并不是陆卓凯，而是……柯寻？

林医生松口气："你可算清醒了，刚刚我怎么叫你都不醒。你喊着柯寻的名字，把他都给叫进来了！"

"啊，是吗……"孔叹抬手抹掉额头的冷汗。

"我去给你倒点安神茶，你先躺着休息一会儿。"林医生起身去倒茶。

"你还好吗？"柯寻关切问道。

孔叹点点头，激动地拉住柯寻的手臂："柯寻，我记起来了。"

柯寻眼神一凛："记起什么？"

"我看到……那个人的耻骨那里，有一个胎记！"

"是什么样的胎记？"

孔叹回忆着："是按三角形紧密排列的三个红褐色的点，大的在上，两个小点在下……"

"砰"的一声，陶瓷杯摔碎在地，四分五裂。

孔叹和柯寻闻声倏地看向林医生，林医生回过身，不好意思地笑道："抱歉，我刚刚手滑了，你们别介意……"

柯寻站起身："我帮你吧，林医生。"

"不用了。"林医生眉睫轻颤，脸上未露端倪，"我自己来就好……"

林医生转过头,她用止不住颤抖的手捡起了最大的那块碎片,碎片上正是那句话:"Why is a raven like a writing desk?"

为什么乌鸦像写字台?

为什么这个送给我杯子的人刚好在同样的地方有同样的印记?

为什么?

为什么?

林医生在心底质问着,一滴眼泪无声无息地滑过她的脸颊。

一场酣畅淋漓的大雨。窗帘把轰鸣的雷声和来势汹汹的雨滴挡在外面,窗帘内,幽暗的灯光里,悸动在蔓延,暧昧在拉扯……

房间里更暗了,闪电过后的雷声如约而至。林静竹和谭斯展沉迷在旋涡里,相互拉扯,坠落……

谭斯展俯下身,用鼻尖亲昵地蹭了蹭林静竹的脸:"你今天怎么不叫我的名字了?"

林静竹伸出手,用指尖描摹谭斯展的轮廓:"我在心里叫的,你当然听不见了。"

"哦?我听听,这儿吗?"谭斯展说着,把耳朵轻轻贴在林静竹的胸口,头发扎得林静竹痒痒的,惹得她忍不住笑。

短暂的笑声过后,一道震耳欲聋的雷声骤然响起。林静竹突然想到什么,她倏地掀开被子,借着窗帘缝隙里透进来的闪电的余光,伸手抚摸谭斯展耻骨处的印记。三角形,三个点,红褐色,大的在上,小的在下,一模一样。

谭斯展吻着林静竹耳边的发丝,低声问:"怎么了?"

林静竹收敛目光,直起身靠着谭斯展的胸口,听着他咚咚的心跳声,转言道:"斯展,你还记得我们第一次约会时玩的游戏吗?"

谭斯展搂住她的肩膀,用手指轻轻捏着她的耳垂:"那个交换秘密的游戏?你不是说那是暧昧期的小把戏?我们都结婚了,怎么突然想玩这个?"

林静竹抬起头望向谭斯展,目光灼灼:"因为我发现,我好像比自己想象中的还要爱你。"

林静竹话音未落,谭斯展就低头吻过来。

两人嘴唇分离时,谭斯展轻柔道:"我知道,你是这个世界上唯一一个真正爱我的人……"

林静竹抚摸着他的脸："所以，我打算告诉你，我的一个秘密。"

她靠在谭斯展肩头，回忆道："你知道吗？其实我第一次见到你的时候，就喜欢上你了。所以那个时候，我才会惊慌失措，打翻了那杯咖啡。"

"是吗？"谭斯展很惊讶，故意道，"静竹，原来你这么会伪装，我一直以为是我追求你，原来是我被你的套路骗了！"谭斯展说着抬手刮了一下林静竹的鼻尖。

"是啊，真正的猎人都会把自己伪装成猎物，趁机吸引自己的猎物上钩。"林静竹眯眼笑起来，她抬起头看向谭斯展，"我的秘密说完了，那你的呢？"

谭斯展突然侧身，拿起床头柜上的眼镜戴上："我的事情，你不是都知道了吗？你可当过我的心理咨询师，我心里还有什么小九九是你不知道的？"

"你耍赖可不行，我都说了藏在我心底这么深的秘密，你都把我拿捏了。不行！你要交换一个。"

谭斯展陷入了思考，林静竹的目光又看向他的那个印记。她伸出手轻轻触碰起来。就在谭斯展理性逐步瓦解的时候，林静竹突然开口问道："斯展，你一直没和我说过，你这个印记，是什么时候有的。"

谭斯展的表情突然陷入痛苦，他眉头轻皱，犹豫了一下，但还是开口道："是我母亲……用烟头烫的。"

"什么？"林静竹很惊讶，抚摸的手突然顿住，"是因为……产后抑郁症吗？"

"不，比那更可怕。"谭斯展冷笑一声，"你还记得我跟你说过，我的母亲是在我 23 岁的时候，也就是 2016 年，跳楼自杀的吗？"

"嗯。"林静竹点点头，"因为那件事情你受了很大的打击，所以才来找我心理咨询。"

"没错，其实我家里的事情，我一点都不想跟你说，因为我不想让这些乱七八糟的事情进入你的耳朵，或者影响到你……"谭斯展说完，重重叹了口气。

林静竹安抚他："斯展，我们已经结婚了，我们是一体的，你有任何痛苦我都可以与你一起分担。"

也许谭斯展真的是压抑了太久，想找人倾诉，他侧头依偎在林静竹的怀里，就像个孩子一样慢慢倾诉起来："其实在我们家，我母亲家的产业比我父亲家的要大很多。我的母亲林绍芝，是林氏地产的千金。在林家人看来，我父亲只不过是白手起家的暴发户。他们在一个商业聚会上相识，我父亲对我母亲展开了非常猛烈的追求，但我母亲其实没那么喜欢他，只是想交往试试。"谭斯展说到这里，顿了一下。

"那后来呢？"林静竹轻声问。

"后来，在一次酒会里，我父亲强迫了我的母亲。"

"什么？！"林静竹非常惊讶。

谭斯展冷笑起来："因为他太着急了，他急需得到我母亲家的财力和权力。那次之后，我母亲就怀孕了。林家家风严谨，我母亲一直被捧为掌上明珠，被保护得很好，这件事情对于她来说简直就是奇耻大辱，因此她不敢跟家人说。再加上我父亲在婚前确实有求于林家，对我母亲也是体贴备至，所以，我母亲天天给自己洗脑，她真的爱我的父亲，然后他们就奉子成婚了。但是结婚以后，我父亲就暴露了本性，他经常彻夜不归，跟不同的女人私会。我母亲怀着我，几次想自杀，但一想到肚子里的孩子，就还是忍了下来……"

"你母亲很爱肚子里的孩子，那她为什么会用烟头烫你？"林静竹忍不住问道。

"因为我母亲，本来想生一个跟她一样的女孩，但是她发现，自己生了一个长得很像我父亲的男孩，所以她就像讨厌我父亲一样……讨厌我……"谭斯展自嘲一笑，说完，他揉了揉眉心，深吸一口气，"但你说得对，她确实有些产后抑郁，外加之前情绪上的压力，她开始求神问佛，每天在家烧香叩拜。但这些并不能缓解她的痛苦，她还是把所有的愤怒都发泄在我的身上。我父亲每次不回家，她就会打我，我哭的时候，她嫌我吵，就会把我放进洗衣机里……"

他说到这里，表情狰狞地笑了。林静竹心疼地握住了谭斯展的手，吻了吻他的额头。

"我记得很清楚，那一次她又犯病了，问我，你为什么是个男孩？你长大以后会不会变成你爸爸的样子？我那时太小了什么都不懂，只会哭。她觉得我遗传到了我父亲卑劣的基因，所以用烟头烫我，我哭得更厉害了，她才清醒过来，给我擦药……"

林静竹把手插进谭斯展的发丝,轻柔地抚摸着他的头。

"后来,2015年的时候,也就是我22岁那一年,我父亲带回了和外面女人生的孩子。更让我母亲崩溃的是,这个孩子当时都已经18岁了,成年了。我父亲把他保护得很好,就是害怕被我母亲的家人知道,所以他特意等到这个男孩18岁的时候,才把他带回来。我母亲受不了这种屈辱,就跳楼自杀了……但父亲对外声称,她是不幸失足坠亡……"

说到这里,谭斯展的眼角滑过一滴眼泪,泪水滴在林静竹的胸口,她抬手帮他擦掉脸上的泪水,谭斯展顺势握住了她的手,轻吻着她的手背说道:"所以那个时候,我身边一个人都没有了,我的父亲从来就没有爱过我,因为他也从来没爱过我的母亲,我的母亲更不爱我,因为她觉得我跟我的父亲一样坏。这个世界上,每一个对我示好的人都是因为我是谭家和林家的人,但是却没有一个人,真正地,把我当成谭斯展对我好,除了你……"

林静竹把怀里的谭斯展搂得更紧了。

"后来,我那个弟弟也出了意外去世了,在妻子和孩子接连去世的打击下,我父亲从此一病不起。我不得不担起家族的重任,我母亲的本家,因为不待见我父亲,所以根本就不认我这个孩子,在事业上不仅不帮我,还阻碍我。我父亲本就把所有的资源都给了我那个弟弟,在我弟弟去世以后,他也没有给我。我虽然出生在谭家,又有林家做后盾,但我只能自力更生,什么都要靠自己。还好我遇见了你,不然我觉得我可能也要支撑不住了……"

林医生轻轻地拍着谭斯展的后背,温柔地安抚他:"谢谢你告诉我你心里最深的伤痛。斯展,你已经离开了那个家,我们已经组建了我们自己的家。你以后,不会再被这些事情所影响了……"

谭斯展支撑起身体,把林静竹拥在怀里,他没有戴小叶紫檀手串的手腕内侧有几道狰狞的刀疤,那是割腕的痕迹。

窗外的雨还在淅淅沥沥地下着。

深夜,谭斯展安稳地睡在林静竹的身边,但林静竹一直没睡,她紧紧地盯着谭斯展的背影,仿佛想把他彻底看透。在谭斯展均匀的呼吸声中,林静竹悄悄起身,她披上针织外套,踩着拖鞋,走到他们家三楼的露天小花园。斜风细雨中,林静竹倚靠在天台上,从外套口袋里拿出一盒烟,她已经很久没有抽烟了。为了避免有味道,她抽的是淡淡的薄荷味香烟。

Chapter 37 · 天鹅哀歌

夏天，水族馆和坠落的她

　　她点燃香烟，吸了一口，熟练地吐了个烟圈。烟圈盘旋上升，消散在夜空里。林静竹俯瞰着城市的夜景，这套房子是谭斯展斥巨资在市中心买的。她夹着香烟的手指上，还戴着炫目的十克拉钻戒。她是个很幸福的女人，事业、家庭、爱情……她是多么的幸福，令多少人艳羡。

　　但她却觉得这幸福就像烟圈一样，好像马上就要被风吹散了……

　　林静竹抽着烟，突然回忆起来，她跟谭斯展第一次见面的场景。那是2016年，那时她才做心理咨询师不久……

　　在谭斯展推开诊疗室大门的瞬间，林静竹就已经心动了，因为谭斯展的长相和她的审美相符，是那种有点"斯文败类"的模样。谭斯展笑起来，带着点公子哥的轻佻，跟她说："林医生，我一看到你就觉得很亲切，因为我的母亲也姓林。"

　　林静竹听到这句话，顿时手腕一抖，不小心把咖啡杯打翻，咖啡泼洒在谭斯展的身上。林静竹顿时吓得抽气，心想，糟了，那是一套看起来很贵的西装……

　　没想到，谭斯展毫不介意，只是说："咖啡很香，就当是你送给我的香水吧。"

　　谭斯展伸手拿纸巾的时候，林静竹看到他的左手腕上，有几道割腕留下的刀疤，骤然心中一惊。

　　谭斯展擦完自己的西装后，起身道："不好意思，林医生，我的话太唐突了，让你打翻了杯子。这样吧，我下次再来。"

　　这是林静竹对谭斯展的最初印象，礼貌谦和，风趣幽默。林静竹在他走后，一直惦记着他左手腕的刀疤。直到一周后，谭斯展再次来问诊，林医生给他倒咖啡的时候，谭斯展笑吟吟地说："林医生，我这次穿的西装没那么贵。"

　　林静竹彻底被他逗笑，之后的每次诊疗，她都会发现谭斯展身上新的闪光点。不仅如此，她还发现谭斯展看向自己的眼神里，有一种暧昧的气氛，他们之间的火花已经无法抑制地迸发出来。

　　出于心理医生的职业道德，林静竹不得不把谭斯展介绍给自己的医生朋友，她甚至故意一年都没有联系谭斯展，但是这一年的时间里，林静竹却一直在挂念着他。

直到一年后，谭斯展突然出现在林静竹心理诊疗室的门口。

他拿着一个包装很精致的盒子，对林静竹说："我来赔礼道歉了，这是一年前你因为我而不小心打碎的杯子。"

林静竹惊讶地接过，是她喜欢的《爱丽丝梦游仙境》的限量款周边。

谭斯展认真地开口道："静竹，我希望我们能够重新认识一下，但不是以医生和患者的身份。"

林静竹有点惊讶："为什么？"

谭斯展笑道："就像觉得乌鸦像写字台，就像……我觉得我喜欢你，没有什么理由。我希望我们能够试着接触一下……"

然后他们经历了暧昧期、试探期，最终顺利交往起来。这段感情正是林静竹所期待的那种成熟的爱情，两个人之间没有很疯狂的激情，但是却有一种细水长流的踏实感。林静竹和谭斯展在一起后，整个人都变得非常平和，非常温柔，非常像林静竹期待的完美的自己。

在他们两个交往的第一年，林静竹在谭斯展生日的时候，送了他一串小叶紫檀的手串。

谭斯展打开礼盒，问她："你为什么送我这个？"

林静竹把手串戴在谭斯展的左手腕，刚好挡住他曾经割腕留下的刀疤："斯展，这串小叶紫檀手串是我去寺庙里求的，我希望它能够保佑你健康平安，重获新生。我希望我就像这串手串一样，可以治愈你，保护你，陪着你……"

谭斯展深受触动，从那天起，他每天都戴着这串小叶紫檀，连结婚的时候都没有摘掉过。

交往的日子里，谭斯展虽然很忙，但是有一点让林静竹非常感动，那就是谭斯展永远会主动联系林静竹，这是谭斯展给林静竹的安全感。而且谭斯展在林静竹的面前，真的很像一个小孩子。这种反差激发了林静竹的母性，她开始怜爱谭斯展，如果一个女人开始怜爱一个男人，那她就很难保持理性了……

当林静竹抽完第三根烟的时候，她做了一个决定。林静竹，从来都不是一个被动的女人，从她读书时当心理医生开始，她都是一个掌握主动权的人，她比任何人都要了解自己。孔叹所描绘的那个强奸犯的胎记，确实跟谭斯展身上的烟疤一致。

Chapter 07·天鹅哀歌

227

但是林静竹也跟孔叹说过，回忆中你所看到的真相也不一定是真的，也许会和真相有误差，所以孔叹的话不一定是完全真实的。谭斯展讲述说，他是不得已才接手了家族的企业。但这件事情也很蹊跷，为什么连续两年里，母亲自杀，弟弟意外去世，父亲病倒……谭斯展面前所有的敌人，全部都消失了？

他们两方都不可信。林静竹从来不相信任何人，她只相信自己亲眼所见的东西。没错，林静竹只相信她自己。

雨还在下着，一场瓢泼的大雨洗涤了城市的污浊，也冲刷了林静竹脑子里的混沌。林静竹渐渐理清思路，她熄灭了烟，拢了拢外套，走回了卧室，去面对那个令她熟悉又陌生的枕边人。

一场突如其来的大雨把孔叹跟柯寻都淋成了落汤鸡。

两个人狼狈地跑回了柯寻的家里，孔叹一进门就打着哆嗦抱怨起来："这雨也太大了，我家那边的立交桥都封了……"

"现在估计不好走，你还是等雨停了再回去吧。"柯寻说着，弯腰把拖鞋递给孔叹。

"嗯。"孔叹换鞋的时候，发现这是一双新的橙黄色的拖鞋，"你新买的？你还喜欢这么明亮的颜色啊。"

柯寻回身淡淡道："给你买的。"

孔叹微微顿住。

"你之前穿的那双是我妈妈以前的，有点旧了，所以买了一双新的给你。"柯寻说完，从浴室拿出毛巾递给孔叹。

"哦。"孔叹接过毛巾擦拭头发上的水珠，蓦地心头一暖。

"你要不要先去洗个澡？不然会感冒的。"柯寻看着浑身湿淋淋的孔叹建议道。

"好。"孔叹往卫生间走去，扭头叮嘱，"柯寻，你衣服借我一套，对了，我可不要你那些鱼类代言人的衣服啊！"

"嗯。我给你找，你把湿衣服放在门口就好。"柯寻的声音被挡在卫生间的门外。

孔叹走进淋浴间，发现柯寻的洗漱用品全部都是一个牌子的，同一种味道，好像是……月桂和柚子花的味道，带着酸甜混合的自然香。置物架上，毛巾和浴巾都被叠成整齐的豆腐块儿，柯寻莫不是有什么强迫症吧？

孔叹脱下衣服开始洗澡，热水冲刷在身上，驱散了刚才的寒意。她洗着洗着，突然意识到一个问题，柯寻那个呆子该不会给自己拿一件白T恤吧？那可就尴尬了……孔叹越想越不安，刚才光顾着提醒他不要鱼类logo，忘记了这层！

想到这里，孔叹迅速地洗完了澡，用毛巾包着头发走出来。打开卫生间门的瞬间，孔叹松了一口气——门口凳子上放着一套叠放整齐的黑色运动装。

孔叹换好衣服走出来的时候，柯寻正关上滚筒洗衣机的门。孔叹找了一圈没看见自己刚放在门口的湿衣服，瞬间恍然："你、你怎么帮我把衣服洗了？"

柯寻反而很疑惑："你的衣服不是被雨淋湿了吗？洗完烘干，你才好穿。"

孔叹内心在哀号，咬着嘴唇，声音都快变调地问："我的内衣——你也给我洗了？"

柯寻点了点头："不洗吗？我看也淋湿了。"

孔叹深吸一口气，用雷达寻找方圆五百米的地缝，或者自己现在刨一条地缝……果然不能对柯寻抱有太大的期待。孔叹很快安慰自己，反正自己的内衣基本上都是运动内衣，也没有什么特别的，就这样，毁灭吧！

"我去洗澡了。"柯寻反应如常，转身去了卫生间。

孔叹在柯寻的房间里转悠，她蹲在水母缸前，看着蓝紫色灯光里的海月水母。摇曳的水母真的很容易让人入迷，它们游动的频率就像能催眠，让盯久了的人会产生一种错觉，好像自己也是一只水母。突然，孔叹发现有一只水母好像裂了一个口子："原来水母也会受伤啊……"

就在这时，柯寻洗完澡出来，孔叹叫他过来："柯寻，你过来看看！"

柯寻快步走过来："怎么了？"

"你家的水母好像受伤了。"孔叹指给他看。

柯寻蹲下来，他浑身充满水汽，身上有跟孔叹一样的淡淡的柚子花味道："看来得把它隔离出来，再喂点营养液。"柯寻皱了下眉，把受伤的水母捞到另一个小水母缸里。

"它会不会死啊？"孔叹有些担心。

Chapter 07·天鹅哀歌

229

"应该不会,水母的再生能力很强,就算被切成两半也可以重新长出缺失的部位。"

"那水母是不会死吗?"孔叹仰头问道。

"某种意义上,几乎所有的水母都是永生的,因为它们可以在水螅体阶段自我克隆。"柯寻看孔叹有点困惑地眨巴着眼睛,举例解释起来,"就像一个人砍掉了自己的手,然后这只手长出了新的身体,即使原来的人已经死去了,从那只手长出的新身体还会继续存活。"

"那灯塔水母呢?"

"灯塔水母更厉害,它是第一个已知的真正在生物学上永生的物种,当身体死亡时,它会转化,再次归来。"柯寻说到这里的时候,孔叹的肚子咕咕叫了起来,她捂着肚子不好意思地撇撇嘴。

"你饿了吧?冰箱里还有王姨留下的饺子,可以吗?"

"当然可以啊!"

两个人起身往厨房走去,孔叹对王姨的手艺赞不绝口:"上次那个青椒馅儿的饺子真好吃,我拿回家一天就吃完了!"

柯寻笑了笑:"那我多煮一点。"

二十分钟后,柯寻把饺子装盘端过来,配上两碟调好的蒜香酱汁,还倒好了两杯气泡水饮料,两个人低头吃了起来。

柯寻突然问道:"你今天做心理诊疗的时候,为什么在喊我的名字?"

孔叹差点被呛到:"喀喀喀……我就随口一喊,你别在意啊!"

"你能喊我的名字,我很开心。"柯寻没什么情绪地说道。

孔叹慢地抬头看向柯寻。

柯寻解释起来:"我小的时候,遇到害怕的事情,就会在心里默念尼莫的名字,所以我明白名字对于一个人的意义,像咒语一样。"

孔叹低着头,垂着眸,不知道该怎么回应柯寻的话。

"你今天都回忆起来了吗?你……还好吗?"柯寻试探地问。

"嗯。"孔叹点了点头,"起码,我发现了非常重要的线索,只不过这个线索不好排查而已。"

孔叹咬了一口饺子:"我吃的这个好像是香菇馅儿的,你这里都有什么口味的?"

柯寻微微歪头："我也不知道，王姨当时讲了半天，我一直在担心衣柜里的你，所以什么也没记住。"

孔叹再次被柯寻的直接呛到，抬手去拿桌上的气泡水饮料，不小心打翻了杯子，气泡水"咝咝"地顺着桌面流淌到地板上。

孔叹赶紧抽着纸巾，跪在地上擦："不好意思啊……"

"没关系的，擦干就好了。"柯寻也抽出纸巾，蹲在地上擦拭起来。纸巾吸饱了气泡水，在地板上擦出深深浅浅的痕迹。刹那间，他们的手碰到了一起，碰触的瞬间激起一道电流，虽然没有光，却比闪电还耀眼。安静的餐厅里，只有气泡水的"咝咝"声和两个人依稀可闻的心跳声。

他们两个抬起头望向对方，咫尺之间，鼻息相接。柯寻看着孔叹，突然发现她的梨涡那儿，有一个小小的芝麻粒。他忍不住稍微凑近了一点，想伸手帮她拈掉。就是这微妙的一寸距离，孔叹倏然移开了绯红的脸。

这时，洗衣机工作结束，唱起了欢乐的音乐。

孔叹猛地站起来："我、我去烘干衣服——时间不早了，我也该走了！"

柯寻就算再迟钝也明白了，孔叹以为自己要吻她，所以她躲开了。柯寻叹了口气，心想，糟了，自己刚刚的行为是不是吓到她了？

雨渐渐转小，窗外的细雨淅淅沥沥。

孔叹换好烘干的衣服，准备回去了。柯寻出门送她，但柯寻家只有一把伞，两个人只能并肩共撑，毛毛雨打在透明的雨伞上，细密的水珠下，两个人的轮廓模糊不清。柯寻内心忐忑不安，踟蹰纠结，犹豫着自己是不是应该跟孔叹解释一下刚才冒失的行为……因为他明显感觉在那之后，孔叹对自己刻意保持着距离。

转眼间，快到地铁站了，柯寻把伞递给孔叹："你拿着吧。"

孔叹接过伞："哦，那我走了！"

孔叹正要转身，柯寻叫住她："孔叹——"

她缓缓转过身，手指摩挲着伞柄，眉眼低垂并没有直视柯寻："怎么了？"

柯寻顿了顿，抿了下嘴唇，斟酌道："我刚刚，是不是吓到你了？"

孔叹嘴唇紧闭，没说话。

"其实，我刚刚并不是要亲你……"柯寻有些着急地解释，"而是因为你嘴角那儿有一粒芝麻……"

孔叹瞬间抬手摸向自己的嘴角："现在还有吗？"

"现在没有了。"

"哦。"孔叹放下手，舒了口气。

"不好意思，让你误会了。我明白亲吻是要征得对方同意的。要先告白，交往，拥抱后，才能接吻……"柯寻背书一般的语调把孔叹逗笑。

孔叹忍不住笑着揶揄："谁教你的？"

柯寻皱眉想了想："这个也不用教啊，连海洋动物都是这样的，当雄性向雌性求爱的时候，就是要先示好，有一些肢体的触碰试探，才可以进行下一步的动作。就比如说，雄章鱼求爱的时候，先是用自己的触须去抚摸它的同伴；雄海马求爱的时候，会主动跟雌海马纠缠在一起，成双成对，时而直立，时而平游，时而旋转……"

柯寻的嘴巴一张一合，孔叹仰头看着他，地铁站旁边的路灯灯光在细雨下氤氲昏黄，暖色的光晕照在柯寻脸上，轮廓清晰的脸上明暗分明。他讲起海洋生物的时候神采奕奕，浅褐色的瞳孔，在昏暗的灯光下犹如银河。他下垂的眼角和那颗无辜的泪痣，让人移不开眼，总忍不住想欺负他，逗逗他。

孔叹莞尔一笑，咬了咬嘴唇，开口道："柯寻，我躲开，不是因为你……"

柯寻微微一愣。

孔叹忍不住笑道："而是因为，我刚才吃了蒜，我不希望我的初吻是蒜香味儿的……"

柯寻好像没太懂，他蹙着眉，歪了歪头，呆呆地看向孔叹。

孔叹说完，下走决心般地走向柯寻，她踮起脚，倾身向前，把伞横斜，挡在二人脸边。伞面上的水珠流动起来，汇聚成线，滴答滴答地滚落下来，像缠绵的心跳。路灯映射在积满水珠的雨伞上，透明的伞面折射出朦胧而虚化的暧昧，孔叹的嘴唇在柯寻的泪痣上轻轻落下一个湿热的吻，一触即离。

孔叹后退一步，狡黠一笑，把伞重新塞进柯寻的手里："我走了，拜拜！"孔叹说完，就迈着大步，像一阵风般走进地铁站。

柯寻呆呆地愣在了原地。他回忆着刚才那一幕，试图理清混乱的思绪，但眼角灼热的温度让他根本无法理性思考现在的状况。伞柄上还残留着孔叹指尖的温度，柯寻不禁攥紧了伞柄，想用手包裹住这一丝属于她的体温。

缠绵的细雨里，柯寻终于明白了一个真理，人类和海洋生物果然是不一样啊……

次日，雨过天晴。市中心的顶层别墅里，几乎一夜未眠的林静竹打着哈欠，睡眼惺忪地送谭斯展上班。

谭斯展一边穿西服外套一边问她："你今天休息吗？"

"嗯，我已经把预约都排到下周了，我要好好地享受当新娘子的日子！"林静竹说着，舒展地伸了一个懒腰。

"好的，今天我尽量早点回来，我们去吃那家你喜欢的日料！"

林静竹嫣然一笑，揉揉眼睛："好啊。"

谭斯展穿好鞋，抬手揽住林静竹的腰，在她的脸颊落下一个轻柔的吻："我走了。"

林静竹和他挥手道别："拜拜，早点回来呀。"

谭斯展关上大门的瞬间，林静竹的表情马上阴沉下来。她迅速地跑到二楼，来到谭斯展书房的门口，轻轻地拉开了书房的门。

二楼有两间书房，一间是谭斯展的，一间是林静竹的。出于对彼此工作的尊重，他们两人几乎很少去对方的书房，就算去，也会先敲门征得对方同意。

这是林静竹第一次认真参观这间书房，窗台边是一张紫檀木书桌，桌面干净整洁，只有一台电脑和几份文件。书房左边是一面墙的书架，书架上摆满了书，书架下有一个保险箱，书房右边是一面白墙，上面挂着三幅画。

林静竹走近端详，这三幅画是萨尔瓦多·达利的仿品。林静竹知道谭斯展很喜欢超现实主义的画家达利，他们还一起看过达利的艺术展，当时谭斯展在画作前驻足痴迷地欣赏。之前林静竹过生日的时候，谭斯展甚至还会买"时光之眼""红宝石嘴唇""石榴心"这类从达利的画作中吸取灵感的视觉符号首饰送给她。

这面墙上的三幅画，分别是达利的《圣安东尼的诱惑》《着魔》《伟大的自慰者》。林静竹通过心理学知识分析，这三幅画应该代表的是谭斯展的本我、自我、超我。

林静竹来到第一幅画前，《圣安东尼的诱惑》的画面表达的是一个苦行僧如何抵御魔鬼的诱惑，画面荒诞离奇，充满达利画作中特有的魔幻意味。

Chapter 07·天鹅哀歌

233

画面中，安东尼在左下角，身形枯瘦，画面的中央是抽象的高马和大象，它们驮着这世间所有的欲望和诱惑，权力、财富、美女、信仰……马和象的四肢又细又长，宛如竹竿，上面的意象摇摇欲坠，仿佛顷刻之间就要崩塌，压垮脆弱的安东尼。

林静竹分析，这幅画代表了人在欲望面前不堪一击的无力感。谭斯展的本我就像苦行僧，想奋力抵抗欲望，却如螳臂当车。

第二幅画，林静竹很熟悉，就算没看过这幅画也一定知道那个很有名的首饰——时光之眼。

时光之眼的灵感就来源于达利的画作《着魔》，整幅画布满许多只大眼睛，肉粉色的眼眶里，蓝色的瞳孔幽暗深邃，仿佛看见了什么，所以瞪大了眼眸，夸张的长睫毛让人不寒而栗。

谭斯展的自我，是眼睛，是窥视，是观察，是控制。他喜欢将一切尽收眼底的安全感，这种强烈的监控感让他着魔。

第三幅画，林静竹记得当时看展的时候，谭斯展就很喜欢这幅画。

湛蓝色的天空下，中间是一个抽象另类的男人头像，他闭着眼睛，面颊绯红，下巴处幻化出了一个金发美女的半身像，她同样紧闭双眼，脸停留在一个四角内裤的面前。女子的胸前绽放出白色的马蹄莲，白色旋转的花瓣包裹着黄色的花蕊，女人手臂下是吐着红色舌头的狮子脸。马蹄莲和狮子相映成趣，花蕊和舌头暗示着人类最原始的欲望。

林静竹想到，弗洛伊德说过，人生下来就有侵占的本能，通过厮杀、暴力、竞争来得到资源，而狮子更是兽性和野蛮欲望的象征。这幅画还有一个暧昧不明的信息，金发美女的脸和男人的四角内裤并没有实质性的接触……画中央的男人紧闭双眸就像弑父的俄狄浦斯，刺瞎了自己的双眼，不想看见真相。而且画中的很多意象，蚂蚱、鱼钩，都代表着画家达利自身的恐惧。

林静竹思考起来，谭斯展的超我非常之复杂，他好像有着弑父的欲望，但自己却选择控制和视而不见。他希望女性臣服在自己的面前，并且是心理和生理的双重臣服。他有着深刻的恐惧，但也有着强烈的生理欲求，他在恐惧和欲求的旋涡里无尽挣扎……

林静竹分析完这三幅画，来到书架下的保险箱，她曾经问过谭斯展保险箱的密码，谭斯展当时的回复是："静竹，里面都是商业机密，对你来说也没什么用。我们都结婚了，财产都是共有的，不是吗？"

林静竹蹲下来，查看保险箱上的密码，是六位数字。她快速地试了一下谭斯展和自己的生日数字，都打不开。就在这时，她突然想到，谭斯展曾在求婚的那天和自己说过……

那一天，谭斯展包下了整个天文馆，陪林静竹看她生日那一天的巨蟹星座。"静竹，你看见了吗？"

林静竹看着望远镜里模糊的星团，喃喃道："我只看到一小团白色的雾气。"

谭斯展搂着她，在她耳边说道："巨蟹座确实有点暗，里面最亮星也只有3.5等，不过巨蟹座里面有两个很壮观的疏散星团。"

"在哪里呀？"

"就是你看见的那团雾气，它叫作蜂巢星团，距离地球只有520光年。"

林静竹移开脸，惊讶道："520光年？这么浪漫！"

"嗯。我们现在看见的巨蟹座的星光，粗略计算应该是来自520光年之前的星光……"谭斯展说着，单膝下跪，手捧戒指，深情款款地告白，"静竹，遇见你的那一天就是我的新生之日。昨日种种，譬如昨日死，今日种种，譬如今日生，我希望我们可以携手相伴，走过往后的余生。你愿意嫁给我吗？"

林静竹想到这里，回忆起来，他们相遇的那一天是9月28号。

她迅速拨动数字——160928。果然，"咔嚓"一声，保险箱打开了。林静竹探身去看，发现里面并没有什么商业合同机密，而是有很多写着标签的U盘。

她随便拿出一个U盘，上面标注的是她看不懂的数字序号，好像是时间又好像不是。林静竹把U盘插进了谭斯展的电脑里，点击义件，里面播放出两个肉体纠缠的画面，刺耳的尖叫声差点震破林静竹的耳膜。

谭斯展的电脑连着书房里的音箱，整个空间都回荡着令人不适的声音，林静竹赶紧拔出了U盘，她冷汗直流，喘着粗气，这是什么东西？里面的那两个人又是谁？林静竹控制着发抖的双手，她关掉书房的音箱，再次拿出一个U盘插进电脑。这次是一个不同场景的偷拍视频，林静竹眯起眼睛，她好像认识画面里这个男人，如果她没有记错的话，他应该是临川市电视台台长周清材。

林静竹看着保险柜里堆放的U盘,她突然想到,难道谭斯展所说的商业机密就是这些偷拍的视频?他做生意之所以这么顺利,难道靠的是用这些偷拍视频来威胁商业大佬和权贵们,以便置换资源?

里面还有一些转账记录的流水单,林静竹翻着翻着,突然发现在2018年的时候,谭斯展有一笔大额的转账记录。那是2018年的元旦,如果林静竹没有记错的话,就是谭斯展的弟弟意外死亡前。林静竹瞬间冒出冷汗,双手颤抖地把东西放回保险柜里。她突然觉得自己这几年的生活简直就是《爱丽丝梦游仙境》的翻版,她活在一个由谭斯展为她编织的美妙梦境里。

可就在这一刻,这个梦轰然破碎。梦醒时,美好仙境变成了龙潭虎穴,而自己这么多年的梦游不过是以身饲虎,谭斯展这个人实在是太可怕了……

林静竹在房间里来回踱步,思考对策,她必须要找到另一个人来帮她补充信息的另外一面,让她梳理明白谭斯展到底做了多少违法的事情。林静竹跑回房间,迅速地换好衣服,拿起必要的资料,她要去找柯寻确认这件事情。

就在林静竹打开家门的时候,谭斯展的脸骤然出现在她面前。林静竹没忍住,惊慌失措地尖叫起来:"啊!斯、斯展……"

谭斯展看着林静竹奇怪问道:"你要出门?不是说今天要在家休息吗?"

"哦,我突然想起来今天还约了一个患者。"林静竹强忍慌张,努力挤出了一丝不自然的笑容,"瞧我这记性,怎么把工作的事都给忘了。"

谭斯展勾唇一笑:"那你快去吧,别让人家等你了。"

"嗯。"林静竹镇定下来,挽了挽头发,"你呢,斯展你怎么突然回来了?"

谭斯展苦笑着叹了一口气,伸手揽住林静竹的腰,试图索吻:"我忘记带文件了,你说我们俩是怎么回事,结婚以后怎么记忆力都减退了呢!"

林静竹不想再与他有肢体接触,谭斯展的触碰此刻简直令人作呕,她别开头,轻轻推开他,直言道:"那你快去取吧,我先走了。"

"嗯。我们晚上见。"谭斯展盯着林静竹离去的背影,眼眸晦暗不明。

谭斯展走回书房去拿遗落的文件,他看了一眼自己的电脑,好像有被碰过的痕迹。他眉间轻蹙,打开电脑,发现里面视频播放的历史文件记录里,显示的正是他保险柜里U盘的文件序列号!

谭斯展轻挑眉梢,神色凛冽,嘴角却浮现出了一丝意味深长的笑意。他突然轻笑出声，双手撑在书桌上，弓着腰越笑越大声，笑到最后整个人都癫狂起来，仿佛是撕碎了伪装的假面具，终于露出了本我的窃喜。

他笑完了，喘着粗气，暴躁地扯开领带，拿出电话打给了一个人。电话接通，那人的声音传来："喂，老板。"

"熊哥，你帮我做一件事。"谭斯展的语气让人不寒而栗，咬着牙道，"要快！"

临川市公安局，孔叹坐在办公位上，脑子却在神游，回忆着昨天那个吻。思前想后，她决定拿起手机开始编辑短信：柯寻，你今晚有空吗？我们要不要聊一聊……

还没等孔叹按下发送键，张队就叼着烟，走过来问她："小孔，你上次跟我说你要查的那个公司，是叫无极速运吧？"

孔叹赶紧放下手机，站起身："没错，张队，怎么了？"

张队眼睛一眯，思考起来："我突然想起来，三四年前那个公司好像出过一件事儿。"

"出了什么事儿？我怎么在网上没查到啊。"

"当时那个新闻影响不太好，可能被撤了。"

"什么新闻？"孔叹着急地探身问道。

张队抽着烟说道："我记得好像是2017年底，对，是2018年元旦的时候，他们公司搞了一个声势浩大的年会，它不是一家船运公司嘛，所以他们老板当时挺高调，租了好几条游艇呢！结果明明是一件喜庆的事儿，但是老板的儿子却坠船身亡了，而且尸体掉到海里，至今都没找到。"

孔叹很惊讶："这么离谱，老板的儿子掉海里了？那他儿子叫什么啊？"

张队想了想："叫——我记得好像叫谭斯弈！"

"谭斯弈？！"孔叹心头一凛，"谭"在临川市并不是一个常见的姓氏，这个名字未免和谭斯展也太像了吧？

"可是张队，我查到这家公司的老板好像是姓张啊？"

"股权更迭很正常啊，2018年出事的时候，这家公司的老板确实是姓谭，叫谭傲辉！"

"张队，那谭傲辉只有这一个儿子吗？"孔叹紧张问道。

Chapter 07 · 天鹅哀歌

237

"两个,掉海里的这个是私生子,还有一个大儿子。"

孔叹震惊不已,毕竟世界上没这么巧的事,在一个地方,甚至连名字都这么像。

"所以我说,这件事当时影响很不好,等于把老板有私生子的事情搬到台面上了嘛!"张队叼着烟,咂着嘴,"我估计后来更换股东可能也和这件事有关,毕竟老板个人作风还是很影响公司名誉的,股价往下跌,那股东们肯定不乐意啊!"

孔叹的心狂跳起来,咬着牙根问道:"那——张队,你知道他大儿子叫什么吗?"

张队拿出手机,上面正好是谭斯展接受采访的新闻报道:"就他啊,谭斯展!最近那个谭氏集团不正在搞旧房改造工程,上了好几回本地新闻了。"

孔叹努力控制情绪,镇定问道:"张队,那当时这件事是怎么结案的呢?"

"当时船上也没有别人,正举行跨年烟花秀呢,估计就是那孩子喝多了,不慎落水!关键是,这事儿说出去也太难听了,老爹花钱租游艇开年会,结果自己儿子喝多从船上掉下去了。谭傲辉因为这件事情很受打击,不久之后就退休疗养去了。"

"原来是这样……"孔叹总觉得这件事和陆卓凯的意外有一些相似之处,都是意外坠落死亡。

张队又想到什么:"对了,你要是好奇,可以去问陆局,当时这个案子是陆局负责的,估计档案室还有一些资料!"

"好,多谢张队!"孔叹赶紧跑向档案室,而手机里那条还没编辑完的信息就静静地留在了草稿箱里。

另一边,海洋馆。柯寻喂完企鹅,神情恍惚地拎着鱼桶走出来。

柯寻的棉衣已经被汗浸湿了。他走出企鹅馆,脱下厚重的棉衣,抬手擦了一把额头的汗,手指无意间拂过了眼角的泪痣,昨晚那种慌张心悸的感觉又来了。刚刚柯寻的脑子里想的都是孔叹和那个突如其来的吻,以至于他今天工作时破天荒地心不在焉……

柯寻想了想,拿出了手机,他一晚上没敢联系孔叹,但孔叹竟然也没联系自己,看来她一定很后悔昨晚的行为,只是不知道如何开口。那自己是不是应该主动化解这份尴尬，承担起这段关系的责任呢？想到这里，柯寻在和孔叹的对话框里打字道：孔叹，鉴于你昨日对我做出的人类异性之间的示好行为，我觉得我们有必要当面谈谈，明确一下我们现在的关系……

柯寻继续努力遣词造句，编辑着信息，就在这时，手机响了，是林医生打来的电话，柯寻接了起来："喂，林医生？"

林医生那边好像有点着急："小寻，你现在有时间来我这里一趟吗？我有点事情想问你……嗯，是关于你们之前那个同学坠楼，还有孔叹心理阴影的事情……"

"哦，那我现在去找您。"柯寻挂了电话，开始换衣服。

那条编辑了一半的短信终究还是没有发送出去……

市局的资料室里，孔叹正在翻找着四年前无极速运那场意外的资料。就在这时，一阵轻盈的脚步声靠近，陆局探身问道："小孔，你怎么在查这个？"

孔叹回过身，立定问好："陆局！"

"我听张队说，你在查无极速运公司。"

"是的。我们发现了一些蹊跷，前几天我跟柯寻在路边差点被他们家的摩托车撞到，柯寻发现之前他母亲出车祸的肇事司机，也是这家公司的。所以，我就想查一查……"

陆局是聪明人，虽然孔叹说得拐弯抹角，但陆局一针见血地问："你觉得无极速运公司里，有人想报复柯寻？"

孔叹点了点头，直言道："有这个可能，因为柯寻和陆卓凯当年都见过那个侵犯我的人。"

陆局微微一顿，思忖道："我已经接到了你师父提交的七年前那件事的案件记录。我现在才知道，原来当年小凯的死背后还有这样的隐情。"

孔叹微微启唇，眼神微动："对不起，陆局……"

陆局摇摇头："你不用道歉，小凯的死和你无关，你也是受害者。你能成长成今天的样子，已经非常了不起了。"

陆局说着轻轻拍了拍孔叹的肩头："你放心，虽然你没有办法直接参与这个案子的调查，但我一定会让张队和李哥他们帮你找到那个犯人，找到那个害死小凯的凶手！"

Chapter 07 · 天鹅哀歌

239

孔叹咬着嘴唇，点了点头："谢谢陆局。"

陆局抽出孔叹手里的资料，看了一眼又放下了："你觉得那个凶手就在无极速运公司里？"

"我目前只是怀疑，还没有证据。"孔叹说道。

陆局想了想："我们做警察的，就是不能放过任何一丝怀疑。当年无极速运的案子确实是我负责的，但有一点让我很在意——谭傲辉一直觉得自己儿子的死，不是意外。但因为没有找到尸体，所以也无法断定。谭傲辉非常看重自己的这个小儿子，他恳求我，若是之后打捞到任何无名男尸，希望都能够帮他匹配一下小儿子的DNA，所以他给我提供了谭斯弈的毛发。"

陆局说到这里顿了顿："但这件事情，谭傲辉不想让其他人知道，所以谭斯弈的DNA没有记载到公安局的基因档案库，而是被存放在了谭氏集团投资的一家私人医院里。"

孔叹听到这儿皱眉思考起来："谭傲辉这么做，是他觉得有人不想让他找到小儿子的尸体？说明谭傲辉心里已经有了怀疑的人选……"

陆局点头："没错，他一直都怀疑是自己的大儿子干的，因为这个私生子的出现，间接导致了谭傲辉的妻子跳楼自杀。"

"什么？跳楼自杀？！"孔叹很惊讶。

"对，我们在调查中发现，谭傲辉的妻子，也就是大儿子的母亲林绍芝，她一直有抑郁症，之前靠烧香拜佛转移注意力，但这个私生子的出现彻底击垮了她。"

孔叹眉头紧皱："所以他怀疑是大儿子想报复小儿子？"

"嗯，但是当时谭傲辉就是怕出事，特意把两个儿子安排在了不同的游艇上。所以，大儿子没有作案条件。"

"就算自己不动手，也可以买凶杀人！"孔叹直言。

"你也怀疑是他大儿子干的？"陆局挑眉问道。

孔叹思忖道："从杀人动机上来看，大儿子确实很值得怀疑。那后来呢？"

"因为找不到死者的尸体，所以没有办法断定。再加上谭傲辉已经失去了一个儿子，他也不想再失去另外一个儿子，所以他就撤案了。这个案子最后只能判定为意外事件。"

"意外事件……"孔叹微一沉吟，"这和陆卓凯的案子好像啊……"

孔叹思考起来，脑海里纷乱如麻的线索渐渐有了头绪，以无极速运公司为原点，重新连在了一起。柯寻的声音仿佛回荡在孔叹的脑海：

"孔叹，我们海洋馆运冰的货车，也是这家公司的。

"我在海洋馆问了一下，运冰的物流公司是这个月才换成无极速运的。

"海洋馆里面的极地探险和美人鱼剧院归谭氏集团所有，就是林医生男朋友家的公司，所以我才能被安排进来，在极地企鹅馆工作……"

并不是无极速运公司围绕在柯寻的身边，真正围绕柯寻身边的是海洋馆！把柯寻安排进海洋馆的人，才是真正的布局者。如果说无极速运和企鹅馆都属于谭氏企业，那么那个人……

孔叹双眉紧蹙，眼中闪出精光，再次回忆起来：

"那我们来整理一下，2015年的鲨鱼有哪些特征。

"第一点，年龄22岁及以上。

"第二点，身体素质很好，应该是经常健身锻炼的类型。再加上，他的手指很干净，由此推测出——

"第三点，他不是体力劳动者。还有最重要的是——

"第四点，他的身上有一种檀香味！"

对，檀香味！孔叹想到这里，紧闭眼睛，努力回忆婚礼那一天的场景……

谭斯展主动伸出手："孔警官，你好。"

"叫我孔叹就好。"孔叹伸手，礼貌回握。

二人浅浅一握，随即各自收回了手。那只手很干净，手腕上戴着小叶紫檀的手串，可他的手上并没有檀香味……

一个画面闪进孔叹的脑海，那天柯寻曾在檀香味上画了个圈："这是一条非常重要的线索！有檀香味，说明他本人或者家里有人信佛，或者需要点熏香之类。"

而谭傲辉的妻子，也就是谭斯展的母亲，当年一直有抑郁症，靠烧香拜佛转移注意力。所以说，2015年的时候，那个人的身上确实有檀香味，但之后却没有那个味道了，是因为制造那个味道的人，已经跳楼自杀了。

孔叹又想起来，当她回忆起鲨鱼身上有二个红点的体貌特征时，林医生曾失手摔碎了一个陶瓷杯。林医生在那一天表现反常，是因为那个犯罪者的那一处印记，除了她，还有一个人肯定见过——那就是他的伴侣。

Chapter 07 · 天鹅哀歌

241

冰山上的迷雾渐渐吹散了，一切线索终于连在了一起。孔叹的心脏咚咚狂跳起来，还有一步之遥就要接近那个凶手了！可是那个人看起来却完全不像是那个强奸犯！自己甚至还参加了他的婚礼，握过他的手……

想到这一切，孔叹顿时毛骨悚然。她咬着牙，努力让自己不发抖，说道："陆局，我想申请用谭斯弈的毛发做一份DNA的对比。"

"和谁？"陆局问道。

孔叹眼神一凛，一字一句道："七年前，那个不仅侵犯了我，还害死了陆卓凯的杀人犯！"

同一时间，柯寻正在赶往林静竹的心理咨询室。

柯寻在上电梯之前撞到了一个快递员，只是轻轻一碰，柯寻也并未在意。他来到心理咨询室以后，才发现前台的工作人员今天没有来上班，连咨询室门口的灯都没有开，整个心理咨询室里只有林医生一个人。

柯寻的脚步声响起，呆坐在沙发上的林医生才回过神来："哦，你来了，小寻。"

柯寻发现林医生这次没有泡咖啡，她的妆容也没有之前那么精致，神情有些憔悴。他关切问道："林医生，怎么了？"

林静竹将了捋额前的碎发，挤出一丝笑容："没什么。只是我昨天突然想到，为了更好地治疗孔叹心理创伤之后的记忆障碍，作为她的心理医生，我有必要了解一下之前给她造成创伤的事件，还有你们朋友那件意外事件的前后始末……"

"那您为什么不亲自去问孔叹呢？"柯寻奇怪道。

"因为……她这几次的心理治疗，在回忆起当时的事情时，反应都很强烈。所以我担心她再受刺激，就想从你这里侧面了解一下事情的经过。"

"是这样啊。"柯寻想，如果这件事情能够帮助孔叹的心理治疗，那么当然是没有问题的。

"所以柯寻，你可以给我讲讲，七年前你们所经历的事件经过吗？"

柯寻点了点头，不疑有他，开始向林医生娓娓道来。

之前柯寻接受心理治疗的时候，也给林医生讲过陆卓凯的事情，不过他讲的是没有孔叹的版本。而且他并不是从头到尾地讲给林医生听，只是在提到水母的时候，会讲一点关于陆卓凯的事情，林医生从他细碎的讲述中拼接出来故事的框架。但这一次，柯寻讲述得很完整，从他与陆卓凯的相识，讲到两个人如何成为好友；从注意到隔壁班的女生孔叹，讲到那一晚看见她被陌生人尾随；从他和孔叹彼此误解怀疑，讲到两个人如何破冰携手查案……

随着柯寻的讲述，林医生的表情变幻莫测。心理咨询室的落地窗外，天也阴晴不定，时而浓云遮日，时而碧空万里，窗外光影变化，两个人脸上光影交错。

柯寻发现林医生跟平时很不一样，因为那种表情不像是医生听患者讲述故事的表情，仿佛她也是这些事情的亲历者一样。终于，柯寻讲完了，他长舒了口气，林静竹却陷入了久久的沉默。柯寻忍不住提醒道："林医生，我讲完了。"

"啊……"林医生侧过头，"那你跟孔叹，你们现在查到哪儿了？"

柯寻想了想道："其实陆卓凯给我们留下了一个非常重要的物证，就是案发现场的内裤，上面沾有那个强奸犯的DNA……"

"什么！"林医生很惊讶，但马上冷静下来，"那很好啊，那你们查到那个人是谁了吗？"

柯寻摇了摇头："还没有。"

"啊……"林医生仿佛松了一口气一样，"我知道了，小寻，谢谢你给我讲这么多。"

"没关系，只要能帮助到孔叹的治疗就好。"

提到孔叹，林医生突然想到什么："对了，下次的治疗时间，她如果定好了可以告诉我，我会提前安排的。"

"嗯，好的。那林医生再见！"

柯寻起身正要离开的时候，林医生又叫住了他："小寻——"

柯寻闻声转过身。

林医生忽然很认真地向他说道："谢谢你，小寻。"

柯寻不太懂，林医生为什么要谢自己。她才是自己的心理医生，现在怎么搞得仿佛自己是她的心理医生？

柯寻愣了愣，颔首示意，转身离开了心理咨询室。但他们俩谁都没注意到，心理咨询室的书架上多了一个摆件——一个镶满水钻的时光之眼，眼球

Chapter 07 · 天鹅哀歌

里藏着一个隐秘的摄像头……

柯寻到达地铁站的时候，突然接到了孔叹的电话。随着电话铃声响起，柯寻的心脏也狂跳起来。他赶紧找了一个稍微安静的角落接起了电话："喂？"

两个人同时说道："我有事情要跟你说！"

话音未落，彼此都顿了顿。

柯寻先说道："那你先说吧。"

"好！"孔叹的声音中充满了抑制不住的激动，"柯寻，我好像知道谁是真正的鲨鱼了！"

柯寻很惊讶："谁？你是怎么发现的？"

"我今天查无极速运的时候，发现这家公司真正的老板其实姓谭，而这家公司就是谭斯展父亲谭傲辉的公司！"

"谭斯展……的父亲？"柯寻不确定地问道。

"没错！无极速运四年前曾发生过一个意外，谭傲辉的小儿子意外坠海身亡。从那以后，无极速运股权更迭，谭傲辉虽然持股变少，但谭家依然是真正的掌权人，只不过谭傲辉四年前退居到了幕后，所以无极速运现在真正的老板就是谭斯展！"

孔叹的声音传进柯寻的耳朵，他开始迅速地思考起来："谭斯展的年纪，确实符合我们之前对鲨鱼的推测。"

"你还记得当时最重要的一条线索吗？鲨鱼的身上有檀香味！"

"但谭斯展的身上好像并没有？"柯寻疑惑道。

"不！是现在没有了。"孔叹纠正道，"因为谭斯展的母亲信佛，但她在 2016 年的时候跳楼自杀了！"

"跳楼自杀？"

"对，因为谭傲辉的小儿子其实是私生子，他的出现刺激了谭斯展母亲。而且，谭斯展的弟弟在 2018 年元旦的时候坠海身亡，尸体至今都没有找到！这个意外事件跟陆卓凯的坠楼案非常相似，案发现场没有任何可疑的痕迹，最后只能以意外事件结案。"

柯寻冷静地思考了一下，再次确认问道："除此之外，你还有其他指向谭斯展的证据吗？"

"嗯,你还记得之前高华彬说,鲨鱼之所以要让出自己的位置,是因为他有事情要做,无暇顾及 Iceberg 软件的管理。而那段时间,刚好是谭斯展跟林医生的婚礼。我推测就是因为鲨鱼要结婚了,所以他不得不卸任这份工作!"

"这个时间线确实对得上……"柯寻突然开始变得紧张起来。

"而且我查了一下,谭斯展之前的生意其实在邻市,他是今年才把生意转回到了本市的,就是在他回来之后,才发生了唐文霞被杀案……"

电话这一头,柯寻握紧了拳头。

"不但如此,EXIT 酒吧所在的那条商业街,开发商是林氏地产!林氏地产就是谭斯展母亲林绍芝的本家!柯寻,我已经申请了 DNA 的对比。陆局这边有谭斯展弟弟的毛发,我打算让痕检科的同事对比一下内裤上的 DNA……"

电话另一端,孔叹握紧手机,顿了顿道:"如果 DNA 对比的相似度比较高,那么基本可以证明当年那个试图侵犯我、害死了陆卓凯的凶手就是谭斯展!"

柯寻一直都觉得自己生活在被鲨鱼掌控的楚门的世界,如果鲨鱼真的是谭斯展……他推测道:"我甚至怀疑,他有可能是为了监视我,才有意接近林医生的。"

"那林医生岂不是有危险?!"

柯寻突然想到:"对了,刚刚林医生找我问之前的事情,我以为她是要帮助你做心理治疗,所以我就没有隐瞒,都告诉她了。"

孔叹思考道:"看来林医生可能也查到了什么,我们那天在她心理治疗室里,说到了鲨鱼的体貌特征,估计林医生也对谭斯展产生了疑心。"

孔叹顿时想到了一个最坏的结果:"那她会不会维护谭斯展?"

柯寻直言道:"应该不会,据我刚才的观察,林医生确实有点反常,但并不是心虚,更像是处在突然知晓真相的震惊之中。而且林医生是一个很有智慧的人,我觉得她会做出正确的选择和判断。"

"好,那你先不要让她知道,我们已经知道她发现了这件事情。等检测这边有结果,我马上通知你!"孔叹叮嘱道。

柯寻挂了电话,这时地铁来了,呼啸的风卷起柯寻的发梢和衣角。

原来鲨鱼就在我的身边,就是那个看起来最不像鲨鱼的人……柯寻努力回忆起他跟谭斯展为数不多的几次见面的经历。谭斯展确实对自己表现出了极大的兴趣，但柯寻一直以为这种兴趣，是因为谭斯展知道，自己有阿斯伯格综合征，是出于一个普通人对一个病人的好奇，原来谭斯展感兴趣的并不是自己的病，而是自己本身。

在林医生对谭斯展的描绘中，柯寻一直都觉得谭斯展是一个社会标准所定义的完美成功男性，他几乎没有任何缺点。但是缺点就像一个人的影子，什么情况下一个人才会没有影子？

或头顶烈日，或站在黑暗中。谭斯展无疑就是站在黑暗中的无影人。

这时，到站的地铁已经开走了，地铁站终于安静下来。柯寻的电话再次响起来，是林医生打来的，他稳定情绪，接了起来。

"喂，小寻，你可以再回来一趟吗？"林医生的语气非常急迫，她做了一个深呼吸，仿佛下定了决心："我有一件非常重要的事情要告诉你……还有一些东西要交给你！"

柯寻的心中其实已经有了答案，林医生作出了她的选择。他回答道："好的，我马上过来。"

心理咨询室里，林静竹挂了电话。

她挣扎了很久，终于作出了决定。在林静竹的人生中，有很多这种选择的时刻：选择学文或选择学理，选择专业，选择大学，选择未来的职业方向，选择与什么样的人共度一生……

林静竹一直都觉得，自己是一个能够明确做出当下最优选择的人。她知道此时此刻的决定意味着什么，意味着毁灭岁月静好、平和安稳的生活；意味着打碎她对爱情和家庭的所有幻想；意味着她将失去曾努力经营的一切……

但林静竹更加明白，一场破坏力极强的台风即将在她的世界登陆，她用心构建的美好生活，将会顷刻间被毁得片甲不留。她此刻的平静和安宁都不是真实的，因为她正处在台风眼里，台风的中心是虚假的风平浪静，而台风云墙区早已掀起了狂风暴雨！

林静竹做了决定之后，一颗悬着的心也终于落了地。

就在这时，一阵脚步声响起。林静竹以为是柯寻来了，她转头，看到的却是那张令她熟悉又陌生的脸。那个人不再像往日那样，用温柔和充满爱意的眼神看向自己，他的眼神里充满了杀意和决绝。

林静竹知道，当她决定迈出台风眼，发起进攻的瞬间，等待她的就是一场毁灭性的风暴！

柯寻拼尽全力跑向心理咨询室，刚到门口的时候，他就闻到了一股浓重的血腥味。一种不好的预感涌上心头，柯寻快步走到屋内，咨询室里满地狼藉，咖啡豆撒了一地，而林医生静静地躺在血泊里……

柯寻冲过去，蹲下身，试探她的鼻息。林静竹面色苍白，闭着眼睛，已经没有了呼吸。她浑身是血，胸口上插着一把三棱状的刀具。柯寻看到凶器的瞬间，顿时跌坐在地上，因为那是海洋馆里，他凿冰用的冰锥！塑料手柄上还刻着柯寻的姓氏首字母——"K"。

这种无法逃脱的窒息感令柯寻似曾相识，陆卓凯坠楼的时候他也有这种感觉。柯寻看见自己的手沾上了林医生的鲜血，一阵刺耳的蜂鸣在柯寻的耳朵里响起，眼前的一切开始扭曲，仿佛变成了毕加索的抽象画。

柯寻的头剧烈疼痛起来，耳鸣声让他无法思考，他捂着头跪在林医生身侧，大口呼吸，试图让自己冷静下来。

就在这时，柯寻的身后传来一声尖叫，保洁阿姨吓得瘫在地上："杀——杀人了！"

柯寻回过头，他知道他再次走入了鲨鱼为他设计的圈套，自己仍然身处楚门的世界里，任人摆布。

临川市公安局，孔叹还在继续调查谭斯展背后的产业链。

她突然接到陆局的电话："喂？陆局？"

"小孔，"陆局的语气一沉，"医院那边说，谭斯弈的DNA数据丢失了！"

"什么！"孔叹猛地站起身，"这么重要的东西怎么会丢了？"

"一个月以前，医院的数据系统出现了故障，他们更新了系统，导致部分数据丢失，而谭斯弈的数据，刚好就在丢失的那一部分里……"

"那当时的毛发呢？还有吗？"孔叹有点慌了。

陆局叹了一口气，"没有了。储存谭斯弈毛发的资料室，上个月电路老化，不慎失火了……"

"怎么会这么巧？东西不见了，数据也丢了，发生这么大的事情，怎么

Chapter 07 · 天鹅哀歌

247

没有人说呢?"

"负责人怕担责任,所以一直没敢往上报。"

"不对!怎么可能会这么巧?一定是有人故意为之!"孔叹忍不住在电话里吼了起来。

"小孔!你冷静一点!"

孔叹意识到她的反应过激了,缓了缓情绪道:"对不起,陆局……"

"我明白你的心情,但现阶段愤怒解决不了任何问题。我再问问谭傲辉那边,还有没有保留谭斯弈的毛发。"

"多谢您,陆局。"孔叹无力地挂了电话。

一切转折都发生在一个月以前,她怀疑,是谭斯展回到临川市后,将所有关于谭斯弈的线索,全部都清除掉了。这种希望燃起又很快破灭的感觉,令孔叹感到窒息,除此外,还伴随着一种莫名的心慌。她拿起手机,想打给柯寻,但是电话却一直无人接听。

孔叹仍然心慌不已,她着急地来回踱步:"柯寻这人去哪儿了?说好了有结果给他打电话,怎么人却不见了?"

就在这时,张队叼着烟从办公室里快步走出:"刚接到报案,我们要赶紧去一趟案发现场。"

孔叹收起电话,问道:"张队,发生什么事了?"

"市中心的静心心理咨询室发生命案!"

孔叹心中一顿,静心心理咨询室,那不就是林医生的咨询室吗?她拉住张队,紧张问道:"死者是谁?"

"就是咨询室的心理医生,姓林。"

"林医生?怎么可能……"孔叹顿时大脑一片空白。

张队继续说着:"保洁阿姨路过咨询室的时候,发现死者倒在屋内,现场还有一名嫌疑人。"

孔叹本就慌乱的心突然怦怦狂跳起来:"嫌疑人是谁?"

"还不知道呢,别啰唆了,我们赶紧出发吧!"张队拎起失神落魄的孔叹,把她带上了警车。

警车上,急促的警笛声令孔叹更加心烦意乱。她看着柯寻的未接电话记录,一种不好的预感涌上了心头。她预感厄运来临的第六感一直很精准,但她多么希望这次不要应验。

"一定不是柯寻!"孔叹在心里默念着。

这种感觉像极了当年陆卓凯坠楼的时候,孔叹的身后炸开了一声巨响,她在转身之前一直告诉自己:"一定不是陆卓凯!"

静心心理咨询室的大楼前,警笛声阵阵,红蓝色的警灯闪得孔叹睁不开眼。

她从车上下来的时候,整个人都轻飘飘的,她四肢无力地站在人群里,寻找那个她想见又不想在此刻见到的面孔。倏忽间,她在人海里看到了柯寻的脸。柯寻被第一时间到达现场的警察戴上了手铐,孔叹在看见柯寻的瞬间,就不顾一切地冲了过去:"柯寻——"

孔叹快要接近的时候被警察拦住,张队冲过来拉住孔叹,大声呵斥:"小孔,你在干什么?"

孔叹看着张队,混乱地解释:"不是他!张队……真的……柯寻不可能杀人的!"

"小孔,你冷静一点,这里是案发现场!你现在像个什么样子?"

张队的斥责声,让孔叹终于回过神来,对,她现在是一名警察,不是18岁那一年的目击证人了。

她转身望向柯寻,柯寻也听见了孔叹的叫喊。

他们两个人目光交汇,越过人群遥遥相望。警灯照在柯寻的脸上,忽明忽暗,柯寻突然挤出了一个标准的微笑,朝孔叹微微点了点头。孔叹再也控制不住,泪水夺眶而出。她知道,柯寻在试图安慰自己……

怎么会这样?我们明明已经找到了鲨鱼不是吗?为什么还会这样?

柯寻被警察带上警车,关上车门的瞬间,孔叹再次冲了过来:"柯寻——"

警车开走,柯寻靠在车窗上,回望着孔叹焦急的脸。柯寻突然意识到,这个场景和七年前很像,唯一不同的是,七年前柯寻孤立无援,但此刻,柯寻还有孔叹。他知道,孔叹一定可以证明自己的清白。

想到这里,柯寻别过了头,望向了未知的远方……

傍晚的通榆河分外安静,就像一幅新印象派的画作,点状的橙色和黄色像没有线条的色块,在天际边毫无规则地混合在了一起。

谭斯展站在河边的瞭望台上，他的身体靠在护栏边摇摇欲坠，这是一个还没有建好的观赏台，只对一个人开放，那就是这个地段的开发商。河边空无一人，只有谭斯展自己。

晚风拂过，吹散谭斯展掌心的纸屑，纸片盘旋飘零，带着上面记载的秘密，烟消云散……

那是一张大额转账记录的账单，是林静竹偷走的证据。谭斯展从口袋里拿出一张小小的存储卡，掰断，扔进河里。

落日的余晖下，谭斯展端详着手里的钻戒，大颗的钻石在夕阳的照射下更加光彩夺目，只是上面还残留着淡淡的血迹……

谭斯展回忆起来，刚才争执的时候，他的手被林静竹无名指上钻戒的戒托划伤了。果然不应该买太大的钻戒，小小的戒托居然还能充当凶器。而且，清理起来太麻烦了，况且当时他已经没有时间了。这是自己精心设计的谋杀里唯一的败笔，是犯罪现场中唯一不完美的一环。

谭斯展最后看了一眼钻戒，随后扬起胳膊将戒指扔了出去，钻戒沿着抛物线掉进了河里。"咚"的一声，河面荡起细微的涟漪，但很快就平静下来，毫无波澜……

这下完美了，自己没有留下任何的蛛丝马迹。

谭斯展点燃了一支烟，微弱的火苗照亮了他的侧颜，昏暗的天光下，他的情绪令人无法看清。一滴眼泪滑过他的脸颊。谭斯展突然意识到，他刚刚杀掉的是这个世界上唯一一个真心爱过他的人，也是唯一一个令他动过真心的人……

想到这里，谭斯展突然抽泣起来。他很少哭，就连母亲去世的时候，他都没怎么掉过眼泪。所以他哭得很笨拙，很放不开，像一个别扭的大人，再也装不回小孩的样子……

他一开始接近林静竹，确实目的不纯，只是为了间接监视柯寻。但林静竹真的是一个很好的人，好到让谭斯展忍不住动心了。但谭斯展又很害怕，因为他觉得林静竹爱上的只是自己的 A 面，而自己还有一个鲜为人知的 B 面。他知道，当林静竹看到自己的 B 面，她一定会毫不犹豫地离自己而去。

所以，谭斯展在林静竹的面前，只表现出自己完美的 A 面。这也注定了，他没有办法长时间跟林静竹待在一起，他们一直异地，聚少离多。

　　直到今年年初的时候，谭斯展才终于下定决心，他发现他对林静竹的爱，已经让他无法继续维持 B 面的生活。他试图结束自己 B 面的人生，因为他想和林静竹长久厮守在一起。

　　谭斯展下了很大的决心，去消除自己的 B 面，但林静竹还是发现了，并且如他所料，她选择背离了他。这让谭斯展忍无可忍，我那么爱你，不惜放弃一部分的自己，但你仍选择站在我的对立面——谭斯展爱林静竹，但是他更爱他自己。

　　谭斯展叹了一口气，掐灭了手里的烟。

　　手腕上，那串小叶紫檀的手串随之叮叮作响，惹得他心烦意乱。谭斯展扯下小叶紫檀手串，抬起手要扔到河里，正要松手的瞬间，他顿住了。

　　这是林静竹送给他的第一个礼物，他想起了林静竹的承诺："斯展，这串小叶紫檀手串是我去寺庙里求的，我希望它能够保佑你健康平安，重获新生。我希望我就像这串手串一样，可以治愈你，保护你，陪着你……"

　　谭斯展犹豫了一下，把手串重新戴回了手腕上："你违背了你的誓言……静竹……"

　　谭斯展一直记得林静竹送他手串的那一天，那是他有生之年，第一次感受到热切而浪漫的爱意。他本来悄悄为林静竹准备了惊喜，安排了慢板大提琴为她演奏她最喜欢的音乐——圣桑的《人鹅》。

　　当他离席安排好一切，再次回来的时候，却发现林静竹在他桌面的餐巾纸上写下了一首诗：

　　因为你，我爱上了大提琴的韵律

　　因为你，我越过了草木零落的深秋

　　因为你，我走过了风起浪涌的峡流

　　……

　　伴随着《天鹅》哀婉的旋律，林静竹在谭斯展的耳边轻声吟唱。

　　林静竹温柔的声音熨平了谭斯展心底的褶皱，她的爱意融化了谭斯展冰封的心。谭斯展不知道，到底是自己为她制造了惊喜，还是林静竹的存在本身，就是上天赐予自己的一场盛大的惊喜。谭斯展一直认为自己的人生生来就是

Chapter 07 · 天鹅哀歌

251

一场悲剧，而林静竹的出现，让他觉得或许他的人生也可以是一场喜剧……

想到这里，谭斯展看着自己无名指上的对戒，他的心无可救药地疼了起来。

谭斯展知道，这个世界上再也没有林静竹了，再也没有人会像她一样毫无保留地爱他，哪怕只是爱上了 A 面的他……

谭斯展突然有一些后悔，但他咬紧牙关，不允许自己后悔。

他摘掉眼镜，任凭眼泪像深秋，走过他草木零落的心里；任凭眼泪像峡流，淌过他风起浪涌的眼眸……

日落西沉，暮色里，谭斯展被光影劈成了两半，一半站在余晖里，一半站在黑夜中。直到太阳的最后一点光芒消失，谭斯展彻底被黑夜捆绑，站在了无尽的暗夜之中。

临川市公安局，案情梳理大会上，孔叹听着同事的报告，整个人陷入了焦躁和不安之中。

"首先，一号物证，是嫌疑人柯某的冰镩，经痕检科检验，冰镩上只有嫌疑人柯某的指纹……"

孔叹突然开口打断他："柯寻在海洋馆工作，别人想拿到他的冰镩，也没有什么难度。"所有人的目光齐刷刷地射向了孔叹，张队给她使了个眼色，孔叹只好噤声。

负责梳理案情的同事继续道："二号物证，是柯某上衣口袋里的咖啡豆，我们在案发现场发现有许多散落在地的咖啡豆。据调查，这是死者林某心理咨询室里存放的。我们合理推测，他们是在发生争执的时候，不小心打翻了架子上装咖啡豆的玻璃瓶，所以咖啡豆才会掉到了柯某的口袋里……"

孔叹向前倾身还想开口，张队的眼刀倏地袭来，孔叹微微张嘴，又无奈咬住了嘴唇。

张队直接问道："死者跟嫌疑人什么关系啊？"

"报告张队，死者是嫌疑人的心理咨询师，有可能是医患纠纷杀人！"

"怎么可能……"孔叹再次打断。

众人看向她，孔叹转言道："有证据吗？"

"目前还未发现，不过还在调查之中。"

案情梳理大会结束后，张队留下了孔叹，他憋着一肚子怒气，问道："小孔，刚才会上你那是什么态度？"

孔叹自知言行不当，但她真的没有办法忍受其他人对柯寻的指控。

"你身为柯寻的朋友，这次案件调查你本来需要避嫌的，是你非要参与，我才破例让你加入调查。但是你看看，刚才你在会上的表现，实在是太让我失望了！"

"对不起，张队……"孔叹无力地垂下了头。

"目前的证据都指向柯寻，你身为一名警察应该知道，我们要看证据而不是人情。如果你觉得不是他做的，那你就要行动起来，找出证据来证明他的清白，而不是在大会上阴阳怪气地反驳那些辛苦寻找证据的同事们！"

"张队，我知道错了，是我没有控制好自己的情绪。"孔叹想了想，恳求道，"张队……我可不可以见柯寻一面？"

"不行！你现在的情绪状态，我不允许你和嫌疑人见面！"张队严词拒绝。

就在这时，负责审问的同事跑过来："张队！"

"怎么了？"张队问话间，又点起了烟。

"嫌疑人不太配合我们，我们问他什么，他都不说。"警局同事有些为难地表示，"他指明，只想见孔警官。"

张队的眼睛瞥向孔叹，孔叹的眼神充满了恳求。张队无奈叹了口气："行吧，那小孔你去审他。"

"多谢张队！"孔叹急切地刚要转身离开。

张队叫住她，再次提醒道："哎——注意言辞，审问室里可是有监控录像的，你别再给我搞刚才会上那一出了！"

"我明白，张队！"

审问室里直射的灯光，照得柯寻有些睁不开眼，这是他第三次来这种地方了。

第一次是因为陆卓凯，第二次是因为唐文霞，这一次是因为林医生。

这三个人都是他生命中非常重要的人，但却已经都不在了，而柯寻每次都被列为嫌疑人。柯寻不知道自己为什么每次都会被当成嫌疑人，难道是因为自己的病吗？阿斯伯格综合征的一些反应，会让人觉得很可疑吗？好像也不是，是因为自己的理性被感性攻占，毫无防备地走入了陷阱。虽然前两次自己都可以化险为夷，但这一次，鲨鱼明显准备得更加充分……

柯寻环顾四周，这次的审问室和派出所的不太一样，还有一个玻璃罩挡在他的面前，不愧是市局。

就在这时，审问室的门开了。柯寻抬眸望去，看见了那张让他牵挂的面孔，柯寻的心突然平静了下来。

孔叹走进来，刚一坐下，看见柯寻的脸就抑制不住自己的情绪，担忧与不安溢于言表："柯寻——"

"你来了。"柯寻反而非常平静。

"怎么会这样？"孔叹的声调有些颤抖。

柯寻深吸一口气，解释道："当时我跟你打完电话以后，林医生就打电话找我，说有很重要的事情要告诉我，还有东西要交给我，我猜应该是她发现了谭斯展……"

说到此处，柯寻顿了一下，看向玻璃罩外的其他人，继续道："我猜她发现了一些证据，所以就返回了心理咨询室，当我再次回去的时候，林医生……就已经遇害了……"

二人视线相交，孔叹明白这是谭斯展为柯寻设下的圈套："那凶器，那把三棱冰锥，是你的吗？"

"那把冰锥确实是我在海洋馆凿冰用的，它一般放在海洋馆的储物间里。不过，"他的眼眸微动，"对于鲨鱼来说，应该很好拿到。"

孔叹舒了口气："好，冰锥的问题，我们暂且略过。你的口袋里为什么会有林医生的咖啡豆？"

"我也不知道。"柯寻皱眉，努力回想起来，"我第一次去的时候，林医生并没有泡咖啡给我，当时我还觉得奇怪……"

忽然间，一个画面闪进柯寻的脑海。他说："我想起来了！我第一次去的时候，路上撞到了一个人。"

"是什么人？"孔叹紧张问道。

柯寻闭上眼睛，仔细回忆当时的细节："是一个快递员，他撞在了我的左肩，我当时急着去见林医生，没看清他的脸。"

"好！我去查一下监控。"孔叹正要记录，骤然笔一顿，叹了口气道，"你知道吗？林医生心理咨询室那栋楼的监控，在案发前半小时坏掉了……"

"坏了？"柯寻眉头一皱，"和唐文霞的案子很像。"

"我不确定你说的那个人，还能不能在现有的监控画面里找到他。"

鲨鱼果然准备得很充分，柯寻心想，事情正在朝着对自己不利的方向发展。

孔叹无奈地叹了口气，继续追问："你在心理咨询室的时候，还有没有发现什么其他可疑的地方？比如说有没有人来过，有没有什么不同寻常的物件？"

柯寻思忖起来："确实有一件东西，是我后来才注意到的。我第一次去的时候，林医生的书架上摆了一个之前没有的摆件，我本来以为是林医生当天放上去的。但是，当我第二次去，就是林医生已经遇害的时候，那个摆件就不见了。我总觉得屋子里少了什么，后来才发现是少了那个摆件。"

"那个摆件是什么样子的？"孔叹赶紧问道。

"嗯……是一个镶满钻的眼睛。"

"那有没有人能证明呢？"

"应该没有，那天心理咨询室里只有林医生和我，而且林医生在跟我聊天的时候也没有录像。所以这件事情……没有人能证明……"

柯寻说完，明显感觉到坐在对面的孔叹有一些慌了。因为目前柯寻说的所有线索都没有证据能支撑，所以都无法成立。

孔叹握着笔的手，用力到骨节发白，笔尖的油墨洇湿了白纸。她在脑海里疯狂思考，还有什么能问的？还有什么能证明柯寻的清白？还有什么证据是不充分的？还有什么……

"孔叹——"柯寻突然开口。

"嗯？"孔叹回过神，眼神依旧难掩心里的不安。

柯寻看着她的模样，有些心疼。他尽自己最大的努力，挤出一个相对自然的微笑，试着安慰道："孔叹，你不要着急，你不要陷入急于为我洗脱嫌疑的情绪里，这样你没有办法冷静地思考。你不能被鲨鱼牵着鼻子走，你要站在理性的角度来思考，现场还有没有什么其他蛛丝马迹。"

孔叹深吸一口气，渐渐恢复了平静："对，我不能再落入鲨鱼的圈套……"

"你跟我说过的，这个世界上没有完美的杀人现场，陆卓凯临死前，给我留下了练习册上的字；唐文霞死的时候，给我们留下了指甲油上的指纹。一定有什么线索可以解开林医生死亡的真相。孔叹，你都可以找到唐文霞指

Chapter 07 · 天鹅哀歌

255

甲油上的指纹,你也一定可以找到林医生留下的线索!"

柯寻的话让孔叹顿时红了眼眶:"好。柯寻,我一定会努力去找!"

"嗯,你先不要担心我。"柯寻眉梢舒展,带着开玩笑的口吻,"你知道吗?我一点都不害怕,你没发现这次我被警察带走的时候,都没有再逃跑吗?"

孔叹被柯寻逗笑,吸了下鼻子:"为什么?你不是讨厌别人碰你吗?"

"因为我相信你。"柯寻看着孔叹,认真道,"因为我知道,你一定可以找到线索,找出真正的凶手,证明我的清白。"

孔叹的眼神渐渐少了一些慌乱不安,多了一些沉着和坚定。

柯寻倾身向前:"你忘了,你跟我说过的,我们接下来要走的路,是一条结满了冰、堆满了雪、上面还没有人留下过足迹的路……如果你退缩了,或是想要放弃,我一定要牢牢拉住你的手!"

柯寻说着,把手轻轻地印在了玻璃罩上:"孔叹,为了我,也为了所有被鲨鱼害死的人,你要坚持下去。我们离真相只有最后一步了。我们已经找到了他不是吗?接下来就交给你了,你要证明鲨鱼就是谭斯展!"

柯寻的话让孔叹周身都充满了能量,自己并不是无助地孤军奋战,柯寻即使身陷囹圄也不放弃希望,仍然在毫无保留地相信自己,那么她更不可以先自乱阵脚。孔叹伸出手隔着玻璃罩,与柯寻的手贴在一起。她想起来,这是他们第一次宣布合作时的握手方式,那时柯寻不想与她触碰,他们在海洋馆的玻璃鱼缸前,隔空相握。

就差最后一步了,自己决不能轻言放弃。孔叹的眼眸中燃起坚定和希望的光芒:"谢谢你,柯寻。接下来,交给我。"

柯寻笑了笑,他终于又看见了那个初见时的孔叹,她就像一把砍向冰山的斧头,带着破釜沉舟的决绝和即使支离破碎也不惜撞向高墙的勇气。

Chapter 08
灯塔不灭，水母不死

离开审问室后，孔叹在走廊里撞到了迎面而来的谭斯展，他作为死者家属来警局接受调查。

在并不宽敞的走廊里，两个人狭路相逢。这次，谭斯展没有戴他的金丝框眼镜。不戴眼镜的谭斯展和平时看起来很不一样，眉宇间有一丝掩饰不住的戾气，之前的儒雅谦和多半是眼镜的修饰结果。孔叹看着他，眼睛里冒出了愤怒的火焰。

谭斯展看见她，步伐一顿，眼神瞬间流露出悲伤的情绪："好久不见，孔警官。"

"也没有好久不见，我不是刚参加完林医生和你的婚礼？"孔叹如是说。

听到"林医生"三个字，谭斯展表现出一副很痛苦的样子，声音嘶哑而颤抖道："没想到，静竹竟然遭遇了这样的事情……"

他说着捂住了眼睛，身体因悲痛而抖动起伏。任谁看到，都会认为这是刚失去爱妻的丈夫承受不住打击的反应。但孔叹看到他这副虚伪造作的模样，差点要吐了出来，她咬牙开口道："林医生遭遇了什么，你应该比我们更清楚吧？"

谭斯展深吸了一口气，擦干了眼角的泪水，哑着嗓子问道："这件事怎么能问我呢？听说你们已经抓到了嫌疑人，真没想到竟然就是柯寻！静竹对他这么好，他怎么下得去手呢？"

孔叹冷笑，压低声音，凑近质问："是啊，林医生对你这么好，你怎么下得去手？"

"孔警官，你在说什么，我听不懂。"谭斯展眉头紧蹙，装傻充愣。

谭斯展无辜的语气和熟练的演技让孔叹怒气狂飙。

"现在听不懂没关系，我会找到证据，让你听得懂！"孔叹说完，快步转身离开。

谭斯展饶有兴味地看着孔叹的背影，没有眼镜遮挡的双眸之中，他的视线像是冰冷的冰刀，仿佛要把孔叹凌迟……

孔叹回到会议室，赶紧查看监控，却毫无所获。线索再次中断，孔叹看着贴满线索的白板，努力让自己冷静下来。柯寻说得没错，不能被谭斯展牵着鼻子走，他就是要用林静竹的死给他们致命一击。他兵行险着，就是要同时除掉林医生和柯寻两个人。柯寻曾说过，谭斯展之前一直不知道孔叹的存在，所以他这次的杀人计划没有把她算计进去，自己是局外人，亦是破局的变数。谭斯展暂时应该拿自己没有办法，在这个间隙里，她必须要找到线索！

孔叹静下心一条一条地梳理线索，从柯寻提到的那个送快递的人开始查，但监控摄像头并没有拍到那个人。屋里新增的摆件也没有人能证明，所以柯寻刚才提到的证据，暂时都没有办法支撑。

孔叹重新看向白板上的线索，有一张案发现场的照片引起了孔叹的注意。

在死者照片中，林静竹的手指上并没有戴戒指。

为什么呢？孔叹思考起来，林医生是一个很细心的人，就算她当时已经知道谭斯展有可能是杀人凶手，她应该不会贸然摘下戒指，这个举动反而会引起谭斯展的怀疑，毕竟二人才举行完结婚仪式。

那她的戒指去哪里了呢？孔叹回忆起来，当时在心理咨询室里，林医生研磨咖啡的无名指上戴着枚大大的钻戒，十分引人注目，自己甚至还感叹过"好大的钻戒"。

孔叹拿过电脑，凭借记忆搜索起来，那是一颗水滴形状的钻石，并将水滴的尖端设计成了王冠的形状……那颗钻石很大，应该是大品牌才会出售的款式，既然如此，搜起来应当没那么难！果然，不一会儿，她就在一家国际品牌的网站上搜到了这枚钻戒的介绍："结合圆形明亮式切割与榄尖形切割，这款独特的泪滴形钻石，如同喜悦感动的泪水。在泪滴的基础上更添王冠设计，用精湛的工艺将璀璨美钻高举于18K金六爪爪镶之上，使其宛如凌空，熠熠生辉，闪耀逾百年的美丽光芒，一如它所象征的世上伟大的真情挚爱……"

孔叹看着这款钻戒的介绍，只觉得无限讽刺。

这么贵重的戒指，林医生应该不会乱放，这枚戒指不可能凭空消失在心理咨询室里。如果谭斯展突然出现在林静竹的面前，那她必然有所防备，她应该会像看见汪承勇的唐文霞一样，明知危机将至，也要努力留下谭斯展的痕迹。

孔叹的目光倏地看向这款戒指水滴的尖端，这么坚硬的钻石，这么锋利的戒托……划伤人都是有可能的。难道说林静竹故意用戒指划伤了谭斯展，留下了他的血迹？但是谭斯展马上发现了这一点，所以，他拿走了林静竹的戒指，不想让警方找到。

如果是这样的话……孔叹在会议室踱步思考，如果戒指被谭斯展拿走，那他一定已经销毁了，就像销毁谭斯亦的 DNA 数据一样。

孔叹坐在桌子上，手指嵌入发丝里，戒指这条线索已经被销毁了，那还有什么？还有什么细节？还有什么线索是林静竹可以留给我们的，只有我们知道，而谭斯展却忽略的？孔叹思考间，随意地拿起身边的罐装咖啡猛灌好几口，喝完才被齁得咳嗽起来："这咖啡也太甜了吧，兑了这么多糖还能提神吗？！"

孔叹突然想到什么："对了，咖啡！"

她抬头看向二号物证照片里的咖啡豆。

孔叹瞬间站起身，仔细观察这颗咖啡豆，这是在柯寻上衣口袋里发现的咖啡豆。柯寻今天穿的是白色T恤和灰色的运动衫，拉链处两边均有口袋……

柯寻刚才说过，他第一次去的时候，路上撞上了一个人，是一个快递员，他撞在了柯寻的左肩，柯寻当时急着去见林医生，没看清他的脸……"

左肩！咖啡豆确实是在柯寻左边的衣服口袋发现的！是那个"快递员"故意放进去的！

孔叹再次看向三号物证，是心理咨询室里散落一地的咖啡豆照片。孔叹把两张照片叠在一起，对比观察。孔叹突然发现，这两种咖啡豆的大小和色泽好像并不一样，说明这不是同一款咖啡豆。

纵使凶手和林医生发生争执，打翻了架子上装咖啡豆的玻璃瓶，那么掉进凶手衣服里的也应该和地上的咖啡豆是同一个品种才对。不过这只是孔叹的猜测，她并不了解咖啡豆，但她知道，林医生和柯寻一定可以看出这两种咖啡豆的区别。

谭斯展从公安局出来以后上了一辆车，汽车启动，谭斯展靠在后座的椅子上小憩。他闭着眼睛问道："事情都处理好了吗？"

副驾驶座的人探过身来，是一头白毛的熊哥："老板，您放心，我已经在警察去你家之前，把所有的东西都清理好了！"

"嗯。Iceberg 软件那边呢？"谭斯展揉着眉心问道。

"您卸任后，事情已经都推给高华彬了，再加上软件阅后即焚的属性，服务器也在海外，警察查不到您这里。"

谭斯展骤然睁开眼睛："那你呢？"

熊哥赶紧道："我这边的业务，金蝉脱壳也很容易。"

"查到你，就等于查到了我，所以你也把自己的事情尽快处理得干净一点。"

"好的，老板。那我们现在去哪儿？EXIT 酒吧？"

"警察正盯着我，妻子刚刚去世，晚上就去酒吧，这也太反常了吧？"谭斯展略带讽刺地揶揄。

"是我考虑不周了。"熊哥顿了一下，"老板，今天这件事我可以帮您去做，您为什么要亲自动手呢？"

谭斯展很烦躁地看了熊哥一眼，语气冰冷："熊哥，你的问题太多了。"

熊哥顿时噤声，知道自己说错了话。

谭斯展突然想到什么，提醒道："那个女警察手里有七年前的物证，有办法毁掉吗？"

熊哥皱了皱眉："监控里面，那小子说物证上的数据已经检测后入数据库了，既然已入库，那恐怕很难毁掉……"

谭斯展眉弓紧皱："当年那个男孩还真是死不足惜，死了都要拉上我！"

"老板，那你打算怎么办？"

谭斯展拂了拂衣角的灰尘："就算查到我，也很好解决的……"

两颗咖啡豆摆在张队的面前，张队看久了，差点盯成斗鸡眼。

"张队，您看出这两颗咖啡豆有什么区别了吗？"孔叹紧张地问道。

张队眯起眼睛，啧了一声："单看外表的话，大小确实不一样，可是具体的，还是得找专家来看看是不是同一款咖啡豆！"

孔叹拉住张队的胳膊："张队，专家就在审问室呢！"

张队眼睛一瞪:"你说谁?柯寻?"

"嗯!柯寻非常懂咖啡豆,因为他的阿斯伯格综合征,所以他的嗅觉和味觉都比我们还要灵敏,您可以先让他看看!"

另一间没有玻璃罩的审问室里,柯寻的面前放了两颗咖啡豆。孔叹探身开口:"柯寻,你看一下,这两颗咖啡豆有什么区别?"

张队站在孔叹的身后,眯着眼张望。只见柯寻戴上手套,拿起其中小粒的那颗,放在鼻尖下闻了闻,端详起来:"它闻起来有柠檬和花香的味道……"

柯寻回忆道:"如果我没有记错,林医生和我说过,这是埃塞俄比亚的耶加雪菲咖啡豆,虽然豆子小,味道却很独特。嗯……如果喝起来的话,还会有柑橘的味道!"

孔叹的眼神中燃起光芒:"那另外一颗呢,你再闻闻!"

柯寻拿起另外一颗咖啡豆,观察片刻,在鼻尖嗅了嗅,奇怪地看向孔叹。

"这个不是上次我们一起在林医生那儿喝的那一款吗?就是那个苦到让你撇嘴的咖啡!"

孔叹突然想起来,那是林医生新婚后为他们冲泡的咖啡,当时自己还心中腹诽,新婚宴尔为什么不搞一点甜甜的咖啡。柯寻解释道:"这款是巴西的科尼伦咖啡豆,林医生当时说过的,这个咖啡豆兼具了茶味和苦味,所以两者结合在一起,就会有种苦涩加倍的感觉!"

孔叹抑制不住惊喜,瞪大了眼睛,扭头看向身后的张队。张队没有说话,让同事把证据收起来,转身离开了审问室。

刚出审问室,孔叹就激动道:"张队,你看,这两颗咖啡豆果然不是同一款!"

张队摩挲着下巴,思考起来。

孔叹推理道:"如果真的是柯寻杀人,那他打翻的咖啡豆和掉进自己兜里的怎么可能不是同一款呢?很明显,是凶手打翻了其中一款咖啡豆,但是他为了诬陷柯寻,所以事先准备了另外一款咖啡豆,但是没想到,柯寻跟林医生都是非常懂咖啡的人!"

张队想了想,嘱咐另外一个同事:"找一个研究咖啡的专家过来,看看这两种咖啡豆有什么区别。再查一下死者办公室里剩下的咖啡豆,都是什么产地的,有没有柯寻身上发现的那种。"

"是的,张队!"

张队的脸色松懈下来:"小孔,咖啡豆可以先不说,那……那把凶器呢?"

孔叹赶紧解释:"张队,您有所不知,柯寻工作的极地企鹅馆,就是死者林医生的丈夫谭斯展的公司投资的,当时就是谭斯展把柯寻安排进海洋馆工作的。据我调查,那把冰锥就放在储藏室,没什么人看着,谭斯展想找人拿出来,简直轻而易举!"

张队瞥了瞥孔叹:"你怀疑是死者的老公杀人?"

"嗯!"孔叹表情瞬间严肃起来,"张队,其实在之前关于 Iceberg 软件的调查中发现,谭斯展很符合软件创始人'鲨鱼'的侧写特征。还有,七年前陆卓凯坠楼案、李队递交的性侵案,以及四年前谭斯弈坠船事件,我都怀疑和谭斯展脱不了关系!"

"那这可是连环大案,我们需要找到每一个案子和谭斯展相关的证据。"张队点起了烟,看了一眼孔叹,提醒道,"你作为性侵案的受害者,是没有办法参与该案调查的,你知道吧?"

孔叹点点头:"嗯,我知道。"

"现在这个案子,谭斯展作为死者家属,我们可以申请对他进行指纹和血液采集。"张队吐着烟圈抬起头,低声道,"你不是有七年前的物证吗?"

孔叹眼神一凛,明白了张队的意思。

"我可以申请帮你对比谭斯展和那个强奸犯的 DNA,这件事你就别插手了!"

"多谢张队!"孔叹抵着嘴唇,"那张队,我可以申请再审柯寻一次吗?"

张队叹了口气,点了点头,举着烟头道:"我再次提醒,注意言辞啊!"

"多谢张队!"

孔叹重新回到了审问室,她之前紧张的表情已经有所缓和。

柯寻从孔叹的表情中看出端倪,事件也许有了转机,便问道:"看来你已经找到了很重要的证据。"

孔叹点点头:"但是,我找到的证据只能暂时证明凶手不是你,我还是没有找到指向谭斯展的证据。"

柯寻想了一下:"如果不从林医生的案件入手,从七年前的案子开始查起呢?"

孔叹略沮丧道:"就算 DNA 对比成功,也只能证明谭斯展犯了强奸罪。柯寻,你知道吗?强奸罪很难界定的,尤其是陈年旧案,虽然现在有了物证,但是就算定罪了,他也只能被判处 3 年以上 10 年以下有期徒刑……他明明应该付出更加沉重的代价才对!"

孔叹说完无奈地叹了口气。

"你怎么又唉声叹气了?你都已经找到暂时证明我不是凶手的线索,你也一定可以找到让谭斯展定罪的证据。"柯寻笨拙地鼓励道。

孔叹点了点头,看着柯寻,挤出一丝笑容:"怎么回事,怎么都是你在鼓励我,明明现在是你处在危险之中……"

"因为我相信你,但是你好像并没有像我相信你一样,相信自己。"柯寻的眼眸看向孔叹,展颜一笑:"你该不会以为我说的相信,只是说说而已吧?"

孔叹眼睫轻颤,看向柯寻。

"孔叹,你为了追查陆卓凯死亡的真相,可以不顾一切,选择复读一年去当警察。你知道吗?当我得知你考上公安大学的时候,我真的很惊讶,因为我很难看到一个人,如此专注地去做一件事情,去追查一个真相。"

孔叹听着柯寻的话,垂下眼眸,咬紧嘴唇,她不想让自己的情绪显露在监控镜头中。

"孔叹,七年前,我们都离真相太远了,但这一次不一样,我们离真相已经很近了。不要让林医生成为第二个陆卓凯……"

孔叹深吸一口气,抬起头,咬牙道:"是第三个。"

柯寻歪头,微微不解。

"谭斯弈,就是第二个陆卓凯!"

柯寻点头,叹了一口气:"我记得你和我说过,你做警察的初心,是希望在这个由强者制定规则的世界里,让弱者也可以安心生存。所以,孔叹,请你一定要抓住谭斯展!不要再让任何人成为下一个……陆卓凯。"

闻言,孔叹脸上浮现一丝浅浅的笑意,她接过话道:"还有,也不要再让任何人成为下一个孔叹和下一个倒霉蛋,柯寻!"

两个人相视一笑。

Chapter 08·灯塔不灭,水母不死柯寻眸光流转，突然想到什么，开口道："对了，你还记得当时我们差点被摩托车撞到的时候吗？我当时跟你说，我觉得谭斯展在跟我玩游戏。"

孔叹回忆起来："对，你说有一些动物在吃掉猎物之前，喜欢先和它玩玩，享受这种绝对的掌控感。"

"没错，谭斯展就是这样的人，他的这种性格其实反而容易出现破绽。我最近在想……这七年间，谭斯展不惜接近林医生来监控我，还把我安排在海洋馆工作，观察我的一举一动……所以我觉得，谭斯展不会让他的猎物处于他自己的视线范围之外！"

孔叹瞬间眼神一凛。

"你上次和我说，林医生心理咨询室大楼的监控器坏了，我一直在想，那谭斯展是如何安排时间差嫁祸给我的。除非……"

"他在心理咨询室放了摄像头！"孔叹抢先道。

"没错，我推测那个消失的摆件也许就是摄像头。他在观察林医生，监控林医生的一举一动。"

"所以，他从那一天林医生和你的谈话内容里，推测出林医生发现了他的所作所为。"

"对。但是还有一点，"柯寻微微蹙眉，"你上次在电话里说，谭斯展弟弟的尸体，至今都没有找到？"

"没错！你想到了什么？"

"我只是猜测，谭斯展对我都能监控到这个地步，那么以谭斯展的掌控欲，他绝不会容忍这样一具尸体在自己的眼前消失不见。"

孔叹眼中闪过精芒："你是说，也许谭斯弈的尸体并没有消失，而是就在谭斯展能看见的地方！"

孔叹说到这儿，突然后脊发凉："如果真的是这样，那他会把谭斯弈的尸体藏在哪儿呢？"

"一定是一个他看得见的地方！"

孔叹开始认真思考起来："看得见的地方……"

柯寻看着她认真思考的模样，忍不住抿着嘴角偷笑。孔叹抬眼，一本正经地问他："你笑什么？你是不是还想到了什么？"

"没什么。"柯寻突然想到，"对了，你如果有时间的话，可以帮我去喂一下水母吗？我怕它们萎缩变小了。"

"好，你放心吧。还有其他的吗？"

柯寻突然倾身向前，很仔细地盯着孔叹："照顾好水母，更要照顾好你自己。"

孔叹摸了摸自己的脸颊："我又怎么了？"

柯寻笑了笑："你现在特别像蓝带斑马鱼。"

"那又是什么鱼？"孔叹皱眉问道。

"一种花纹像黑眼圈的热带鱼。"

孔叹抄起文件夹差点砸过去："你再说，我不去给你喂水母了！"

谭斯展的父亲谭傲辉所居住的别墅，位于临川市的边缘。

虽然地处城市的尽头，但环境极好，依山傍水，幽静怡人，是个退休养老的好居所。孔叹从陆局那儿要到了地址，经过将近一个小时的车程后，她终于来到了这里。她按了下门铃，不一会儿，一个年纪不算很大的女人过来开门。

"你好，我是临川市公安局的孔叹，我来拜访一下谭先生。"孔叹说着拿出了警官证。

女人客气道："我听陆局说了，您请进吧。"

孔叹换鞋走进屋内，发现这栋别墅虽然外观看起来豪华，里面其实没什么人气。即使堆满了精致昂贵的摆件和字画，很显然这些物件也无人欣赏。女人把孔叹领到了二楼的一间起居室里，谭傲辉正在打点滴，卧床昏睡。这一幕令孔叹想到了孔庆军，又是曾经的强者沦为如今的弱者。

孔叹没料到谭傲辉的身体状况居然这么差，她皱眉问道："谭先生现在身体状况还好吗？"

女人摇了摇头："之前没有这么糟的，年初老谭从二楼摔下去了，脑血栓发作，血管堵塞，现在已经丧失了语言功能，所以您这边要是想问他什么，恐怕……"

孔叹突然觉得自己好像白来了一趟，她叹了口气，转身离开二楼。往一楼走的时候，她发现这栋别墅的楼梯确实很窄，坡度大，连她走的时候都要稍加注意。孔叹顺口问道："您知道这房子是谁装修的吗？给年纪大的人居住，怎么没有考虑到这一点？"

Chapter 08 · 灯塔不灭，水母不死女人扶着楼梯扶手,边下楼边答道:"房子是斯展装修的。当时老谭着急住,所以装修得也比较仓促,可能没考虑到这么多吧。"

孔叹注意到,这个护工阿姨把谭傲辉叫老谭,管谭斯展叫斯展,并不像一个普通的护工称呼自己雇主时的态度和语气。

二人来到一楼,孔叹忍不住询问:"不好意思,恕我冒昧,刚才没来得及问,您是……"

"啊,"女人略有些难为情,"我就是照顾老谭的人……"

一个念头一闪而过,孔叹脱口而出:"请问,您是谭斯弈的母亲吗?"

女人听见谭斯弈的名字,平静的脸上闪过一丝悲伤,她的眼眸突然暗淡下来,点了点头:"嗯,我是。"

孔叹突然觉得不虚此行,关于谭斯弈的事情,问他的母亲,也许比直接问谭傲辉更加客观。孔叹正要开口,却注意到一楼的电视墙上,装着一个监控摄像头。

她走过去,探身问道:"这个监控摄像头是谁安装的?"

女人走过来:"是斯展安装的,为了防止老谭摔跤……"

孔叹瞟了一眼摄像头的角度,揶揄道:"从这个角度看不见楼梯啊,再说了,谭先生已经卧床了,这摄像头也看不见他啊。"

女人苦笑,无奈道:"也许,是为了看着我,毕竟我是个外人。"

"那二楼有摄像头吗?"

"二楼没有。"

孔叹觉得这个摄像头的位置有点奇怪,就算是为了看着谭斯弈的母亲,怕她照顾不周,难道不是放在谭傲辉的起居室更有用吗?孔叹没犹豫,直接伸手拔掉了摄像头的电源。

女人阻止不及:"哎呀,警察同志,你把监控关了,斯展肯定以为是我……"

"没关系的,阿姨。"孔叹知道这个时间段谭斯展正在公安局协助调查,"谭斯展现在忙得很,可没时间照顾到这边。"

"啊……"女人恍然大悟,"我听说了,斯展的妻子好像出了意外。唉,你说这都是什么事儿啊。"

孔叹坐在沙发上,问道:"既然谭先生没有办法开口了,那我可以问问您关于谭斯弈的事情吗?"

女人略局促地坐在孔叹对面的沙发上："当然可以。"

孔叹拿出纸笔开始记录："这么多年，都是您在照顾谭先生吗？"

"对，我虽然名义上是老谭的护工，但也是斯弈的母亲。把老谭交给别人来照顾，我不太放心，况且老谭这个病啊，就怕摔了碰了，还好上次我在他身边，发现得及时……"

"那您照顾这么多年，谭先生都没有想给您一些法律层面的保护吗？"孔叹问得很委婉。

女人听懂了她的言外之意，叹了一口气说："警察同志，因为一些事情，我是没有办法跟老谭结婚的……"

"是因为谭先生之前的妻子跳楼自杀的事情吗？"

女人很惊讶，这个女警察竟然知道这层内情，也就没再隐瞒，点头道："算是吧，所以斯展因为这个事情对我比较忌讳。再加上我也没有什么背景，跟老谭结婚，估计外人也会觉得我是图他的钱。"

孔叹觉得这个女人和她预想的第三者不太一样，便试探问道："那您和谭先生认识的时候，知道他有家庭吗？"

女人摇了摇头："我当时不知道，我本来是在南城开餐馆的。早年间老谭的生意在那边，他总来我店里吃饭，一来二去就熟了。我看他总是一个人过来，那肯定是家里也没人给他做口热饭，直到后来我都有了斯弈……才知道，老谭在临川早就有家了……"

"但是您还是选择跟一个有家室的男人在一起了？"

女人的表情有些无奈和纠结："当时是为了斯弈，其实我身体一直不太好，我跟我前夫离婚就是因为一直怀不上孩子。那时好不容易有了一个孩子，我就想把他留下来……"

孔叹知道自己下一个问题很残忍，但还是问道："那谭先生的夫人跳楼的事情，您知道吗？"

女人有点慌，着急地解释起来："警察同志，我自从有了斯弈，就没来过临川市，也没想破坏老谭的家庭……"

"但是当你决定和一个已婚的男人在一起，就已经在破坏他的家庭了。"孔叹直言道。

"是……这件事，是我不对。"女人的表情有些内疚，"但我其实都没

Chapter 08·灯塔不灭，水母不死

267

见过老谭的妻子,我、我也没脸见啊……"

"你没见过林绍芝?"孔叹很惊讶。

女人摇头,很肯定道:"没有!"

"那谭斯弈见过林绍芝吗?"

女人想了想:"斯弈是见过的,老谭带着斯弈去买东西,结果被……被她撞到了……"

"只有这一次吗?"

"嗯。就这一次。老谭跟我们说过,他是不会跟他妻子离婚的,所以我也没指望要怎么样,只要斯弈能好好长大,我就知足了。"

孔叹觉得很奇怪,她一直以为是因为第三者带着儿子到林绍芝面前耀武扬威,才导致她情绪激动,跳楼自杀。如果林绍芝只见过谭斯弈一次……

"那林绍芝是什么时候知道谭斯弈的存在?"孔叹问道。

女人回忆起来:"那年斯弈18岁,老谭带着他去买生日礼物。"

"几月份?"

"九月份,9月10号,斯弈的生日在教师节。"

那一年的9月10号……

孔叹在心里思忖起来,这个日期距离强奸案的发生只有八天!

谭斯弈的存在就像一个炸弹,给林绍芝和谭斯展的生活带来了毁灭性的打击。谭斯展原本就生活在压抑的原生家庭里,突然出现的弟弟,让他意识到父亲的不忠,但同时他又渴望得到父亲的关爱,所以他把对父亲的仇恨转嫁到这个女人的身上。他觉得是那个女人勾引了他的父亲,于是他向女性展开了报复……孔叹想到这里,收回思绪,继续问:"第二年,林绍芝跳楼自杀的时候,您在哪儿?"

"我和斯弈在南城,那年斯弈快过生日的时候,老谭突然一个月没联系我们,后来我才知道是他的妻子跳楼了……"

孔叹笔尖顿住,再次思考起来,林绍芝在知道了谭斯弈的存在后,为什么过了一年才跳楼自杀呢?按理来说,她受到刺激应该当时就发作,为什么反而是等到一年以后,甚至连罪魁祸首谭斯弈母子都不在她眼前的时候,却突然自杀呢?难道真的是谭斯弈母子的存在刺激到了林绍芝吗?

孔叹忽然想到,她好像从来没查过林绍芝跳楼自杀的具体时间,便开口问道:"那您知道,林绍芝是哪一天跳楼自杀的吗?"

女人想都没想,脱口而出:"忘不了,那是9月18号!"

孔叹瞬间顿住——9月18号!那不就是性侵案发生一年后?

这个时间点太微妙了,很难不让孔叹怀疑,林绍芝的死是不是因为知道了什么……看来自己还得去林家了解一下更多的情况。

孔叹回到正题,继续问道:"那两年后的元旦,您的儿子谭斯弈意外坠海,您了解当时的情况吗?"

女人听到这儿,神色有些哀伤,她布满皱纹的手用力交叉握在一起:"其实,我当时没有参加,那种场合以我的身份,是不好出面的。"

女人的眼神望向了柜子上谭斯弈的照片:"当我得知这个消息的时候,已经是斯弈出事之后了……"

孔叹顺着她的目光望向谭斯弈的照片,那应该是谭斯弈十几岁的模样。他穿着宽松的篮球服,左手挎着篮球,右手得意地举着脖子上的奖牌,布满汗水的脸上洋溢着年轻人轻狂的笑意。如果他还活着……

想到这里,孔叹不由自主地想到了陆卓凯,如果陆卓凯还活着……

他们应该都拥有明媚而美好的未来吧?

因为谭斯展,那些认真而努力活着的人,他们的未来被无情剥夺,他们的人生戛然而止……而留下的人被迫接受不幸,生不如死。

孔叹收回目光,喘了口气,继续问道:"那谭斯弈临出发前有什么异常吗?"

"没有。"女人摇摇头,"斯弈很期待来着,他第一次坐游艇,兴奋得一晚上没睡着。"

孔叹突然很好奇,问道:"冒昧问您一句,您在这个家其实并不能得到什么,现在的谭先生也并不能给您金钱和法律上的保护,那您为什么还要在这里,照顾谭先生呢?"

女人的眼眶微红,叹了口气:"当然是因为斯弈了,他是我的儿子,我想等到找到他尸体的那一天。斯弈一天不入土为安,我一天睡不踏实……起码得让我知道,他在哪儿……"

就在这时,"啪嗒"一声,一块墙皮掉到了孔叹的肩头。孔叹侧过头,抬手拂去。

女人抹掉眼泪,很不好意思道:"警察同志,你要不往外边挪一点,你

Chapter 08·灯塔不灭,水母不死

269

那个位置的墙皮有点受潮了，总是会掉……"

孔叹回过头看了一眼，沙发背后的墙体确实有一些返潮掉皮。她抬手摸了一下："其他房间也会这样吗？"

"也有点儿，但没有这么严重。因为这栋别墅挨着河，所以容易返潮，尤其是一楼沙发后面这面墙总掉墙皮，我们都找人补了几次了。"

"哦，这样啊……"孔叹起身观察，发现沙发后面的墙体好像比其他的地方要稍微厚一些，"已经做了加厚处理，怎么还这么潮？"

"可能就是因为这边临水，所以湿气大吧。但毕竟空气好，适合疗养，和环境比起来，这点小问题，能忍则忍了。"

孔叹点点头，和女人道别后，她带着新的线索和困惑离开了谭傲辉的别墅。

孔叹从那儿出来以后，就去了柯寻的家里。毕竟她答应了柯寻，要去帮他喂水母。孔叹来了之后才发现，隔离缸里那只受伤的水母已经不见了，孔叹不知道，那只水母是变成了水，还是变成了水母的最初形态……

她看着空荡荡的水母缸黯然伤神，不知道柯寻出来以后，发现这只水母不见了，会不会有些失落？

孔叹喂完水母，准备走的时候，发现柯寻的书架上多了一个盒子，盒子里面是一串用棉线穿起但还未穿完的珍珠。这些珍珠大小不一，形状各异，颜色也不同。孔叹想起来，柯寻说过他之前开蚌的时候攒下了一些珍珠，所以帮她做了小丑鱼的项链……

孔叹在盒子里翻了翻，果然发现了和小丑鱼项链上同色系的香槟色珍珠，但盒子里的珍珠都稍微有点瑕疵，只有孔叹项链上那颗是最完美的。忽然，一阵痛感从指尖传来。孔叹这才注意到，自己的手指在翻动的时候扎在了棉线顶端的针尖上。她用手挤了一下，从针孔沁出一滴小小的血珠，血珠滴落在珍珠串上，顺着饱满圆润的珍珠，融进了棉线里……

看到这一幕，电光石火之间，孔叹突然想到了一个类似的物件，那就是谭斯展的小叶紫檀手串。孔叹迅速在脑海里大胆猜测起来，如果说像戒指这样明显的东西，沾染上了血迹，很容易被发现，那若是小叶紫檀手串里面的棉线呢？

记得师父老李曾经说过，紫檀忌水，沾水会开裂，所以洗手和洗澡的时候一定要摘掉……

如果手串上沾了林静竹的血迹，应该很难被发现才对。

就在这时，孔叹的电话响了起来，是栗秋打来的，孔叹赶紧接了起来："喂，秋儿！是 DNA 对比有结果了吗？"

电话那一端，栗秋沉默了片刻："不是，痕检科还没出结果。"

孔叹垂眸，有点失落，问道："那你找我是有什么事吗？"

电话那一端，栗秋犹豫道："叹姐，你之前说过林静竹是你的心理医生对吧？"

"嗯，对。"孔叹皱眉，"怎么了？"

"那林静竹有没有和你说过，她怀孕了？"

"啪"的一声，孔叹手里的盒子倏然掉落，断线的珍珠噼里啪啦落地，弹射、散落……孔叹呆立在原地，脑子里一声惊雷。周围的空气好像都在颤抖，她的心也如珍珠串一般支离破碎，仿佛有什么美好的东西在她眼前被瞬间毁灭了……

"你说什么？林医生她……怀孕了？"

法医中心，尸检部门。

林静竹的尸体被栗秋从冷藏柜里推到孔叹的面前。当心脏停止跳动，血液不再流动，肉体就变成了我们不愿意用语言去描述的东西。孔叹看过很多人的尸体，陆卓凯的、唐文霞的、林静竹的……这些尸体有的让人留恋，有的让人惋惜，有的让人痛苦不已。

这种极致的美好被撕裂的感觉，孔叹在陆卓凯坠楼的时候也曾感受过。陆卓凯是她青春时代中所遇见的最美好的人，她亲眼看见陆卓凯死在自己的面前，而林静竹是孔叹成年后所遇见的最完美的女性，但是她也被撕碎了。

陆卓凯和林静竹是曾经给孔叹的生命带来光明和希望的人，但他们的人生却已经不再有希望了，他们变成冰冷的尸体，变成匣子里灰白色的粉末，变成了黑暗和遗忘……

最后仅存的就是她脑海里有关这些人的零星的记忆，那些记忆被她反复地在脑海里回忆……这些记忆就是她与他们最后的纽带……

Chapter 08・灯塔不灭，水母不死

271

想到这里，孔叹的眼睛突然被泪水打湿，朦胧一片。

栗秋在一旁开口道："我在尸检的时候发现，死者已经怀孕了，初步估计六周左右，可能她自己都没发现吧……"

孔叹擦干眼泪："好，我知道了。秋儿，谢谢你告诉我。"

栗秋虽然不认识林静竹，但也感到悲伤和惋惜："叹姐，你一定要抓到害死她和她肚子里孩子的凶手啊……"

就在这时，隔壁痕检科的同事来敲门。栗秋眼神一亮："可能是DNA检测出结果了！"

"我来看看！"孔叹擦去眼泪，接过痕检科同事送来的文件袋。她转开绳扣，抽出文件，看着上面的字，渐渐双手发抖。

孔叹的脸顿时如同一汪寒潭，她凛冽的目光宛如冰碴，一字一句咬牙道："谭斯展，我要让他付出代价！"

孔叹快步离开法医中心，同时拨通了张队的电话："喂，张队，请求支援！我已经推测出谭斯弈尸体的具体位置，请您带人过去搜查！"

电话那一端，张队很意外："那你呢？"

"我还有一个地方要去！"孔叹的眼神狠厉而又坚定，她说完，握紧了手机。

公安局里，谭斯展刚配合完调查，正起身要离开的时候，一阵急促的脚步声逼近。孔叹快步走进来，在众人诧异的目光里，直接把谭斯展摁回在椅子上。

她扔下文件袋，直言道："先别走。谭先生，我还有话要问你呢。"

文件袋在桌面上散开，里面的东西掉了出来，谭斯展看到那是关于七年前强奸案的DNA对比资料。谭斯展看着文件袋，轻蔑一笑："孔警官，你作为案件的受害者应该是不能参与调查的吧？"

孔叹觑眼看向他："我好像并没有和你说过这个案子，谭先生倒是知道得不少呢。"

"你来找静竹做心理咨询，不就是为了这件事情吗？"谭斯展冷静回应道。

孔叹眉头微蹙："林医生是很专业的心理医生，应该不会和自己的丈夫说自己患者的案例吧。"

谭斯展面色如常，云淡风轻，保持沉默。

"您放心，我们刑警支队都是按照章程办事的，我可不是在审问你七年前的事……"孔叹笑了笑，然后以进攻者的姿态身体前倾，朝谭斯展冷冷道，"我是作为林静竹谋杀案的刑事案件负责人来审问你！"

谭斯展表情微动，看向了孔叹。

孔叹站直身体："不，应该说是陆卓凯坠楼案、谭斯弈失踪案、林绍芝跳楼案，这些案件的负责人来审问你！"

听到这些人的名字，谭斯展的眉宇间闪过一丝狠厉。

孔叹张开双臂撑在桌面上，睥睨看他，带着宣战的口吻道："谭先生，那就让我们新仇旧恨，哦不，新案旧案，一件一件，从头开始吧。"

谭斯展坐在对面的椅子上，双手交叠抱在胸前，这是一个防御的姿势。

孔叹一边踱步一边娓娓道来："谭斯展，你出生在一个看似非常完美的家庭，可惜你的父亲用见不得光的手段侵犯了你的母亲——"

谭斯展侧过头，很惊讶地看向孔叹。

孔叹挤出一个笑容："没想到吧？谭先生，我刚从林家过来。说起来，你自从母亲去世，得到了遗产之后，就再也没有回过林家吧？就连结婚都没有邀请林家的人，你还真是冷血无情啊……"

谭斯展不耐烦地打断道："孔警官，我的家事你也要过问吗？"

"当然不会！"孔叹耸耸肩，摊开手无辜道，"只是我离开的时候，你的姥姥和姥爷托我告诉你，谭先生什么时候有空，记得回一趟林家，他们二老还有事要问你呢！"

谭斯展冷笑一声，不置可否。

"好吧，我们继续说回你，在外人看来，你是一个令人羡慕的、含着金汤匙出生的富二代。但说得不好听点，谭先生，你就是一个强奸犯的儿子，你也一直是这样认为的吧？"

听到这里，谭斯展的表情依旧如常，保持沉默。

"你出生以后，你的父亲常年不住家，你一个人跟患有抑郁症的母亲生活在一起，她并不能给你关爱，你又缺失了父爱。你在幼年本应得到家庭呵护的依恋期，却没有得到应得的满足。而没有形成依恋关系的人，会存在终

Chapter 08 · 灯塔不灭，水母不死

273

身的社会情感缺陷，以至于成年后表现出对社会和他人的冷酷和残忍。其实说到这里……谭先生，我还是很同情你的。"

孔叹靠近谭斯展，在他耳边低语："听说，你三岁那一年，你母亲在你耻骨那儿烫了三个烟疤，没错吧？"

谭斯展脸颊肌肉紧绷，咬肌微动，但面上未露端倪。

孔叹看在眼里，继续道："你的母亲总是控制不住想要伤害你，但她做完以后又会非常自责，她在这种痛苦的矛盾中无法自处……所以你从小就恨她，因为你觉得就是你母亲的不正常，才导致你父亲不回家。你把你失去父爱的原因归结为你父亲不想面对一个疯子。你跟自己说，你的母亲虽然不爱你，但是你的父亲还是爱你的，毕竟你是他的亲生骨肉……

"你一边痛恨你的母亲，一边仰慕你的父亲，你希望能够得到你父亲的关爱，所以你非常努力，考上了很好的大学。直到 2015 年，22 岁的你，大学毕业回到临川市，你以为你可以顺理成章地继承谭氏企业，并得到林氏的支持，但这个时候，你突然发现你居然还有一个弟弟！而且这个弟弟已经 18 岁了，他像你一样优秀，甚至还拥有你从没得到过的父爱！

"所以你彻底坐不住了，你察觉到原来你一直想象的父亲对你的爱也是假的，你的父亲根本就不爱你，他爱的是另外一个儿子。"

谭斯展的眼中滑过一丝恨意，但很快神色如常。

孔叹捕捉到谭斯展的情绪，继续攻心："你知道这个弟弟的存在即将毁掉你的一切，所以你很痛苦。但是你又纠结，你不忍心，也不敢打破这么多年来你对父亲的憧憬，因为你渴望得到父亲的爱和认可。所以，你觉得一定是外面那个女人勾引了你的父亲，才生下了你弟弟。你觉得这个世上的女人都糟透了，你的生母从来不爱你还伤害你，外面的女人不知廉耻，抢走了你的父亲……你将自己身上发生的所有不幸都归因为'女人'，所以你要报复她们，报复女性……

"你大学毕业后没有直接工作，而是每天游荡在临川大学附近。因为你知道你能下手的对象，只有没什么反抗能力的女学生。你其实也没什么经验，毕竟你家境良好，不允许你做这些出格的事情，但是你很聪明，你知道偷拍很难被发现，所以你选择犯罪成本最低的一种方式。"

孔叹说到这里，努力控制自己，深吸一口气，用不带感情的冰冷语调继续道:"你一边偷拍一边寻找可以下手的对象,直到有一天你盯上了一个女孩,她总是独自一个人出入,你以捡到钱包的名义假装跟她搭讪,让她对你放松警惕,然后你把她拉入一个没有监控的死角——试图侵犯她!"

孔叹说着走到谭斯展的身后,她弯腰俯身,在谭斯展的耳边冷冷低语:"你有没有发现,你遗传了你父亲的基因,渐渐活成了你父亲的样子。"

孔叹直起身,目光深邃:"我其实很好奇你这么做的理由,单纯是为了报复女性,还是你觉得,你要活成你父亲的样子,就要从强奸女性开始?"

谭斯展刚要开口辩驳:"我不懂你在说什么……"

孔叹直接把文件夹甩他脸上:"闭嘴吧你!证据摆在你的面前,你还有什么可狡辩的?"

谭斯展带着毫无悔、趾高气扬的语气道:"我再说一次,孔警官,关于这件事情,你没有资格审问我!"

孔叹握紧拳头,这种没有办法与他对峙的挫败感,令她感到愤恨。

谭斯展轻蔑一笑:"况且如果单纯靠 DNA 对比检测的话,那你为什么不怀疑谭斯弈呢?毕竟我们可是有血缘关系的亲兄弟。你可别忘了,2015 年谭斯弈来到了临川市,说不定还真是他干的呢?"

"可是你的 DNA 检测,跟内裤上精斑的 DNA 序列相似度高达 99%!"

"那又怎么样,我跟谭斯弈可是同父异母的兄弟,我们的基因相似度也很高。"谭斯展故意挑衅问道,"对了,孔警官,你有查过谭斯弈的 DNA 吗?"

孔叹咬牙控制情绪,她知道谭斯展明知自己查不到,所以才故意这么问,想要给她下套。

她决定绕开这件案子,回到最初的原点——从陆卓凯开始。

"我查没查过,不需要向你汇报。"孔叹压抑着愤怒,"当年,在你犯案的过程中,有一个人的出现,打断了你的施暴,还看到了你的脸,你为了铲除这个目击证人,所以你杀了他!"

"孔警官,凡事要讲究证据的。"谭斯展皮笑肉不笑,摊手表示,"我都不知道你说的那个人是谁,我又怎么会去杀他呢?"

"这一年的 10 月 20 号,晚上六点到八点,你在哪儿?"孔叹直截了当地问道。

谭斯展皱眉,回忆着说:"应该和我的母亲待在家里吧。"

Chapter 08・灯塔不火,水母不死

"可是能为你证明的人已经不在了！"孔叹厉声反驳。

"那你又怎么证明是我杀了他呢？"谭斯展冷静质问。

审问陷入僵局，这是孔叹意料之中的。陆卓凯的案子是最不利的突破口，但孔叹必要要在这一刻为他讨一个说法，她要按照自己的节奏，牵着谭斯展往下走。

她咬着牙，继续道："你的母亲跳楼了的那天，怎么会这么巧，刚好就是9月18号，就是强奸事件发生的一年后。谭先生，有没有这种可能，当年你犯案后回到家里，被你的母亲发现了异常，而你搪塞了过去。第二年的同一天，你母亲再次想到一年前的那一晚，于是就问了你，去年的这一天你去了哪儿，做了什么。因为你知道，即使你跟你母亲说了实话也没关系，因为她有抑郁症，哪怕她跟别人说，别人也会觉得是她不正常，在胡言乱语。但当你母亲发现，她居然生出了一个强奸犯时，这种打击令她无法接受，所以她跳楼自杀了……你反而觉得很轻松，因为你终于摆脱了你此生最大的阴影！"

谭斯展扑哧笑出声来，忍不住鼓掌："真是一个跌宕起伏的故事啊！孔警官，你这么好的想象力和文采，我将来要是写自传的话，一定请你来执笔！"

他笑着笑着，笑声突然戛然而止，眼中一片阴寒："我只想问一句，孔警官，证据呢？"

孔叹没有证据。陆卓凯的案子确实没有任何线索和证据可以指向谭斯展，林绍芝的跳楼原因也是孔叹的猜测。她本就是带着孤注一掷的决心和破釜沉舟的勇气，试图靠心理战来打败谭斯展。所以，在张队那边没有确认找到谭斯弈的尸体之前，她必须牢牢抓住谭斯展的注意力，不可以动摇和认输。

孔叹深吸一口气，调整好情绪："你母亲去世以后，你在这个家里孤立无援。这时，你在自己建立的 Iceberg 软件上看到了你曾经见过的商界精英的违法视频，你发现这对你来说是一个天赐良机，你必须要在事业上取得成功，超过你的弟弟。于是，你利用 Iceberg 软件，一方面满足自己的私欲，一方面寻找这些大鱼。用这些视频威胁商界人士以置换资源，你靠着这种手段取得了一些成功。但是你却发现——你的弟弟谭斯弈，什么都不用做，也拥有了一切，所以你决定要杀了他！"

谭斯展轻笑打断她："孔警官，谭斯弈坠海只是一个意外事件，况且当时我跟我弟弟都不在一条船上。"

孔叹冷笑："好一个弟弟呀，你弟弟知道你买凶杀人要害他吗？"

"话可不能乱说，你有证据吗？"

孔叹转身从文件袋里层，抽出一张转账记录单。

"你的账号虽然不好查，但是收款方却很好查。"孔叹说着，把这张转账记录单推向了谭斯展，"这个收款方叫熊铭泽，如果我没猜错，他就是负责 CXIT 酒吧和 Iceberg 直播产业链的熊哥吧？"

谭斯展看着转账记录，眉睫轻颤，嘴角微抽。

孔叹终于在谭斯展的脸上看见了不安的情绪，揶揄道："真没想到，熊哥也太不小心了，怎么光顾着把老板的账号清理得干干净净，自己的账号倒是没来得及处理呢？难道他不知道什么叫作唇亡齿寒吗？"

谭斯展握紧了拳头，咬紧牙关，控制着自己的情绪。

孔叹继续攻心："你在除掉谭斯弈以后，整个人都嚣张了起来，外加你父亲又病倒了，整个谭氏的产业都掌控在了你的手里，于是你趁机扩大了 Iceberg 的业务，因为你想得到更多的资源，置换更多的权力！于是你和熊哥联合汪承勇，策划了那起轰动一时的案子，但你们没想到这个女孩用自杀的方式曝光了这件事，导致这件事情的影响太大了，令 Iceberg 直接下架……

"但这并不能影响到你，只要推出汪承勇这个强奸犯不就好了。汪承勇坐牢以后，你打算重新上架 Iceberg 软件，但这一次你学聪明了，你把服务器选在了海外，并且利用了阅后即焚的属性，这样任何人都查不到你的头上。你扩大了 Iceberg 的规模，以更加完善和严苛的制度，筛选了一批跟你有共同相似特征的潜在犯罪分子……"

"孔警官，我并不知道你说的是什么软件，更不认识什么汪承勇！"

"哦，是吗？"孔叹哼了一声，"可是汪承勇住在静园小区，林医生也住在那里，静园小区的开发商就是林氏地产吧？而且，汪承勇那栋房子的房主，好像叫张美慧！"

谭斯展听到这个名字，顿时表情微动，他克制着情绪，暗暗咬住牙根。

"我也是去了林家才知道，这位张美慧就是照顾林绍芝的产后护理师。

Chapter 08・灯塔不火，水母不死

但是张美慧全家都已经去了国外，所以这栋房子就这样闲置了。"孔叹笑起来，"谭先生，只能说你太喜欢监控你身边的每一个人了，你甚至把林医生的房子也选在了静园。我本来是没有发现汪承勇跟你的关系的，直到我发现林医生这栋房子的前房主，也是那个护工，那我就不得不怀疑到你的头上了！"

孔叹深吸一口气："好吧，说了这么多，让我们回到林静竹的案子。"

她绕着谭斯展踱步，继续道："陆卓凯作为目击证人，被你杀害以后，你突然发现竟然还有一个难缠的人。他虽然没有看到你的脸，但是陆卓凯却把这件事情告诉了他，不仅如此，他还在你杀害陆卓凯逃离的过程中，看见了你的背影……真是造化弄人，你杀死陆卓凯以后，这个被你视为眼中钉的目击证人，竟然替你成为警方怀疑的'杀人凶手'，你觉得这简直就是天助你也。"

"这个叫柯寻的倒霉蛋，就这样成了嫌疑人，虽然最后他被无罪释放了，但是他的人生却就此毁掉了……"孔叹说到这儿的时候，声音有些颤抖，"但是你仍然觉得不安，你不知道这个人什么时候会突然有一天去报警，说他在某年某月某一天，间接目击了强奸案和凶杀案。然后你发现这个倒霉蛋，居然上了新闻，你对他突然充满了兴趣，你为了监视他，不惜接近他的心理医生——林静竹。但是我不知道你是太入戏了，还是真的把自己玩儿进去了，你居然真的和林静竹结婚了！"

孔叹说到这里，无奈道："果然是因果循环，谁能想到，当时被你强奸的那个女孩，竟然也找了林静竹做心理治疗，她接受治疗就是为了回忆起你的体貌特征。当她终于记起，那个人的耻骨上有一个印记的时候，那个强奸犯就再也藏不住了！因为知道那个印记的人，除了被害的少女，还有他的妻子——林静竹。"

谭斯展听到这里，终于明白了自己是何时暴露的，就是下雨那一晚，林静竹突然问到那块烟疤，原来是从那个时候就开始了……

"林静竹开始怀疑后，就着手调查自己的丈夫。她发现自己丈夫居然还有鲜为人知的另一面。她本就是一个充满智慧、温柔强大的人，她坚决地站在正义的这边，于是你就杀了她！"

"孔警官，我没有时间陪你在这里编故事玩儿，如果你没有确凿的证据，你就没有资格在这里审问我！"谭斯展说着就要起身离开。

孔叹目光一凛，突然开口道："你知道林静竹怀孕了吗？"

此言一出，宛如惊雷。谭斯展停住脚步，定在原地，他的表情就像千年冰山裂开了缝隙，让人窥见假面下真容的痛苦，但刹那间那痛苦又转瞬即逝，他很快就平静下来，回身问道："你在开什么玩笑？"

"不是玩笑，林静竹怀孕六周了，可能连她自己都不知道，所以她没有告诉过你。"

孔叹说着从文件夹里抽出一张检验报告单，递到谭斯展面前："你不仅杀了林静竹，你还杀了你们的孩子！"

谭斯展快步上前，一把抢过报告单，表情逐渐崩溃："怎么可能……"

就在这时，孔叹的电话响了起来，是张队。孔叹的心提到了嗓子眼，赶紧接起电话："喂，张队！"

电话那一边，传来凿墙的巨响。张队怒吼道："这个畜生，果然把尸体藏在了沙发背景墙里！"

电话里，传来了一个女人悲痛欲绝的哭喊声。

"这畜生给尸体做了防腐处理，所以这么久都没被发现……"

孔叹悬着的心落了地："好的张队，辛苦您了。"

她挂了电话，眼神盛满怒意，怒吼道："谭斯展，你真的好残忍，你竟然把你弟弟的尸体封在了你父亲别墅的墙壁里？！"

谭斯展的手腕一抖，报告单飘落。他像一只被逼到悬崖边的野兽，目眦欲裂地看向孔叹："你说什么？"

"我最开始只是觉得奇怪，为什么一楼监控录像所拍摄的角度，根本拍不到你的父亲，如果只是为了监控谭斯弈的母亲，那个位置又未免过于明显。直到后来我才发现……那个摄像头对着的地方就是沙发背后的那面墙。那栋别墅虽然临河，但是也不至于那么潮湿。所以，只有一个原因，就是那面墙里还有别的东西。于是我就让我们队长带人去把那面墙凿开来看，果不其然，我们找到了谭斯弈的尸体。原来那个摄像头真正盯着的，就是你弟弟的尸体！"

愤怒让孔叹拔高了音量："你为了报复你的父亲，故意把房子的楼梯修得格外陡峭，你就是知道有一天，你的父亲一定会摔下来，多么自然而然的意外事件。你知道你的父亲和你的继母，每天都在寻找谭斯弈的尸体，但是

Chapter 08・灯塔不火，水母不死

279

你却故意把他的尸体就放在他们的眼前……因为你在惩罚他们，惩罚你父亲的背叛！惩罚你继母的勾引！惩罚这个跟你一样……生下来就不幸的弟弟！"

孔叹深吸一口气，稳定情绪："不得不说，你比我还要有想象力，你刚刚说我特别会编故事，真是恭维我了，我讲的故事不过都是你犯下的事实而已！难道不是亲手做下这些的你，更有想象力吗？"

"既然谭斯弈的尸体找到了，那么他究竟是死于意外，还是死于谋杀，我们很快就会知晓了。"

谭斯展的手突然抖动起来，他笑容可怖地说道："那又怎么样呢？就算我买凶杀人，又强奸了你，那又怎么样呢？"

谭斯展毫无忏悔的表情令孔叹再也无法忍受，她冲过去揪住谭斯展的衣领，把他按在桌子上厉声质问："杀人、强奸，你轻飘飘地说出这两个词，但这两个词的背后却是被害人暗无天日的痛苦。谭斯展！你怎么可以如此毫无人性、如此麻木凶残，甚至没有一丝悔过之心！你知不知道那些被你伤害的人、被你害死的人、被你侵害的人、被你偷拍的人，那些努力生活的人，她们的人生都被你毁了！她们有的被你夺走了生命，有的跳楼自杀，有的背负痛苦一蹶不振……你知不知道，因为你，她们过着什么样的日子？"

"那又怎么样？！"谭斯展一把推开孔叹，"我就是这样的人，你又能把我怎么样呢！"

孔叹盯着谭斯展推开自己的左手，上面小叶紫檀手串的串坠晃动着。孔叹知道，就是现在，她要发起最后一击，虽然她不确定，但是她必须赌一次，放手一搏！

林医生，愿你在天有灵……

孔叹挺起身，笃定道："谭斯展，你刚刚说错了。你除了买凶杀人、强奸，还有故意杀人！"

谭斯展癫狂一笑："你有什么证据能证明我杀了我母亲和那个男孩？"

孔叹摇摇头："不，我指的是你杀了林静竹！"

"证据呢？"

"你为什么如此笃定，我找不到证据？还是说你觉得证据已经被你毁掉了？"孔叹看向谭斯展，冷笑一声，"只可惜，你还忘了一样东西，证据就在你的身上！"

孔叹说完，眼神倏然看向谭斯展左手腕上的小叶紫檀手串。她冲过去，一个大力钳住谭斯展的手腕，把他的胳膊按在了桌子上。

"你在干什么！"谭斯展吼道。

"谭斯展！"孔叹厉声质问，"你是不是没有注意到，你在杀害林静竹的时候，她的血滴在了你的手串上，血液顺着小叶紫檀串珠，流进了里面的尼龙线！你敢不敢摘下来，让我们检验！"

谭斯展听到这句话，眼神惊恐不已，下意识地突然缩手："放开我！"

孔叹狠狠攥住他的手腕，二人抢夺间，"啪"的一声，扯断了小叶紫檀手串。上面的珠子噼里啪啦掉了一地，四处迸溅，而在掉落的一截尼龙线上，孔叹看见了暗红色的血迹。

谭斯展看到那截尼龙线的瞬间，呆立在原地。

林静竹温柔的笑容闪进他的脑海："斯展，这串小叶紫檀手串是我去寺庙里求的，我希望它能够保佑你健康平安，重获新生。我希望我就像这串手串一样，可以治愈你，保护你，陪着你……"

谭斯展想到这里突然笑了，他流着泪笑出声来："没想到，最后的不完美是因为，我没有舍得扔掉这串手串。"

他绝望地仰起头，闭上眼睛："静竹，我最后还是败给了你……"

与此同时，审问室外的警察们冲上来，控制住放弃抵抗的谭斯展。

孔叹戴上手套跪在地上，捡起那段尼龙线，紧紧地握在手里。

这条路终于走到了尽头，炙热的鲜血融化了冰山，而这条饱含爱意的手串，彻底勒死了鲨鱼。

孔叹在公安局大楼门口张望着，焦急地踱着步子。

柯寻终于解除了嫌疑，被释放出来。他走过洒满阳光的长长的走廊，推开门的瞬间就看见了孔叹焦灼的背影，他不自觉地勾起嘴角，快步跑了过去。孔叹听见急促的脚步声，转身看见柯寻的刹那，满腔的情绪最后化为一句百转千回的呼唤："柯寻——"

"孔叹……"柯寻顿了顿，问道，"我的水母还好吗？"

孔叹骤然感到失落，柯寻出来以后的第一句话，竟然是关心水母？！

她没好气地回应："哦，死了一只。"

Chapter 08 · 灯塔不灭，水母不死

281

柯寻很紧张:"哪一只?"

"就是之前,我在你家看到的头部裂开的那一只。"

柯寻舒了口气:"没事的,水母不会死的,它只是化成了养分,以另外一种形式存在。"

两个人说话间,慢慢走到了公安局大门外的石阶上。

"林医生呢?"柯寻的声音有点低沉。

"尸检结束了,她的家人准备将她火化,然后安葬……"

柯寻眼神一冷:"那谭斯展呢?"

"他犯下的案子,已经进入司法程序了,我们找到了谭斯弈的尸体,估计谭斯展也很难再辩驳了。他害死的是自己的弟弟和母亲,谭家跟林家应该都不会帮他辩护。再加上熊铭泽被捕,从他那边查到了 Iceberg 软件的关键线索和害死汪承勇的物证,我估计他们两个都无法逃脱法律的制裁,死刑应该是板上钉钉了。所有违法之人都将受到处罚。"

孔叹说完后,深吸一口气:"柯寻,我们做到了。"

柯寻浅浅一笑,拍了拍孔叹的肩头:"是你做到了。"

"我们之间就别谦让了。"孔叹白了他一眼,她顿了片刻,"我之前以为这是一条非常艰难的路……"

柯寻笑了,用带着点揶揄的腔调强调道:"是一条结满了冰、堆满了雪、上面还没有人留下过足迹的路……"

孔叹一记眼刀:"你在嘲笑我的语文水平吗?"

"我怎么敢!"

孔叹缓缓走下石阶:"我一直以为,我可能做不到的,所以我才跟你说,如果我退缩了,请你一定要抓住我的手。但是后来,我在这条路上遇见了太多的人,因为被男友偷拍而不知所措的沈雯;为了女儿不惜与汪承勇玉石俱焚的唐文霞;为了陆卓凯而一路破了无数大案要案的陆局;即使患有阿尔茨海默病却仍然记得与外孙约定的陆姥姥;遭受侵犯被迫生下孩子,最终选择结束痛苦的林绍芝;为了找到儿子的尸体而忍辱负重的谭斯弈母亲;发现深爱的丈夫是杀人凶手后,依然选择站在正义这边的林医生;还有那些被偷拍后惴惴不安却仍奋起抵抗的女学生们……那些悬而未解的疑案,那些鲜活炽热的生命,那些曾温暖过我的笑脸,我一刻都不能忘记,每次闭上眼睛都是她们……这条路终于走到了尽头,我也终于可以睡个好觉了……"孔叹说到这里的时候,已经泪流满面。

柯寻皱着眉,认真道:"对不起……"

孔叹抹掉眼泪,抬眸问:"什么?"

"我之前嘲笑你像蓝带斑马鱼,我向你道歉。"

孔叹扑哧一笑,一掌打在柯寻的胸前:"柯寻!你真的很会破坏气氛!"

柯寻揉了揉胸口:"我现在相信你,大学的时候擒拿格斗测试得第一了。"

"你真的很烦啊,柯寻!"

"我逗你呢。"柯寻说着递上纸巾,"你哭成那样,我总不能继续让你哭吧,总要想办法逗你笑才行。"

孔叹接过纸巾擦干鼻涕和眼泪:"现在,我们的使命已经完成了,我突然感觉好像失去了人生的方向。你呢,柯寻,你有什么打算吗?"

柯寻抬起头,望着天边变幻的云霞,淡淡一笑:"我想,我应该可以去看陆卓凯了吧。"

莲花公墓,十八岁的陆卓凯安眠于此。

柯寻把一束白色的小雏菊放在墓碑边,他弯下腰,拂开地上的尘土,直接坐在墓碑对面的石阶上。墓碑上贴着陆卓凯的照片,就是那张微笑着做鬼脸的照片,和贴在柯寻房间的墙上的是同一张。

柯寻盯着这张照片看了很久,忍不住笑了:"我这么久没来看你,你不会埋怨我吧?"柯寻深吸一口气,他说完就别过了头,不忍再看这张熟悉的笑脸。

"你给我留下的谜题,我已经解出来了。"柯寻苦笑一下,"但是,你还是赢了……因为我一辈子都忘不掉你,除非我得了阿尔茨海默病。但一个人有阿斯伯格综合征,又有阿尔茨海默病的概率,实在是太低了吧?"

柯寻探过身,摆了摆倒在一边的花束。新鲜的小雏菊还带着水珠,在阳光的照射下晶莹透亮。

"我和孔叹,已经找到了真正的鲨鱼。从现在开始,我想到你的时候,不用再内疚、羞愧和后悔了……我以后想到你的时候,就可以只是单纯地想念你了……"

Chapter 08 · 灯塔不灭,水母不死

墓碑上，陆卓凯的照片蒙上了层浅浅的灰尘，柯寻站起身，擦了擦上面的灰土，他的手指拂过陆卓凯的笑颜："我也可以常来看你了，只要你不觉得烦就好。"

微风吹散了头顶的浮云，阳光洒下来，把陆卓凯的墓碑照得反光，折射的光圈正好照亮了柯寻所站的位置。柯寻看到这个场景，眼眶突然涌出了泪水。因为他突然想到了，自己和陆卓凯第一次说话的那一晚,也有这样的光影。

校园路灯下，暖黄色的光晕圈住了二人，陆卓凯在他面前突然演起了孙悟空。而陆卓凯也真的为柯寻画下了安全的结界，如果那一晚追上去的人是柯寻，那么此刻两人的命运将会截然不同。

陆卓凯的声音仿佛穿越了时空，再次在柯寻的耳边响起："师父，我知你没甚坐性……"

柯寻流着泪，笑着说道："我与你个安身法儿，给你画个结界！"

恍然间，二人的声音来自不同的时空，却融洽地叠在了一起。

微风拂过，树叶轻响，像谁在默默地叹息。

柯寻抹掉眼角的泪痕："陆卓凯，我也该从你给我画的圈里走出来了。我有了新的梦想、新的决定。我打算去学习夜潜了，虽然地点还没定，但可能要离开一段时间。陆卓凯，我要去看真正的灯塔水母了。"

柯寻吸了吸鼻子："你不用羡慕我，因为你走的时候带走了一部分的我，而我活成了一部分的你，所以灯塔水母是不会死亡的，我会用我身体里那一部分的你，去看到你想看到的世界……"

柯寻站定，朝墓碑深深地鞠躬告别："所以，我要继续走下去了……"

他绷住眼泪转过身，刚走了两步，就忍不住停了下来。这时，变幻莫测的浮云又遮住了烈日，墓碑前的光晕消散了。

柯寻没有回头，他深吸一口气，迈着大步朝有光的远方走去。

柯寻往墓园门口走的时候，半路遇见了孔叹。他下意识地抹了把脸："你怎么在这儿等我？"

孔叹狡黠一笑："我上来看看你有没有偷着抹眼泪。哼，果然被我发现了！"

柯寻吸了吸鼻子："你不去看看他吗？"

孔叹抿了下嘴唇，笑着说道："我来看过他了。"

夏天，水族馆和坠落的她

"什么时候？"

"在你被关着的时候，我偷偷来看过陆卓凯了。我当时情绪崩溃，你被当成嫌疑人，林医生也被害死了，所有的线索都断了，我怕我坚持不下去。所以，我就在陆卓凯的墓前跟他发誓……"

"你发了什么誓？"柯寻歪头问道。

孔叹背过身："我不告诉你，这是我跟陆卓凯的约定，反正我做到了！"

两个人沿着墓园的路慢慢走着，寂静的小路上偶尔能看见寻找供果的小野猫。

"柯寻，我最近一直都在想陆卓凯和林医生，我总在追问我自己，他们在我生命中出现的意义到底是什么？"

"是什么？"

"是光。"孔叹说着，定住脚步，笑着看向柯寻，"他们就像光一样……陆卓凯是我少年时代的光，林医生是带我打开记忆之门的光。陆卓凯跟林医生其实是很像的人……"

孔叹说到这里，遗憾道："只不过陆卓凯遇见了你，而林医生却遇见了谭斯展……他们离开的时候，我觉得我的世界崩塌了，但是后来我却发现，我慢慢地活成了他们的样子，有时候，我觉得你也很像陆卓凯。"

孔叹看着柯寻笑道："到头来，我们都活成了光的样子！"

疗养院的病房里，柯寻去看望郝秀婷。

电视里正播着谭斯展的新闻："因涉嫌多起故意杀人案并传播违规视频而被移交检方的嫌犯谭某，本月 15 日首次接受检方调查……"

"就是他吗？"郝秀婷侧目问道。

"嗯。"柯寻一边剥橘子，一边道，"就是他。"

"看着人模狗样的，还真是人不可貌相啊……"郝秀婷看向柯寻，"听说他害死了林大夫和她肚子里的孩子？"

"嗯……"柯寻点点头，垂下眼眸。

"那他后半辈子估计要悔恨终生了……不对，估计他也没有后半辈子了。"

郝秀婷说完，柯寻给她喂了一瓣橘子，犹豫着开口："妈，我想去做一件事情，可能需要很长的一段时间，我可不可以……"

Chapter 08・灯塔不火，水母不死

郝秀婷笑了笑："滚吧你，臭小子，你早就该去做自己想做的事情了！"

柯寻捧着橘子，感动地呆立在原地。

郝秀婷的目光瞥向他，道："对了，你走前别忘了跟老人家说一声。"

505病房里，柯寻捧着鸢尾花来看望陆卓凯的姥姥。

姥姥看见他，热情地招呼："小凯来了！"

柯寻微微一顿，好像从那天以后，陆姥姥就一直把他当成小凯。柯寻放好花，坐在姥姥的病床前。

陆姥姥摸着他的脸，嘟着嘴问道："小凯，你怎么变丑了？"

柯寻一愣："哪里变丑了？"

陆姥姥笑道："我的小凯怎么不爱笑了，我记得小凯以前总是笑嘻嘻的。"

柯寻恍然，开口道："姥姥，我以后会一直笑的，您放心吧。不过我可能有一段时间不能来看您了……"

陆姥姥倏地紧紧握住柯寻的手："你爸又要让你出国了？"

柯寻笑了笑："不是的，我想去做一件一直想做的事情，所以来跟您道别。"

陆姥姥松了口气："那你做完了，可得回来看姥姥，姥姥会想你的！"

"嗯，我一定会来看您的！"

陆姥姥以手作梳，梳理柯寻的头发："其实你拿着鸢尾花进来，姥姥就猜到了，小凯是来跟姥姥道别了……因为鸢尾花的花语就是思念啊……"

窗台边，鸢尾花静静地绽放，亦如这世上的离别，总是发生在悄无声息之间。

公安局，孔叹被陆局叫到了办公室。

陆局走过来，拍了拍孔叹的肩膀："小孔，干得漂亮！真的谢谢你和柯寻，小凯终于可以安息了……"

孔叹抿着嘴唇笑道："陆局，您找我进来是说这个呀。"

陆局挑眉问道："怎么？你以为我叫你进来是要说什么？"

孔叹挠挠头，吐了下舌头："我以为，我要升职了呢！"

陆局笑了："想得倒挺美，你知道你们张队在成为刑侦支队队长之前，破了多少案子吗？"

"我知道，我就是抱有侥幸心理，万一呢！"孔叹看着陆局肩上的徽章，羡慕地感慨道，"毕竟有陆局您这样的榜样，我也可以憧憬一下自己的未来，不是吗？"

"说得好！有志气！我觉得你早晚有一天，能超过你师父，超过张队！"

孔叹咧嘴一笑："多谢陆局！借您吉言！"

海洋馆，孔叹和柯寻站在一墙高的透明鱼缸前。

孔叹正眉飞色舞地给柯寻讲陆局对自己的鼓励，她一扭头，却发现柯寻好像没在听，板着脸，没什么表情："你怎么了？又开始扑克脸了？"

柯寻侧过头，开口道："孔叹，我可能要离开一段时间，我想去国外学习夜潜。"

孔叹有些失落，转过脸，冷冷道："你决定了，就去呗。谢谢你通知我。"

柯寻突然侧过身，掰正孔叹的肩头，强迫她与自己对视："我如果不看着你的脸，就没法知道你的情绪。"

孔叹咬着嘴唇，垂下眼眸，柯寻看得出来，孔叹不开心。

"孔叹，我还没忘呢……8月31号那一天，你吻了我。"

孔叹倏地看着柯寻，心虚但嘴上强硬地说道："你这是在审问我为什么吻你吗？"

"不是，我是想跟你说，在这个世界上除了我母亲，我最在意的人就是你。"柯寻说完，顿了顿，"林医生和我说过，喜欢一个人是一种深刻的自恋，她说了好多好多，不过我最后都没听懂……我觉得语言并不能够说清楚，我对你的感觉……"

孔叹皱着眉，问道："既然语言都说不清楚，那你让我怎么懂？"

柯寻想了想："鱼类也没有语言，但它们也会明白彼此的心意。"

"可是我不是鱼类！"孔叹带着赌气的语调说，"柯寻，我都看见了，你手机里那条没来得及发给我的短信……"

柯寻很惊讶："你怎么会……"

"是在调查你的手机时，无意间看见的。"孔叹说完，脸颊有点发烫。

"那我的心意，你应该明白了吧？"

"我不明白，我想你亲口说给我听。"孔叹说话间，倏地抬起了头，用

Chapter 08・灯塔不火，水母不死

倔强的眼神盯着柯寻。

巨大的玻璃鱼缸前，他们两个人就这样对视着，沉默着，安静的海洋馆里可以听见他们彼此的心跳。水光荡漾在孔叹的眼睛里，一汪宛如秋水的眼眸映射出柯寻模糊的轮廓。柯寻不由自主地靠近了孔叹，他想看清楚她瞳孔里倒映的自己，想弄清楚到底什么才是深刻的自恋。

在语言被发明之前，人类表达感情的方式是行动。纵然没有语言，我也可以用目光拥抱你，用眼神爱抚你，用气息蛊惑你……行动比语言更加真实，更加直接。本能让柯寻伸手揽过孔叹的腰肢，他抚摸着她的脸颊，孔叹鼻尖的气息紊乱，她的嘴唇带着原始的召唤，柯寻放弃了抵抗，低头吻上了她的嘴唇。

本来只是想浅浅地轻啄一下，浅尝辄止，但那种感受太令人沉迷，就像海葵触手的毒素令小丑鱼失去了理智，他们纠缠在一起，沉醉于热烈而缠绵的吻。

玻璃鱼缸前，簌簌地游来一群色彩斑斓的热带鱼，密集的鱼群挡住了他们亲吻的脸庞，鳐鱼扇动着如翅膀般的胸鳍掠过他们……

柯寻贴在孔叹耳郭的软骨边，轻声低语："小丑鱼一生，只会生活在有海葵的水域里。我去完成陆卓凯的遗愿后，就回来找你，好吗？"

"你去那么久，不会把我忘了吧？"孔叹靠在柯寻的胸前，喃喃问道。

柯寻垂下头，下巴抵着孔叹头顶的发丝："不会的，就算我真的是一条鱼，只有七秒钟的记忆，我也一定会记得这片有你在的水域。"

柯寻的声音从孔叹的头顶传来，伴随着胸腔的共鸣，他的声音仿佛从四面八方涌来，在她的身体里震起了涟漪。

孔叹强忍住狂跳的心，抬起头嘟着嘴："喊，你还说你不会说，我看你花言巧语一套一套的……不过我有条件，你走可以，但是要让我知道你是平安的！"

"那是当然，"柯寻保证道，"我会每天都发信息给你！"

孔叹伸手，捏着柯寻婴儿肥的脸："小丑鱼，你要是敢失联，我就清蒸了你！"

柯寻揉揉脸颊，带着求生欲道："小丑鱼皮很厚，清蒸不好吃的。"

孔叹踮起脚尖，揽住柯寻的脖子，在他的脖颈间蹭着："那你说怎么吃？

怎么吃?"

孔叹的气息和发丝撩拨得柯寻脖子痒痒的,他顺势抱紧孔叹,与她鼻尖相碰。

小丑鱼再次扇动着鱼鳍,游进了海葵的怀抱。

半年后。

早高峰拥挤的地铁里,一个男人默默地拿出了手机,朝身前女生的裙底探去。突然,一只手狠狠钳住男人的手腕,来人正是孔叹。

"盯你好一会儿了!"孔叹说话间抢过手机,周围的便衣警察冲上来,把男人围住,孔叹翻看里面的内容,咬牙切齿,"拍了不少啊,够你蹲几天了!带走!"

身侧的同事问道:"孔队,抓到人了,撤吗?"

孔叹冷哼一声:"继续抓,地铁猎狼行动第一天,争取把拘留室塞满!"

"是!"

说话间,孔叹的手机振了一下,她拿起手机解锁,是一张夜潜时拍的照片,黑色的背景里透明的像蝴蝶一样的水母发着光芒。

孔叹勾唇一笑,嘟囔着:"这又是什么新品种?"

"叮——"

柯寻发来信息:"蝶水母,好看吗?"

孔叹打字回复:"水母看完了,你呢,今天的自拍照还没到位呢!"

她看着这句话,觉得这样充满命令的语气不够委婉柔和,于是删掉重新打字发送:"好看!你在干吗呢?"

手机一振,柯寻回复道:"我在拍照片。"

孔叹白眼一翻:"废话!"

看来对柯寻,还是得简单直接。于是她怒气冲冲地打字:"自拍发过来!"

公安局,深夜,孔叹打着瞌睡写结案报告。

突然,手机响动,孔叹意识蒙眬,眼皮打架,拿起手机,是柯寻发来的不知是什么鱼的照片。孔叹笑了笑:"看来这小子的国外生活还挺幸福的,不像我,天天拼死拼活的……"

孔叹猛灌咖啡，强迫自己打起精神，打字的手指不自觉加快了速度。

一年后。
莲花公墓。
陆卓凯的墓前，孔叹放下花束，开始摆放水果和点心，她边摆边说："姥姥说你喜欢吃甜桃，这次我买了新品种给你哦。甜不甜就不知道了，你生日的时候，甜桃有点过季节了……不过这个火龙果可是很甜的！"

摆好水果，孔叹看了一眼手表，忍不住抱怨："陆卓凯，你可管管柯寻吧！你知道这小子多久没联系我了吗？整整一个月！连你的生日他都不回来，就这还跟你是好朋友？"

孔叹越说越气，看着陆卓凯的照片，气鼓鼓道："我说你啊，也别每天在这儿笑呵呵的了，你赶紧给柯寻托梦吧！问问他还把不把你当朋友，还记不记得自己一年前许下的诺言。"

孔叹滔滔不绝地和陆卓凯吐槽着柯寻一个月不联系自己的恶劣行为。

就在这时，脚步声靠近。一个熟悉的声音在孔叹身后响起："你居然背着我，和陆卓凯说我的坏话。"

孔叹突然顿住了手，头也不回，赌气问道："你还知道回来呢？我以为你流连忘返，不回来了呢！"

孔叹说完转过身，柯寻颀长的身影逆光而立。

"不是十点钟吗？我可是刚刚好，一秒钟都没有迟到。"

风吹云散，阳光倾洒。孔叹和柯寻相视一笑，他们的目光看向墓碑上陆卓凯的照片，他歪着头做着鬼脸，仿佛在和久别的朋友打着招呼。

他们三个人在十点钟的阳光里笑着。

每个人都有永生的渴望，但生命终有尽，皮囊亦可消失于无形。可有些东西却可以传递下去，在阳光下一直生长，永生不朽……

灯塔不灭，水母不死。

Extra story
番 外

"阿嚏——"孔叹狠狠打了一个喷嚏,她坐在沙发上裹着毛毯,抽纸巾擤鼻涕,朝柯寻抱怨道,"你们家为什么这么冷?"

"对不起,我回来后还没来得及去交暖气费……"柯寻从卧室拿出一条更厚实的毛毯走出来,他给孔叹披上毯子,"这样好点了吗?"

孔叹内心疯狂吐槽,自己生气的点根本不是冷不冷,而是为什么柯寻在国外的最后这一个月都没有联系她好吗!连回来都没有发信息通知她!临走前明明说好每天都会向她报平安,但最后却整个人彻底失联!

想到这里,孔叹气鼓鼓地扯下毯子,站起身说道:"我妈交给我的东西送到了,我先走了!"

她刚迈开步子,柯寻就赶紧拉住她,呆呆地问:"你,就要走了吗?"

"嗯,饺子送到了。我也该走了。"

柯寻走近一步,看着她,试探道:"不多留一会儿?"

孔叹的视线故意瞥向别处:"你家太冷了,待不下去了。"

柯寻拉住孔叹的手腕,垂眸低声问道:"你真的要走吗?你不想我吗?我好想你的……"

柯寻的直接让孔叹失去了抵抗能力。她突然觉得,她和柯寻之间有一堵墙,但并不是柯寻建的,而是自己那个叫"自尊心"的东西建起来的,这堵墙让孔叹把最想说的话反而憋在了心里。此刻,她决定要打碎那堵墙:"你临回来之前,为什么没有联系我?"

柯寻皱眉,歪头问道:"你生气了吗?"

"没有。"

"可是你的表情,就是在生气啊。"柯寻扶住孔叹的肩头,认真地问,"那你告诉我,你现在的情绪,还有刻度。"

孔叹故意道:"生气,9度吧!"

"这么气吗?"

柯寻挠挠头:"可是,我给你发了信息,你没看见吗?"

孔叹赶紧拿起手机查看:"什么时候?"

"就一个月以前,我潜水的时候,手机掉海里了,补卡和买手机需要点时间,我就用潜水同伴的手机给你发了信息和你说,最近可能会找不到我。而且我回来后住的酒店挨着机场,网络和信号都不太好,白天的时候我在睡觉倒时差,晚上联系你又怕打扰你,毕竟你的工作经常面临危险,要是休息不好……"

孔叹翻着垃圾桶里的信息,确实看见了一条陌生号码的信息:"你的信息被拦截到垃圾桶了……"

柯寻恍然:"这样啊……那你现在还生气吗?"

孔叹收起手机:"嗯……到3度吧。"

柯寻拉住了孔叹的手,试图挽留:"那等你气消了,我再送你回去好不好?"

孔叹别扭地重新坐回到沙发上,盖上了毛毯,但感觉好像没有刚才那么冷了。

"对了,我给你买了一个礼物,你等下!"柯寻突然想到什么,说完便跑回卧室翻找起来。

孔叹的心里突然翘起小尾巴,礼物?柯寻竟然这么乖!什么礼物啊,是珍珠项链还是当地特产?

不一会儿,柯寻捧来一个好大的箱子。孔叹顿时傻眼,这么大的礼盒!

柯寻的眼睛闪着光:"你打开看看!"

孔叹充满期待,解开蝴蝶结,打开一看,里面竟然是一套潜水服?!果然不能对柯寻抱有太大期待。

柯寻兴致勃勃地给孔叹讲起夜潜的乐趣,还要带着孔叹去练习潜水:"要不就明天吧？刚好周末，我可以教你潜水！"

孔叹没好气："我大姨妈来了。"

柯寻微微一顿："哦，那等你大姨……等你生理期结束，我们去潜水吧？"

孔叹彻底无语了，扭头反问道："柯寻，我们一年没见了，你现在最想做的事情就是当我的潜水教练吗？"

柯寻愣住："你是又生气了吗？"

孔叹瞬间炸毛："你能不能别总问我生没生气，你这样好像我总是在生气一样！"

"我当然不是最想教你潜水，可是……"柯寻倾身过来，他的脸靠近了孔叹，用鼻尖蹭了蹭她的鼻尖，"我最想做的事情……可以做吗？"

"可以！"孔叹回答得毫不犹豫，柯寻像得到圣旨一样，抑制不住弯起的嘴角，抬起下巴，吻住了孔叹。

孔叹趁机揽过柯寻的脖子，在他的嘴唇上狠狠咬了一口。

"嘶——"柯寻疼得往后一闪，"你怎么咬人？"

孔叹嘟嘴："惩罚你！惩罚你失联，让我担心！"

"你刚才不是说不生气了吗？"柯寻捂着嘴唇问道。

"心理上不生气了，行动上还没解气呢！"

柯寻哼笑，觉得嘴角疼，但还是把脸凑过去问："那你还要继续生气吗？"

"我又不是小狗……"

还没等孔叹回答完，柯寻就把她搂在怀里。

水母缸里的水母舒展，收缩，有规律地游动，整个屋子除了水母缸制冷机的嗡嗡声，一切很安静，他们吻了很久。直到水母顺着水母缸游弋了一圈，他们才堪堪分离。

孔叹靠着柯寻的肩膀，赌气道："你学坏了，柯寻。"

"我哪有？"柯寻很惊讶地问。

"一年前，你临走的时候，说得那么好听！结果一年后你回来，都会和我玩欲擒故纵了！"

"欲擒故纵？"柯寻不知道这四个字和自己有什么关系，问道，"什么是欲擒故纵？"

Extra story · 番外

293

孔叹一边用眼神盯着他，一边质问："你之前还说，接吻之前要告白，可是你从来没有正式和我告白过……"

柯寻微微张嘴，斟酌道："因为我不知道要用什么方式……之前林医生说过，患阿斯伯格综合征的人对感情的处理方式可能和普通人不一样，我不知道我的方式会不会让你满意……"

"你不试试，怎么知道我会不会满意？"孔叹歪着头问他。

柯寻想了想，掰正孔叹的肩头，认真道："孔叹，遇见你之后，我觉得我的身体开始发芽了。"

孔叹扑哧一笑："你不是鱼类吗？身体怎么会发芽？"

柯寻瞪大眼睛："所以说很神奇，我不仅仅是鱼类了，还变成了一棵植物。"

孔叹听到这里，咯咯地笑了。

柯寻说着，突然揽过孔叹，他深吸一口气，郑重其事地说道："孔叹，做我的伴侣可能会让你很疲惫，因为我有的时候，应该说大多数时候……都没有办法读懂你太复杂的表情，所以你有什么情绪一定要直白地告诉我，不要让我猜。要我猜也可以，但是猜错了，你不许生气……"

孔叹笑了，仰起头看着他说："柯寻，其实做我的伴侣也很难的，因为我有心理阴影，我很难去相信一个人，我很怕别人骗我……但是你就不会，因为你这么笨，连情绪都看不懂，更没办法骗人了，所以，我们彼此彼此吧。"

柯寻笑着点了点头。

孔叹抿着嘴唇，眨巴着眼睛试探道："那我问你一个问题。"

"好啊，你问。"

孔叹不好意思起来："你跟谁学的接吻？还挺有技巧呢。"

柯寻有些害羞，移开目光："和……鱼学的！"

"真的假的？！"孔叹震惊。

柯寻点点头："嗯，鱼类也会接吻的，比如吻鲈，不过它们接吻其实是在打架，因为嘴上有锯齿，他们争夺地盘的时候，会鼓起腮部，游过去，在接吻的时候相互攻击！"

孔叹反应过来，眉头一蹙："柯寻，你是在逗我吧？"

"被你发现啦?"柯寻狡黠一笑。

"……那我再问你一个庸俗的问题。"

"你问吧。"

孔叹抬头,盯着柯寻的眼睛:"柯寻,你对我的感情到什么刻度?"

柯寻突然皱起眉,很困惑的样子:"嗯……"

孔叹顿时来气,抬手打在他的胸口:"怎么这么简单的问题,你还要犹豫啊!"

柯寻握住孔叹打在自己身上的手,他撑起了身体,靠近孔叹的脸颊:"我的嘴唇也发芽了,就让它来告诉你答案吧!"

——全文完——

图书在版编目（CIP）数据

夏天，水族馆和坠落的她 / 李狂歌著. -- 武汉：
长江出版社, 2024. 12. -- ISBN 978-7-5492-9727-6
Ⅰ. I247.5
中国国家版本馆CIP数据核字第2024AZ5006号

本书经李狂歌授权同意，经豆瓣阅读委托天津漫娱图书有限公司正式授权长江出版社，在中国大陆地区独家出版中文简体版本。未经书面同意，不得以任何形式转载和使用。

夏天，水族馆和坠落的她 / 李狂歌 著
XIATIAN, SHUIZUGUANHEZHUILUODETA

出　　版	长江出版社
	（武汉市解放大道1863号　邮政编码：430010）
选题策划	两脚猫工作室
市场发行	长江出版社发行部
网　　址	http://www.cjpress.cn
责任编辑	李剑月
执行策划	马　飞
特约编辑	聂紫绚　刘梦婷
装帧设计	徐昱冉　熊婧怡
印　　刷	武汉鸿印社科技有限公司
版　　次	2024年12月第1版
印　　次	2024年12月第1次印刷

开　本	889mm×1230mm　1/32
印　张	9.25
字　数	293千
书　号	ISBN 978-7-5492-9727-6
定　价	48.00元

版权所有，翻版必究。如有质量问题，请联系本社退换。
电话：027-82926557(总编室)　027-82926806（市场营销部）